新 潮 文 庫

金春屋ゴメス

因 果 の 刀

西 條 奈 加 著

新 潮 社 版

11702

因果の刀

金春屋《こんぱるや》ゴメス

木枯らしが往来で唸《うな》りをあげ、道行く者は着物の襟をかき合わせる。

陰暦十一月――江戸は冬を迎えていた。

そんな時節にあって、浜御殿からほど近い、芝露月町《しばろうげつちょう》の一軒の町屋にだけは、この世の春が訪れていた。

「はああ、極楽極楽。もう毎日が、湯治の湯に浸《つ》かっているような心地がするな」

「おれは盆と正月が十年分、踊りながらやってきた気分だぜ。幸せ過ぎて怖《こえ》えくらいだ」

玄関脇《わき》の小部屋には、四人の男がたむろしていた。

そろって畳に長くなり、だらだらと茶碗《ちゃわん》酒をかたむけたり、博奕《ばくち》に興じたり、腹ばいで黄表紙に読みふけったりと、どの顔も、ふやけたナマコのごとく弛《ゆる》みきっている。

「わかりやすぜ、兄い。こんな極楽を知っちまったら、もうもとの暮らしには戻れねえ。竜宮から帰った浦島みてえに、後で一気に老《ふ》けちまいそうだ」

「このありがてえ日々と、あと五日でおさらばかと思うと、切なくってなりやせんね」

この屋の主《あるじ》の暴虐《ぼうぎゃく》ぶりは、江戸中に鳴り響いており、誰よりも辛酸をなめているのは雇い人たる手先たちだ。その主が、お役目を得て十日前から他出している。このような長《なが》の不在は初めてで、極楽か竜宮か桃源郷かと舞い上がっているのである。

「お、四六の丁！　またおれの勝ちだな、木亮《もくすけ》」

「ちっきしょう、これで五敗かよ……甚《じん》兄い、いかさましてねえだろうな？」

「相手に見抜かれなけりゃ、いかさまとは言わねんだよ」

真っ昼間から博奕に興じる、甚三《じんざ》と木亮の傍らでは、いちばん年嵩《としかさ》の菰八《こもはち》がだらしなく寝そべり、いっとう若い良太《りょうた》は黄表紙を読み倒している。

「菰八のおやじ、ちょいと太ったんじゃねえか？　ま、朝から晩まで呑《の》んでりゃ無理もねえか」

「やっぱり、幸せ太りってやつかな。なにせあの韋駄天《いだてん》までが、からだが重くなったとこぼしていたからな。そういや、良太、韋駄天はどうした？」

「少し目方を落としてくるといって、さっき出ていきましたぜ。韋駄天の兄いはまじめだからな、目方が増えると仕事に障《さわ》るとかって」

韋駄天はあだ名のとおり俊足で、この屋では飛脚の役目を果たす。

男たちが親分と呼ぶ主は、歴《れっき》とした三千石の旗本だった。

長崎奉行《ぶぎょう》、馬込播磨守寿々《まごめはりまのかみすず》である。

ちなみに長崎奉行はふたりいて、もうひとりは粟田和泉守秀実《あわたいずみのかみひでざね》。今回、ふたりの長崎奉行が賜った役目は、国境《くにざかい》の巡視であった。

「そういや、毎年このお役目は、粟田さまおひとりに任されるだろ？　今年に限って、何だってうちの親分までが駆り出されたんだ？」

「さあな、あのじいさんも、いつぽっくり逝《い》ってもおかしかねえ歳《とし》だからな。そろそろ長の遠出のお役目を、親分に譲るつもりなんじゃねえのか？」

「そうあっさりと、ぽっくり逝かれちゃ困りやすぜ。あのご老体より他に、いったい誰がうちの親分の相方を務めてくれるってんで。そんな命知らずは、この江戸にはいやせんぜ」

「金春屋《こんぱるや》ゴメスの名は、伊達《だて》じゃねえからな」

口にしてから、くわばらくわばらと雷避《よ》けのまじないを唱える。日頃から切った張ったの荒事に明け暮れるこの男たちですら、思い浮かべるだけで震えがくるほどに、ゴメスの異名をもつ奉行は恐ろしい存在だ。

ふいに廊下に面した障子があいて、ひゃっ、と四人がはね起きる。

「なんだ、朱緒《あけお》様と寛治《かんじ》じゃねえか、脅かすない」と、甚三が息をつく。

寛治は座敷にいた四人と同じ、手先のひとりだが、三芳《みよし》朱緒は武家の娘だ。まだ二十歳と歳は若いが、身分は男たちの上になる。

寛治の腕に抱かれたものを見て、甚三は顔をしかめた。

「まあた表の飯屋から、赤ん坊を連れてきたのか。ったく、こう毎日じゃ、座敷が乳くさくなってかなわねえや」

「そう言わねえで、甚兄いも見てくれよ。ほおら、こんなに可愛《かわい》いんだぜ」

「まことに、日一日と可愛さが増すようですね。昨日よりも、ちょっと男前になったと思いませんか？」

「いや、朱緒様、一日で男前になるなら、誰も苦労はしやせんぜ」

木亮も混ぜっ返したが、赤ん坊に首ったけのふたりには、何を言っても糠《ぬか》に釘《くぎ》ならぬ、汁粉に爪楊枝《つまようじ》だ。甘ったるい笑顔で、赤ん坊を飽きずに覗《のぞ》き込んでいる。赤ん坊は機嫌よく、あぶう、と鳴いて、手足をばたばたさせた。

この町屋のとなり、通りに面した場所に、『金春屋』という一膳《いちぜん》飯屋がある。安くて旨《うま》いと評判の店で、一家三代で切り盛りしている。健坊《けんぼう》こと健吉《けんきち》は、半年前に生まれた、金春屋の四代目であった。

その飯屋の裏手にあたるから、通称『裏金春』——。

長崎奉行所の出張所にあたり、金春屋ゴメスと称される長崎奉行、馬込播磨守と、その配下たちが起居していた。

三芳朱緒が奉行のお側御用を務め、右腕左腕と称される、兄貴分の甚三と菰八が控える。その下に木亮、寛治、韋駄天、良太と続き、さらに末席にはもうふたりいる。

「そういえば、他の者はどうしました？」と、朱緒がたずね、菰八がこたえた。

「韋駄天は、また走りに行ってまさ。下《した》っ端《ぱ》ふたりは、買い出しにやらせました」

「あいつら、どこまで買い出しに行ってんだ。ったく、あと三月《みつき》でここに来て二年になるってのに、相変わらず使えねえな」

木亮がちっと舌打ちしたとき、ようやく下っ端のふたりが帰ってきた。

「ただいま戻りやした！」

「遅えぞ、辰次郎《しんじろう》、松吉《まつきち》！　どこで油を売ってやがった」

「すいません、木兄い。ちょっと駄菓子屋で、懐《なつ》かしいものを見つけて」

と、辰次郎が首をすくめる。歳は良太の方が若いのだが、ここでは入所の年月がものを言う。良太より半年遅いふたりは、未《いま》だに使いっ走りの身分だ。辰次郎の横で、松吉が包みを開く。

「ええっと、甚兄いの刻みと、こっちが木兄いに頼まれたスルメと、良兄いの黄表紙、と」

「甚三、赤ん坊がいるのですから、煙草《たばこ》は外でお吸いなさい」

「この寒空だぜ、朱緒様。せめてとなり座敷で、勘弁してもらえねえか」

「あ、松吉、これ『跳飛《はねとび》』じゃねえか！　『雑誌《ぞうし》』って言ったろ、いまどき母ちゃんだってこんな間違いしねえぞ」

「だって良兄い、今日は五の日だから『跳飛』の売り出しですぜ。『雑誌』は十《とお》の日でさ」

「辰次郎、おれのおやつは？」

「ちゃんと買ってきましたよ、寛兄い。団子と饅頭《まんじゅう》もありますけど、今日のお勧めはこれです！」

嬉《うれ》しそうに、辰次郎が棒状の菓子をさし出した。いわゆる麩《ふ》菓子で、ちくわのように真ん中に穴があいている。

「なんだ、『べらんめえ棒』じゃねえか」

「これって、完全に『んまい棒』のパクリっすよね。おれ、んまい棒が大好きで、日本にいた頃、毎日食ってたんすよ。まさか江戸で再会できるなんて……ちょっと泣けそうです。帰り道に味見したら、めんたい味もエビマヨ味も、ほぼ完コピで。すごい再現率の高さっすよ」

「辰次郎、日本語はやめろと言っただろうが。完コピとか、再現率とか」

「あ、すまね、松吉。嬉しくってつい……でも、江戸語では、何て言うんだ？」

「ええっと……完コピは、模造か？　いや、これも江戸っぽくねえな。再現率は、さらに難しいな……」

　しきりに頭をひねる松吉には構わず、辰次郎は袋をがさがさせながら、味によって色の違う紙を巻きつけた、べらんめえ棒をいくつも出す。

「この濃い目でパンチの利《き》いた……じゃない、何ともあざとい味が、癖になるんすよね。朱緒様もどうですか？　こっちは黒糖味で、あ、女性に人気の乾酪《チーズ》味もありますよ」

「あーぶ、うーうー」

　とまどいぎみの朱緒に代わり、寛治の腕の中から声がした。小さな手は懸命に、棒状の菓子を摑《つか》もうとする。

「なんだ、健坊も食べたいのか？　いま、分けてやるからな」

「赤ん坊に食べさせて、障りはないのですか？」

「もともと江戸の食い物は自然素材だし、害はなさそうですけどね。どうすか、寛兄い？」

「健坊も生まれて半年だからな、そろそろ乳以外のものを与えてもいい頃だろ。喉《のど》に詰まらせちゃいけねえからな、砕いたものをこうやって、舌に載せてやったらどうだ？」

　赤ん坊を朱緒に預け、寛治は丸っこい指先で麩菓子を砕いた。粉のような欠片《かけら》を少し赤ん坊に含ませると、歯のない口でうまうまとしゃぶる。

「お、健坊は、気に入ったみたいだぞ！　よかったな、健坊、美味《おい》しいか？」

うきゃっ、と小さな拳《こぶし》がふり上がり、思わず朱緒と辰次郎からも笑みがこぼれた。

ここは江戸――、もとい江戸国。時は二十一世紀半ば。

すでに人類は、月への移住を果たしている。世界中が科学の恩恵にあずかる時代に、近世の江戸を忠実に再現したこの江戸国だけは、ざっと三百年前と同じ暮らしを営んでいた。

電気もガスもなく、水道はあるが蛇口はなく汲《く》み上げ井戸。携帯もパソコンもなく、当然インターネットもない。電車や車といった交通機関も、冷蔵庫も電子レンジもエアコンも、最新の医療設備すら皆無である。

あるのは自然と共存した暮らしと、木と紙と土でできた町。

もとは、さる篤《とく》志家がはじめた、江戸情緒あふれる老人タウンであったが、しかし年月を経るうちに、若い世代の移住も増えた。「不便を楽しむ」自然主義者《ナチュラリスト》や、あるいはネット社会に疲れた者、資本経済や能力主義からはじき出された者と、事情はさまざまながら、一時期、人口は急速に増え、町の規模は拡大した。

そして三十一年前、江戸国は日本からの独立を宣言し、鎖国を敷いた。

いまや江戸国は、北関東から東北にまたがる一帯に、日本の東京・千葉・神奈川を合わせたほどの領土をもち、七百万の人口を擁する。

とはいえ、世界的には認められておらず、あくまで日本の属領のあつかいだが、代々、徳川を名乗る将軍が国を治め、法も政治も経済も日本とは異なり、完全に独立していた。鎖国に阻《はば》まれて、貿易はわずかな量に留まり、観光も許されない。入国にも厳しい制限があるために、移住が認められるのは、希望者のうち抽選で選ばれたわずかな数だ。

裏金春の下っ端ふたり、辰次郎と松吉は、その三百倍と言われる倍率をかいくぐり、昨年の二月、江戸への入国を果たした。そして鎖国の水際《みずぎわ》を取り締まる、長崎奉行所に就職した。

時代劇オタクが高じて江戸入りした松吉は、江戸語もお手のものなのだが、その素養がまったくない辰次郎は、未だにポンポンと日本語がとび出す。それでも思った以上に早く順応できたのは、日本と江戸の隔たりが、あまりにも大きいからだ。

たとえばネットの接続が遅いとか、停電が多いとか、ちょっとの不便なら文句のつけようもあるのだが、電気も電波塔もないと言われては、あきらめるより仕方がない。医療設備が整っていない上に、曲がりなりにも悪党を取り締まる仕事だから、日本にいたころにくらべると、あらゆる面で危険も大きい。

一方で、江戸に暮らす人々は、時間に縛られない分、いたって呑気《のんき》だ。いわゆる就労時間のうち、実働時間は三割減から半分がせいぜいだろう。この裏金春でも同様で、下っ端の苦労はあるものの、学生時代のアルバイトの方がよほど忙しかった。

唯一《ゆいいつ》の不満と言えば、やはり親分たる長崎奉行が、ことのほか恐ろしいということに尽きる。辰次郎と松吉もまた、ゴメスの不在は大歓迎で、ふたりそろって花畑を走りまわるような解放感に包まれていた。

しかし裏金春の幸運は、長くは続かなかった。

ふいに、タン、と障子が勢いよくあいた。廊下に立っていたのは、韋駄天だった。

「どうしたい、韋駄天。おめえが血相変えるなんて、めずらしいな。よほどの知らせか？」

名のとおり、足の速さにかけては無類でありながら、余計なことは口にしない落ち着いた男だ。その韋駄天が、白昼に化け物にでも遭遇したかのように、色を失っている。

「甚兄い、大変だ……親分が、帰ってきた……」

一瞬、座敷の中が、白一色で満たされた——辰次郎には、そう思えた。

ある者は凍りつき、ある者は卒倒せんばかりに青ざめ、ある者は震え出す。次いで座敷は騒然となった。

「おい、韋駄天！　たばかるのもたいがいにしろよ！　親分の戻りは、五日も先のはずじゃねえか」

「おれもそうきいていたさ、甚兄い……だけど、見たんだ……東海道を歩いてくる親分を」

「そいつはきっと、親分怖さにおめえが見た幻じゃねえのか？」

木亮の問いに、韋駄天がぶるりと首を横にふる。

「遠目だが、あの馬鹿《ばか》でかいからだは、見間違いようがねえ」

韋駄天は俊足のみならず、目と耳もいい。その真剣な表情が事実だと、何よりも雄弁に告げていた。菰八が、干上がった喉を鼓舞しながら、重ねて問う。

「韋駄天、どこで親分を見た？　東海道って、どの辺りだ？」

「おれが露月町にさしかかったとき、東海道をこっちに向かってくる姿が見えた……たぶん、芝口二丁目のあたりだ」

「……ってことは、すぐにも裏金春に着いちまうじゃねえか！」

甚三のひと声に、座敷はたちまち上を下への大騒ぎとなった。

「どうしよう、どうしよう、いったい何をどうすればいいんだ？」

「旅立つ前に、親分から言われたことは……ああ、どっちにせよ、何もやってねえ！」

「いっそ探索に出たふりで、裏口からこっそり逃げた方が早くねえか？」

手先たちはもちろんのこと、若いながらも常に泰然としている朱緒までもが慌《あわ》てている。

「どうしましょう……お奉行から言いつかった、書物や文の始末がまだ……」

「朱緒様、落ち着いて！　とりあえず、親分に何よりも効くものと言えば、金春屋の飯だ！　おれと松吉が、表の飯屋にひとっ走りしてきますから」

「辰次郎、それは良い考えですね！　たしかにお奉行には、何よりの良薬。すぐに手配を……」

辰次郎の妙案も、残念ながらひと足遅かった。松吉とともに廊下にとび出したとき、がらりと玄関の格子戸《こうし》があいた。

身の丈六尺六寸、目方四十六貫。相撲取りですら、ここまでの巨漢は滅多にいない。人智《じんち》を超えたでかい物体が、玄関口を塞《ふさ》ぐように立っていた。

「おおおお、親分……お帰りなさい……」

「おおおお、お早いお着きで……」

知らず知らず、膝《ひざ》が笑う。見慣れたはずの姿が、たった十日離れていただけで、何やら別物に見える。ゴメスの巨体は、こんなに大きかったろうか——。

奉行が上がり框《かまち》に足を乗せた拍子に、光の加減で真っ黒に見えていたその顔が、辰次郎と松吉の目にはっきりと映った。ひっ、と松吉が、喉の奥で叫んだ。

鋭角に吊《つ》り上がった細い目と、すべてを丸呑みしそうな、顔の横一杯に広がった分厚い唇。でん、と真ん中で存在を主張する鼻と、その右下にはでかいイボが負けじと張り合っている。釣り合いが悪いもの同士が、顔の上でせめぎ合っているようだ。

人間離れした、怪異な風貌《ふうぼう》だった。奉行の面相は、これほど怖かったろうか——。

重いきしみをあげながら、ゴメスが一歩、また一歩と近づいてくる。礼儀すら忘れて、下っ端のふたりは、廊下を後ずさりした。

この奉行の恐ろしさは、見てくればかりではない。

辰次郎と松吉が場所をあけた格好で、ゴメスが廊下に立ち、玄関脇の小部屋を見渡す。

まるで時が止まってしまったかのようだ。ひざまずくことすら忘れ、慌てふためく姿そのままに、全員が動きを止めていた。

まさに蛇ににらまれた蛙《かえる》、もとい怪獣と遭遇した哀れな蟻《あり》んこに等しい。

「あぶ、ぶうう」

恐ろしい沈黙を、無邪気な声が破った。朱緒の腕の中にいた、赤ん坊だった。よほど気に入ったらしく、口のまわり中に食べかすをつけながら、なおもねだるように、寛治が手にした棒菓子に手を伸ばす。

陰険な細目が、じろりと赤子をにらむ。まずい！　と誰もが心の中で叫んだ。ゴメスの子供嫌いは、皆が承知している。ぶちりと堪忍《かんにん》袋の緒が切れた音が、誰の耳にもはっきりと届いた。

「てめえら！　まとめて表に出ろ！」

久々にきくゴメスの一喝は、閻魔《えんま》大王の達しより恐ろしくきこえた。

「お奉行、申し訳ございません。皆の気の弛みは、すべて私が至らぬ故《ゆえ》。上に立つ者として、いかようなお叱《しか》りもお受けします。そのぶん配下たちには、なにとぞ寛大なおとりなしを……」

ろくに手入れがされず、小さな池と数本の木々、雑草のような草花より他はむき出しの地面が多い。その庭に、ゴメスを囲むようにして、手先たちは半円の形に並ばされ、奉行の傍らでは、三芳朱緒が必死にとりつくろう。

しかしでかい身の内にふくらんだ怒気は、外に出すより他に収まりようがない。長年の経験から、小者たちにはわかっていた。朱緒の優しい心遣いも、すべては無駄だ。この奉行には、一片の情すら備わっていない。

かくなる上は、猛《たけ》り狂ったゴメスの暴力を、多少なりともかわす方法をそれぞれが講じなくてはならない。戦陣に赴く兵のごとく、八人は悲壮な決意を固めたが、ゴメスは不満そうに、ぶふーっ、と鼻から息を吐いた。

「そういうことじゃねえんだよ。おれがいねえあいだのことなんざ、どうだっていい」

「……では、お奉行、何をさようにご立腹を？」

「こいつだ」

ゴメスの太い腕が、朱緒に向かって伸ばされた。あっ、と思う間もなく、その腕の中にいた赤ん坊が、わし摑みにされる。

「親分、待った！　健坊だけは！」

寛治の叫びも空《むな》しく、赤ん坊が宙を舞った。

真上に放り出された小さな毬《まり》のような影は、青空に吸い込まれ、みるみる小さくなる。すでに表情すら見えず、とんでもない高さだ。地面に落ちたら、無事ではすまない。

朱緒の悲鳴が響き、小者たちがいっせいに空を仰ぎ、両手を伸ばした。

辰次郎もまた、いまは太陽と同じくらいの丸い影を、必死で目で追った。

途端に、腹に重い衝撃が走り、後ろにふっ飛ばされた。まるで鉄球が、腹にぶち当たったかのようだ。激しく咳《せ》きこみながら、どうにか半身を起こすと、辰次郎ばかりでなく、松吉と六人の兄貴分も、もれなく地面に仰向《あおむ》けに転がっている。

皆が健吉に気をとられた一瞬の隙《すき》を突いて、ゴメスのまわし蹴《げ》りが決まったのだ。

縦横にでかいあのからだの、どこにそんな素早さが秘められているのか。飽きるほど食らっても、未だに読み切れない。辰次郎は、裏金春の中では甚三に次いで背が高い。おかげで腹で済んだが、背の低い松吉は、顎《あご》にまともに炸裂《さくれつ》したらしく、完全に伸びている。

ゴメスは眉《まゆ》ひとつ動かさず、配下たちを見下ろしたまま右手を上げた。でかい頭の上に広げられた座布団《ざぶとん》のような掌《てのひら》に、赤ん坊がぽふんと落ちた。

びっくりしたように、しばしきょとんとしていたが、意外にも初めての遊戯《アトラクション》が気に入ったらしく、高い座布団の上で、きゃっきゃっと笑い出した。

「……健坊、無事でしたか……」

唯一、蹴りを免れた朱緒が、へなへなと地面に膝をつく。

「てめえら、こいつは何だ？」

赤ん坊を手に載せたまま、ゴメスが問う。

「何って……健坊のことでやすか？」

松吉を懸命に介抱する辰次郎の傍らで、兄貴分の六人が顔を見合わせる。

「赤ん坊より他に、何があるんだ？　育ちのいい悪いも、特にねえし」

「お駒《こま》さんの乳の出もいいし、いまんとこ何の障りもねえよな」

「飯屋の一家も、四代目が生まれて喜んでいるしな」

「拓一《たくいっ》つぁんの息子、権七《ごんしち》さんの孫、喜平《きへい》さんのひ孫。それより他には何も……」

「そこよ」

ゴメスが即座に応じたが、どこがそこなのかさっぱりだ。間抜け面《づら》の配下たちに、嚙《か》んで含めるようにゴメスは説いた。

「金春屋の主人は喜平だが、包丁人は権七だ。で、三代目は拓一だが、あいつはどうも、じいさんの血を濃く継いじまったようだ。商売の才はあるが、料理の腕は親父《おやじ》にはおよばねえ」

話の行き着く先が見えず、はあ、と手先たちが、気の抜けた相槌《あいづち》を打つ。

権七の料理を毎日食べたい、ただそれだけのために、飯屋の裏手に長崎奉行所の出張所を作ったほどだ。ゴメスの金春屋への執着は並大抵ではなく、それ故、権七の作る飯は、このヤクザなみに切れやすい奉行を、唯一なだめられる貴重な妙薬として、配下たちからも大いに重宝されていた。

「ま、そいつもよくあることだ。権七の包丁人の血は、拓一にもきっちり渡っちゃいるが、表に出てこねえんだろう。そいつが孫の代で現れるってのもめずらしくはねえ。つまりだ、権七の料理の才は、こいつが継いでる見当が高いってことだ」

ずい、とゴメスが、右手を顔の前にもってきた。この顔が大写しになれば、子供は泣き出し、大人でも腰が抜けると評判なのだが、健吉は恐れるようすもなく、じいっと見入っている。あまりの恐いもの知らずに、かえって末恐ろしい。

「包丁人の腕の要《かなめ》は舌だ。舌は生まれて三年で決まるってのに、駄菓子みてえな味の濃いもんを与えたら、舌が早々に鈍りかねねえ。こいつの食い物は、よくよく気をつけろ。なにせ金春屋の、大事な跡取りだからな」

話の落ち着き先がようやく見えたが、そんなことで蹴りを入れられたのかと、げんなりした空気が手下たちにただよう。

「いいか、こいつには母親の乳と、権七の飯以外は与えるな。口に入れるもんには、てめえらがきっちりと目を配れ。飯屋の一家にもそう伝えろ！」

言うだけ言って、ゴメスはさっさと自室に引っ込んだ。朱緒も後を追い、健吉を預けられた寛治が、どうっと息をつく。

「どうするよ、新橋のたもとに触れでも張っておくか？　親分の達しとあらば、江戸中のもんが、上さま並みに健坊を気遣ってくれるぜ」

「やめておけ。お友達が、できなくなるじゃねえか」

「親分が後ろに控えてるとあっちゃ、誰も健坊には寄りつかなくなっちまいやすよね」

「ところで辰次郎は、何をそんなに落ち込んでいるんだ？」

「少しは悪いと感じているんじゃあねえですかい？　だいたいこいつが、よけいなもんなぞ買ってくるから、おれたちがこんな目に……」

「違います！　おれの大好きな、んまい棒――じゃない、べらんめえ棒を、たかが駄菓子と足蹴にするなんてひど過ぎる！　なのに親分怖さに、何も言い返せないなんて……もう自分が情けなくて」

兄貴分たちは鼻白んだが、寛治の腕の中にいる赤ん坊だけは、辰次郎にこたえてくれた。

「だー、うーうー」

「そうだよな、健坊。べらんめえ棒の旨さは、健坊もわかってくれたよな。大丈夫だぞ、健坊、おまえとおれはもう、べらんめえ仲間だ。親分に内緒で、また食わせてやるからな」

「よけいなことをするなと、言ってんだろうが」

木亮にぱしりと頭を叩《たた》かれて、いてっ、と辰次郎が首をすくめる。

「あー、ちきしょう、久しぶりにまともに食らったぜ……罰として、しばらくのあいだ親分の膳出《ぜんだ》しは、辰公《しんこう》ひとりでやれ」

「えーっ、そりゃあないっすよ、甚兄い！　しばらくって、いつまでですか！」

「おーい、それより、松吉が起きねえぞ。死んだんじゃなかろうな？」

菰八の分厚い手に頬を叩かれて、松吉がようやく目をあけた。

「昨日はまったく、ひでえ目に遭った。未だに顎がずきずきしやがる」

紫色に腫《は》れあがった顎をさすりながら、松吉がぼやく。

「思った以上に、短い春だったよなあ。昨日までより、木枯らしが身にしみるよ」

冬物の着物は、綿入れといって綿が入っている。昨今は水鳥の羽がもっとも軽くて温かいと、日本でいうダウンジャケットの着物版もあるのだが、よほどの金持ちでなければ手に入らない。木綿の綿入れは布子と呼ぶが、ダウンにくらべると重いし寒いしで、かなり劣る。もと日本人たる辰次郎と松吉は、ダウンの温かさを思い浮かべながら、背中を丸めて裏金春への道筋を辿《たど》った。

「悪いな、松吉。またおれが、親分によけいなことを言ったばっかりに……」

「気にすんなって。幸いこいつは滅法軽いし、たいした手間にはならねえよ」

気のいい松吉はそう言ってくれたが、前にも同じ失敗をやらかしたことがある。

辰次郎はべらんめえ棒の名誉挽回《ばんかい》とばかりに、今朝の膳出しの折にも、その味を熱心に説いた。飯屋から奉行のもとに朝晩の飯を運ぶのは、下っ端に課せられた、何よりも大事かつ気の張る仕事なのである。説得にもかかわらず、健坊への許しは出なかったが、かわりにゴメスの食欲を刺激した。

「そうまで言うなら、辰次郎、おれが吟味してやる。その棒菓子を、百本、いや二百本買ってこい」との、奉行直々の達しが降りた。

二百本のべらんめえ棒の調達に駄菓子屋を三軒まわり、さらには十日ぶりに戻ったゴメスのために、鰻《うなぎ》の白焼きや鯖鮨《さばずし》や焼き豚やらの好物も買わされる羽目になり、それぞれ大きな風呂敷《ふろしき》包みを背負っていた。

昔の江戸では獣肉は法度《はっと》であったが、いまの江戸国は、食料の完全自給を目指している。畜産も大事な糧《かて》とされ、肉も普通に食べられていた。

やがて道の向こうに、新橋と汐留《しおどめ》橋が見えてきた。ふたりが辿る東海道を南北に繋《つな》ぐのが新橋で、同じ川の少し下流に、斜めに架かるのが汐留橋だ。

新橋の向こうに裏金春があり、汐留橋は、長崎奉行所のある出島へと通じている。

出島とは、かつては長崎にあった人工の島である。海に突き出した扇形の島で、鎖国下で貿易を許されていた和蘭《オランダ》人の居留地だった。それ故、いまの江戸にも出島と称する土地に、長崎奉行所を置いた。御府内と呼ばれる江戸の中心部は、町名も寸法も、ほぼ昔のままに近世江戸が再現されている。出島は東京でいうと、築地《つきじ》の場所にあたる。

「そういや親分は、何だって五日も早く帰ってきたんだろうな？　松吉、出島で何かきいてないか？」

汐留橋をながめながら、思い出したように辰次郎がたずねた。

松吉は、愛嬌《あいきょう》のあるイタチといった顔立ちで、べらんべらんの江戸っ子言葉と相まって、日頃はお調子者に見えるのだが、こう見えてなかなかの知識人《インテリ》だ。生まれはニューヨーク、数ヶ国語を操り、日本では大手外資系の証券会社にいた。

ぽやっと大学生活を送っていた辰次郎とは、えらい違いだ。

もっともニンジャ映画がきっかけで、時代劇オタクの道を邁進《まいしん》してきた松吉だ。江戸への入国は悲願であり、会社を辞めたことには何の未練もなさそうだ。裏金春に入ってからは語学を買われ、出島の長崎奉行所で、通詞《つうじ》や翻訳なぞを任されていた。

本当なら奉行のゴメスも、毎日出島に通わねばならないのだが、面倒がってたまにしか足を向けず、所内の公務はもうひとりの長崎奉行、粟田和泉守に任せきりだった。

「実はおれも気になってな、ちょいと探りを入れてみたんだよ。ほら、前に話したろ、日本から査察が入るって。あくまで建前は、視察団だがな」

「ああ、そういえばそんな話も……でもあれ、来月じゃなかったか？」

「それが急に早まってな。そのうちの何人かが、今日、江戸入りするんだ。長崎奉行には、異国の来賓を迎える役目があるからな」

「査察って、何の？」

「ほら、今年の初めに、阿片《あへん》の抜け荷騒ぎがあったろう。江戸から阿片が外にもれた」

「覚えてるよ、もちろん。あの探索のために、おまえとふたりで流人《るにん》島に潜入したんだから。いま思うと、よく無事に島から脱出できたよなあ」

「まったく間一髪だったな。同じことをやれと言われても、二度とできねえよ」

同じ危険をかいくぐった。その思い出に、しばし感慨深くふたりは浸った。

「ともかくよ、あの件の仔細《しさい》な聞き取りとか、阿片とか大麻とかの薬草の始末なんかを、確かめにくるんだよ」

「つまり、麻取ってことか？」

「別に捜査や逮捕をするわけじゃねえから、麻取とは違う。その方面の厚労省の役人が、事実確認に来るそうだ。ただ、ちょっと妙なんだよな」

この二十一世紀に鎖国を敷き、専制国家を貫く江戸は、色々な意味で他国から危険視されている。日本はそのお目付役として、毎年のように視察団を派遣し、平和や安全が維持されているか、人権が守られているか、人道にもとる行為が横行していないか、などを確かめる。よって視察団は概《おおむ》ね、省庁の役人や人権・人道の法律家や専門家によって構成される。また、歴史や民俗に詳しい学者が、ひとりふたり同行するのも常で、案内役との名目に加え、各々の研究目的も兼ねていた。

「それが今年の顔ぶれは、いつもと微妙に違うんだ。元大臣の大御所議員に加えて、科学者がふたりも混じっててな。宇宙工学とか次世代エネルギーとか、そっちの専門家だ。どう考えても、江戸にそぐわねえだろ？」

たしかに、と辰次郎はうなずきながらも、思いつきを口にした。

「でも、おれの母さんも、炭の研究のために江戸入りしたってきいてるし。宇宙とか次世代とか、江戸とは全然関係なさそうだけど、ヒントになるものがあるのかも」

辰次郎の母親は、交通事故で六年前に他界したが、入国した江戸で父と出会い、いや、見合いをして辰次郎を授かった。つまり辰次郎は江戸生まれだが、五歳から二十歳までは日本で育ったから、ほぼ日本人だ。

「もしかしたら、火星開発の研究かもしれないぞ。最近、盛んだろ？　火星に移住するならゼロからのスタートになるから、江戸国の暮らしを参考にしようとか？」

「盛んて言っても、まだ移住には程遠いだろ。火星に物資を運ぶのに莫大《ばくだい》な費用がかかる上に、片道だけで半年もかかるからな。核融合ロケットが実用化されねえと、難しいって話だぞ」

人類はすでに、月への移住を果たしているが、火星に至るには、月までの距離の百四十倍もかかる。火星開発においては、移動と距離が最重要課題になるという。

「松吉は、そっち方面も詳しいのか」

「株価に直に影響するからな、新事業とか新開発に証券マンは敏感なんだ。ただし、あくまで上っ面の知識だけだがな。いま思うと、浅く広くってのは何か虚《むな》しいな……」

一見するとお調子者だが、松吉は案外、繊細なところがある。よく知っているからこそ、気を引き立てるためにわざと茶化した。

「なんだ、松吉のお得意は、ニンジャ映画と時代劇だけじゃなかったのか」

「何よりの得手は、そこだがな。オタクの意地と根性を舐《な》めるなよ」

えへん、と得意そうに胸を張る。正面に新橋が見えてきて、思い出したように松吉が、話を戻した。

「ともあれ視察団の第一陣は、今日の昼の便で入国する。もうとっくに着いた頃だな」

「あのさ、そのお客人て……ひょっとして、あれじゃないよな？」

辰次郎が示したのは、橋の向こう側だ。新橋の南詰を、二挺《ちょう》の駕籠《かご》が塞いでいる。四人担《かつ》ぎの大ぶりな駕籠で、細工もひときわ凝っている。異国からの客用にと、長崎奉行所に置いてある駕籠だから覚えがある。

「オウ、アメイジング！　これが江戸の町ですか。ソー、クール！　ワンダフォー！」

英語の感嘆詞を連発しているのは、色の浅黒い、とび抜けてすらりとした男だ。周囲より頭ひとつ抜きん出た上背に加え、肩のラインや手足の長さが、日本人とは明らかに違う。ただ、その格好が、あまりにも異様だった。

「あの全身キンキラキンは、往年の大スター、マツケンを彷彿《ほうふつ》させるな」

「あれって、ニンジャ・コスチュームだよな？　あんなに目立っちゃ本末転倒だろ」

「たぶん、当人の好みを素直に具現化したら、ああなったんだろうな」

頭巾《ずきん》を被《かぶ》った異国のニンジャは、目に痛いほど眩《まぶ》しく、目立つことこの上ない。

「クマール殿、どうか駕籠にお戻りください！　人目を引いてしまいます故」

異国人を懸命に押し留めているのは、ふたりに馴染《なじ》みの侍だった。

長崎奉行所同心、竹内朔之介《たけうちさくのすけ》である。

竹内もまたゴメスの配下だが、日ごろは出島の奉行所に詰めている。

三芳朱緒と同様、武士の身分だが、まだ二十代と若く、気さくな人柄だ。日に一度は裏金春を訪れて、奉行の指図を仰ぐから、ふたりもよく見知っていた。

竹内がいくら制止しても、金色《こんじき》ニンジャはまったく耳に入らぬようで、興奮気味にはしゃいでいる。さらには後ろの駕籠からももうひとり、スーツ姿の男が出てきた。

「江戸って、洋服はご禁制じゃなかったか？　おれたちが入国したときも、日本側にある入国管理局で着替えさせられたろ？」

「上様が謁見《えっけん》する国賓の場合は、許されてんだ。他国の文化も尊重するってえ、意味合いでな。ただし余計な病原を入れないよう、入国管理局で全身消毒されるけどな」

金色ニンジャだけで手一杯だというのに、さらにスーツの男からもいちゃもんがとぶ。

「竹内さん、私もここからは歩きます。人に担いでもらうというのは、どうにも抵抗がありますし、何よりこの駕籠という代物《しろもの》の有用性がわかりません。失礼ながら、乗り心地も悪く、何より遅い。八人ものマンパワーを使う意味が、ないように思います」

銀縁の眼鏡と容赦のない口ぶりに、理屈っぽさが表れている。こちらは発音からも体形からも、日本人と思われた。

「道中の不快、申し訳ござらん。しかしもうすぐ着きます故、どうか駕籠にお戻りください。異国よりの客人は、駕籠にてお移りいただくのが慣わしとなっておりまして」

ただでさえ大きな駕籠が道を塞ぎ、荷車もつかえている。金ピカなニンジャは否応《いやおう》なく人目を引き、役人と揉《も》める洋装の男は興味を引く。格好の見世物となり野次馬が集まりはじめ、いつも穏やかな竹内が、ひどく焦《あせ》っている。

とても素通りできず、辰次郎は人垣の後ろから声をかけた。

「竹内さまー、どうかなさいましたかー」

「おお、辰次郎か！　松吉も一緒か」

地獄に仏といった体で、竹内はあからさまに安堵《あんど》の表情を返したが、人垣をかき分けてきたふたりを見るなり、眼鏡の男は露骨な縦じわを眉間《みけん》に刻んだ。

「その背中の大きな風呂敷包みは、夜逃げか押し売りですか？　まさか、泥棒ではありませんよね？」

大風呂敷を背負う姿は、たしかにそう見えなくもないが、初対面の相手にいきなり不《ぶ》躾《しつけ》に疑われては気分が悪い。むっつりと黙り込んだふたりに代わり、竹内が慌てぎみに紹介役を買って出る。

「このふたりも我らと同じ、お奉行の配下でござってな。辰次郎、松吉、こちらの方々は、日本から参られた、名瀬《なぜ》幾朗《いくろう》殿と……」

「オウ！　江戸の人ですね！　どぞよろしく、会えて嬉しいでーす」

「……サンジープ・クマール殿だ」

「ワタシ、江戸来るの、とってもとっても楽しみでした！　子供のころ見たニンジャムービーが大好きで、サムライシリーズもいっぱいいっぱい見ました」

「おれもです！　おれもニンジャムービーがきっかけで、時代劇、いやサムライストーリーに嵌《は》まって、それが高じて江戸に来やした」

目をキラキラさせて、たちまち食いついたのは松吉である。

「オウ、ユートゥー！　ワタシ江戸のこと、いっぱい知りたいね」

「任せてください、おれが隅々までご案内します。いやあ、嬉しいなあ、こんなところで仲間に会えるなんて」

「ワタシもソーハッピー！　江戸、サイコーでーす！」

オタクのパワーは、人種も国境も超える。すっかり意気投合し、互いの江戸愛を披露し合うふたりとは対照的に、辰次郎と眼鏡の男のあいだには、微妙な空気がただよう。

「君、大学はどこ？」

「え、おれすか？　二年通って江戸に来たんで、いま休学中なんすけど」

「大学すら出ていない者が馬込博士の部下とは、嘆かわしいと言わざるを得ないな」

「博士？」

「馬込博士は、非常に優秀な研究者だ。それすら知らないのか？」

いちいち嫌みたらしいが、へえ、と辰次郎は素直に感心した。とんでもなく頭がいいのは承知していたが、博士号については知らなかったのだ。

「名瀬殿は、お奉行とは旧知の間柄だそうでな、ぜひお目にかかりたいと申されて、出島から裏金春にお連れするところであった」と、竹内が改めて経緯《いきさつ》を告げる。

「旧知って……もしかして親分に、恨みつらみがあるんじゃ？」

後の部分は、竹内の耳許《みみもと》で声を潜めた。ゴメスにわざわざ会いにくる者は、たいていが向う見ずに怒りや恨みをぶつけに来るからだ。しかし竹内は、にこりと笑った。

「案ずるには及ばんよ、辰次郎。私も初めてのことで少々戸惑ったが……少なくとも、お奉行に害をなすことはあるまいよ」

結局、異国の客人は駕籠に戻らず、大勢の野次馬を引き連れたまま裏金春に到着し、その模様は翌日の瓦版《かわらばん》を賑《にぎ》わせた。


「お久しぶりです、馬込博士。またあなたにお会いできるなんて、感無量です！」

ゴメスの座敷に通されるや否《いな》や、名瀬幾朗の態度は一変した。

「米国のエイムズ研究センターで、ご一緒しました名瀬幾朗です。覚えておいでですか？」

「知らねえ」

「博士と同じ研究チームにいたのですが、研究員は何十人もおりましたし、私が入所してわずか半年で、あなたは別の研究機関に移られたので、覚えておられずとも無理はありません。それでも博士の輝かしい功績は、エイムズでも長く語り継がれておりました！」

鬱陶《うっとう》しそうに眉を潜めるゴメスと、戸惑いぎみの朱緒の表情が見えるようだ。

「な、言ったとおりだろ、良兄い。親分のファン、いや贔屓《ひいき》がいるって」

「辰公からきいたときは、どうにも信じ難かったが。あの日本人、大丈夫か？」

襖《ふすま》を隔てた隣座敷で、辰次郎と良太が小声で語る。その場には、韋駄天と寛治もいる。

ゴメスと旧知という異国の客人が気になって、四人は並んで耳をそばだてていた。

「これって、あれか？　日本人がやるところの『愛の督促』ってやつか？」

「違いやすよ、寛兄い。それを言うなら『愛の目測』でさ」

「まあどっちにせよ、薄っ気味の悪いもんだな」

「あのう、念のために言っときますが、『愛の告白』っすよ」

寛治と良太の見当違いのやりとりに、韋駄天が冷静に応じ、辰次郎が修正を入れる。

「そういや、客人はふたりときいたが、もうひとりはどうしたんだ？」

「ああ、あの金色ニンジャだろ？　一目見ただけで、目がしばしばしちまった」

「裏金春に着く前に、松吉と一緒に市中見物に出て行ったぜ。奴《やっ》と同じ時代劇かぶれで、えらく馬が合ったらしい。竹内様たち出島役人も、そっちの護衛に行っちまった」

韋駄天は辰次郎にたずねたが、良太と寛治が代わりにこたえる。

「かぶれ者に親分贔屓とは、異人てのは妙ちきりんな奴ばかりでやすね。あんな変わり者がぞろぞろ江戸入りしちゃ、手に負えやせんぜ」

「竹内さまの話だと、明日までに、あと五人来るそうだ」

ため息をつく良太に、韋駄天が真面目《まじめ》にこたえた。

「何だって、そんなばらけて到着するんすか？」と、辰次郎がたずねる。

「江戸入りの手段は、帆掛け船しかねえからな。万一沈んだら、そろって海の底だ。そいつを危ぶんで、三手に分かれて入国するんだとよ」

その第一陣が、クマールと名瀬だと寛治が説く。

「それって、江戸の船を信用してないってことですよね。何かちょっとムッときます」

ほんの二年ほど前、日本から江戸入りする際に、一枚帆の和船を不安に思ったくせに、すっかり忘れて辰次郎が口を尖《とが》らせる。

「そんなことより、まずいぞ。親分が、苛々《いらいら》しはじめた」

勘のいい韋駄天が、襖の向こうの雰囲気の悪さを、いち早く察知する。同時に、隣座敷からゴメスの大声が響き、四人がひゃっと身を縮めた。

「うるっせえな！　おれはこれっぽっちも、興が乗らねえんだよ！」

「お願いします、馬込博士。世界の、いえ、宇宙の発展のために、馬込博士のお力が、ぜひとも必要なんです！」

四人がひそひそ話を交わすあいだも、名瀬の告白は滔々《とうとう》と続き、嘆願へと変わっていた。

「宇宙って、何やら話がでかいすね。何を言ってるか、おれにもさっぱりですけど」

「奴の話は、長い上につまんねえからな。親分が苛立つのも無理ねえすよ」

「そろそろ退散しようぜ。不機嫌な親分に見つかったら、こっちが殺されちまう」

寛治に促され、三人がうなずく。しかし向きを変えた拍子に、襖の枠に辰次郎の腕が当たり、かすかに揺れた。それまで大音量できこえていたゴメスの怒声が、ぴたりと止まり、韋駄天の声がとんだ。

「まずい、伏せろ！」

両脇《りょうわき》にいた三人の頭を、両腕を伸ばして押さえつけながら韋駄天が素早く身をかがめる。とたんにズボッと音がして襖に穴があき、良太の頭上をかすめて背後の壁に突き刺さった。

韋駄天の掌を頭に載せたまま、恐る恐る辰次郎がふり向く。壁に垂直に突き立っていたのは、辰次郎の二の腕くらいの長さはありそうな、火箸《ひばし》だった。

「ひでえよ、親分！　火箸はねえだろ、火箸は！　マジで死んじまう！」

朱緒が襖を開けたとたん、良太が拳を握って訴える。あまりの恐怖に、盗み聞きの後ろめたさすら、吹きとんでしまったようだが、

「うるせえ。おれの座敷に隠密《おんみつ》をかけるなら、死ぬ覚悟で挑みやがれ」

ゴメスに無表情で返されて、ある意味もっともだと四人がうなだれる。

この最悪の状況下に、満面の笑みで現れたのが、松吉と金色ニンジャである。

「親分、遅くなりやしたが、サンジ、じゃねえ、サンジープ・クマール殿が、ご挨拶《あいさつ》してえそうで」

「オウ、あなたがゴメーズですか！　マッキーから噂《うわさ》はききましたが、イメージ以上にアメイジングです！」

怒りの沸点を越えて、ゴメスの頭から噴き出す湯気が見えるようだ。

「てめえら、そこに並べ！　まとめて池に叩っ込んでやる！」

「いけません、お奉行！　異国のお客人に手をかけることだけは……」

「なら、これで、我慢、してやるよ！」

ゴメスの太い腕に、次々と襟首を摑まれて、外へと放り投げられる。朱緒と韋駄天は咄嗟《とっさ》に客を庇《かば》って難を逃れたが、残る四人は見事な弧を描き、庭の池にしぶきを上げて着水した。

「ひぃーっ、真冬の水は勘弁だ！　死ぬ死ぬ、死ぬ、死んじまう！」

大げさに叫びながら、ずぶ濡《ぬ》れの手下たちが、火鉢を求めて退散する。

「お客人は、どうぞこちらに。出島の者が、宿までご案内いたします」

ぽかんと口を開けたふたりの客に向かって、朱緒は何事もなかったように微笑《ほほえ》んだ。

ぶわっくしょん、と大きなくさめをして、松吉が洟《はな》をすする。

「大丈夫か、松吉。風邪引いたんじゃねえか？」

「平気だよ。親分の勘気を買って、池ポチャで済んだならましな方だ」

「江戸へ来て、というか親分の許にいて、色んな意味で丈夫になったよな、おれたち」

翌日、ふたりは朱緒の使いで、日本橋に向かった。異国から来た客は、日本橋本石町《ほんごく》の長崎屋に滞在するからだ。長崎屋は江戸の昔から、唐人や蘭《らん》人の定宿であった。いまも同じ場所に築かれて、長崎奉行所支配とされていた。

「クマール殿と名瀬殿へ、こちらの焼菓子を。昨日は、驚かせてしまいましたからね。そのお詫《わ》びです」

本来なら、朱緒が直々に足を運ぶところだが、今日は視察団の第二、第三陣が到着する。その応対のために、朱緒も出島に駆り出されていて、下《した》っ端《ぱ》ふたりに使いを頼んだ。

「日本人であったおまえたちの方が、話も通りやすいでしょうし、松吉はクマール殿と親しくなったと伺いました故」

松吉はふたつ返事で引き受けて、辰次郎も焼菓子の包みを手に同行した。

「サンジは、年もおれと同じ、二十五歳でな」

「サンジープでサンジか。でも、松吉でマッキーはどうよ」

「マッツてのは、英語じゃ発音しづれえんだよ。サンジはインドの出自でな、国の言語はヒンディー語だが、準公用語は英語なんだ。他に地方によって、二十二の州公用語があるそうで、都合三つの言語が話せるってよ」

「日本語を入れて、四ヶ国語か。それもおまえと同じだな」

松吉は英語の他に、スペイン語と中国語にも通じ、出島で重宝されていた。

「サンジは民俗学者でよ、学問上の意味でも、江戸にはぜひとも入国したかったって、えらく喜んでいた。一緒にいた名瀬さんはまだ若いけど、宇宙工学の博士なんだってよ」

「へええ、宇宙かあ……」

つい顔を仰向けると、朝の空に、月がぽかりと浮いていた。二日前が満月だったから、ほぼまん丸に近い。月を見るたびに、思い出す顔がある。

「十《じゅう》さん、どうしてるかな……。江戸が恋しくて、泣いたりしてないかな」

かつてゴメスの片腕であった十助《じゅうすけ》は、とある事情で江戸を出国した。後釜《あとがま》に据えられたのが朱緒であり、むろん不満はないものの、裏金春で地蔵の頭《かしら》と呼ばれていた十助のことは、どうしても心にかかる。

十助の妹が月に住んでいるために、江戸を出てしばらくは月に滞在していたと手紙に書いてきた。月を見るたびに地蔵の頭が恋しくなるのは、辰次郎に限ったことではない。手荒な奉行と配下の間で、壁や緩衝材になってくれたのは十助だ。その恩情は誰も忘れていない。しかし情報通の松吉は、十助についてもとっておきのネタを摑《つか》んでいた。

「出島でも限られた者しか知らねえが……地蔵の頭は半年ほど前に、外庭番に就いたそうだ。しかも配下を持つ、組頭だってよ」

「マジか！　外庭番て、異国の情勢を探る密偵だろ？」

「ああ、日本国内には百人ほど、世界各国にも五十人ほどいるらしい。外庭番は、長崎奉行所支配だからな。たぶん頭を出国させたときから、そのつもりでいたんだろうな」

「そうかあ、十さんは本物のニンジャになったのかあ」

十助と江戸の縁は、切れていない。そうと知っただけで、顔がほころんでくる。

「松吉も立候補したらどうだ？　憧《あこが》れのニンジャになれるぞ」

「と言ってもなあ、表向きはあたりまえの日本人だし、おれはやっぱり江戸の方がいいや」

と、江戸名物の赤富士に目をやった。北斎の富士絵図を真似《まね》て、赤土を盛った人工の富士山だが、先がとんがり過ぎていて五合目までしか登れないという。

ほどなく日本橋が見えてきて、その先に北へと延びる大通りは中山道《なかせんどう》だ。長崎屋は本石町三丁目。日本橋を渡り数町先で東に曲がれば、長崎屋が見える。しかし道を曲がったところで、松吉が足を止めた。

「あれは、長崎奉行所の駕籠じゃねえか。ほら、長崎屋の真ん前に二挺ある」

「ほんとだ。もしかして、視察団の第二陣かな？」

駕籠脇を固めるのは、やはり出島の役人だが、今日は竹内の姿は見えない。しかし辰次郎は、その中に馴染んだ顔を見つけた。

「佐久間《さくま》様、お役目ご苦労さまです！」

「おお、辰次郎か」

にこりともせず返されたが、これが通常運転だ。

佐久間源之助《げんのすけ》は、粟田配下の長崎奉行所同心である。謹厳実直を顔に貼《は》りつけたような愛想《あいそ》のない壮年の侍だが、中身は案外人情派で、裏金春のふたりも懐《なつ》いていた。

「それにしても、すごいSPの数ですね。何でこんなに多いんですか？」

「辰次郎、せめて護衛と言えよ。佐久間様に通じねえだろ」

「気遣いは有難いが、長崎奉行所におるからな、そのくらいは知っておるわ」
S　P《セキュリティポリス》は総勢十人ほどもいて、前の駕籠を囲む垣根のように林立している。
「視察団の二陣が着したのだが、お一方《ひとかた》が日本の国会議員でな」

「日本のSPがサングラスって、めずらしいな。あそこにいる、ふたりだけだけど」

辰次郎が指差したのは、後ろの駕籠脇に立つふたりの護衛だ。共にスーツの前ボタンが弾《はじ》けんばかりの筋肉質で、片方はとりわけ大柄だった。百七十七センチの辰次郎の身長を、十センチは凌《しの》ぐ。松吉もやはり、ふたりに不審の眼差《まなざ》しを向ける。

「妙だな……サングラスのあいつらだけ、SPのバッジがねえぞ」

「あのふたりは日本の警察ではなく、雇われの護衛だそうだ」

つまりは民間のボディーガードということか。

前の駕籠から、男がひとり降りてきた。こちらが国会議員のようだ。見事な白髪で顔は浅黒く、細い目で珍しそうに周囲を見渡す。スーツ姿ではなく和装であり、後できいたところ本人の私服だった。

「ほほう、これはこれは……まさにテーマパークですな」

その言い方が、妙にカチンときた。いかにも鷹揚《おうよう》を装《よそお》いながら、肝心のところが見えていない。典型的な、話の通じない年寄りだ。

「まるで悪代官を、絵に描いたようなジジイだな」

辰次郎がぼそりと呟《つぶや》く。着込んだ羽織袴《はかま》と相まって、時代劇の悪役を連想させる。

「たしかにな、こんな昭和感丸出しの政治家が現存しているようじゃ、日本も江戸といい勝負だな」と、松吉がうなずく。

「国会議員ときいたけど、全然知らないや。何て人ですか？」

「印西茂樹《いんざいしげき》殿だ。大番頭や外国奉行に任じられ、勘定奉行に至っては三度も務めたと伺《うかが》うておる。日本人というのに、知らなんだのか？」

佐久間には大いに呆《あき》れられたが、辰次郎にはそれ以上にややこしいことがある。

「えぇっと、大番頭は防衛大臣、外国奉行は外務大臣。で、勘定奉行は財務大臣……いや、経済産業大臣か？」

日本にいた頃から政治も省庁も縁がなかったが、いまは曲がりなりにも長崎奉行所の小者、つまりは役所の契約社員に等しい。江戸の行政や役目についても、学んではいるのだが、未《いま》だにうろ覚えのありさまだ。

ちなみに長崎奉行と外国奉行は、ともに対外政策を担《にな》っているが、江戸国内にいて交易の監督、異国人の管理、諸外国の動静を探るのが長崎奉行であり、一方の外国奉行は海外に出向き、他国との交渉や視察を行う役目を負っていた。

「無理っすよ、佐久間様。大臣を歴任していたのは、十年以上も昔の話でやすから。子供の辰次郎が、覚えていなくても仕方ない……あれ、待てよ？　たしか国会議員は、何年か前に引退したはずだ」

話の途中で松吉が首をひねり、佐久間がこたえた。

「一度は退かれたそうだが、先の選挙で返り咲いたと伺うた」

「そういう話をきくと、つい考えちまうな。どうして議員には定年制がないのかって」

辰次郎が顔をしかめたとき、すでに人垣を築いていた見物人から、大きなざわめきが起こった。後ろの駕籠から、女性が降りたためだ。江戸っ子は物見高く、長崎屋に異人が到着すると、黒山の人だかりとなるのが常だった。

こちらも和装で、女性にしては背が高く細身で、細いうなじや造りの小さな顔は着物がよく似合う。長い黒髪を高く結い上げて、血のように紅い珊瑚《さんご》玉の簪《かんざし》を差している。光沢の強い銀鼠《ぎんねず》の着物に、金糸で大きな蝶《ちょう》が刺繍《ししゅう》された濃藍《のうらん》の帯を締めている。

まわりを囲む見物人に、微笑みながら軽くお辞儀をした。観衆から、ため息が漏れる。

「あの方は、万里亜《まりあ》・ネオ殿。印西殿の、実の娘御でな」

「親子って、マジで？　ぜんっぜん似てないけど」

親子で姓が違うのは結婚したためで、国籍も在住も日本だが、シンガポール人の夫の姓、ネオを名乗っているという。松吉が、思い出したように告げた。

「そういやネオって、もうひとりの科学者の名だ。さっき言ったろ、次世代エネルギーを研究してるっていう」

「科学者と言われれば、そんな雰囲気もあるな。どこか合成樹脂《プラスチック》感があるというか」

「整い過ぎて、つるんとしてるよな」と、松吉も同意する。

「そういや、あれに似てないか？　美術の教科書の表紙にあった、ダ・ヴィンチの」

「『モナリザ』か、たしかにな。おかげで、つるんの正体がわかったよ。笑顔が嘘《うそ》くせえんだ」

モナリザのアルカイック・スマイルに近いが、もっと硬質で現代的、まさにプラスチック・スマイルといった方がしっくりくる。

異国の賓客ふたりの姿が、長崎屋の内に吸い込まれる。それを汐《しお》に集まった人垣が崩れていく。

「佐久間様は、中に入らなくていいんですか？」

「わしは道中番のみのお役目だ。なにせ異国語が話せぬからな。あまり役には立たんわ」

「だったらおれが、世話係を買って出ようかな。サンジとはじっくり話してえし、今回に限って、議員や科学者が混じっているのも気になるだろ？　長崎屋に潜り込んで、連中の目論見《もくろみ》を暴《あば》くのよ。隠密同心みてえで格好いいだろ？」

「松吉、それだけはやめてくれ！　おまえがいねえと親分への膳出しが、おれひとりになるだろ！　頼むから、おれを置いていくなよ」

辰次郎に涙目で懇願されて、それもそうか、と松吉も納得する。

「言うておくが、長崎屋にはすでに隠密が配されておる。二十人はくだらぬ数だからな、これ以上は要らぬわ」

「うええ、二十人超えですかい？」松吉が目を丸くして、

「そんな数、どうやって潜ませるんですか」辰次郎も疑問を投じる。

「主人の源《げん》右衛《え》門《もん》以下、番頭、手代、女中、下働きに至るまで、すべて長崎奉行配下の隠密同心だ」

松吉すら知らなかったらしく、あんぐりと口を開ける。

主人や番頭は流暢《りゅうちょう》な英語を話すが、手代以下はせいぜい片言、あるいは日本語のみで通している。しかし実態は、全員が少なくとも英語には通じ、それぞれが得手な言語を

合わせると、十五、六ヶ国語に上るという。

「こわっ！　宿の従業員が全員スパイなんて、さすがにやり過ぎじゃないですか？」

「いかにも親分が命じそうな、汚《きたね》え手口だよな」

「いや、命じたのは馬込様ではなく、御老中だ。たしかに褒められたやりようではないが、それだけ江戸の外交が、難しい証《あか》しでもある」

生真面目な佐久間に、生真面目に告げられると、いっそう深刻さが増す。科学の一切を拒否して鎖国を敷くなど、いまの時代では常軌を逸している。日本とはひとまず協力関係を築いているものの、あくまで表向きであり、諸外国の横槍《よこやり》も多いという。

「わしはそろそろ出島に戻らねば。一刻後に着する、第三陣の道中番も担っておってな」

「佐久間様なら、警護にはもってこいですね。出島の強面番付《こわもてランキング》で、うちの親分に次いで堂々の二位ですもんね」

「辰次郎、そいつは褒めにならねえぞ」と、松吉が突っ込む。

出島の方角に行こうとして、佐久間が足を止めた。

「そういえば、松吉。明日の異人との評定だが、粟田様はおまえに通詞を務めてほしいそうだ」

「通詞、でやすか？　異人といっても相手は日本人でやすよね？　日本人同士なら、通詞なんていらねえはずでは？」と、松吉は首を傾《かし》げる。
「粟田様は、江戸建国より長きにわたって、江戸内におるからの。外国奉行を賜ってい
た折には、外にもたびたび参ったそうだが、それも十年以上は前になる。最近の言葉、
殊《こと》に横文字の仮名語には通じておらぬ」
粟田に限らず江戸側の出席者には、通詞をつける者が多いという。古参の役人には、
粟田と同様の事情があり、逆に江戸育ちの若い役人も、新語に慣れぬのは同様だ。
もちろん幕閣の上席にいる者たちは、日々、新語や新たな風潮をせっせと仕入れてい
るのだが、外はあまりに変化が早過ぎて、とても追いつかない。日本ではあたりまえの、
こんなことも知らぬのか、と侮《あなど》られては、それだけでも不利となる。そのための通詞だ
と、佐久間は説いた。
「出島の者たちは、上様や御老中への通詞を担い、また何人かは書役を務めねばならず
数が足りぬのだ。松吉は江戸入りして日が浅く、なかなか世情に通じておる。通詞には
もってこいだと仰《おお》せでな」
「そういう話でしたら喜んで！　御前評定でやすよね？　おれ、上様にお目文字するの
初めてでやんす！」
評定とはいわば会議であり、上様がそのようすをご覧になることを、いまの江戸では
御前評定と呼ぶ。松吉は、初上様に大興奮だ。

「あ、いけね。おれたちも使いを果たさねえと」

佐久間と別れてから、焼菓子を手に、改めて長崎屋の暖簾《のれん》をくぐる。

「あいにくと、名瀬様とクマール様は、市中見物に出てらっしゃいまして」

菓子折りと言伝《ことづて》を預かったのは、愛想のいい手代だった。まじまじと見詰めたが、とても隠密には見えない。

「大儀なお勤め、ご苦労さまにございやす」

「お仕事頑張ってくださいね。応援してます」

松吉と辰次郎に、手を握られて激励を受け、手代は不思議そうに首を傾げた。


かつての江戸城は、表・中奥・大奥に分けられていた。

大奥は言わずと知れた将軍の妻と側室の住まいであり、将軍以外は男子禁制、数多《あまた》の女人が集う女の園であった。その存在意義はお世継ぎの確保にあったが、将軍職が世襲制ではないだけにその必要もない。いまの大奥は、単なる将軍の屋敷に過ぎず、造りもいたってささやかだ。

対して執務を行う中奥と、客を迎える表は、かなり忠実に再現されている。

特に表は大広間と白書院、黒書院から成り、大広間と白書院を結ぶ、忠臣蔵で有名な松の廊下や、白書院から黒書院に繋がる竹の廊下、さらには庭に突き出した能舞台まで、三百年前の趣を踏襲していた。

日本からの視察団が通されたのは、表の白書院であった。

宮家からの勅使や、唐人・蘭人など異国の客を饗応《きょうおう》する場所であり、昔は迎賓のためにのみ使われていたが、現在はふたつの書院で、幕閣内の相談や評議も行われる。

白書院は、四つの座敷に分けられていて、うちふたつは上段の間と呼ぶ。名のとおり一段高い上様のための場所であり、襖を開け放した下段の間に、客や幕臣がならぶ。

今日はその下段の間に、白布を掛けた長い卓が運び込まれていた。床には赤い絨毯《じゅうたん》が敷き詰められ、上段の間にも立派な椅子《いす》が据えてある。正座を苦手とする、異国の客への計らいだった。

総勢七人の視察団は卓の片側に並び、向かい合わせに五老中と、外国奉行と長崎奉行がふたりずつ。さらに席についた者たちの背後には、それぞれ通詞がついている。国会で、議員の背後に官僚がついて、助言する姿に似ている。

日本側には通訳はつかないが、書記役を伴っている。すでに外の世界では、議事録を細部に至るまで、音声から文字に変換する技術も普及しているが、江戸国にはもち込めない。いまどき不便きわまりないが、視察団の側もその辺の事情を鑑《かんが》みて、五人の書記を連れてきていた。全《すべ》て合わせると結構な人数になるのだが、下段の間だけでも三十畳はある。

上段の間の主を迎えるより前に、御三卿《ごさんきょう》のひとり田安《たやす》公が、真向いに座る人物に話しかけた。

「お久しぶりですな、印西殿。かれこれ三十年ぶりになりますか。お互い歳《とし》をとりましたが、お元気そうで何よりです」

「江戸への入国は、私の長年の夢でしたから。視察団が組まれるときいて、立候補したしだいです」

今回の視察団の長は、印西茂樹だった。それに続くのが三人の官僚。法務省と厚生労働省、環境省からそれぞれ派遣された。さらに学者が三名。民俗学者のサンジープ・クマールと、宇宙工学が専門の名瀬幾朗。そして、次世代エネルギー学者の万里亜・ネオである。

「あの頃の顔ぶれは、ほとんど代替わりしてしまったようですが、田安さんや粟田さんと、またお会いできただけでも、来た甲斐《かい》があったというもの。昨晩の歓迎会《レセプション》でお目にかかったときには、涙ぐんでしまいました」

昨日の午後、最後の第三陣が到着し、夕刻から江戸城大広間で饗応の宴《うたげ》が開かれた。大広間から見える能舞台では、薪能《たきぎ》と歌舞伎《かぶき》が披露され、酒と数十種類の肴《さかな》に加え、五の膳《ぜん》まである本膳料理が供されたと、ゴメスのお供として従った朱緒からきいていた。

印西もまた笑顔で、実に結構なもてなしだったと礼を述べたが、浅黒い顔に二ヶ所、切れ込みを入れたような細い目は笑っていない。

「嘘くせえ」と松吉は、口の中で呟いた。

着慣れぬ麻裃《あさがみしも》を身につけて、松吉は栗田和泉守秀実の背後に立っていた。栗田の隣には、もうひとりの長崎奉行が、でんと鎮座している。

小柄な松吉よりも、栗田はさらに小さい。こうしてゴメスと並べると、釣り鐘と風鈴といった何とも頼りない風情《ふぜい》だが、唯一《ゆいいつ》ゴメスに意見できる貴重な存在として、裏金春の者たちも、この老奉行には一目置いている。

ちなみにゴメスと、外交を担うふたりの外国奉行、そして異国通として名高い紀州公には、通詞の必要がなかった。

「おお、そういえば、印西先生は先の選挙で見事、議員に復帰なされたと伺いました。ご当選、心よりお慶《よろこ》び申し上げます」

「楽隠居のつもりでおりましたが、地元の皆様から担ぎ出されてしまいましてな。年寄りの冷水と言われかねませんが、当選を果たした上は、老体に鞭打《むちう》つ覚悟でおりますよ」

田安の社交辞令に、得意満面の笑みを向ける。選挙地盤を継いだ若手議員のやりようが気に食わず、強引にしゃしゃり出て復職したことは耳に入っていたが、田安はおくびにも出さず、世辞めいた賛辞を連ねる。

「当選回数は十二回になるとのことで、人気のほどが窺《うかが》い知れますな」

「いや、私なぞまだまだ、十五回とか二十回とか上には上がおりますからな」

いや、いつまで居座るつもりだよ、と松吉は腹の中で毒づく。日本の政治は相変わらず、高齢者が上にひしめいていて新陳代謝が捗《はかど》らない。それにくらべれば、封建政治を標榜《ひょうぼう》する江戸の方がよほどましだ。老中のうち、年寄りの部類に入るのは田安公のみで、あとは二十代から五十代まで各世代が満遍なくそろっている。

「今回は閣僚から外れましたが、それも幸いと考えて、かねがね携わっていた国内の資源開発に、いっそう尽力する所存です」と、選挙演説さながらに印西が述べる。

「国内、というと、日本の資源ということですかな？」

田安は意外そうな顔をしたが、印西は自信たっぷりな表情でこたえた。

「資源においては貧乏国家と言われてきましたが、過去の話になりつつあります。いまは技術が進歩して、これまで資源とみなされなかった材料から、エネルギーや希少材へと変換することが可能となりました。つまらぬ石ころをダイヤに変えられる、ということです」

『カタオカ』という企業が、非常に有益な物質を開発し、名瀬幾朗はカタオカの技術研究者だという。そして実用化には、誰もが知っている巨大企業が名乗りを上げていると、印西は胸を張る。

『NEXE《ネグゼ》』はご存じですな？　次世代エネルギーでは世界トップクラスの会社ですが、CEOのネオは娘の伴侶《はんりょ》です。娘の万里亜もまた同社でCTO、いわば技術開発のトップを務めていましてな」

つまりは今回の視察団は、印西の身内で構成されているのかと、松吉は解釈した。

ただ、資源だの次世代エネルギーだのが、江戸にどう関わるのか見えてこない。

「開発中の資源というのが、非常に画期的なもので……」

「印西先生、それ以上は……」

調子のいい弁舌を止めたのは、名瀬だった。言葉には遠慮があったが、表情にははっきりと苛立ちが浮かんでいる。対して娘の万里亜は、まるで他人事《ひとごと》のように無表情で、父親の方を見向きもしない。

「おお、これは失礼した。昔馴染みに対して、つい口が軽くなってしまったが、江戸国においては、次世代エネルギーなぞ無用の長物でしたな」

上様が着席するまで、会議は始まらない。いわば雑談の時間ではあるのだが、微妙に江戸国への皮肉も含んでいる。

ザ・政治家といった、いけすかないジジイだと、松吉は心の中で舌打ちした。

内心はやはり面白くもなかろうが、五老中でももっとも古株にあたる田安は、ふんふんと相槌《あいづち》に余念がない。印西茂樹は与党の大物であり、その影響力は侮《あなど》れない。印西の長口舌を止めたのは、ドン、ドン、と重々しく鳴らされた太鼓の音だった。

「上様の、御成ーりー」

実を言えば、太鼓は単に城内で時を知らせるために打ち鳴らされるものであり、ふだんの評定では、いちいち将軍の御成りを告げることもしない。いわば国外の賓客のための演出《サービス》であり、評定の初日にのみ行われた。

上段の間の、向かって右手の襖があいた。常には畳に平伏するところだが、椅子の場合は作法が違う。江戸国の者たちは一斉に椅子を立ち、深く頭《こうべ》を垂れる。視察団の者たちも、見よう見真似でそれに倣《なら》った。

松吉も上様を拝するのは初めてだ。腰を九十度に屈《かが》めながら、上目遣いで盗み見た。

思ったより、フツウだな――。

正直な感想だった。中肉中背で、若いせいか威厳にも欠ける。容姿も凡庸なら、一国の当主たる雰囲気《オーラ》も資質《カリスマ》も感じられない。きらびやかな着物を剥《は》いで、ぼさぼさの鬘《かつら》をかぶせれば、日本中にごろごろしている無業者《ニート》に仕上がりそうだ。

当代将軍、徳川家盛は二十三歳。松吉や辰次郎と歳も近く、まだ嫁取りも果たしていない。

ちょうど同じ頃、辰次郎もまた、金春屋で上様の噂話をきいていた。

「いらっしゃい、辰さん、今日はずいぶんと遅い朝ご飯ね」

金春屋の暖簾をくぐると、看板娘のお春《はる》が迎えてくれた。

「松吉がいないから、ふたり分の仕事がまわってきてさ。食う暇がなかったんだ」

「でも、遅い朝餉《あさげ》のお仲間ならいるわよ」

と、店の隅にある卓を示す。裏金春の配下たちの定席で、すでに朝餉を終えた菰八と木亮が一服していた。

「おやじや木兄いと一緒にしねえでくれよ。ふたりは朝帰りした挙句、さっきまで寝こけてたんだから」

「おーい、きこえてるぞ。おれたちも、遊んでたわけじゃねえんだが」

「茶屋で夜通し、聞き込みしてたんだぞ。朝寝したって罰は当たらねえや」

菰八が苦笑いして、木亮は心外だと言わんばかりに文句をこぼす。

「でも、茶屋に可愛《かわい》い娘がいたって、ご機嫌でしたよね？」

「てめえらがさっぱり役に立たねえから、かわりにおれたちが徹夜する羽目になるんだろうが。少しは色街の作法くれえ学びやがれ」

「女性にべたべたされるのって、どうも慣れなくて……こんなこと言ったらセクハラになるかなとか、会話ひとつでも緊張するし」

「かーっ、情けねえな！　おめえら江戸入り者は、どうしてそうまでへなちょこなん

いけばいいさ」

「日本はその辺りの決まり事が厳しいからな。まあ、探索についちゃ、おいおい覚えていけばいいさ」

木亮にはこき下ろされたが、菰八は鷹揚だ。お春が注文をとりにきた。

「いまの時間じゃ、朝昼兼用《ブランチ》だな。ちなみに、今日の一押しは？」

「まずは寒ぶりね。漬焼きと粕《かす》汁があるの。それと平貝《たいらがい》。ウニ焼きがお勧めよ」

「じゃあ、それで！　ぶりの漬焼きと粕汁も」

「おまえは本当に、食い気のみで色気がねえな」と、木亮に混ぜっ返される。

「そういや、木兄いに、ききたいことがたくさんあって」

「情報《ネタ》は一件につき一朱だ。それ以上は負けねえぞ」

「いや、ネタじゃなく、木兄いにぜひ！　講談をお願いしたくて」

「なんだ、それならそうと早く言えよ。で、何を披露してほしいんだ？」

木亮は、口が悪く辛辣《しんらつ》で容赦のない兄貴分だが、情報通で講談好きだ。江戸の小難しいしきたりなぞは、木亮の講談に託すのがいちばんわかりやすい。

松吉は粟田にまで頼りにされて、江戸城までお供した。置いてきぼりを食らったような心許なさがわいて、遅まきながら江戸について学ぼうと思い立ったのだ。

「ええと、まず上様と老中と、江戸の建国の話と……あと何だっけ？　多過ぎて、こんがらがっちまった」

「少しはまとめてこいよ。建国談ならおやじの方が詳しいか。なにせ歳の功があるからな」

「年寄りあつかいすんじゃねえよ」と、菰八が苦笑する。

菰八は甚三と同格で、じゃがいものようにごつい顔ながら、年長者だけあって温厚だ。裏金春では唯一の所帯持ちで、妻と幼い娘ふたりとともに、近所の長屋に住んでいた。

「初代の将軍様が、いまの江戸を作ったことは、おまえも知ってるだろ？　そのときに、金や権力《ちから》や頭脳《あたま》で、手を貸した連中が大勢いた。大方は、多くの国と取引する大商人でな」

「グローバル企業の、経営者ってことか」と、辰次郎が口の中で翻訳する。

「中でも金高と気合が抜きん出ていた者が、五人いてな。これに初代を加えた六人衆が、いまの御三家・御三卿だ」

昔の御三家は、徳川の苗字《みょうじ》を許されていたが、いまの江戸では、将軍のみが徳川を名乗ることができる。故《ゆえ》にいまの御三家は、尾張・水戸・紀伊と、それぞれ国名を苗字としていた。そして御三卿は、田安・一橋・清水の三家である。

つまりいまの御三家・御三卿は、江戸国への大口の出資者や、その子孫であり、むろん昔の徳川家とは、血筋はまったく関係ない。

「ちなみに、ご老中に女性はいないんですか？」

「ひとりいる――清水公だ。お父上が今年、隠居なされた折に清水公となった。歳は二十五で、なかなかに麗《うるわ》しいお方だそうだぜ」

「初代の水戸公も、女殿様だったな。あっちは女傑と評判で、二代公方《くぼう》様に望む声も多かったんだが、とっとと隠居しちまってな。結局、その息子が二代様に就いたんだ」

初代将軍は尾張、二代は水戸、現三代は一橋家の出だと、菰八がつけ加える。

「三代様には、知恵者の紀伊公を押す声が、市井《しせい》では多かったんだが」

「よりにもよって、守宮《やもり》様とはな……」

「ヤモリって、何すか、木兄い？」

「三代一橋公は、将軍になって家盛《いえもり》と名を改めた。で、守宮様だ」

現在の将軍家は世襲制ではない。御三家・御三卿を合わせた六家から、ひとりをえらんで将軍に据え、残る五家が五老中として幕閣の指揮をとる。

「六家のうちから、どうやって上様を立てるかについちゃ、諸々の説があってな」

「なんだ、結局、おめえの講談かい」

「いよっ、待ってました！」

辰次郎の掛け声を受けて、木亮の舌はいよいよ本格的にまわり出す。

「表向きは六家のもちまわりってことになっちゃあいるが、さて、どんな順ぐりかは皆目わからねえ。尾張、水戸ときて、次は紀伊かと思いきや一橋。中をすっとばして一気に幕末じゃあござんせんか。そりゃあ騒ぐ奴もおりやして、果てには噂がとびかった」

「噂ってどんな？」

「上様選びの正体はくじ引きじゃあねえかって噂よ。それっぱかりにゃ留まらねえ。もうひとつ、もっともらしい説もある。おっと、ご隠居、大声で口にするのは憚《はばか》っておくんなさいよ。ご隠居の首のみならず、あっしの素首《そっくび》まですっ飛んじまう」

「ご隠居って、どこにもいませんけど……」

「木亮は最近、落語にも凝っててな。やたらとご隠居が出てくんだ」

辰次郎の疑問には、菰八がこたえたが、木亮の調子はいっそう上がる。

「いやいや、ご隠居、そう急《せ》かしちゃいけやせんぜ。なにせとっておきの話種《はなしだね》でやすからね。初代様亡《な》き後、二代様をどなたにするかは、そりゃあもう御老中は頭を悩ませた。なにせ初代様のお子たちは、誰も江戸には来ちゃいねえ。五人の老中からえらぶ運びとなりまして、とかく切れ者と噂が高い、水戸の女殿様に白羽の矢が立った」

さきほど菰八がちらりと語った件に、たっぷりと尾鰭《おひれ》をつけて披露する。

「ところがどっこい、黄門様に倣って、隠居の上に漫遊に出ちまった。代替わりされた水戸公を加え、改めまして二代様決めの相談を始めたものの、いずれも帯に短し襷《たすき》に長し、どんぐりの背くらべ。恨みっこなしでくじ引きにしちゃあどうかと誰かが言って、さようさようと皆が同じた。富くじを真似て箱に札を入れて矢をぶっ刺したところが、見事水戸公に、二度目の白羽の矢が立ったってえ寸法よ」

「上様って、そんなふうに決まってたのか。結構、いい加減なんだな」

「おいおい、話半分できいとけよ。あくまで市中に流れる、根も葉もない風説に過ぎねえからな」

すっかり信じ込んでいる辰次郎に、菰八がひとまず釘《くぎ》をさす。

「冴《さ》えねえ守宮様を、どうして三代様に据えたのか、わけがわからねえってんで、この手の噂があれこれ出回ってんのよ」と、語り手の木亮も認める。

「手足となって幕閣を動かすのは老中で、上様はいわば顔に過ぎねえ。いちばんのぼんくらを、あえて据えたんじゃねえかと、そんな話すら飛び交っていてな」

「そこまで言っちゃ可哀相《かわいそう》すよ。おれも裏金春に入所した頃は、ずいぶんとぼんくらあつかいされたから……何か同情しちまうな」

「同病相哀れむって奴だな」

木亮には一言で片づけられたが、その折にお春が飯を運んできた。山盛りのほかほかご飯にぶりの粕汁と漬焼きが並び、平貝のウニ焼きの匂《にお》いがたまらなく食欲をそそる。

「にしても、まさかよりによって、あの野郎が直《じか》に乗り込んでくるとはな」

「隠れてこその黒幕だろうに、正面から来られちゃあな。五老中もたいそう慌《あわ》てたそうだ」

　しばし飯に熱中しているあいだに、木亮と菰八は別の話を始める。

「だが、田安様や粟田様なぞの古株は、もとより見知りなんだろ？」

「ああ、奴も江戸建国においては立役者だからな。江戸に残っていたら、間違いなく老中に登っていたと。つまりはそのくれえ、力を貸したってことだ」

「だったら何で、日本に渡っちまったんだ？」

「何のことはねえ、江戸転びよ。最初の流行病《はやりやまい》のときに、尻《しり》に帆掛けて江戸を逃げ出した」

「けっ、他愛ねえな。逃げるのは勝手だけどよ、いまさら何だって江戸に喧嘩《けんか》をふっかけるんだ？」

「さあな、そいつは印西にきいてくれ」

　と、菰八は、コンと音を立てて煙管《きせる》の灰を落とす。

「……印西って、視察団にいた？　昨日、長崎屋の前で見掛けました」

なかなか嚙《か》み切れない平貝を喉《のど》の奥に押し込んで、辰次郎が口を挟んだ。

「あの人、日本の国会議員ですよね？　江戸に喧嘩をふっかけるって、どういう意味ですか？」

「なんだ、おめえ、きいてねえのかよ」

「まあ、出島でも、限られた者しか知らされてねえからな」

木亮は露骨に眉《まゆ》をひそめ、菰八の表情には、わずかな迷いが浮かぶ。

「おめえと松吉は、ことに関わりが深《ふけ》えからな。朱緒様の気配りで、あえて伏せたのかもしれねえが」

菰八は、じゃがいもに似た顔を寄せて、小声で告げた。

「この前の阿片《あへん》騒ぎは、印西が黒幕のようだ」

え、と叫んだまま、舌が固まった。辰次郎も、阿片騒ぎの解決には一役買った。だが、それ以上にあの事件には、多くの人々が巻き込まれ、中には命を落とした者もいる。

「日本でのうのうとしていた野郎が、陰で糸を引いてたってことなのか、おやじ？」

「そうかっかすんな。頭に血が上っちゃ、返り討ちに遭いかねねえ。大事なのは、この先だ。奴の思惑がどこにあるのか、見極めねえとならねえ」

菰八がめずらしく真顔で言い含めたが、辰次郎は素直にうなずけない。阿片騒ぎの折に出会った者たちの顔が、走馬灯のようにぐるぐると頭の中をめぐる。

「とはいえ、今日のところはひとまず、御前評定の出方しだいだな」

木亮が伸びをして立ち上がり、菰八も煙管を懐《ふところ》に仕舞って席を立った。

「おめえの気持ちはわかるが、くれぐれも無茶はするなよ」

慰めるように肩を叩《たた》いて、菰八は木亮と一緒に店を出ていった。

さっきまで旨《うま》かったのに、急に飯の味がしなくなった。

「皆の者、面《おもて》を上げい」

松吉は、将軍様の声を初めてきいた。裏返った声からは、はっきりと緊張が伝わってくる。松吉ですら、にわかに不安になってきた。

ただし将軍様は会議を御覧になるだけで、直に関わることはない。赤い天鵞絨《ビロード》張りの椅子に腰かけ、短い挨拶と、視察団への労《ねぎら》いの台詞《せりふ》を口にして、後の一切は老中たちが仕切った。司会を務めたのは、知恵者と評判の紀州公、紀伊恭倫《ゆきみち》である。

「まず、このたびの視察の内容について、ご説明いただけますか？」

相手方への配慮だろう。紀州公は武家風の江戸語ではなく、日本語で述べた。

紀州公は三十代半ば、押し出しもよく声にも張りがある。どう見ても現将軍より、君主に相応《ふさわ》しい器に見える。

「江戸国について、三つの案件があがっています。ひとつめは、江戸国よりもち出された阿片についてです」

紀州公の求めに応じて、環境省の官僚が口を開いた。三人の官僚の中ではもっとも若いが能吏らしく、視察団側の進行とまとめ役を担っていた。

江戸内の調べでは、阿片事件の黒幕は印西と目されている。にも拘《かかわ》らず、真っ先に議題に乗せた。もしも承知の上なら、業腹《ごうはら》なことこの上ない。幕府側の緊張が高まった。

「その件については、長崎奉行の粟田より、ご説明いたします」

阿片の流出については、出所を流人島《るにんとう》と突き止め、犯行一味はすべて捕縛された。芥子《けし》畑は一味の手によって焼き払われ、種が盗み出された小石川御薬園に関しては、管理をよりいっそう厳しくした。紀州公に促され、粟田が淡々と仔細《しさい》を語る。

印西は簡単に尻尾《しっぽ》を出す相手ではなく、外庭番を駆使しても未だ確証には至らないが、見るからに厚顔極まりない面に浮かぶ薄笑いは、老中たちをことさら刺激した。メキ、とかすかな音がして、松吉がそっと覗《のぞ》き込むと、麗しいと評判の女殿様、清水公の膝《ひざ》の上で、扇子が無残にも直角に折れていた。

ただ阿片事件そのものについては、すでに落着しており、日本側の事後調査も済んでいる。ことさら追及されることもなかったが、視察団が着目したのは別のことだった。

「首謀者の男は、自殺……いえ、ハラキリを行ったとのことですが」

法務省の官僚は、あからさまな非難の眼差しを向ける。

「ハラキリなどという野蛮な行為が、未だにまかり通っているのですか？　三百年前ならともかく、現在の国際社会ではとても認められない。人道から外れた行為だとは思いませんか」

幕府は決して、切腹を奨励してはいない。一昨年《おととし》には、切腹禁止令まで触れたほどだ。

それでも一部の武士のあいだでは、ある種の美徳と重んじられている。しかし現代人には、とうてい理解しがたい残虐《ざんぎゃく》な行いにしか映らない。文化や習慣の壁というものは、思いのほか厚く堅牢《けんろう》なものである。

懸命に弁明しながら、老中たちはその壁の固さを、まざまざと感じていた。

話は平行線を辿《たど》るよりほかなく、これまでに引き続き、切腹の自重を図ると幕府の言質《げんち》をとることで、ひとまず終了した。

「次に、時間的には戻りますが、一昨年より、江戸国に蔓延《まんえん》した新種の感染症について、いくつか確認したいのですが」

「あれは人工的に作られ、江戸にもち込まれた、変異型の赤痢《せきり》だと判明しました。日本政府を通して、ＷＨＯにも報告を上げたはずですが」

たとえ鎖国下にあっても、江戸国は日本の一部とみなされている。新種の感染症の報告を怠れば、日本が国際的に非難される。

そのような不手際《ふてぎわ》を防ぐために、大目付が据えられていた。

大目付は名のとおり大名の目付、つまり大名を監察する役目であったが、いまの大目付は、日本政府から派遣されたお目付役を意味する。人員は五名ほどで、顔ぶれは毎年変わる。城内で報告を受けるだけでなく、市中で起きた事件から噂話《うわさ》まで、まめまめしく拾い集める。

鬼赤痢と呼ばれた流行病の報告も、大目付によって日本政府にもたらされ、政府を通じてWHOに届けられたが、この件もやはり病原そのものではなく、別の面が糾弾の的となった。

「江戸国の建国趣旨は、我々も理解しているつもりです。それでも医療だけは、ないがしろにすべきではない。人命に、直接関わってきますから。今回はたまたま薬草で、すなわち東洋医学で封じ込めが叶《かな》いましたが、このような幸運がこの先も続くとは限りません。やはり医療技術や治療薬だけでも、とり入れることを提案します」

厚生労働省の官僚が、熱弁をふるう。感染症はもちろん、いまや風土病ですら、世界中に蔓延する危険をはらんでいる。決して江戸国だけの問題ではないのだと、正論でありながら、自分たちの危険《リスク》を少しでも軽減したいとする、ある意味身勝手な言い分を主張した。

自然との共存を標榜し、先端技術に背を向ける道をえらんだ。三十一年前、日本からの独立を宣言し、建国に至ったのには深い思惑があってのことだ。この場にいる老中や奉行は、よく承知していた。

医療だけ、という法則は通用しない。ひとつ恩恵にあずかれば、次もまたひとつ。人の欲とはそういうものだ。直ちに国の根幹を揺るがし、江戸国は存在意義を失って崩壊する。老中たちはそのように説いたが、これもまた世界から見れば、為政者の独善と一《いっ》蹴《しゅう》されて終わる。

物別れの果てに落ちた沈黙に、耳障《みみざわ》りな声が割って入った。馬込播磨守である。

「医療、医療とうるせえな。てめえらが信仰する世界的経済《グローバル》と先端医療こそが、世界中に病原を撒《ま》き散らしてる大本じゃねえか」

会議のたぐいが何より嫌いなゴメスだ。いい加減、退屈していたに相違なく、松吉は内心で、「いよっ、親分！　待ってました！」と相の手を入れた。

「毎年毎年、新種の熱病やインフルエンザが流行する。まるで病原との追いかけっこだ。なにせ生き残るためだからな、向こうも必死だ。退治されれば、また次の進化を遂げる。薬の開発とともに、病原の進化も加速して、いわば病原の突然変異化《ミュータント》が止まらねえ。一方の人体はと言えば、弱っちくなる一方だ。温室の中で寿命が延びたと喜んでいる、目出度《めでて》え観葉植物に過ぎねえ。何かの拍子に温室が壊れれば、早晩お陀仏《だぶつ》よ。干涸《ひから》びるより前に、恐竜なみに進化した病原に食い殺されらあ」

矢継ぎ早に吐き出される暴言に、官僚たちの表情がみるみる青ざめる。我慢の限界を超えたのか、厚労省の官僚が叫んだ。

「それはあまりな極論でしょう！　現に先端医療は、あらゆる細菌やウィルスの封じ込めに成功しているのですから！」

「どんな病原も、科学で退治できる。その慢心に、いつか足をすくわれるぞ。人類を滅ぼすのは、核爆弾でも温暖化でもねえ。虫より小せえ連中かもしれねえな」

他愛のない憶測すら、この上ない脅し文句となり得る。ゴメスににんまりされて、相手は唇を噛みしめて黙り込んだ。論点は激しくずれているが、それまで溜め込んだ鬱憤《うっぷん》が霧散したかのように、江戸国側の面相が軒並み晴れやかになる。

ゴメスにどや顔をされて、抗《あらが》う勇気のある者などいるはずがない。松吉もそう信じていたが、意外な伏兵がいた。

「さすがは、馬込寿々博士。博士号をいくつもおもちなだけあって博識ですね」

それまで一言も発していなかった、万里亜・ネオだった。

「医学、資源、航空宇宙、いずれも第一人者としてご活躍でしたが、もっとも名が知られた研究は、やはり原子力工学の分野でしょう」

抑揚のない声で、淡々と語る。かすかに口角を上げたモナリザに似た微笑が、どうしてだか松吉には怖くてたまらない。腰の辺りに張りついたヒルが、しだいに、けれど着実に背中を這《は》い上がってくるような心地がした。

「ただ、最後に手掛けていた研究が、あのような形で頓挫《とんざ》したことは非常に残念でした。まさか学会の発表の場で、実用化は無理だとご自身でお認めになるなんて、前代未聞《みもん》ですから。世論に騒がれて、研究の盗用まで疑われ、当時はさぞご苦労なさったことでしょう。以来、研究の世界から遠ざかられて、この江戸に引きこもってしまわれた。博士のお気持ちは、察してあまりあると……」

　ぶわあ、とその場にそぐわない雑音が入った。全員の目が、巨体の奉行に集中した。話題の中心たるゴメスが、ばかでかい口を開けて大あくびをしたからだ。

「で、そのどうでもいい話は、いつまで続くんだ？　こちとら暇じゃねえんだよ。早く帰って飯にしてえ」

「これ、播磨、控えよ。さすがに無作法であるぞ」

　田安公が、長い卓のはるか向こうからたしなめた。

「さっさと本題に入ってくれねえか。おれに何か、文句があるんだろ？」

　プラスチックのモナリザの眉間《みけん》に、初めて不快そうな皺《しわ》が寄った。かすかな縦筋はすぐに消え、ネオが言葉を継ぐ。

「江戸国内に存在する原子力発電所に、馬込博士が出入りしているとの報告が入っています。すでに廃炉にされているとはいえ、博士であれば原子炉の稼働《かどう》、核物質の抽出、および転用も可能なはずだとの懸念《けねん》が、一部から上がっておりまして」

「国際原子力機関《IAEA》でも何でも入れて、調べりゃいいだろ。どのみちあそこは、日本の飛《とび》地《ち》だからな」

　飛地とは、近世江戸においては、城から遠く離れた大名旗本の領地を示す。戦の褒賞《ほうしょう》や何らかの功績によって土地を与えられるのは、戦国時代以前からの風習だ。江戸時代に入って国替えが行われてからも、先祖伝来の土地を手放さぬ例は多かった。これを飛地と称したが、いまの江戸では少々意味合いが違う。

江戸国は科学を拒否しているが、その領地の中には科学技術なしには存続できず、また日本のためには稼働し続けなければならない施設も点在する。その最たるものが、発電所や変電所のたぐいである。

火力発電所は数ヶ所に留まるが、水力発電のダムは多く、数十の数に上る。送電線は地下を通してあるものの、変電所も併せるとかなりの数になる。これらの施設とその周囲は飛地とされて、日本から人員が派遣されて管理がなされていた。

「どうやらこの前の石館山《いしだてやま》の巡見が、あちらさんには気に入らなかったようだの」

呟いたのは、粟田だった。隣にいるゴメスが相手に噛みついているおかげで、松吉より他は誰も気づかない。通訳するふりで、素早く粟田の耳許でたずねた。

「石館山って、とっくの昔に廃炉になった、原子力発電所ですよね？」

廃炉に至ったのは、江戸の建国前だ。発電所の施設ごと、石棺と呼ばれるコンクリートで固め、その上に土を盛って草木を植えて山とした。石館山の名も、石の棺からとられたものだ。この飛地の巡視は、国境の視察に絡《から》めて年に一、二度行われ、長崎奉行が任されている。

「そういや、いつもは粟田様おひとりで、巡見に向かわれますよね。今年はどうして、親分も一緒に？」

「月の初めに、大きな地震があったろう。あれで石館山が崩れての」

石棺の一部が露出して、近在の村々から不安の声があがった。

日本側から調査班が向かったが、江戸国側の立会人として、粟田とゴメスの同行が求められた。幸い大事には至らず、また土が盛られて石館山はもとの形に復したという。

「あのとき、ふたりの長崎奉行を名指ししたのが、どうも腑《ふ》に落ちぬように思うたが」

「こうして難癖をつけるためってことすか？　汚《きたね》え手を使いやがって……でも、どうしてわざわざ親分に喧嘩を売るような真似《まね》を？」

「それだけ馬込が怖いのだ。並外れた知恵を持ち、何をやらかすか見当がつかん。相手を恐れる者は、疑心暗鬼にとり憑《つ》かれる」

「江戸で核開発を行うなんて、本気で考えているんすかね」

「馬鹿馬鹿《ばかばか》しいにも程があろう？　だが、それが人間の弱さでな。不安の芽を完全にとり除かんかぎりは、枕《まくら》を高くして眠れぬのよ」

不毛な争いは、他の者たちを巻き込んで、さらに泥沼化している。もっとも声高に熱弁をふるっているのは、名瀬である。

「私は決して、馬込博士を疑っているわけではありません！　そもそも博士がかつて目指していたのは、核融合による燃料で、従来の原子力発電とは根本的に違います」

両者は混同されやすいが、似て非なる原理だと、名瀬は力説する。原子力発電はウランと中性子による核分裂を利用するのに対し、核融合発電は重水素と三重水素を融合させてエネルギー化する。

水素は海水から抽出でき、放射性廃棄物の処理も、核分裂なら十万年かかるが、核融合なら百年で済むと言われる。さらに不測の事態においてもすぐに停止可能で、つまり安全性が高いのだ。一方で融合制御の手法がさまざまあり、未だに最適な答えが導き出せていない。莫大な費用も相まって、ことに大型化が難しいとされていた。

ゴメスがかつて発表した理論は、この制御法の中でも画期的なものであり、ロケット燃料への転用に期待されていたと名瀬が語る。

「博士が手掛けられていた当時より、機材も技術も量子コンピューターの精度も進歩しています。馬込博士が加わってくだされば、きっと大きな進歩が……」

「まあまあ、名瀬君、君の熱意もわかるがその辺で。話を先へ進めないと」

印西がさえぎったとき、おや、と松吉は気づいた。印西の右隣りは娘のネオで、名瀬、クマールと続く。名瀬は大人しく口をつぐんだものの、娘越しにちらと印西を見遣《みや》った。その顔が、いかにも不愉快そうで、目つきには剣があった。日本側もまた、決して一枚岩ではないのかもしれない。

「論点がずれてしまいましたね。私たちが確認すべきは、馬込博士が石館山でとった、不可解な行動です」

ネオの発言に対し、何のことかとゴメスが片眉を上げる。

「博士は石館山から何かをもち出して、江戸城まで運ばせたとの報告が入っています」

日本側の調査班が目撃していると、ネオが語る。

「石棺の一部ではないかとの報告もありました。もち帰ったのは石棺だけですか？　それとも他にも何か？」

「どれ、そろそろわしの出番かの」

事情を知っている粟田は、説明を買って出る素振りを見せたが、見当違いの方角から声がとんだ。

「あれは、石棺なぞではない！」

皆がいっせいに、声のした上座に首を向ける。数十の目に見詰められ、上段の間にひとり座す男は、びくりと身をすくませた。

「上様……」

将軍家盛である。この場の雰囲気に呑《の》まれ、明らかに狼狽《うろた》えながらも、裏返った声で必死に言葉を継ぐ。

「馬込がもち帰った岩は、あれは蟻塚《ありづか》なのだ」

「……蟻塚？」と、印西が間抜けな合いの手を入れる。

「さよう。石の中に巣を作る珍しい蟻でな、馬込が余のために、巣ごと土産にしてくれたのだ。むろん石棺ではなく、石館山にあった岩にすぎん」

「蟻塚とは、言い訳にしてもあまりに……」

「嘘《うそ》ではないぞ。岩は中庭にある故、その目で確かめてみるがよい」

怪訝《けげん》な顔の視察団の面々に、家盛は懸命に訴える。将軍の威厳は微塵《みじん》もなく、なりふり構わぬ姿は滑稽《こっけい》ですらあったが、恥や保身をかなぐり捨てて、配下のゴメスを庇《かば》おうとするさまに、松吉は心を打たれた。同じ思いに至ったのは、松吉だけではないようだ。

「上様の許しが下りましたので、よろしければ中庭までご案内いたします」

紀州公が勧めると、視察団で唯一乗りのいいクマールが、真っ先に立ち上がった。

「ワオ！　ぜひお願いしまーす。珍しい蟻と日本庭園、見てみたいでーす」

自ら案内に立つつもりらしく、家盛が老中と外国奉行を従えて座を立った。その後を視察団と通訳が、ぞろぞろと列をなして白書院を出ていく。

残ったのは、長崎奉行のふたりだけだ。白書院の風通しがよくなると、ゴメスは太い両腕を上げて、大きく伸びをした。

「おれは疲れたから帰る。じじい、後は任せた」

粟田に丸投げして、ゴメスはさっさと席を立ったが、ある意味いつものことだ。親分の姿が消えると、松吉はいちばん気になっていたことをたずねた。

「きくのも怖いんでやすが……上様ってもしや、親分と仲が良いんですかい？」

「三代様は、生き物好きでな。虫や蛙《かえる》や山椒魚《さんしょううお》、トカゲやヤモリなぞも好まれる」

「守宮様だけに、でやすか？」

「一橋家の先代も、鳥や草花がお好きでな。中屋敷に、『一橋花鳥園』を造られた」

「ああ、『わくわく生物園《いきものえん》』すね。市井ではそう呼ばれていて」

もとは風雅な花鳥園だったが、いまは小動物が飼われ、池には珍しい蛙や山椒魚が生息し、巨大な鳥籠《とりかご》に似た虫園も存在する。庶民にも開放され、子供たちに人気が高い。

「馬込も時々、訪れていてな。あれは生物の学もあるからの、それなりに造詣《ぞうけい》も深い。三代様とは、その辺で馬が合うのだろうな」

将軍就任後、一橋家中屋敷にいた生き物の一部は、江戸城の中庭に移されて、第二のわくわく生物園となりつつある。ゴメスは一抱えほどもある岩を、村人から借りた鶴嘴《つるはし》で手ずから掘り出して、荷車で江戸城まで運ばせた。ゴメスの土産に、家盛はたいそう喜んだという。

「ひ弱な変わり者と、あまりいい噂をききやせんが、どうしてどうして。うちの親分と真っ当に渡り合えるってだけで、たいした御仁でやすね」

「実はそれが、三代就任の決め手になったとも、城中では言われておっての」

都市伝説ならぬ城中伝説を披露して、粟田は楽しそうに目を細めた。

「おーい、辰公、松吉、おめえらにいつもの飛脚便が来たぞ」

評定初日が終わり、次の日の朝だった。膳出しを終えたふたりのもとに、良太が知らせに来た。

「いつもの、って、ひょっとして……」

「おう、いつものワン公だ」

やっぱりか、と辰次郎が大げさに顔をしかめる。

「勘弁してくれよ。五日前に行ったばかりだってのに」

「そんな顔するなよ。おれたちはいわば、一緒に江戸入りした仲間じゃねえか」

辰次郎とは逆に、松吉は満面の笑みを向ける。ふたりは裏金春を出て、表の飯屋へと急いだ。入口の脇《わき》に、一匹の犬が行儀よく座っていたが、辰次郎を見るなり尻尾を振って駆けてくる。

「コロ、ご苦労さま。こうたびたび走らされちゃ、おまえも大変だよな」

薄茶色に腹だけ白い犬の頭を、わしわしと撫《な》でてやる。この賢い犬は、辰次郎や松吉の顔ばかりでなく、遠い神田から、芝露月町にある金春屋までの道筋さえも覚えている。

「どれどれ、おっ、ちゃんと文《ふみ》が入っているな。奈美《なみ》ときたら、よっぽどおれたちに会いてえのかな」

松吉はコロの首に巻かれていた布を外し、くるまれていた結び文をとり出した。

辰次郎、松吉、奈美の三人は、同じ日に同じ船で江戸入りした、いわば江戸入国の同期と言える。仲間意識はあるものの、奈美が送ってくるコロ便には閉口した。ふたりのもとに遊びにきた折に、金春屋の飯に味をしめたのがそもそもの発端だ。

「奈美の目当てはおれたちじゃなく、金春屋の飯だろ。運ぶこっちの身にも、少しはなってほしいよ。なあ、コロ」

奈美は神田藤堂《とうどう》町の織屋『高田屋』で、機織《はたおり》職人をしている。神田から金春屋までの道のりは、繁々《しげしげ》と通うには少々遠い。

そこで奈美は、コロを使いにして、金春屋の惣菜《そうざい》を運ばせるという奇抜な策を思いついた。中型犬だけに重いものは運べず、干物や焼物がせいぜいだが、腹に風呂敷《ふろしき》包みを巻いて、月に三度はコロ便が通っていた。

このコロ便に、とんでもない追加業務《オプション》がついたのは、ふた月ほど前のことだ。

「コロ、ありがとうね。コロのおかげで、美味《おい》しいものが食べられて幸せだよ。コロが大型犬だったら、ご飯ものもいけたのに、それだけはちょっと残念だけどね」

「やめてやれよ、奈美。これ以上は、愛犬《ペット》虐待になりかねないからな」

辰次郎は急いで釘をさしたが、そのとき松吉が、とんでもないことを言い出した。

「だったら、おれたちが運んでやるよ。なあに、役目で方々飛び回っているおれたちにとっちゃ、神田までの往来なんてたいした道のりじゃねえよ」

辰次郎は内心で、いやいやたいした道のりだろうと突っ込んだが、口には出せない。

金春屋から高田屋までは、東京で言えば、およそ新橋駅から秋葉原駅の距離となる。電車であればわずか数分だが、徒歩となれば小一時間、往復で一時間半から二時間弱はかかる。江戸風に言えば、片道小半刻《こはんとき》、往来で一刻となる。

たしかに裏金春の探索で、以前よりは体力がついて足も速くなったが、弁当を担《かつ》いでとなれば、行きはことに体力勝負となる。そもそも松吉は、体力派ではなく頭脳派だ。体力派の辰次郎が同行させられることは、ほぼ必然だ。

「今度試しに、注文を書いて送ってくれや。役目もあるから、場合によっては一日二日かかっちまうかもしれねえけど、必ず届けるからよ」

自転車もバイクもないこの江戸で、なぜ宅配業務を引き受けるのか――。

こたえは松吉が、奈美に惚《ほ》れているからだ。奈美と会える機会を増やしたいという、松吉の気持ちは痛いほどわかるし、親友としてできる限り協力したい。ただ、これが通常業務となれば、その負荷は計り知れない。

「今回の注文は何だ？　この前の肉ジャガと松茸《まつたけ》おこわは、なかなかの重労働だったからな。米ならせめて、餅米《もちごめ》はやめてほしいよ」

文句たらたらで、松吉の手許《てもと》を覗きこむ。しかし松吉は、文を読むなり顔を引きしめた。

「注文じゃ、なかった。何か渡してえものがあるから、とりに来てくれって……」

「渡したいもの？　何だろうな？」

「まさか……婚約指輪とか？」

「落ち着け、松吉！　指輪は男の側から渡すもんだろう、ふつうは」

「そ、そうだよな。注文以外の文を初めて受けとったから、ちっと先走っちまった」

涙ぐましい上に、何ともいじらしい。この繊細な男心を察してやれる細やかさが欲しいところだが、あいにくと奈美には期待できない。その証《あか》しが、二枚目の文に書かれていた。

「あ、注文もあった。唐揚げ甘酢あんかけと、ふろふき大根、和風ちまきだってよ」

「また今回も、ずっしりだな……」

「そう言うなって。奈美が楽しみに待っててくれると思や、足も軽くなるってもんだ」

その報酬は松吉限定だろうと、辰次郎がため息をつく。

「夕刻までに届けてくれとあるから、昼を過ぎたら出掛けようぜ」

「出掛けるって……松吉は今日も、粟田様のお供で登城だろ？」

「うわ、そうだった！　頭からすっかり飛んじまってた」

視察団の日程は一週間。昨日の初日と今日二日目は評定が行われ、中三日をかけて領内を視察、そして六日目と七日目の昼まで再び評定が開かれて、午後に送別会が催される。帰国はその翌日となる段取りだった。

「明日！　明日にしようぜ。奈美にはそう返しを書いて……」

「明日も無理じゃねえか？　評定の書役があるからな」

こたえたのは辰次郎ではなく、金春屋の内から出てきた良太だった。

骨付きの肉を手にしていて、コロの鼻先に置いてやる。尻尾をふりながらコロがかじりつくと、「どうだ、旨いか？」と嬉《うれ》しそうに話しかける。良太は犬や猫が好きで、コロが来るたびに餌《えさ》をあげたり構ってやることが多かった。

「異国絡みの評定だからな。評定録は長崎奉行所《う　ち》がとりまとめて、老中に上げるんだ。おめえは同席したからな。書役の手伝いで、明日も出島に留め置かれるはずだぞ」

「うえええ！　マジですか！」

叫びざま、松吉ががっくりと肩を落とし、その肩を良太がポンとたたく。

「そうしょげるなって。おめえの代わりに、おれが行ってやるからよ」

「どうして、良兄いが？」辰次郎が首を傾《かし》げる。

「今日は暇だしよ、それに、行先は織屋だろ？　機織りは女と、相場が決まっているじゃねえか」と、良太がにんまりする。

「男の機織師も、意外と多いっすよ。まあ、半分以上は女性だけど」

「だろ？　最近、出会いがなくってよ。朱緒様が来て華やかになったとはいえ、裏金春じゃ出会いは望めねえし、出島も男ばっかだし」

たまには目の保養をしたい、ついでにお知り合いになれば尚《なお》良し、と明かされて、なるほどとうなずく。

「いや、良兄い、おれの見立てじゃ、そんなに別嬪《べっぴん》もいねえし、無駄足になるんじゃねえかと……」

「心配すんな、松吉。お奈美には、粉をかけたりしねえよ」

「良兄い……」

「そもそも日本の女ってのは、どうも理屈っぽくて好かねえしな。何よりおめえの気持ちは、兄貴分のおれが、ちゃんとわかっているからよ」

良太は十八歳。顔にはまだ幼さが残るが、男気にあふれた頼れる兄貴分だ。

「だから心置きなく、使いはおれに託して、おめえは城に行ってこい」

「わかりやした！　頼んます、良兄い！」

昼飯を食べ終えると、辰次郎と良太は神田へ向かった。

「かーっ、やっと着いたか。思った以上にずっしりで、腕が痛《いて》えよ」

『織屋高田屋』の看板が見えてくると、重箱の入った風呂敷包みを両手に提げて、良太がどっと息をつく。案内役を務めたコロが、労うようにワンと鳴いた。

「おめえらよく、こんな過酷な使役を引き受けてるな」

「おれも勘弁なんすけど、なにせ松吉があのとおりで」

「色恋ってのは、人を考えなしにさせちまうからなあ」

コロの先導で高田屋の裏手にまわると、とんとんからり、と独特な音が響いてくる。

「おれ、この音きくと日本にいる祖母を思い出して。とんとんが大根刻む音に似ていて、台所に立つばあちゃんの背中が浮かぶんです」

「中には若い娘がたくさんいるってのに、おまえも色気ねえな」

冬だけに、入口障子は閉まっている。コロが戸の前で盛んに吠《ほ》えて、来客を伝えた。

「コロ、お客かい？」

出てきたのは、織場を差配する、お甲《こう》である。

髪は真っ白だがきれいにまとめて、今日は銀杏《いちょう》の葉形の鼈甲簪《べっこうかんざし》を差している。辰次郎の祖母と同じくらいの年齢だろうが、身なりが粋で垢《あか》抜けている。

「おや、辰次郎……と、こっちは初顔だね」

「良太と申しやす、よろしくお見知りおきを」

「裏金春で世話になってる兄貴です。今日は松吉の代わりに、手伝ってもらいました」

「それはご苦労さんだったね。あいにくお奈美は出掛けていてね。ひとまず中で、荷を下ろしとくれ」

一歩入ると、土間の向こうの板間に、ずらりと織機が並ぶ。辰次郎は見慣れているが、初めての良太は、おお、と声をあげた。上がり框《かまち》に荷を下ろし、ようやく荷運びから解放される。ひとわたり織場を見渡して、良太が感想を口にした。

「たしかに、意外と男も多いな……そして年増も」

「何か言ったかい？」

お甲に睨まれて、良太が首をすくめる。しかしすぐに、あれ、と呟《つぶや》いた。お甲の顔を、無遠慮なまでにまじまじと見詰める。

「どっかで、見たことがあるような……前に、お会いしやしたかね？」

「良兄い、まさか……お甲さんを軟派《ナンパ》するつもりか？」

「馬鹿、違《ちげ》えよ！　ほんとにどっかで見た顔なんだよ。どこだっけなあ、小さい頃から見慣れていて、何でかうちで見たような気が……」

「良兄いのおばあさんに、似ているとか？」

「そうだ、ばあちゃんだ！　ばあちゃんが飾っていた写し絵の……」

しっ、とお甲が、唇の前に指を立て、良太の声をふさぐ。

「すまないけど、黙っといておくれ。高田屋《ここ》じゃあ主人より他は、誰も知らないからね」

自分の口に手でふたをして、良太が無闇《むやみ》にうなずく。お甲はふたりを連れて外に出ると、入口脇の床几《しょうぎ》に腰掛ける。

良太は地面に正座して、お甲に向かって深々と辞儀をした。

「知らぬこととはいえ、ご無礼いたしやした！　何卒《なにとぞ》、ご容赦を！」

「良兄い、いきなり何ですか？」

「馬鹿、頭《ず》が高《たけ》え！　こちらにおわす御方を、どなたと心得る。恐れ多くも先の副将軍、水戸光珠《こうじゅ》様にあらせられるぞ」

昨日、木亮からきいた話を、辰次郎が思い出す。水戸家の初代当主は、女傑と名高い女殿様だった——。

「初代の水戸公って、お甲さんだったんすか！」

「だから頭が高えって言ってんだろ！　ここに這いつくばれ！」

良太に無理やり座らされ、頭を押さえつけられたが、土下座はどうも板につかない。しかし意外なほどに重々しい声が、頭上から降ってきた。

「苦しゅうない、面を上げよ」

声のとおり、顔を上げる。下から見上げる水戸のご老公の顔は、驚くほど威厳に満ちていた。しかしすぐにその顔がくしゃりと崩れ、苦笑が浮かぶ。

「この辺で勘弁しておくれ。あたしも元は日本人だから。仰々しい礼儀はどうも苦手でね」

　ふたりを立ち上がらせて、茶店に場所を移そうと促した。

「最近できた茶店でね。高田屋《うち》の子たちが噂していたから、いっぺん来てみたかったんだ」

　お甲が向かったのは、二、三町離れた佐竹《さたけ》町にある洒落《しゃれ》た店だった。評判の店なのか、すでに結構混んでいる。

「何かおれたちには、似合わねえな。客は女ばかりじゃねえか」

「似合わないのは、お互いさまだよ」と、お甲が笑う。

　席に案内されて、この店にした意図がわかったように思えた。

　高田屋のある神田藤堂町も、そして佐竹町も、町の周囲を堀が囲んでいる。昔の江戸では大名屋敷があった名残りである。

　席はすべて堀沿いに面していて、葭簀《よしず》で仕切られている。つまりは個室の造りになっていた。冬のいま時分は少々寒いが、掘り炬燵《ごたつ》になっていて、足を入れるとぽかぽかする。くつろいだ気分になって、献立表をながめる。

「林檎《りんご》の砂糖煮が入った焼菓子って美味《うま》そうだな。おれはこれにします」

「おれは柚子《ゆず》にする。美味かったら、朱緒様や寛兄いに買っていこうぜ」

お甲は苺《いちご》の砂糖煮を注文した。日本では苺は冬の定番だが、ハウス栽培がない江戸では夏の食べ物だ。ただし砂糖煮《ジャム》だけは、一年中出回っている。

「ここはあたしが奢《おご》らせてもらうよ。いわば口止め料だ。あたしの出自についちゃ、黙っといちゃくれないかい？」

「ようがす！　初代水戸さまのお頼みとあらば……」

「だからその呼び方を、やめとくれって言ってんだよ」

じろりと睨まれて、面目ねえ、と良太が頭をかく。

「あのう、松吉や奈美にもですか？」

奈美はともかく、時代劇オタクの松吉なら、躍り上がって喜ぶこと請け合いだ。けれどお甲は、首を横にふる。

「お奈美も高田屋の織子だからね、できれば頼むよ。あの時代劇バカはなおさらだ。騒ぎ立てるのが目に見えてるからね」

さもありなん、と納得はいくものの、ふたりに隠し事をするのは罪悪感が否《いな》めない。

「先の副将軍かつ、二代様の母上だぞ。否も応もねえだろうが」

「おれもこの前、木兄いからききました。二代将軍様は、水戸家の出だって。お甲さんの息子さんだったたんですね」

「そうなんだよ、初代がぽっくり逝っちまってさ。あたしに二代を務めろというんだ。

上様なんて柄じゃないし、何より不自由極まりないだろ？ とっとと息子に跡目を譲って、隠居したんだ」

「二代様は足掛け十五年、将軍を務められたが、そろそろ潮時だと職を退かれたそうだ」

「将軍様って、職業だったんですね……」と、辰次郎が合いの手を入れる。

「三代様はまだお若くて、おまけにひ弱で変わり者ときこえてやすから。市中には不安に思う者も多いそうで。二代様にはもうしばらく、大御所として城に残ってほしかったと」

決して世辞のつもりではなく、良太が世情を代弁する。

「うちの息子も、将軍になりたての頃は頼りなかった。だが、心配は要らないよ。将軍には、老中がついてるからね」

「それでも今回の視察団が、入国の申請を始めたのが、三代様に替わった直後だからな。どうもきな臭いと、兄いたちも疑っていた」

良太は難しい顔をしたが、そこでお茶と焼菓子が運ばれてきた。饅頭《まんじゅう》のような半円形だが、倍は大きい。竹製の菓子楊枝《ようじ》と匙《さじ》がついていて、切ると中からとろりと砂糖煮があふれ出す。

「うん、旨い！ これに珈琲《コーヒー》があったら最高なのに」

「珈琲は、南蛮渡来しかねえからな。あるにはあるが馬鹿高くて、庶民の口には入らねえよ」

半分ほど食べたところで、良太が遠慮がちにお甲に申し出た。

「ひとつだけ、お頼み事がありやして……出所は決して明かしやせんから、一筆書いていただけやせんか？　うちのばあちゃんは昔から光さま贔屓《びいき》で、写し絵を壁に張って、神棚よりも熱心に拝んでいて」

「おばあさん孝行ってわけかい？　それじゃあ、あたしも断れないね」

「かっちけねえ！　どうせなら、色紙にお願いできやすかい？　すぐに紙屋に行って買ってきまさ」

残りの焼菓子を腹に詰め込んで、風のように良太が出ていく。

「お甲さん、大人気だったんですね」

「昔の話さ。写真みたいに精緻《せいち》な写し絵が出回って、版元が大儲《おおもう》けしたそうだ」

いまのお甲を見ても、若い頃の美貌《びぼう》は察せられる。女性の副将軍となればなおさら、人気に火がついたのも納得がいく。

「それがどうして高田屋に？」と、ついきいていた。

副将軍と機織りが、どうにも結びつかなかったが、お甲は明快にこたえた。

「日本にいた頃は、服を作っていたからね。またもとの稼業に戻っただけさ」

「服を作るって……あれ、待てよ。さっき良兄いが光珠って……まさか、あの『KOJU《コージュ》』ですか？」

「ああ、あたしが立ち上げたんだ。お甲の甲に珠と書いて甲珠が、あたしの本名でね」

水戸光圀《みつくに》公に因《ちな》んで甲を光に改めたが、隠居してまた甲に戻したという。

「いや、めちゃめちゃ大企業じゃないすか！　昔は高級ブランドだったって祖母からききましたけど、いまは手頃な『KOZY《コージー》』がどこにでもあって。おれも日本にいた頃は、KOZYばかり行ってました。安くて丈夫で高機能で、デザイン性も高くて」

「そりゃあ嬉しいねえ。会社は若い社員に任せて、江戸でのんびり着物作りをするつもりでいたのに、面倒な役目を押しつけられちまってね」

初代の将軍と五老中は、江戸建国のために多額の投資をした、いわば功労者だ。お甲もまた、KOJUで築いた財産を惜しみなく注ぎ込んだが、副将軍の座に就いたのは、金高ばかりでなく、江戸国の目論見《もくろみ》があったという。

「江戸は男女平等で、女も家督が継げるし、役人にも登用する。あたしはいわば、その旗印というわけさ」

なるほど、といたく納得がいった。お甲の写し絵が、飛ぶように売れたのもうなずける。

「高田屋の主人は、日本にいた頃からの昔馴染《なじ》みでね。以前は繊維業を営んでいて、取引先だったんだ」

近くに紙屋が見つからないのか、良太はまだ戻ってこない。お茶がなくなって、お甲は蓮《はす》茶を、辰次郎は紅茶を注文した。熱い紅茶をひと口飲んで、辰次郎はたずねた。

「あの、お甲さん、印西茂樹って知ってますか？　元大臣らしいんすけど」

蓮茶の茶碗を置いて、嫌な臭《にお》いでも嗅《か》いだように、お甲は眉《まゆ》をひそめた。

「もちろん……印西は江戸の造成に関わった、ひとりだからね。ただ、建国には最後まで反対したがね」

印西は当時、父の地盤を継いだばかりの若手議員だった。選挙に莫大《ばくだい》な金がかかるだけに、江戸への貢献は金ではない。印西は議員の地位により、必要な省庁や地域の行政機関に、働きかけを行った。

「印西は江戸を、ゆくゆくは金の生《な》る木になると見込んでいたんだ。建国となると、その思惑が外れる。あたしらとは、そこで袂《たもと》を分かってね」

江戸国の前身は、昔を模した高齢者のための町である。同時に、観光客を集めて収益を得る、テーマパークになり得るとの期待もあった。しかし国として独立し、鎖国を敷いて行き来を厳しく制限するとなると、どちらの旨味《うまみ》も消失する。

結局、印西は、初代が建国の宣言をすると同時に江戸を離れ、二度と戻らなかった。

「いまさらどうして、印西のことを？」

「日本からの視察団の一員として、江戸入りしたんです。えーとそれで、江戸の立ち上げに関わったときいたから……知っているかなって、それだけで」

終わりの方は、しどろもどろになった。阿片事件への関与の疑いは、さすがに話せない。

「あの印西が、また江戸に舞い戻るとはね。何を企《たくら》んでいるのやら……目論見なしにわざわざ江戸くんだりまで、足を運ぶような男じゃないからね」

「目論見って何だろう……」

「さあね。ただ、でかい話であることは確かだね。人、金、物を大きく動かして、その中心にいるのが好きな男だからね。建国の折だって、あいつがいちばん腹を立てたのは、自分が将軍になれなかったからさ」

「上様になるつもりだったんすか？　うわ、厚かましいすね」

「だろ？　初代は逆にその辺が淡白でね。承諾する気でいたんだが、あたしら六人が最後まで抗ってね。それが最初の五老中さね」

「六人で五老中だと、ひとり足りませんけど」

「もうひとりは、あんたらの上役の粟田だよ。あれは昔から要領がよくて、ひとりだけ身軽な地位に就いちまった。力をもつと不自由になると言ってね。思えば初代にいちばんよく似ていたね」

一方の印西は、実にわかりやすく権力を欲していた。ただ、六人が反対したのには、別の理由があった。幕府の利権を握って、印西が私腹を肥やすつもりだと見抜いていたからだ。江戸から吸いとれるだけ吸いとって、用済みとなればさっさと退散する。印西の究極の目的は、江戸ではなく、日本の頂上に立つことにあったからだ。

「それって、総理大臣てことすか？　ますます厚かましいっすね」

「だろ？　だが、あの男は本気でね。印西家の悲願なんだとさ」

印西家は、明治から続く政治家の家柄だが、総理大臣だけは輩出していない。その執念もあって、国会に舞い戻ったのだろうか。

「いまは選挙活動も投票もオンラインだから、お金がかからないイメージですけど」

「政治家ってのは、選挙以降も何かと金がかかるんだよ。国会議員なら、年収数千万でも足りないくらいにね。頂上まで上り詰めるとなればなおさら、いくらあっても邪魔にはならないよ」

「もう十二回も当選してるのに、まだまだやる気満々らしいし。あ、これは昨日の会議にお供した、松吉情報ですけどね」

「いくつになっても枯れない男だね。だが、政界に居座るつもりなら、いまさら何のために江戸に来たのかね？」

「わかりませんけど……おれ本当は、印西て奴《やつ》を一発殴ってやりたいんです。ちょっと個人的な恨みがあって」

　阿片《あへん》騒動では多くの者が難を被《こうむ》り、人死にまで出た。その首謀者が印西なら、せめて罵声《ばせい》のひとつでも浴びせぬことには、巻き込まれた者たちに申し訳が立たない。

「いいじゃないか。あの分厚い面《つら》の皮に、一発お見舞いしておあげ」

「いや、殴りませんよ。そんなことしたら、外交問題に発展しかねないから。ただ文句は言いたいし、事実も確かめたい。おれだって長崎奉行の配下なんだから」

　お甲は孫の成長をながめるように、目尻《めじり》を下げた。

「いい顔になってきたじゃないか。江戸に来たばかりの頃は、ちょっと頑丈なモヤシくらいに思えたが、キュウリくらいには育ったね」

　あまり嬉しくないたとえだが、一応、褒めてはいるようだ。

「それにしても、良兄い遅いな。色紙を買いに、どこまで行ったんだか」

「そういや、あんたに話しておきたいことがあってね。お奈美のことなんだが……」

「奈美に、何かあったんですか？」

「それがね、あたしたちも初めて知ったんだが……」

　お甲がそこで話を切ったのは、外から悲鳴がきこえたからだ。

「キャーッ、助けてえ！　人殺しーっ！　誰か、誰か助けてーーっ！」

　少々芝居がかってはいるものの、声にはきき覚えがある。

「あれは……奈美だ！　奈美の声だ！」

「ああ、間違いないよ」と、お甲もうなずく。

すぐさま席を立ち、表にとび出した。黄色い声をあげているのは紛れもなく奈美だが、その姿を背に庇うようにして、立ち塞《ふさ》がっているのは良太だった。

「やいやいやい、真っ昼間から若い娘に悪さをしようとは、ふてえ野郎だ。たとえ侍だって、容赦はしねえぞ。かかってくるってんなら相手になるぜ！」

啖呵《たんか》を切りながら良太が睨みつけているのは、浪人風のふたりの侍だった。いまの江戸ではめずらしくないが、髷《まげ》は結っておらず、ともに短髪だった。どちらも上背があるが、片方はとび抜けてでかい。良太ひとりでは、さすがに分が悪い。

「良兄い、加勢します！」

「おう、辰公、間に合ったか。さあて、これで数では互角だ。いっちょおっぱじめるか！」

数が増えた上に、奈美の悲鳴で店内からも往来からも、続々と人が集まってくる。背の低い方の侍が、ちっと舌打ちした。

「おい、行くぞ」

でかい方を促して、踵《きびす》を返した。足早に遠ざかる後ろ姿に、良太が目を凝らす。

「大丈夫かい、お奈美？　怪我《けが》はないかい？」

お甲が駆け寄って、心配そうに覗き込む。けろりとした顔で、奈美は返した。

「へいきへいき。いまのは半分お芝居だから。あんな大声出したのは、日本のカラオケ以来だけど、頑張れば出るものね」

いつもと変わらぬようすに、辰次郎もホッと息をつく。ただ、良太も奈美もここまで走ってきたようで、冬場に似合わぬ汗をかいている。

「ひとまず店にお入り。一服してから、何があったかきかせとくれ」

お甲と奈美が茶店に入ると、良太は小声で告げた。

「さっきの連中、侍じゃねえな。左肩が下がってねえし、歩き方も違った」

左腰に常に刀を提げていると、自ずと左肩が下がり、侍独特の姿勢となる。また武道の心得があれば、足捌《さば》きも変わってくる。遠ざかる後ろ姿には、侍らしさが欠けていた。

「おれ、あのふたりを、前にもどこかで見たような気がして……」

「そうなのか、辰公？　おまえが知っててお奈美さんに絡んできたってことは、あいつらもしかして日本人か？」

「日本人……？　でも、おれと奈美は、日本ではまったく接点がないしな」

ひとまず奈美から事情をきくのが先だ。良太に続いて、店の暖簾《のれん》をくぐった。

「双円寺《そうえんじ》の山門を出たときに気づいたの。何となく視線を感じてふり向いたら、境内の木の陰にあのふたりが立っていて。気味が悪いったらないでしょ？」

そろって目つきが悪く、奈美がふり返ると目が合った。ぞっとして、山門から階段を駆け下りて、道に出てからも足を止めなかった。

この佐竹町から真《ま》っ直《す》ぐ北に向かうと、いくつもの寺が林立する寺町に至る。双円寺はそのひとつで、高田屋の菩提《ぼだい》寺だという。寺町は武家地と同様、昼間でも人通りが少ない。寺町を南に抜けて、繁華な門前町に至ると、奈美はようやく息をついた。

もう一度ふり返り、後ろを確かめたが、さっきのふたり連れの姿はない。ホッとして高田屋への帰途についたが、その途中で良太と行き会った。

「となりの立花《たちばな》町で、色紙を買って店を出たところでばったりな」

奈美は何度か金春屋を訪ねているから、良太とも顔見知りだ。松吉の代わりにコロ便に応じたと、店先で経緯を説いた。良太がふたり組に気づいたのは、そのときだという。

「妙な浪人《しろうと》ふたり組が、人混みに紛れてこっちを窺《うかが》っていた。気配を消すのは上手《うま》いから素人じゃなさそうだが、どうも侍姿がしっくりこなくてな、目についたんだ」

「しつこいにも程があるでしょ？　あんな変質者を連れたまま、高田屋に帰るわけにもいかないし、ひとまずこの茶店に向かうことにしたんだけど」

「一応、確かめてみようと思ってな。あちこち回り道をしながら、ここに戻ってきた」

「そうしたらずっとついてきて、この店の前で追いつかれたの。捕まりそうになったから、精一杯の声をあげたってわけ」

ふたりがかりの説明が終わると、お甲が改めて胸を撫でおろし、良太に頭を下げた。

「お奈美が世話をかけたね。守ってくれてありがとうよ」

「いやもったいねえ！　どうぞお手を上げておくんなせえ。お奈美さんはあっしの弟分の大事なお仲間でやすから、このくれえあたりまえでさ」

先の副将軍から礼を述べられて、良太が大いに恐縮する。

「あいつら、いつから奈美を尾《つ》けてたんだろう……双円寺じゃなく、もっと前からかもしれないだろ？」

「やだやだ、怖いこと言わないでよ、辰次郎。まさか高田屋を出たときから、尾行されてたってこと？」

「でもよ、それなら寺町へ行く途中で、事におよぶんじゃねえか？」と良太が口を挟む。

「仮にそうだとしても、行きは高田屋の旦那《だんな》さんが一緒だったから。旦那さんはご住職と話があるそうで、私は先に帰ってきたの」

「なるほど、帰りを狙《ねら》われたとしても合点がいくな」良太が大きくうなずく。

奈美が注文した蜜柑砂糖煮《みかんジャム》の焼菓子と、大きな急須《きゅうす》で熱い茶が四人分運ばれる。ふうふうしてから緑茶に口をつけ、辰次郎が思い出したように言った。

「そういや、奈美、おれたちに渡したいものがあるんだよな？」

「ああ、そうそう、すっかり忘れてた。もっていてよかった……これなんだけど」

菓子楊枝を置いて、懐《ふところ》を探る。とり出したのは、厚みのある封筒だった。

「……手紙？　封筒ってことは、日本からだよな。差出人は？」

「元夫から」

「……元夫？　誰の？」

「だから、あたしの」と、奈美が自分の鼻先を、人差し指で示す。

ええええっ！　と必要以上にでかい声が、口からとび出した。

「奈美、結婚してたのか！　しかも元ってことはバツイチだろ？」

「へえ、お奈美さんが離縁たあ、こいつは驚いた」

と言いつつも、良太はさほど驚いてはいない。江戸は思った以上に離縁が多く、後家も再縁もめずらしくはないからだ。さらには、なかなかに奇抜なお定めもある。

「後家だろうが独身《ひとりみ》だろうが、子を育てるには障《さわ》りないからね。お奈美もわざわざ厄介な亭主をもたずとも、何人産んだって構わないんだよ」

お甲が、からりと笑う。この江戸では、親がいなくとも子は育つ。

子供は町内で育《はぐ》むべしとのお定めがあり、離縁による一人親はもちろん、未婚であっても子育てに障りがないよう、名主や大家をはじめ近所の者たちが気を配る。費用はむろんのこと、働く親のための預り所や育児の相談所なども、各町内に設けることが義務づけられ、仮に何らかの理由で両親を失っても、子供が望めば仮親を立てて町内で育てられた。

　いわば結婚とお産を切り離した、大胆な御法だが、おかげで江戸は少子化とは無縁である。辰次郎の耳許で、こそりと良太がささやく。

「このお定めを作ったのは、何を隠そう、こちらにおわすお方だ。ご当人が離縁して、ふたりの息子を育てるのに苦労したそうでな。幕府の御法に、真っ先に加えたそうだ」

「何だか、お父さんの存在感がなさ過ぎて、男としては複雑な気分になるんですけど」

「いや、父親《てておや》も必死だよ。なにせ子育てを怠けると、ご近所衆が五月蠅《うるせ》えからな」

「甚兄いが所帯をもちたがらないわけが、わかった気がします」

　話が激しく逸《そ》れてしまったが、奈美が改めて元夫からの手紙を差し出す。

「辰次郎、この手紙をね、馬込播磨守さまに渡してほしいの」

「うちの親分に？　いったいどうして？」

「理由はきっと、この中に書かれていると思うけど、あたしも読んでないからわからないの」

　やや厚みのある封筒は、しっかりと糊《のり》付けされている。ただ、添えられていた奈美への手紙には、必ず長崎奉行所の馬込寿々に届けてほしいと書かれていた。

「何度も念が押されていて……それが遺言なら、故人の遺志を尊重しないとね」

「遺言って、まさか……」

「事故で亡《な》くなったって……半月ほど前に」

どんな顔をして告げればいいのかわからない――。奈美はそう言いたげな表情をした。

「江戸にいちゃ、葬儀にも出られないからね。せめてこちらでご供養してはどうかと、高田屋の旦那が勧めたんだ」と、お甲が言い添える。

「それで、お寺に行ったのか……奈美、おれ、何て言っていいか」

辰次郎も、母を事故で亡くしている。身近で起こる突然の死が、どんなに痛みを伴うかよく知っている。気持ちがわかるだけに、かける言葉がなかった。

「そんな顔しないでよ。二年も前に円満離婚して、もう過去の人なんだから。ただ急だったから、やっぱり驚いたけどね」

亡くなった元夫の名は、本間《ほんま》悠生《はるき》。最初に訃報《ふほう》を知らせたのは、奈美の姉だった。

昨今は家族葬がほとんどだから、葬儀には参列しなかったが、弔電を打ったと記されていた。弔電も電子化されて携帯でやりとりされるが、江戸では紙一択だ。奈美も遅まきながら、本間家に悔やみの便りを送り、父親が返事を送ってきたという。

「息子を亡くして、まだ気持ちの整理がつかないんでしょうね。お義母《かあ》さんは殊《こと》に参っていて、食事も進まないって。ご両親はいい方だったから、気の毒でならなくて」

そのときばかりは、奈美もしんみりする。

「お父さんから返事が来たのは、三、四日前だったかな。あたしとしても、少しは気持ちの整理がついたつもりでいたの。そうしたら昨日になって、当の本人から手紙が届いたの！　ちょっとしたホラーでしょ？」

「遺品の中にあって、あちらのご両親が送ってくれたんじゃ？」

「それはないと思う。本間の実家は山梨にあって、彼は東京で一人暮らしをしていたから」

東京の部屋の整理や解約は、もう少し経《た》ってから行くつもりだと、父親の手紙にも書いてあったと奈美が語る。

「ひとつ考えられるのは、職場かな。ほら、ここを見て」

封筒の左上に押された消印を差す。日付と受付郵便局が示されていた。

「品川ってあるでしょ？　品川には、彼が以前働いていた出版社があるの」

「じゃあ、その出版社の人が、投函《とうかん》したってことか？」

「だいぶ前に退社してフリーのジャーナリストになったけど、記事のほとんどは、そこの週刊誌に掲載されていたの。彼の机もあって、荷物も置いてあるって」

その中に自分宛《あて》の手紙が紛れていて、送ってくれたのではないかと奈美は推測していた。

「で、そのあたし宛の手紙に、もうひとつ封筒が入っていてね、それがこれなのよ」

厚みのある封筒の表に、『馬込寿々様』と書かれている。一瞥《いちべつ》した良太が、口を開く。

「ひとつきいていいかい？　お奈美さんの元ご亭主は、うちの親分と関わりがあるのか？」

「さあ、その辺もまったくわからないわ。もしかして仕事関係で、過去に会ったことがあるのかも」

「ジャーナリストなら、あり得るかも。あ、良兄い、ジャーナリストってのは、記者……でも通じないか。要は瓦版《かわらばん》の話種を集める人です」

辰次郎が通訳すると、そうか、と呟いて、良太は何事か考え込んだ。冬だけに日が短く、早くも空が夕暮れ色になってきた。その空を、良太はしばしながめていた。

「あ、そうだ、土産を買わないと。朱緒様は何味が好みかな。寛兄いは……甘けりゃ何でもいいか」

「いや、辰公、今日はやめとこう。これから野暮用が入って、無駄になるかもしれねえ」

「なるかもって、何であやふやなんすか？」

良太はこたえず、仕方なく土産をあきらめて外に出る。辺りを見回したが、さっきの暴漢らしき姿はない。それでも護衛のつもりで、高田屋までは送っていった。

「奈美、しばらくは気をつけろよ。外に出るときは特にな。できれば男の職人さんに、同行を頼んだ方がいいぞ」

「お奈美のことなら、あたしが目を光らせておくよ。うちの職人や手代じゃちょいと頼りないから、お向かいの鳶《とび》衆に頼もうかね。喧嘩《けんか》なら、浪人ごときに引けはとらないさ」

「ごつい鳶衆を引き連れて歩くのはちょっと……当面は大人しく機織りに専念するわ」

お甲の心強い申し出に、奈美はややげんなりと返す。ほどなく高田屋に到着し、改めて奈美が、ふたりに礼を告げる。

「良太さん、今日は助けていただいて、ありがとうございました。辰次郎も、届けてくれてありがとね。おかげで晩御飯が、すっごく楽しみ！」

「松吉の御用が終わったら、また来るよ、今度は手ぶらでな。あ、何かあったら知らせろよ」

手をふって、高田屋を後にする。角まで来ると良太がふり返り、声を張った。

「じゃあなあ、お奈美さん。親分への文は、たしかに預かった！　必ず長崎奉行にお渡しするからなあ！」

西日に照らされた良太の横顔を、思わずふり返った。

「何か、やたらとでかい声っすね」

「まあな。それより今日はたしか、親分の帰りが遅《おせ》えんだろ？」

「そうなんす！　今日も城で晩餐《ばんさん》があって、晩の膳出《ぜんだ》しもないんです！」

晩はゴメスの顔を見ずに済む。滅多にない幸運に、ついつい声がはずむ。

「だったら、ちょうどいい。どっかで飯でも食おうぜ。日本橋に、旨い店があるんだ」

「いいっすね！」

荷物がないと足が軽い。飛ぶように街並みを過ぎて、あっという間に日本橋に至った。

「あれ、この辺りって……ああ、やっぱり、あそこが長崎屋か」

日暮れ前に着いたから、まだ見通しが利《き》く。一昨日《おととい》、印西親子を見掛けた長崎屋から
ほど近い。良太が案内したのは、長崎屋と同じ本石町にある居酒屋だった。

「兄いたちと何度か来てな、ここは唐揚げが美味いんだ」

「そういや、晩飯を外で食べることって、ほとんどないや」

金春屋の飯が美味いから不足はないものの、晩の外食が減ったのはちょっと寂しい。

「膳出しがあるうちは、それだけで精根尽きて、外に繰り出す気にもなれねえからな」

新参のふたりが入るまでは、寛治とともに同じ役目をこなしていただけに、良太の同
情には気持ちがこもっている。

「へい、うれしい、らっしゃぇえええい！」

暖簾をくぐると、独特の掛け声がかけられた。ちょうど金春屋と同じくらいの広さだ

ろうか。四人掛けの卓が七つ八つ並び、混み具合も同様だが、天井からぶら下がった赤い提灯《ちょうちん》が、いかにも居酒屋らしい。

空いた卓に座ると、鉢巻きを締めた店員が、すぐに注文をききに来た。

「ようこそ、うれしい、ご注文は？」

「おれは林檎酒、熱燗《あつかん》で。辰公は何にする？」

「林檎酒なんてあるんすか。じゃあ、おれもそれで」

「へい、林檎熱燗二丁、うれしい承りやした！」

店員が去るのを待って、良太にたずねる。

「何でいちいち、うれしいが付くんですか？」

「看板見てねえのか？　この店の名が、『嬉し丼』ってんだよ」

そういうことか、と何やらがっくりくる。

「この店の売りは唐揚げでな。塩唐揚げも美味いが、お勧めは大蒜《にんにく》唐辛子だな」

そのときとなりの卓に注文の品が届き、妙にはしゃいだ客の声が届いた。

「ワオ！　ビッグな唐揚げですねー。ナッシーの顔くらいありますよ」

「台湾で食べた大鶏排《ダージーパイ》に似ているな。あれは胸肉だが、これは鶏《とり》もものようだな」

「うーん、クリスピー&ジューシー。味はやっぱり日本のカラアゲですねー」

「たしかに美味いな。大蒜唐辛子味も試したかったが、このサイズだと二枚はきついか」

灯りが提灯のみで、店内が薄暗いために気づかなかったが、声以上に独特の話しぶりにはきき覚えがある。顔を確かめてから、声をかけた。

「あのう、よかったら、シェアしましょうか？　大蒜唐辛子味を、頼むつもりなんで」

迷惑そうにふり返ったのは、名瀬幾朗だった。視察団のひとりで、ゴメスの大贔屓《ファン》だ。

「いや、見知らぬ人とのシェアはちょっと……」

「あ、やっぱり覚えてないか。おれ、馬込様の配下で、辰次郎っていいます。この前、お会いしたんですけどね」

「オウ、シンコーね、覚えてまーす！　マッキーのお仲間ね！」

「クマールさんの着物は、今日も派手……いや、凝ってますね」

「お城の帰りに見つけました。どれもビューリフォーで、つい三枚も買っちゃいました」

赤地に色とりどりの大きな牡丹《ぼたん》の柄が散っている長羽織は、おそらくは芝居や芸人の衣装だろうが、本人はご満悦だ。とはいえこう暗くては、目立ちようがない。

「へい、うれしい林檎熱燗二丁、お待たせしやしたあ！」

ほのかに甘酸っぱい匂いのする、大ぶりの湯飲みが置かれる。店員が戻る前に、良太がてきぱきと注文した。

「いい香りだろ？　じゃ、日本式に乾杯と行くか。かんぱー……」

「ちょっと待った。君はいくつだ？」名瀬が良太に、疑いの眼差《まなざ》しを向ける。

「おれ？　十八でやすが」

「未成年じゃないか！　飲酒はいけないな」

「ああ、いや、江戸では十五、六歳で成人を迎えるんです。酒もその頃に解禁で」

辰次郎が、慌《あわ》てて江戸事情を説く。成人ではなく元服というのだが、家督を継ぐなどの理由で十二、三で元服する者もいる。酒や煙草《たばこ》は子供には禁じられており、こちらは概《おおむ》ね、十七、八歳から認められる。

「そういういい加減なところが、近代国家とみなされない理由だと思うが」

「江戸時代はもともと近代じゃなく、近世ですから」と、辰次郎が苦笑する。

「てことで、遠慮なく……ぷはあ、うめえ！」

「ん、ホントだ！　意外と甘くなくて飲みやすい！」

「それ、何ですか？……林檎酒？　シードルとは違う？　次、私も頼んでみまーす」

「クマールさんは、何を？」

「麦酒《ビア》ね。冷えていて、とっても美味《おい》しいね」

「そっちの旦那は、日本酒か。どうでい、江戸の酒の味は？」

名瀬は意外にも日本酒党で、燗酒を手酌で猪口《ちょく》に注ぎながら、くいっと煽《あお》る。

「さすがに美味いな。ビールやワインまであるのは驚いたが」

「酒は結構何でもあります。ただ冷蔵庫がなくて川や井戸水で冷やすから、冷えたビールは冬限定ですけどね」

次々と注文の品が届き、唐揚げは、塩味と大蒜唐辛子味を半分ずつシェアした。いっとき飲み食いに集中したが、朗らかなクマールや気安い良太のおかげで話に花が咲く。

「良兄い、次は何にします？　いつもの焼酎《しょうちゅう》行きますか？」

「いや、後は茶でいい。辰公も、酒はこの辺でやめておけ」

辰次郎はもともとさほど飲まないが、良太は大酒飲みの兄貴分に鍛えられているだけあって、日頃は結構いける口だ。めずらしいなと思いながらも、素直にうなずいた。

「ちょいと厠《かわや》に行ってくら」

良太が席を外し、辰次郎が注文のために店員を呼んだ。

「そちらは追加ありますか？　一緒に注文しますよ」

「唐揚げ、もう一枚どうですか？　醤油《しょうゆ》味も食べたいでーす」

「おれはやめておく、これ以上は胸焼けしそうだ。漬物と塩辛で」

「ナッシーは塩分とり過ぎね。よくないですよ」

「朝昼晩、三食カレーのおまえには言われたくない」

名瀬とクマールのやりとりで、ふと気づいた。珈琲と同様、カレーも江戸では高級品だ。一部の香辛料は輸入に頼らざるを得ず、非常に高価だときいている。

注文を済ませてから、辰次郎がたずねた。

「おふたりは、以前からの知り合いなんですか？」

「以前というか、半年ほど前になるか。政府が江戸国調査委員会を立ち上げてな。今回の視察団は、そのメンバーから選ばれた」

「でもナッシーと私、なんと同じ大学の出身でしたね。ふたりの出会いは運命ですね｜」

「やめろ、その言い方は。私が学んだインドの大学に、クマールも通っていただけだ」

名瀬は日本の大学を卒業してから、インドの大学院に進んだ。クマールとは在学時期もほぼ重なっているが、学部が違うだけに当時は顔を合わせていないという。

「同じ大学というだけで妙に懐《なつ》かれて、ニンジャだのサムライだの、そんな話ばかりをきかされて」

「ナッシーこそ、馬込博士の話ばかりで、もう私、耳にオクトパスね」

両の掌《てのひら》を上に向けて、派手な羽織の肩を大げさにすくめる。

「親分て、そんなに凄《すご》い科学者だったんですか？」

「君は本当に、何も知らないんだな。博士は九歳で大学に入学し、十二歳で卒業した。大学院に進んで、以来、ほぼ二年に一度のペースで博士号を取得している」

「飛び級ってことですか」

　いまや日本でも導入されたが、未《いま》だに横並び意識は健在で、極端な飛び級は例がない。飛び級の先進国といえば、やはり米国だ。ゴメスは幼少期から大学までを米国で過ごし、世界各国の大学院で、四つの博士課程を修了したと名瀬が語る。

「医学、資源工学、航空宇宙工学、原子力工学。ちなみに大学の専攻は生物化学だから、その修士号も取得されている」

　並外れた頭脳も、そこまでいくとやはり化け物じみている。

「頭がいいのは、やっぱり遺伝かな？　きくのが怖いような気もするけど……親分の両親てどんな人でしょうね？　知ってますか？」

「七歳より前の生い立ちについては、実はまったくわからない。日系米国人のさる大学教授が後見人を務めていて、馬込博士もまた、国籍や名前は日本人だが、家族はもちろん出身地すら定かではなくてな」

「いや、ある意味、納得です。桃の実から生まれたとか、地球を侵略しにきた異星人とか、そのレベルでもうなずけますから」

「ただ幼少から高い教育を受けたことは間違いない。七歳当時ですでに、十二、三歳ほどの体格には達していたそうだが、頭脳はそれ以上だった。すでに高校なみの知識はあって、わずか二年で大学の入学試験に相当するＳＡＴに合格した」

「でも民族的には、たぶんモンゴロイドね。エイジアかアメェリカ大陸の顔立ちね」

クマールは民俗学者、習俗や伝承文化が専門だが、仕事上、民族にも詳しいようだ。

「馬込博士の生まれは、いっぱい噂《うわさ》ありますね。私の一押しは、アマゾンやシベリアに住む少数民族って説ですね。知られざる民の最後のひとりとなって、教授に引きとられた――悲しいけど、ロマンありますね」

「ロマンかあ……親分自身には、欠片《かけら》もありませんけどね。いっそ遺伝子操作したデザイナー・ベビーとか、その過程でできた突然変異体《ミュータント》とか、そっちの方がしっくりきます」

「そういう噂も存在するぞ。あくまで都市伝説のレベルだが」

「あの規格外の存在は、都市伝説にはもってこいですからね」

追加の料理が運ばれてきて、醬油味の唐揚げをクマールが切り分けて、辰次郎にも勧める。ほんのり生姜《しょうが》が利《き》いていて、これもまた美味い。

唐揚げを咀嚼《そしゃく》するあいだに、もうひとつ気になっていたことを思い出した。厠にしてはずいぶんと長いが、良太は戻ってこない。思いきって、辰次郎はたずねた。

「あの、きいていいですか？　日本政府は、江戸をどうしたいんですか？」

塩辛をつまんだ名瀬の箸《はし》が止まり、口いっぱいに唐揚げを頰張ったクマールと顔を見合わせる。口の中のものを胃に収めてから、クマールが明快にこたえた。

「私はもちろん、いまのまま江戸を残したいね。でも、他のメンバー違う。カイコク、求めてます」

「開国……？　それってつまり、江戸をなくせってことですか？」

「私は反対でーす。民俗学《フォークロー》には、江戸はとーっても貴重ね。なくすのもったいなーい」

猪口の中身をあけてから、名瀬が口を開いた。

「僕は正直、馬込博士さえ戻ってくれれば、開国だろうが鎖国だろうが関心がない。科学の存在しない江戸に博士を閉じ込めておくのは、世界の損失だからね」

「損失って……」と、つい辰次郎が笑いをこぼす。

「何がおかしい」

「いや、それ、松吉の嫌いな言葉の第一位なんです。ちなみに二位が効率化で、三位がパフォーマンス。証券会社にいた頃、そればっか言われてたからって」

「マッキーは、インテリジェントでデリケイトね。私も同じだからわかりまーす」

どこが、と聞き手のふたりが視線で突っ込んだが、口は慎んでおく。

「まあ、クマールに限らず、インド人は総じて楽観的で自己肯定感が強い。日本人とはむしろ逆だな」

「自己肯定感って、どうやったら身につくんでしょうね？」

「もちろん、子供を褒めて褒めて褒めちぎることね。私もパパやママにいっぱい褒められました」

「なるほど……それでここまで能天気に」と、名瀬がいたく納得する。

「日本人は、子供を叱《しか》り過ぎね。いちいちマナー注意して、迷惑かけるなもナンセンスね。子供なんだから、マナー悪いも迷惑もあたりまえね」

行き過ぎた躾が子供を窮屈にさせ、それこそが自己肯定感を阻《はば》んでいると、クマールは一席打《ぶ》った。民俗学者として、各国の子供たちを見てきただけに、妙に含蓄がある。

実際、日本の子供の行儀の良さや大人しさは、断トツで世界一と言えるが、笑顔が少なくはしゃぐこともしない。つまりは子供らしさが削《そ》がれていると、クマールは主張した。

「日本人は、恥ずかしいこと多過ぎるね。あれもダメ、これもダメじゃ、肯定《ポジティブ》は減る一方ね」

「そういえば、その辺は江戸の方が大らかだな。なにせあの親分が、大手をふって闊歩《かっぽ》してるくらいだから」

「恥の文化の起こりは、そもそも武士ではないのか？　だったら江戸の方が、よほど窮屈なはずだろう」

「そのはずなんですけどね、意外にも緩いというか、庶民は特に自由度が高いですね。その辺の長屋の子供も、めっちゃ元気に走り回ってるし」

幼い頃から行儀を叩《たた》き込まれるのは、武家や大きな商家の子女に限られる。江戸ではいわば上流社会《ハイソサエティー》だ。

「その辺は、からくり《トリック》がありますね。サムライ文化が庶民に根付いたのは、明治以降と言われてます。つまり江戸時代は、庶民に広まってなかったことになりまーす」

「侍の時代が終わってから、侍文化が一般化したというのか？」

「それは、目から鱗《うろこ》ですね」と、辰次郎もにわかに驚く。

文化というものは概ね、川のように上から下へと流れていくものだと、クマールは説いた。たとえば公家《くげ》のしきたりや祭礼が、最初は武家に伝えられ、やがては庶民にも広まる。通常は長い時をかけてゆっくりと浸透していくものだが、それが劇的に起きた時代がある。いわゆる明治維新である。

階級制度がなくなって、武家と庶民の垣根が取り払われたことに加え、武家の作法やしきたりが、法律として下々にまで普及した。その過程で、日本人特有の恥の文化が広く行きわたったとクマールは自説を披露した。

「もちろん諸説ありますが、私を含めた一部の学者は、そのように考えていまーす」

「たしかに、そう言われれば、納得のいく論理だな」と、名瀬も認めた。

「あれ？　何でこんな話になったんだっけ？」

「世界の損失から、話が逸れたんだろう。馬込博士が非科学国家に留まっているのは、やはり損失以外の何物でもない」

話が大きく脱線し、名瀬に言われて、ようやく思い出した。

「あらゆる分野で最先端を走っていた博士が、こんな時代錯誤な土地に固執する理由がどこにある？」

「時代錯誤かあ、たしかに……でも親分は、好きで江戸に留まっていると思いますよ」

急須ごと届いたお茶を、茶碗《ちゃわん》に注ぐ。立ち上る湯気をながめながら、辰次郎が言った。

「金春屋の飯が旨くて、怪力も存分に振るえて、暮らしは案外呑気《のんき》で。きっと親分の性に合ってるんだ」

「馬込博士も、きっと江戸ラブなんですねー。マッキーや私と同じね。シンコーはどうですか？」

「おれは松吉ほどの思い入れはないけど……でもまあ、悪くないなって思えてきて。日本にいた頃より、生活の密度が濃いっていうか。何をするにも、いちいち面倒くさくて大変だから、かえってスルーできない。感覚をからだに覚え込ませるしかなくて、いままでサボっていた器官がフル回転する感じ。おれって、こんなこともできたんだって、ちょっと自分を見直すこともあって」

松吉や奈美を除けば、江戸人以外と話すのは久々で、酔いも手伝ってめずらしく語ってしまった。

「わかりまーす！　文化の違い、とっても大事ね。異文化を受け入れたとき、違う自分が見えて、自分が広がるね」

クマールは嬉《うれ》しそうにうなずいたが、名瀬は思い出したように話題を戻した。

「日本政府が、どうして開国を迫るのか、というのが最初の質問だったな」

「あ、そうでした」質問しておいて、すっかり忘れていた。

「答えは言うなれば、不安の払拭《ふっしょく》だ」

「それは極秘事項だ。君たちに話す筋合はない」

にべもないが、ある意味正論だ。

良太はまだ戻ってこず、さすがに遅すぎる。嫌な予感が胸に兆《きざ》した。

「おれ、ちょっと、良兄い見てきます。何かあったのかも」

「おれが何だって？」

声にふり向くと、良太が立っていた。にっと歯を見せる。

「遅いから心配しました。何だかんだで三十分近く……いや、四半刻《しはんとき》は戻らないから」

「すまんすまん、厠でばったり見知りに会っちまってな。つい話し込んじまった」

と、席に座り、冷めた茶をぐびりと飲む。

「唐揚げが、すっかり冷めちまったな。これ食ったら、おれたちは出ようぜ」

ばくりとかぶりつき、口いっぱいに頬張る。その顔は、無邪気な高校生と変わらない。

「ひとつだけ、いいか。君たちに言っておきたいことがある」

「はんふは？」と、良太が名瀬をふり向く。

「馬込博士が、学界を去るきっかけとなった事件のことだ」

結果的に、江戸に入国する理由になったと語る。クマールも承知のようで深くうなずく。

「馬込博士は昔、トラブルで学界を追い出されました。でも、いまになって、騒いで追い出した人たち、後悔してますね」

「親分は執念深《ぶけ》えからな。仕返しでボコボコにされても、文句は言えねえな」

肉の大きな欠片を飲み込んで、良太がもっともらしくうなずく。

「復讐《リベンジ》を怖がってる人も、たしかにいますねー。そゆ人たちが、江戸にも不安や不信をもってまーす」

「だが、それ以上に後悔しているのは、馬込博士という人材を世界が失ったことだ。十年も経って、博士の学説が証明されて、当時騒がれた研究の盗用も、濡《ぬ》れ衣《ぎぬ》ではないかとの意見が広まりつつある」

「そういえばこの前、名瀬さんも言ってましたね。研究の盗用がどうとかって……何があったか教えてもらえませんか？」

辰次郎に乞《こ》われるまでもなく、名瀬は話すつもりでいたようだ。

「ちょうど十年前の、航空宇宙学会だ。まったく同じ理論を、同じアプローチで説いた研究者がふたりいた。馬込寿々博士と、垂水流《たるみりゅう》博士だ」

ともに日本人だが、当時はそれぞれ外国の研究機関に所属しており、両者にはまったく接点がない。しかしあらかじめ配られた研究要約《レジュメ》は、見事なまでに相似しており物議をかもした。

「その理論というのは、実に画期的なもので……」

そこから専門用語が延々と続いたが、ほとんど理解できない。良太が最初に音をあげた。

「辰公、後は任せた」

「おれだって無理っすよ、良兄い」と、ひそひそ声を交わし合う。

五分ほど長々と続けられ、辰次郎も完全についていけなくなったが、幸いにもクマールが質問を挟んでくれた。

「難しくてよくわかりませんが、核融合を応用したロケット燃料《エナジー》で、有人宇宙船《スペイス・シャトー》がうんと速くなるってことですかあ？」

「だいぶ端折《はしょ》ってあるが、まあ、そのとおりだ。知ってのとおり火星への移動は、片道一年以上かかるが、その原理を応用すれば、半年からわずか三ヶ月まで短縮される」

「そういう話だったんだ……」

辰次郎がぼそりと呟《つぶや》く。火星の開発については、未だ有人探査の段階だが、移動時間が大幅に削減できれば、人や物資が何倍も多く輸送できる。火星の調査・開発やテラフォーミング化が、一気に進む可能性があると名瀬は語った。

「だが、学会の開催前に、ある噂が流れた。馬込博士が、垂水博士の研究を盗用したとの噂だ」

「親分はたしかに、暴力的で根性悪で卑怯者《ひきょうもの》で、いいとこなしだけど……過去にも人質や魚質をとって無理やり従わせたり、いったん出馬すれば怪我人の山が築かれるし」

「それって、どこから見ても悪人ですねー」

「だがよ、他人の手柄を横取りするってえのは、親分らしくねえな。むしろ、そういうちまちましたことは、いたって不向きな性分だからな」と、良太も援護する。

「僕もまさに、そう思った！　あれほどの才能に恵まれた方が、他人の研究を盗むなんて考えられない。短い期間だが、博士の傍でその手腕を目《ま》の当たりにしたからね。だが世論は、嵩《かさ》にかかったように糾弾し続けたんだ」

非難の声は日を経るごとに大きくなり、学会が催される頃には頂点に達した。当時はメディアを席巻《せっけん》したというが、十年前というと辰次郎はまだ子供で覚えていない。

「私、覚えてますね。インディアでも、ニュースなってました。インディアから見れば、あれは東西の対立ね。東の国では、垂水が盗んだと、まったく逆のこと言ってました」

垂水はいわゆる西側諸国の、ゴメスは当時、東側諸国の研究所にいた。火星の開発をめぐって、両者は火花を散らしている。大きく先んじる可能性を秘めたロケット燃料は、どんな手を使っても手中に収めたいはずだ。

「それでも馬込博士は、実に立派だった。私もあのとき会場にいたのだが、聴衆から非難や野次を浴びても顔色ひとつ変えず……拳《こぶし》ひとつで場内を静めた」

「拳って、誰か殴ったんですか？」

「いや、目の前の演台を叩き壊したんだ」

会場は水を打ったように静まり返り、ゴメスは何事もなかったように発表を続けた。

「あれはアメイジングでしたねー。世界中に配信されて、私も見ましたね」

「親分にしては可愛《かわい》いもんです。むしろ会場を壊されなかったことを、感謝しないと」

「あれが馬込博士の最後のお姿になってしまったが、本当に雄々しく立派だった」

ゴメスの雄姿を思い出しているのか、名瀬がしばし目を閉じて感慨にふける。

「最後と言えば、ふたりの発表、最後が違ってました。それも後で話題なりましたね」

「同じ研究なのに最後が違うって、どういうことですか？」

「決定的な違いは、実用化の目途《めど》だ。何年後に使用可能となるのか、その見解に大きな開きがあった。垂水博士は、遅くとも五年以内に実用化は可能だと言った。しかし馬込博士は、あと十年は無理だと断言されたんだ」

「相手の方が、研究が進んでたってこと？」

「いや、馬込博士によると、パーツの素材や精密度、そして計算速度の問題だ。当時のゲート方式やアニーリング方式の量子コンピューターでは、計算だけで十年かかると予測され、次世代計算機を待つしかないと……」

ふたたび話の内容が、空の彼方《かなた》に飛んでいってしまい、良太は諦《あきら》めたのか、「お勘定！」と店員に叫んだ。辰次郎はどうにかしがみつき、名瀬に話を促す。

「で、そのロケット燃料は、いつ実用化されたんですか？」

「実用化はされていない……未だにな」

「それってつまり、親分が正しかったってことか」

「そのとおり、研究を盗んだのは垂水の側だ。五年後に、それが立証された。垂水は実用化に漕《こ》ぎつけられず、理由も馬込博士の言ったとおりだった」

「今度は垂水博士が責められたね。やっぱり可哀想《かわいそう》でした」

「可哀想なものか！　誰に唆《そそのか》されたにしても、他人の研究を盗用するなんて、研究者として恥ずべき行いだ。よりにもよって、どうしてそんな馬鹿《ばか》な真似《まね》を……」

卓の上に握りしめた拳が、ぶるぶると震える。一瞬見せた表情は、悔しさと情けなさに歪《ゆが》んでいて、辰次郎はどきりとした。

「名瀬さん、もしかして、垂水博士と知り合いだったんですか？」

「……インドの大学にいた頃、同じ研究室にいたというだけだ」

名瀬は大学院生で、垂水は研究員だったと、むっつりと告げる。

「あいつは大学の名誉も、僕たちが培《つちか》った信用も、粉々にしたんだぞ！」

酒の酔いもあろうが、名瀬がこんなに感情を露《あら》わにするとは思わなかった。垂水を憎んでいる口ぶりだったが、逆に彼へのこだわりを感じさせる。クマールが、静かに言った。

「ナッシー、死者に鞭《むち》打っては駄目ね」

「え、その人……亡くなったんですか？」

「そうです、交通事故で。半月ほど前に亡くなりました」

「半月前……？」

奈美の元夫たる記者も、同じ頃に事故で死んだときいたばかりだ。妙な符合にも思えて気にはなったが、そろそろ行くぞ、と良太が立ち上がった。意外にも、名瀬がすまなそうに言った。

「座の空気を乱してすまない。ただ、博士のお立場を、部下の君たちにもわかってほしかった。もちろん僕は、博士が研究に戻られることを切に願っているが、未だに当時の傷が癒《い》えていないというなら、無理強いはできないからね」

「無用な心配だと思うがな。傷だの恨みだの、そんなたまじゃねえしよ」

「その繊細さが少しでもあれば、おれたちこんなに苦労しませんよね」

「君たちは本当に失礼だな。博士の真の価値を、わかっていない証《あか》しだぞ！」

ふいに良太が、名瀬に向かって、にかっと笑った。

「でも、ありがとな。親分や江戸を案じてくれてよ。話はさっぱりだったが、あんたらの心遣いだけは、ちゃんとここに届いたぜ」

とん、と己の胸に拳を当てる。歳《とし》は下でも、こういうところはやはり敵《かな》わない。

「せめてもの礼に、ここまでの払いは長崎奉行所《うち》がもつよ」

「いや、未成年に払わせるわけには……」

「これが江戸の粋《いき》、漢気《おとこぎ》ですね！　ナッシー、ここは甘えましょ」

クマールのとりなしで、名瀬も承諾し、良太が勘定を済ませる。もう少し飲んでいくというふたりを残して店を出た。

ごーん、と時の鐘が鳴る。鐘の数からすると宵五つ、すなわち夜の八時だ。

「さてと、こっからが本番だ」

良太は何故《なぜ》か、準備運動を始める。

「本番て、いまから探索すか？」

「探索になるかどうかは、向こうさんしだいだな。それでも、仕度は抜かりないぜ」

良太の着物の前が、いつもよりふくらんでいた。

「じゃあ、さっきは厠じゃなく、買い物に行ってたんすか？」

「この辺に、親分が重宝してる職人がいてよ。色々と仕入れてきたんだ」

日本橋を渡りきったところで、とん、と良太の肘《ひじ》が辰次郎を小突いた。辰次郎も無言でうなずいた。誰かがつけてきていると、少し前から気づいていた。

江戸は朝が早い分、店仕舞いも早い。昼間は人でごった返す日本橋の大通りも、この時間は見事なまでに人が歩いていない。

日本橋本石町から芝露月町までは、ほぼ一本道だ。しかし良太は、いかにも呑気そうな風情《ふぜい》を装《よそお》いながら、大通りを東に曲がり楓川《かえでがわ》を渡った。

月はあるが、薄く雲がかかっていた。薄ぼんやりとした灯りだが、十分な明るさだ。これなら、相手を見極められる。

楓川を渡った先は八丁堀で、南北町奉行所の組屋敷があることで有名だ。川の東岸は、昔は大名屋敷が多かったそうだが、いまは町屋になっており、川沿いにこぢんまりとした稲荷《いなり》社がある。

「ここは構えのわりに、霊験《れいげん》あらたかだそうだぜ。せっかくだから、拝んでいこうぜ」

「そうっすね。何をお願いしようかな。やっぱ縁結びかな」

「うちは親分がいるんだぞ。厄除《よ》けと家内安全に決まってるだろうが」

鳥居を潜《くぐ》る前に、良太が素早く合図を送る。呼吸を合わせて、左右に別れた。辰次郎は左側の木の陰に隠れ、良太は右手にあった手水舎《ちょうず》の向こうに身を潜める。

ほどなく足音が近づいてきて、ふたつの影が境内に現れた。

「たしかにここに入ったはずだが……どこに消えた」

「探せ。まだ、遠くには行っていないはずだ」

神社の境内に入ったのは、足音を確かめるためだ。土の地面では響かないが、石畳ならはっきりと違いがわかる。木の陰から片目だけを出して覗《のぞ》くと、袴《はかま》をはいた二人組だった。

辰次郎はちらと見ただけだから確信はできないが、おそらく奈美を襲おうとした浪人たちだ。ただ、ひとつおかしなことがある。足音は草履《ぞうり》や雪駄《せった》ではなく、明らかに硬い靴音だった。着物に靴では目立つから、どこかで履き替えたのか。

靴を履きなれているなら、江戸の人間ではない。

コン、と手水舎から、小さな物音がした。良太が柄杓《ひしゃく》で立てた音だ。ふたりがそちらをふり返った瞬間、辰次郎は木の陰からとび出して、小さい方の男に背中からとびかかった。小さいと言っても平均身長ほどはあるが、大男よりはずっとましだ。仰向《あおむ》けに倒し、道場で習った技で、相手の首を絞める。

「黒木《くろき》！」

辰次郎が押さえた男の名前なのだろう。でかい方が叫び、こちらに突進してくる。その行く手を、良太が素早く塞《ふさ》いだ。

「おっと、動くなよ。江戸の流儀は荒っぽいからな。うっかり首の骨を折っちまうかもしれねえ」

百九十センチはありそうな図体《ずうたい》の男が、ぎりぎりと歯噛《はが》みする。良太は若いだけに、背もからだも育ち切っていない。とうてい敵いそうな相手ではないが、日頃ゴメスを見慣れているだけに、この程度では怯《ひる》まない。

「てめえら、わざわざ神田から、おれたちをつけてきたろ。いったい何の用だ？」

どちらの男からも、こたえは返らない。

「もしや狙《ねら》っているのは、お奈美さんから預かったこの文か？」

良太が左手を懐《ふところ》に突っ込んで文を出し、ひらひらさせる。

やはり無言を通したが、辰次郎が押さえたからだが、わずかに強張《こわば》った。大きい男が、低い声で告げた。

「その手紙をこちらに寄越せ。そうすれば、痛い思いをしなくて済む」

「はあ？　誰に言ってんだ？　痛い思いをするのは、そっちだろうが」

良太の合図で、辰次郎が首を抱えた腕に力を込める。ぐっ、と相手から、苦しそうな呻《うめ》き声が漏れる。でかい男は、見掛けのわりに仲間思いであるようだ。待て、と制した。

「待ってほしけりゃ、ちゃっちゃと吐きな。てめえらは何者だ？　まあ、その靴からい

って も、江戸者じゃねえことは先刻お見通しだがな」

良太もやはり、靴音をきき逃してはいなかった。そのとき辰次郎が、ふと気づいた。襲撃するなら、スニーカーの方がよくはないか？　動きやすいし足音もしない。だが、きこえたのは革靴の音だ。革靴といえばスーツ。スーツと革靴に慣れているのは、堅い職場の会社員か、あるいは――そういえば、一昨日見掛けた。

黒いスーツと黒い革靴。印西親子の駕籠《かご》を囲んでいたSPだ。その中に、SPのバッジをつけず、黒いサングラスの男がふたりいた。ひときわ体格のいいでかい男と、身長は並みだが筋肉質の男。佐竹町の店先で、覚えがあるように思えたのはそのためだ。

「おまえら、印西の手の者だな？　長崎屋の前で見掛けたぞ！」

「よけいな詮索《せんさく》をするな。さっさと手紙を渡せ！」大男がいきり立つ。

「いんや、印西ときいちゃ、ますます渡せねえな。なんだって印西が、この文を狙う？　ああ、そうか、印西にとって、まずいことが書かれてんだな？　奉行や老中に渡る前に、潰《つぶ》しておこうって腹か？」

大男はやはり無言を貫き、ふたたび辰次郎が首にかけた腕を強める。黒木と呼ばれた男は、今度は呻くことすらせず苦しそうにもがく。

「おらおら、とっとと吐かねえと、本当に折れちまうぞ」

良太の脅しに、大男が諦めたように大きな息を吐く。話す素振りを見せたが、辰次郎に絞められた黒木が、声を放った。

「言うな、白田《しらた》！　遊びは終わりだ」

ゴリ、と辰次郎の脇《わき》腹に、何かが押しつけられた。

「離せ、小僧。こいつは本物だ」

首と右手は固めたが、左手にまで気がまわらなかった。左手に握られていたのは、拳《けん》銃《じゅう》だった。

「飛び道具たあ、卑怯だぞ！」

良太は怒鳴り散らしたが、仕方なく辰次郎は腕を解《ほど》いた。

江戸国には、武器のもち込みも原則ご法度《はっと》だ。ただし例外もある。国賓につけられる護衛官だ。護衛が携帯する拳銃のもち込みは認められていたが、ただし江戸国の方針に則《のっと》る形はとられていて、最新式のレーザー銃や、軽くてあつかいやすい合成樹脂製は避け、すべて昔ながらの金属製の銃である。検閲するのが長崎奉行所だから、辰次郎もそのくらいは知っていた。

黒木は銃口を辰次郎に向けたまま立ち上がり、潔癖症なのか、空いた手で着物や袴の埃《ほこり》を丹念に払う。良太と辰次郎をふたり並べて、銃口を逸《そ》らさぬまま口を開いた。

「先に手を出したのは、おまえたちだ。正当防衛で撃つこともできるが、ガキ相手だから見逃してやる。手紙をこちらに寄越せ」

「そうはいかねえな。文を奪われたとあっちゃ、こっちが親分に殺されちまう。そんなちゃちな玩具《おもちゃ》より、親分の方がよっぽど怖《こえ》えからな」

良太は梃子《てこ》でも渡さないとでもいうように、手紙をふたたび懐に仕舞い込む。

「粋がるなよ、ガキが！」

でかい白田がすごんだが、良太はあくまで余裕の態度を崩さない。

「黒木、これじゃあ埒《らち》があかない。少し痛めつけた方が、早くないか？」

「そうだな……やるなら表から見えないよう加減しろ。まずは、こいつからだ」

黒木が顎《あご》で、辰次郎を示す。了解、と応じて、白田が一歩前に出た。大男を睨《にら》みつけながら、一歩後退《あとずさ》りする。同時に、良太が踵《かかと》をつけたまま、足のつま先で石畳を三度踏んだ。

トトト、と三回、かすかな音がする。三つ数えるあいだ、すなわち三秒の意味だ。

裏金春にいれば、切った張ったは茶飯事だ。だからこそ、自ら望んで体術も習ったし、何よりも心強いのは、となりに良太がいることだ。研鑽《けんさん》を積んだのは、技だけではない。連携《チームプレー》を可能にする、阿吽《あうん》の呼吸だ。

一――、良太がするりと、両腕を着物の袖《そで》から抜いて、懐に収め、
二――、懐に収めていた武器を、両手で構える。

三――！

辰次郎が腕で目を覆《おお》った瞬間、良太の腹の辺りから、大きな火花が放たれた。着物というのは、実に便利な代物だ。袖から懐まで、全身すべてがポケットであり、また相手に見えぬよう、腕を自在に動かせる。

わっ、と黒木の驚く声がしたが、弾みで撃たなかったのはさすが玄人《くろうと》だ。

「どうでい、親分作の『昇龍《のぼりりゅう》』の威力はよ！」

辰次郎が横に飛んで、得意げに叫んだ良太も、逆の方向に走り出す。

昇龍は、振ると爆竹のような音と煙が出る目潰しで、ゴメスがよく拵《こしら》える玩具のひとつだった。

でんでん太鼓形の『爆竹太鼓』とか、浅蜊《あさり》の貝殻に火薬を詰めて、石に打ちつけると小さな爆発を起こす『浅蜊玉』とか、下剤やら眠り薬やらしびれ薬やらを丸薬にした『七色団子』とか、何気に物騒なものばかりだ。

「懐に入れると、こっちが災難に遭いそうだ」と、年配の菰八なぞは敬遠し、

「こんな小細工を使っちゃあ、せっかくの拳や蹴《け》りが台無しになるじゃねえか」

とは、喧嘩《けんか》上等の甚三の言い草だが、他の連中は結構面白がってもち歩いている。

中でも良太はこの手の玩具が大好きで、自身も器用なだけあって、「浅蜊玉は、錠前をふっとばすのにちょうどいい」とか、「七色唐辛子に、クシャミを連発させる粉を入れてはどうか」とか、新たな案や使い方を、ゴメスに進言したりもする。

良太の着物の袂《たもと》や懐には、青い猫型ロボットのポケット並みに、この手の玩具が常に入っているが、嬉し井で中座した折に、ゴメスが仕掛けを拵えさせている職人の家に走り、たっぷりと仕入れてきたようだ。

昇龍もまた、良太お気に入りの一品で、地面に置いて火をつけると、噴水のように火花が噴き上がる。ドラゴンと呼ばれる花火とよく似たもので、昇龍の名もそこからついた。パーティー用のクラッカーと同じ円錐《えんすい》型で、底についた紐《ひも》を引っ張ると発火して、吹き上げ花火のように大量の火花が出る。どうやら中の火薬にも細工が施されているようで、やたらと目にまぶしいキラキラした火花は、瞳孔《どうこう》を直撃する。

夜がひときわ暗い江戸の町なら、効果はてきめん。さらに靴と言葉からすると、ふたりはおそらく日本人だ。江戸に入国したての辰次郎と同様、暗さには慣れていない。日本人相手なら、闇《やみ》は最大の武器になると、良太は見当したのだろう。

本堂裏の方角に境内を抜けて、手近な路地に入り、右に左に方角を変えながら走った。足を止めたのは、キョキョキョキョキョと、低く鳴くヨタカの声がしたからだ。声真似の上手《うま》い良太の合図だとすぐにわかった。いったんは互いに逆の側に逃げて、後で合流する算段だ。ヨタカの声のした方角へと向かうと、密《ひそ》やかな声がとんだ。

「辰公、こっちだ」

「よかった、良兄い。おかげで命拾いしました」

「そうだろう、そうだろう。遠慮せず、たんと敬えよ」

得意満面の良太だが、すぐに気配を引きしめる。

「連中の目も、そろそろ戻る頃だろうが、日本人なら夜目は利かないはずだ。おとなしく帰ってくれるといいんだが」

しかしふたりの耳が、靴音を捉《とら》えた。石畳ほど響かないが、革靴の無粋な足音は、こちらに向かって近づいてくる。

「おい、早《はえ》えな。どうやら、連中に見つかったぞ」

「場所の特定が早過ぎる……もしかしたら向こうにも何か、隠し玉があるのかも」

日本なら、文明の利器がいくらでもあり、その気になれば正規のルートを通さずに持ち込むこともできる。現にその手の犯罪は、長崎奉行所の管轄《かんかつ》である。

「おれが奴らを引きつけますから、兄いだけでも逃げてください。手紙だけは、親分に届けないと」

「見損なうな、おめえを残して逃げるような兄貴じゃねえぞ。ふたりで迎え撃つしかねえだろうが」

「良兄い！　一生ついていきます！」

その場で素早く策を練り、ふたたび良太と別れた。
四、五軒ほど先の路地に入って、急いで得物を探す。幸い路地裏だけあって、そこかしこの軒下に雑多なものが積まれている。辰次郎はボロボロの暖簾《のれん》が絡《から》まった長い棒と、両側に持ち手のついた料理用の麺棒《めんぼう》を、得物にえらんだ。色褪《あ》せた暖簾を引きちぎって外すと、ちょうど六尺棒くらいの長さと太さで、武器としてはちょうどいい。麺棒を腰に差したのは、狭い路地では長い得物が不利になるからだ。

思った以上に的確に、ふたつの靴音が近づいてくる。

物陰に身を隠したが、足音が迫るたびに緊張が増す。ふたりを相手にするには、不意打ちしかない。しかし予想に反して、もう少しというところで靴音が止まった。

「そこにいる奴《やつ》、出てこい……隠れても無駄だ。こっちからは丸見えだからな。さっきの坊主《ぼうず》共の、でかい方だろ？」

そこまで言い当てられては、どうしようもない。諦めて、ふたりの前に出た。さっきまではなかった、黒いサングラスをかけている。物陰に潜む辰次郎を見分けたということは、暗視だけでなく、熱源を映像化するサーモグラフィーもついているのだろう。

「そのサングラスは、色々と便利な機能がついてんだな」

「ああ、最新式だ。こっちは江戸に合わせて旧式だが、腹に穴を開けるには十分だ」

向かって左に立つ黒木が、辰次郎に銃口を向けた。恐怖とは別のものが、腹の底から沸々とこみ上げた。

「そいつを、おれに向けるんじゃねえよ……」

江戸に入国して、最初の事件だ。辰次郎と松吉は悪党どもに捕まって、短筒を向けられた。弾はふたりではなく、助けに来た甚三の腿《もも》を撃ち抜いた。あのとき、辰次郎をかばって、松吉も刃物で肩に深手を負った。

「刃物や銃を見るたびに、腸《はらわた》が煮えくり返る……んなもんふりかざす野郎には、反吐《へど》が出る……」

日頃の辰次郎にはそぐわない獰猛《どうもう》な気配が、ゆらりと立ちのぼる。

辰次郎自身も、気づいていた。憎しみに近い感情は、自分でも制御できない。

危険とは無縁の日本で、のほほんと育った辰次郎には、あまりに強烈な刻印として焼きついた。己が役立たずで、松吉と甚三を傷つけた——それだけではない。辰次郎が握った匕首《あいくち》は、相手の腰に突き刺さった。切っ先が骨を削る、あの感触を思い出すたびに、いまでもぞっとする。

威力のある武器は、人を変える。手にしたとたん、優劣を生む。その思い上がりを、一瞬でも体感したことを、辰次郎は純粋に嫌悪《けんお》した。

銃口や刃物を向けられると、恐怖より先に、憎しみに近い気持ちに支配され、立ち向かっていこうとする衝動を止められない。

「そんな無鉄砲は、甚三だけでたくさんだ。若い者に先に逝《い》かれちゃ、寝覚めが悪い。死に急ぐのは、ほどほどにしておけ」

菰八からは何べんも諭されたが、未だに治らない。ただ棒術を教わってからは、ある意味で制御が可能になった。武器に対する怒りは、一瞬で沸点に達し、集中力と化す。沸点を超えた頭は、妙にひんやりとして、武器や相手の姿をくっきりと際立《きわだ》たせる。

ざっ、と後ろ足で地面をこすり、辰次郎は居合の構えをとった。

「おいおい、マンガじゃあるまいし、ピストルの弾を、一刀両断するつもりか？」

黒木は苦笑したが、でかい方は低い声ですごんだ。

「やめておけ、こっちは本気だ。抵抗するなら容赦はしない」

「正当防衛だと、言い訳するつもりか？　何だか懐《なつ》かしい日本語だな」

黒木が舌打ちし、銃口をわずかに下げた。辰次郎の足を狙うつもりなのだろう。その瞬間を見逃さなかった。

動いたのは、刀さながらに尺棒の端を握った右手ではない。精一杯後ろに伸ばし、棒を支えていた左手だった。力を抜いた右手の穴から、垂直に尺棒がとび出す。同時に、開いていた相手との間合いを詰める。尺棒は、狙った相手の急所を、正確に突いた。

目、喉《のど》、みぞおちと、からだの急所はいくつもあるが、辰次郎が狙ったのは、男の急所の代名詞、いわゆる金的と呼ばれる股間《こかん》である。辰次郎も球技などで覚えがあるが、その痛みといったら半端《はんぱ》ない。

ぎゃっ、と叫びざま、相手のからだが前のめりになる。弾みで指に力がかかったのか、銃声がブシュンと響いたが、銃口は完全に下を向いていて、弾は土の地面にめり込んだ。金的を狙ったのは、そのためだ。喉やみぞおちではからだが上を向き、銃口も上がる。それだけこちらに当たる確率も高くなる。

相手は玄人だ。辰次郎は攻めを弛めず、股間を押さえてうずくまった相手の首の裏に肘を入れた。声もなく、気を失った男のからだが地面に伸びる。

「黒木！」

白田が叫んだが、相方はぴくりともしない。

「この野郎……」

筋肉のスーツを着たような、ひときわ大きなからだから、職務でも命令遂行でもない、本気の怒気が立ちのぼる。

「来いよ、でかぶつ……もしやてめえも、ちゃちな玩具《ピストル》頼りか？」

「舐《な》めるな、小僧」

大きな熊《くま》を彷彿《ほうふつ》させる、柔道に似た構えを相手がとる。怒りに裏打ちされた殺気に近い気迫が、びしびしと伝わってきて、それでも臆《おく》することがないのはゴメス効果というものだろう。相手との間合いを測りながら、辰次郎は素早く頭をめぐらせた。

本来なら尺棒は、遠心力を利して振りまわすのがもっとも威力が出る。しかし狭い路地ではそれができない。上か下か——考えながら狙いを定めた。体格からして負けているが、相手にも弱点はある。やはり、この暗さだ。暗視眼鏡さえ落とせば、形勢は一気に逆転する。辰次郎は、あえて同じ構えをとった。

今度は男の右目目がけて、素早く棒を突き出した。相棒がやられた姿を先刻見ている。予想どおりの攻撃だったらしく、男の右腕が棒を握ろうとしたが、辰次郎は棒先を下に傾け、棒の中ほどを握っていた左手を押し上げた。車輪のように、ぐるん、と半回転し、棒尻《ぼうじり》が真上から相手の頭に落とされる。

本当の的は、目ではなく右耳だった。さっきと同じに、下から顔面を攻めると見せかけて、上から耳を狙ったのだ。暗視眼鏡の蔓《つる》を耳から落とす作戦だったが、やはりプロだ。到達するより一瞬早く、相手がとび退った。

思わずあからさまな舌打ちが出たが、間髪入れず向こうが突っ込んできた。構えをとる暇もない。反射的に出した棒先を、逞《たくま》しい拳ががちりと握り、辰次郎の両足が地面から浮いた。信じられない腕力だ。地面に叩きつけられる寸前で、得物から両手を放す。

広い場所ならやりようもあるが、どのみちこのでかぶつ相手では、細い尺棒では分が悪い。切り札にとっておいたのは、腰に括《くく》りつけた麺棒だ。

両側に持ち手がついた円柱型の麺棒は、大人の掌《てのひら》ほども径がある。一キロはある代物《しろもの》で、もち重りのする武器としてはちょうどいい。腰からそいつを抜きながら、一気に間合いを詰めた。右手に握り、斜め上から相手の左の首筋に落とす。

入った！　と歓喜した瞬間、胃の腑《ふ》の辺りに重い衝撃が走った。

息が詰まり、からだが真後ろに引き戻された。

相手の拳を、鳩尾《みぞおち》にまともに食らったのだと、地面に尻をつきながら察した。逆にこちらの攻撃は中途半端に終わったようだ。首筋を押さえる真似すらせず、続けざまに拳をくり出す。左頬に、次いでもう一発腹に食らい、よけたはずの四発目が顎をかすめた。

ボクシングの試合で、見たことがある。脳を激しく揺さぶられる感覚に襲われて、吐き気とともに気が遠くなった。

駄目だ、やられる――！

ぼやけた視界の中で、何故だかでかぶつが前のめりに倒れた。錯覚だろうか――と頭の隅で考えながら、目の前が真っ暗になった。

「辰公、辰公！　おい、しっかりしろ！」

拳から免れたはずの右頬が、半端なく痛い。べしべしと容赦なく叩かれて、あまりの痛みに目蓋《まぶた》をもち上げると、空を背景に良太の顔があった。

「良兄い……ひへふえはのは……」

顎がうまく動かず、口の中は血の味がする。それでも通じたようで、あたぼうよ、と良太がにかりと笑う。

「助けに入るのが遅れて、すまなかったな。使うつもりだった『煙鳥《けむりとり》の子《こ》』が、しけって火がつかなくてよ」

鳥の子とは、和紙に火薬を包み火縄をつけた手榴弾《しゅりゅうだん》のような代物で、実際に昔の忍者が使っていたと伝わる。火力を押さえ、代わりに刺激臭を伴う煙を増やした。いわば煙玉として良太は愛用していたが、急遽《きゅうきょ》、別の道具に替えたと頭をかく。

「はれ……良兄いが……？」

首をもち上げると、腹を下にして地面に大の字になる白田の姿が、辛《かろ》うじて見えた。

「おうよ。辰公をぶちのめすのに夢中で、尻ががら空きだったからよ。こいつをお見舞いしてやった」

と、良太が懐から、細い横笛に似た道具を出した。

「親分に頼んで、三連式にしてもらったからよ。ちょうど試し打ちがしてえと思ってたんだ。尻に三発ぶち込んでやったら、一、二の三でお寝んねよ」

良太の手にあるのは、吹き矢である。やはりゴメスの玩具のひとつで、薬を塗った矢が、一吹きで三本、発射される。

「いやあ、親分が合わせたしびれ薬は、相変わらずよく効くぜ。念のため、小せえ方にも一本打っといたからよ。おそらく朝までは、まともに動けねえだろうよ」

自分より若く、からだも小さな兄貴分が、これほど頼もしく見えたことはなかった。

「辰次郎、何を笑っているのです？」

朱緒に眉《まゆ》をひそめられ、弛《ゆる》みきっていた顔を急いで引き締める。朱緒に傷の手当をしてもらうと、つい顔がにまにまする。一方の良太は、すっかりおかんむりだ。

「何でおれの手当は、松吉なんだよ。ひでえや、不公平だ！」

「ほら、良兄い、動かねえで。かすり傷とはいえ、数が多いんでやすから」

「本当に、この屋の者たちときたら、どうしてこう生傷が絶えないのでしょうね」

「そりゃあ……親分の手下を名乗る以上は、覚悟してますから」

辰次郎がもっともらしい台詞《せりふ》を吐いて、良太と松吉も即座に首をこくこくさせる。

裏金春の役目はたしかに荒事が多く、危ない探索だの悪党の捕縛だの、出島の荒事専門部隊と言っていい。ただ、朱緒の入所以来、配下たちの生傷の数は格段に上がった。

理由は言うまでもなく、朱緒が傷の手当てをしてくれるからだ。おかげでかすり傷ひとつこさえても、せっせと朱緒の元に通い、運悪くかすりもしなかった折には、わざわざ自分の腕を引っかく者さえ出る始末だ。

ただしここで、按配《あんばい》を間違えてはいけない。傷が深い場合は、朱緒ではなくゴメスへとまわされるからだ。腕の良し悪《あ》しには諸説あるものの、ゴメスは医者で、以前は小石川養生所に勤めていた。

派手にやられた辰次郎も、直ちに奉行の部屋へと送られそうになったが、文を届けたことが幸いした。日本の記者からだと告げると、興味を引いたようだ。ゴメスは奥で文を検《あらた》めていた。

「そんなことよりも、届いた文が狙われたってこたあ、奈美が危ねえってことだろ？　町屋じゃ守りが手薄だからな、今晩からでもおれが高田屋に泊まり込んで、護衛についてやらねえと……」

おろおろする松吉の頭を、良太がぺしりと叩《たた》き、容赦なくこき下ろす。

「おまえが行ったって、クソの役にも立たねえだろうが。荒事にかけちゃ、てめえは裏金春一の役立たずだからな」

「松吉、おまえには、粟田様の通詞《つうじ》と、評定の録をまとめるお役目があるのですよ」

明日から三日間は、視察団が領内を見物するために、評定は行われない。だが松吉には議事録の作成という仕事が待っている。最終日の評定の後は、晩餐《ばんさん》会が開かれて、視察団は翌朝帰国する予定となっていた。つまり浪人に扮した護衛も、江戸を離れる。

「高田屋の護衛を、近所の鳶衆に頼むと、お甲さんが言っていた。連中が狙っていた文は親分の許に届いたし、奈美の危険はひとまず去ったんじゃないか」

「去ったかどうか、わからねえじゃねえか」

辰次郎に向かって、松吉が口を尖らせる。奈美のこととなると、完全に駄々っ子だ。

「それなら松吉、一緒に来なさい。お奉行への文に、お奈美さんのことも書かれているかもしれません。仔細がわかれば、少しは安堵できましょう」

「へい、ぜひ！　お願いしやす」

朱緒が松吉を連れて奥へ行き、辰次郎は良太とともに、ふたりの背中を見送った。

「まずいなあ……手紙の差出人が、奈美の元夫だと知られたら、また面倒なことに」

「仕方ねえさ、遅かれ早かれ耳に入る。それより、松吉を高田屋には行かせるなよ」

「良兄い……松吉を心配してくれるんすか？」

「ばあか、松吉がいねえと、親分の膳出《ぜんだ》しがおれに回ってくるじゃねえか」

「あ、そっちすか……」

玄関脇の小部屋に行くと、いつものごとく酒盛りが開かれていて、家族の待つ長屋に戻った菰八を除いて、四人の配下がたむろしていた。

入ってきたふたりを見るなり、甚三が満面の笑みでとなりに呼び寄せる。

「きいたぜ、強《つえ》え奴とやり合ったって？　何だよ、辰公は結構やられたな。仇《かたき》は兄貴分のおれが、きっちりとってやるからよ」

「甚兄い、めちゃめちゃ嬉《うれ》しそうっすね」

「馬鹿野郎、弟分のおめえがやられたんだ。借りを返さねえと兄貴としちゃ立つ瀬がねえだろ。良太も気が利《き》かねえな。どうせなら、やり合う前に知らせてくれよ。何を置いても、可愛い弟分を助けに駆けつけたのによ」

三度の飯より喧嘩が好きな甚三は、しきりと悔しがる。

「いやあ、甚兄いを呼ぶほどでもねえかと。な、辰公、おれたちふたりで勝ったしな」

「そいつらは、長崎屋にいるんだろ？　いっそこれから、殴り込みに行くか？」

「甚兄い、それはちょっと。外交問題になりかねませんから」

「しびれ薬を打ちやしたから、朝まではふらふらだと思いやすぜ」

「仕方ねえ、明日の晩にするか。おい、果し状を送っとけ。筋を通せば面倒事にはならねえだろ」

「果し状も駄目ですからね！　おれたちはあくまで、正当防衛を主張しないと」

先に手を出したのはこちらだが、手紙を奪おうとしたのは向こうだ。そもそも奈美をつけ狙い、文を託されたふたりを日本橋まで追ってきた。過剰防衛を問われるかもしれないが、正当防衛はぎりぎり主張できる。辰次郎が懸命に、日本の法律を説明する。

「なるほど……つまりは相手から先に、手を出させりゃいいんだな？」

甚三がにやりと笑い、おもむろに立ち上がった。

「ちょいと、出掛けてくらあ」

「甚兄い、どこへ？　まさか果し合いに行くつもりじゃ？」

「違《ちげ》えよ、しびれ薬で動けねえ奴を相手にしたって仕方ねえからな。いつもの粋筋だ」

「いきすじって？」

「きれいな姉さんのことだよ」

野暮なことをきくなと、良太に肘で小突かれる。

甚三が出ていくと、入れ替わりに松吉が戻ってきた。肩を落とし、明らかにしょげている。あ、と思わず、良太と顔を見合わせる。

「どうして教えてくれなかったんだよ……奈美が結婚してたって！」

やはり差出人と奈美の間柄が、手紙の中に書かれていたようだ。

「ごめん、襲撃の報告が先になって、言いそびれた。でも、ほら、もうとっくに離婚してるし、気に病むことはないと思うぞ。それに、もう……えーと何ていうか」

「相手の元亭主は、死んじまったそうだ。半月ほど前にな」

辰次郎が言い淀《よど》んだ事実を、良太がさらりと告げる。え、と松吉が驚いて顔を上げる。

「亡《な》くなった……？　元のご亭主が……？」

「ああ、お奈美さんは寺で経を読んでもらってな、その帰り道を狙われたんだ」

松吉の顔つきが変わった。眉をひそめて、じっと考え込んでいる。

「なあ、松吉、あの手紙のこと、何かきいたか？　何が書かれていたとか、そのう、差出人のこととか……」

松吉を気遣って、精一杯遠回しにたずねてみた。

「中身はわからねえけど、差出人の名を、親分はご存じだった」

「そうなのか？　いや、手紙を寄越したんだから、ある意味あたりまえか。日本にいた頃の知り合いなのかな？」

「いや、日本で当人に会ったのは親分じゃなく、地蔵の頭《かしら》のようだ」

「え、十さんが？」

　かつてのゴメスの片腕、十助の名を出され、辰次郎がびっくりする。十助が外庭番を務めていることは、松吉からきいている。

「十さんが外庭番だと、相手の人は知ってたのかな？」

「知るわけねえだろ。外庭番の身許《みもと》は、江戸の国家機密だぞ」

「じゃあ、どうして十さんと？」

「何でもな、『江戸国の会』に取材に来た記者のようだ」

　江戸国の会とは、江戸から出国した者の集まりで、年に数度、懇親会を開いたり、また互助会の役目も果たす。昔で言う、県人会のようなものだと、松吉は説いた。

　本間悠生はこの会に、一年ほど前から通っていた。そこで十助に引き合わされ、何度か話をしたようだ。

「だったら十さん経由で、手紙を届けた方が早そうにも思うけどな。親分宛なんだから」

　あるいは最初から、長崎奉行所宛《あて》で出した方が手間要らずだ。しかし松吉は、いや、と首を横にふった。

「まず地蔵の頭が、どこまで己の身許を相手に明かしたか定かじゃねえ。外庭番の立場上、長崎奉行所や親分との関わりは隠すんじゃねえかな」

相手が日本人の記者であればなおさら、少なくとも初手からは明かすまいと説かれて、なるほどと辰次郎がうなずく。

「もうひとつ、考えられる理由がある。相手が直《じか》に親分宛に送っても、文が届かねえ場合だ」

「届かないって、どうして？　もしかして、誰かに妨害されるって話か？　でも日本からの手紙や荷物はすべて、出島で検閲してるんだろ？　親分宛の文をくすねるなんて」

そんな度胸のある者は出島にはひとりもいないと、辰次郎が断言する。

「江戸側じゃなく、日本側ならどうだ？　たとえば竹芝埠頭《ふとう》にある、江戸入国管理局とか」

竹芝埠頭からは、江戸行きの船が出る。辰次郎も船に乗る前に、入国管理局で手続きをして着物に着替えさせられた。人に限らず物資や郵便物も、やはりこの管理局で確認が行われる。

「管理局の局員は、もと江戸人も混じってはいるが、すべて日本人だ」

「局員の中に、相手方のスパイや協力者が潜んでいるってことか？」

「その気になれば、X線を通して解析することもできるからな」

「たしかに……高性能の機器だと、封を開けることなく中の文字を読みとることができるって、きいたことがあるな」

「だから老中や奉行宛に大事な事柄を認《したた》めるときは、暗号を使うことも多いそうだ」

「暗号って、どんな？」

特に推理好きでもないのに、暗号ときくと何故かわくわくする。

「おれもごく一部しか知らねえけど、穴を開けた紙なぞは、わりとよく使われるそうだ」

紙には不揃《ふぞろ》いに穴が開けられていて、手紙に重ねて穴の開いた個所の文字だけを拾い上げる。暗号としてはよくある手法だが、手紙と穴の開いた紙を別々に送ったり、あるいは互いに所持する本などを使えば、汎用《はんよう》性も広がる。

「親分が長崎奉行に就いてからは、もっとややこしい暗号が増えて、機密が漏れることもぐんと減ったそうだがな。そのぶん外庭番なぞは、覚えるのに一苦労なんだと」

「大変だな、外庭番も。でもずっと親分の傍にいた十さんなら、その辺も大丈夫だろ」

「で、暗号以外によく使われるのが、町人宛に文を送ることだ」

町人宛の文となると、その数は膨大で、いちいちチェックのしようもない。入国管理局全体が不正に関わっていれば別だが、そうならないよう江戸側も目を光らせており、定期的に人の入れ替えも行われていた。仮に数人のスパイが紛れていても、すべての封書の内容を把握するのは、物理的に不可能だ。

「もしかすっと、奈美を通して親分に文を送るよう指南したのは、地蔵の頭かもしれねえぞ」

「十さんが、アドバイスしたってことか？　それって……」

「それだけ大事なことが書かれていて、地蔵の頭も中身を知ってたってことになる」

「いや、ひょっとしたら、投函《とうかん》したのが十さんだった可能性もある」

手紙の投函者は、以前、本間がいた出版社の人間ではないか。奈美はそう推測したが、それならそうと、一言添えてあって然《しか》るべきだ。元妻とはいえ、遺族に送るとなればなおさらだ。

手紙を出す前に本間が亡くなり、内容を知っていた十助が、彼の代わりに手紙を投函した——その経緯も、十分に考えられる。

「おれ、嫌な想像しちまったんだけどよ……本当に、事故だったのか？」

え、と辰次郎が目を見張る。松吉は気まずそうに、眉間《みけん》をしかめる。

「まさか、事故じゃなく……」その先は口にできなかった。

松吉は結局、視察団の御用繁多のために、ゴメスから許可が下りず裏金春に留められたが、もうひとつ理由があった。

それどころではない、空前絶後の危機に、裏金春が見舞われたためだ。

「てえへんだ、てえへんだ、てえへんだあっ！」

江戸の朝は早いが、手下たちの目覚めは遅い。寝間にとび込んできた良太に、布団《ふとん》を抱いたまま、甚三が蹴りをお見舞いする。

「うるせえ！　てえへんだは、外でやれ。おれは一刻前に帰ったばかりなんだよ」

「すいやせん、甚兄い……でも、裏金春始まって以来の、一大事なんで」

「てめえの一大事は、きき飽いてんだよ。つまんねえこと抜かしたら、金取るからな」

やはり眠りを邪魔されて、木亮は不機嫌そうに身を起こしたが、寛治はこの程度ではまったく起きない。幸せそうに鼾《いびき》をかくその額を、木亮がぴしゃりと張ったが、むにゃむにゃと寝言を返される。

韋駄天は朝の一走《ランニング》りに出かけ、辰次郎と松吉は膳出しのために金春屋に待機していた。

「今朝は早く目が覚めて、起きたら腹がすいてたもんで、表の飯屋に行ったんだ」

「てめえは、早く床に就いたからな。で、それが何だよ」と、木亮が応じる。

「どうも板場が落ち着かなくて、喜平じいさんやお駒さんまで、板場でてんてこ舞いしてんだ。で、お春坊にきいたら……」

そこで良太が涙目になる。嫌な予感に襲われたのか、甚三が顔色を変えた。

「おい、まさか……板長に何かあったんじゃ」

「そうなんす！　権さんが熱を出して、寝込んじまって！」

「なにぃ！　そいつを早く言わねえか。どどど、どうしやす、甚兄ぃ？」

「どうするって、ええと、そうだ、医者だ！　すぐに医者を呼びにいけ！　その辺のヤブじゃなく、御殿医を十人でも二十人でも連れてこい。なにせ板長は、江戸の宝だからな。決して死なすんじゃねえぞ！」

　頭分の甚三すら、滅多にないほど狼狽《ろうばい》している。権七の作る飯こそが、ゴメスの唯一《ゆいいつ》の精神安定剤であり、たとえ一食でも途絶えれば、手下たちへの被害は量り知れない。

「おい、寛治、いい加減に起きろ！　てめえも医者を探しに行きやがれ！」

　甚三に蹴られて、寛治がようやく目を覚ます。木亮が早口で仔細《しさい》を説いたが、まだ頭が働かず状況が呑《の》み込めないようで、眠い目をこすりながら呟《つぶや》く。

「医者なら、裏金春《うち》にもいやすぜ……親分が」

　たしかに、と三人がはたと気づく。

「いや、小石川養生所をお払い箱になったというからな。腕は正直、疑わしいですぜ」

「ここはやっぱり竹内の旦那《だんな》にお願いして、出島出入りの医者を連れてきた方が」

「いっそ粟田様にお頼みするか。千代田の城にも顔が利くからな。上様のお抱え医師にも、伝手《つて》があるかもしれねえ」

甚三たちが医者えらびに躍起になっていた、ちょうど同じ頃、辰次郎と松吉は、悲壮な覚悟を決めていた。

「よし、行くか、松吉。虎穴《こけつ》に入らずんば、何とやらだからな」

「さっきから、君子危うきに近寄らず、しか出てこねえよ」

「……一発で済むかな」

「そりゃ、楽観が過ぎるだろ。三発は覚悟しねえと」

ふたりの前には、ゴメス用の巨大な膳が鎮座して、出番を待っていた。

椎茸《しいたけ》と昆布の唐辛子和《あ》え、小蛸《こだこ》の酢の物、山芋の赤紫蘇《あかじそ》漬け、そしていましがた届いた鮭《さけ》の味噌《みそ》焼きが香ばしい匂いを放つ。あとは汁と飯が届きしだい、できるだけ迅速に奉行の部屋に運ばねばならない。

権七の有難味を、もとい寝込んでしまった被害の大きさを、誰よりも実感しているのは、膳出係のふたりである。ほどなく権七の息子の拓一が、汁物の大椀《おおわん》と飯櫃《めしびつ》を抱えてきた。大椀からは、味噌汁らしからぬ香りが立ち上る。拓一が、苦笑いを浮かべた。

「惣菜《そうざい》は念を入れて親分の好物を揃えたが、汁はごまかしがきかねえからな、やっぱり親父《おやじ》の腕には敵《かな》わねえ。だからいっそ、おれらしい新味を入れてみた」

「何もここで、博奕《ばくち》を打たなくとも……」松吉は尻込みしたが、

「いや、拓一さんの心意気で、勇気をもらいました。おれたちも、頑張ってきます」

辰次郎が巨大な膳をもち上げ、朱緒用の膳と飯櫃を両手に抱えた松吉が続く。しかしなけなしの勇気も、ゴメスの顔を見るなりたちまち萎《しぼ》む。

「遅《おせ》え！　何をちんたらしてやがる！」

「すいやせん！　実は板長が、熱を出して伏せっちまいやして」

「何だと！　権七が？」

吊《つ》り上がった細い目を、かっと見開かれ、あまりの怖さに畳に平伏する。

「権七が寝込むなんて初めてですね。だいぶ加減が悪いのですか？」

「たたた、たぶん、風邪だと思いやすが……熱が高《たけ》えようで」と、松吉がこたえる。

「今年は流行《はや》っておりますから。お奉行、朝餉《あさげ》が済んだら診てあげてはいかがでしょう」

朱緒はそう勧めたが、返事の代わりに、ずずっと汁を含む音が盛大にきこえた。そろりと顔を上げると、ゴメスは汁椀の中身をしげしげとながめている。朱緒も椀をとり上げた。

「豚汁のようですが、変わった具が入っておりますね。燻肉《いぶしにく》でしょうか」

「た、拓一さん考案の、じゃがバター豚汁です」と、畳を見詰めて辰次郎が説く。

薄切り豚肉も入っているが、存在感を主張するのはジャガイモと厚切り燻肉《ベーコン》だ。最後にバターを入れて香りを立たせる。拓一からきいたとおりに辰次郎は伝えたが、やはり畳から顔が上げられない。気に入らなければ、たちまち汁椀がとんでくる。盛大に汁を被《かぶ》ることも覚悟したが、汁の中身はつつがなく大きな口に呑み込まれた。

「味がまとまってねえが、工夫は悪くねえ。他の具も按配しろと、拓一に伝えろ」

はい！　と声を揃えて返事する。拓一の博奕のおかげで難を逃れたことに、ふたりは内心で深く感謝した。

「そういや、昨晩、妙な連中とやり合ったそうだな」

あちこち傷だらけの辰次郎の方をちらとも見ずに、ばくばくと飯を食らいながら、ゴメスが言った。昨日の顚末《てんまつ》を、奉行の前で改めて語る。

「いちばん厄介だったのが、赤外線とかサーモグラフィーがついたサングラスです。入国の際に、取り締まった方がいいと思います」

あれさえなければ、こんな怪我《けが》を負わずに済んだと、辰次郎が口を尖《とが》らせる。怪我云々《うんぬん》よりも、朱緒の前だけに多少なりとも格好をつけたいとの男心だ。

「外国の客は、色々と面倒でな。ある程度のもんは、もち込みも認められてんだよ」

いかにも煩《わずら》わしそうに、ゴメスは顔をしかめる。その後を松吉が引きとった。

「まず、持病のための薬だろ。それに心臓のペースメーカーをはじめとする医療器具」

「たしかにそれは、外しようがないもんな」

「眼鏡やコンタクトレンズ、補聴器なんかも認められてんだ」

「先日いらした名瀬殿の眼鏡も、やはり外国の品でしたね」と、朱緒が言い添える。

「てことはサングラスも、度付きってことなら申請が通るのか」

昨日の白黒コンビを思い出し、辰次郎が歯噛《はが》みする。

「あのう、親分、昨日届いた文は……」

三膳目のお代わりをてんこ盛りにして差し出しながら、松吉がおそるおそるたずねた。

手紙の内容が、奈美の安全に直接関わるだけに、気になってならないのだろう。

「ああ、用件はふたつ。ひとつはどうでもいいこったが、もうひとつはなかなかの特ダネだ。視察団の本当の狙《ねら》いがわかった」

「本当の狙いって、何ですか？」と、辰次郎が思わず問い返す。

「平たく言や、江戸の領土の明け渡しだ」

「明け渡しって、開国しろってことですか？」

「いや、それだけじゃねえ。この土地を出ていけ、つまりは立ち退《の》けってことだ」

「そんな、いくら何でもそれはひどい！　いきなり立ち退けなんて！」

「おれたちに、どこへ行けって言うんですかい？　いや、そもそも、何のために領地を取り上げるんで？」と、松吉も憤《いきどお》る。

「ここに、でかい宝が埋まってるんだとよ」

手にした箸《はし》を、ゴメスが下に向ける。松吉が、怪訝《けげん》な顔をする。

「宝……？　埋蔵金でも埋まってんですかい？」

「それなら立ち退きの必要はないだろ。いや、待てよ。どこにあるか場所がはっきりしないから、あちこち掘り返さないといけない、とか？」

焙《ほう》じた茶をゴメスの前に置いて、朱緒がふたりをたしなめた。

「おまえたち、そこまでにしなさい。お奉行は、これから登城のお仕度がありますから」

「登城って、今日は評定はありやせんよね？」

松吉が、首を傾《かし》げた。今日から三日間は、評定は行われず、領内視察が組まれている。

「ちっと城に、野暮用があってな。面倒だが、ついでにジジイどもにも会ってくらあ」

老中らと今後の対策を諮《はか》るつもりだろうが、ゴメスには国の一大事より、もっと大事なことがあるようだ。ゴメスがやおら立ち上がり、ふたりが思わず身をすくませる。

「仕度の前に、権七のようすを見てくる」

重い足音を響かせて奉行が出ていくと、朱緒が、ふふ、と笑いをこぼす。

「やはり権七を、案じておられるようですね。登城前に、診ておきたいのでしょう」

「親分が心配するのは、権さんと健坊だけだからな」と、辰次郎が苦笑する。

軽くなった膳や飯櫃を抱えて、奉行の部屋を退散した。

「もっと親分に確かめたいことがあったのに、ちびっとしかきけなかったな」

「いや、権さんがいねえのに、無事に乗り切ったんだ。無傷で済んだことを、むしろ喜ばねえと。拓一つぁんのおかげだな」

渡り廊下の向こうでは、拓一が案じ顔で待っていた。ふたりがぐっと親指を突き出すと、拓一はへなへなとその場に座り込み、安堵の息を吐いた。


登城したゴメスは、将軍が住まう奥御殿に向かった。かつての奥御殿は大奥と呼ばれたが、いまはこぢんまりとした造作のため、小奥《こおく》と称される。

小奥の前庭は、風雅な正式名称があるのだが、三代家盛が就任してからは、「蛙園《かわずえん》」の方が通りがよくなった。家盛が一橋家から引き移る際、大量の生き物を運び込み、九月という季節はずれにもかかわらず、蛙の声が絶えなかったためだ。

真冬のいまは蛙も冬眠中らしくひっそりしていたが、春になればそこかしこから生き物がわいてきて、わくわく生物園となること請け合いだ。

ゴメスが庭に足を踏み入れたとき、紺の作務衣《さむえ》を着た者が、庭の真ん中で腹ばいになり何事か呟いていた。

「何をひとりで、ぶつぶつ言ってやがんだ？」

「うおーっ！　ゴメスか……急に出てきては、驚くであろうが」

派手に驚いたものの、家盛がいかにも嬉しそうな笑顔になる。作務衣姿では、いっそう威厳に欠ける。これが将軍だとは、誰も思うまい。

「面と向かって、おれをその名で呼ぶのは、春亥《はるい》だけなんだがな」

「わしを春亥と呼ぶのも主だけだ。なにせ我らは、十年来のつき合いであるからの。初めて会ったときのことも、よう覚えておるぞ」

ゴメスが医者として、小石川養生所に来てまもなくの頃だ。一橋花鳥園は、養生所のある小石川御薬園から目と鼻の先にある。ゴメスはその日、花鳥園を見物に来て、一橋春亥と出会った。春亥からすれば、出会いではなく遭遇である。

当時、家盛は十三歳、満年齢なら十一歳でまだ子供だ。いきなり現れた巨体を仰ぎ、しばし口を開けた。子供の場合、泣くか逃げるかのどちらかだ。しかし春亥は、実にめずらしい反応を示した。

「この巨体、意地の悪そうな細目、でかい口と鼻にイボ……もしや、最近小石川界隈《かいわい》で噂《うわさ》の、ゴメスではないか？」

「てめえ、喧嘩《けんか》売ってんのか？」

「主がゴメスなら、ぜひききたいことがあったのだ。主の祖先が恐竜であったとの噂があるが、まことであろうか？」

殴り倒されても仕方のない暴言だが、子供は懸命に語り続ける。

「たしかに哺乳《ほにゅう》類も爬虫《はちゅう》類も、先祖は両生類だが、恐竜とは主にジュラ紀から白亜紀の巨大爬虫類を指すであろう？　その頃にはすでに、哺乳類は存在していた。主の祖先が恐竜であろうはずがないと私は思うのだが、いかがであろうか？」

表情は真剣で、熱を帯びていた。毒気を抜かれて、ゴメスがまともにこたえる。

「そのとおりだ。恐竜の定義は、竜盤類と鳥盤類だけだからな。先祖の単弓類などは、恐竜には括られねえ」

「おお、やはりそうか！　では、プテラノドンなぞの翼竜類も、恐竜とは言えぬのだな？」

初見は恐竜話で盛り上がり、以来、ゴメスが花鳥園を訪ねるたびに春亥は引き止めて、生物談議に花を咲かせた。将軍の座に就くと、名も周囲のあつかいも一変したが、ゴメスだけは何も変わらない。それが嬉しいと、言いたげな笑顔だった。

家盛は腹ばいになったままで、ゴメスはその鼻先の地面を覗《のぞ》き込み、小さな生き物に目を留める。

「トウキョウサンショウウオか」

「名は有栖川《ありすがわ》だ。イモリも蛙も冬眠しておるが、山椒魚は冬眠をせぬからな。たまにこうして話をする。いましがたまで、ハコネサンショウウオの綾小路《あやのこうじ》もおったのだが、主に驚いて隠れてしまった」

「おれも種ならわかるが、一匹一匹をどう見分けるのか皆目わからねえ。妙ちきりんな名までつけてよ」

「よく見ろ、顔が違うではないか。尻尾《しっぽ》の辺りの色や、からだの斑模様《まだら》もひとりずつ異なるぞ。有栖川は五歳でな、そろそろ繁殖期に達するが、知ってのとおり山椒魚は、雌が生んだ卵に多くの雄が群がる。若い雄はなかなか子孫を残せぬときくが、頑張るのだぞ、有栖川。昼間に起こして悪かったの、もう行ってよいぞ、ゆっくり休め」

まるで通じたかのように、山椒魚はちょろりと向きを変え、藪《やぶ》の中に消えた。

「有栖川に発破をかけたのだから、わしも頑張らねばな……」

「頑張るって、繁殖か？」

「主はまことに、身もふたもないな！」

初心《うぶ》な将軍は、実にわかりやすく真っ赤になった。

「春亥には、一刻も早く嫁取りをと、田安のジジイが騒いでいたからよ」

「田安の爺《じい》は、譜代の姫君か、大身の旗本の娘御より嫁を迎えよと言うのだが、どうにも気が進まぬ」

いまの江戸には外様《とざま》大名はおらず、御三家御三卿《ごさんきょう》が親藩、それ以外の大名を譜代と称する。

「将軍とは、不自由なものだな。好いた女子《おなご》を、嫁に迎えられぬとは……もっともあの方は、お家の君主に立たれたし、もとよりわしのことなど、ただの幼馴染《おさななじみ》としか思っていなかろうが……」

「おい、そのどうでもいい話は、いつまで続くんだ？　用がねえなら帰るぞ」

「少しはつき合《お》うてくれてもよいではないか！　城中には、他に心を許せる相手がおらぬのじゃ！」

「おれが言うのも何だが、それはどうかと思うぞ、春亥」

家盛が将軍宣旨を受けて千代田城に入ったのは、今年の九月。ふた月余を経ても未《いま》だに慣れず、頼りない君主であることも自覚している。家臣の前でも気を抜けないのだろうが、ゴメスに情緒を求めるのは、そもそも無理がある。

長のつき合いだけに家盛も承知しており、諦めのため息をついて本題に移した。

「主を呼んだのは他でもない。土産にもらった、あの蟻《あり》のことぞ。書物を繙《ひもと》いて確かめてみたところ、やはり顎蟻《アギトアリ》の変種のようだ」

「顎蟻は名のとおり顎《あご》と嚙む力が強いが、石の中に巣を作るなぞ、きいた試しがねえぞ。周りにいくらでも柔らかい土があるってのに、何だってわざわざ硬い石に巣を作るんだ？」

「蟻の大敵は、巣にはびこるダニや黴《かび》であるそうだ。それを避けるために、進化したのではなかろうか？」

「なくもねえな。蟻は概《おおむ》ねきれい好きだが、顎蟻は掃除が苦手だ。食べ残しの死骸《しがい》なぞからダニがわいて、巣が全滅することもあるときく。できれば岩を割って、巣の奥まで確かめてえところだが」

「それはいかん！　蟻たちの労苦を、無にするのは忍びない。わしもできるだけ張りついて、じっくりと観察するつもりでおるのだが、ひとつ面白いことがわかってな、こっちに来てくれ」

庭の一隅に置かれた、米俵ほどの岩の前にゴメスを連れていく。この岩は、大八車で江戸城まで運ばれたが、門内から蛙園まではゴメスが軽々と担《かつ》ぎ上げ、ここに据えた。

岩にはいくつも穴があいているが、蟻の姿は見えない。

「そういや、顎蟻は夜行性と言われているな。昼は動かねえのか？」

「たまに顔を出すが、昼間は滅多に出てこぬ。光が苦手なのかもしれぬな……ちょっとわしに似ておる」

屈託が顔に出たが、すぐに調子を変えて、岩を指し示す。

「石屋を呼んで見せたところ、この岩は大理石であった」

「へえ、そうなのか。大理石は存外、石としちゃ軟らかい方だ」

大理石は江戸領内にも産地があって、石材としてだけでなく、砕いて粉にした上で肥料や陶磁器などにも使われる。

「軟らかい石だから、蟻の顎でも削れたってことか？」

「わしも確かめてみようと思ってな、他の石でも試してみるつもりなのだ。本御影石《みかげいし》、男鹿石《おが》、大谷石など、石屋からいくつかとり寄せてな」

色も大小もさまざまな石は、五つ置かれている。ゴメスは石を手にとって検分する。

「しかし、こんな小せえ石じゃ、巣なぞ作れねえぞ。どうやって試すつもりだ？」

「そこも難しゅうてな。糖蜜《とうみつ》を塗るくらいしか思い浮かばぬ」

「石で栓を作らせて、巣穴の口をみんな塞《ふさ》いだらどうだ？」

「それでは中の蟻が、可哀相《かわいそう》ではないか。まあ、でも、口のひとつくらいなら……」

楽しい時間ほど早く過ぎる。仕度の刻限だと小姓が知らせにきて、家盛はいま行くと返してから、深いため息をついた。

「わしはやはり、将軍の器ではない。前々からわかっていたが、此度《こたび》の評定で身にしみた。出来物の紀伊公の方が、よほど似合いだ」

「じゃあ、やめるか？」

「そうもいかぬわ。半端《はんぱ》な真似《まね》をしては、両親《ふたおや》を悲しませる」

面倒くせえな、とゴメスがぼやく。やはりこの手の情緒だけは、理解がおよばない。

「だが、いまさら泣き言を言うつもりはない。将軍宣旨を受けた折、密《ひそ》かに誓った。ひとまず十年だ。十年だけは、何があっても続けると。たとえ臣や民に謗《そし》られようともな」

きっぱりと告げた表情は、なかなかに凛々《りり》しい。ただ、とすぐに憂《うれ》いの影がさした。

「江戸は思う以上に、危うき立場にあるのだな」

「まあな。世界の常識からすれば、非常識だからな。何かと目障《めざわ》りなんだろ」

「江戸もまた、わしや主のようだの……」

家盛はゴメスを見ずに、少し寂しそうに笑った。

「昨晩は眠れなくてな……もし江戸が十年続かなくば、如何《いかが》するかと。ふたたび一橋家の者が、最後の将軍となった暁《あかつき》には、どう身を処すべきか……ずっと考えておった」

「また、しょうもねえことを。んなこと考えて、何の足しになる」と、にべもない。

「今朝、あの天守を見上げて、わしは心を決めた」

家盛が仰いだ天守閣は、まだ普請の最中《さなか》にある。これまで江戸城に天守がなかったのは、幕閣が不要と判じたからだ。しかし天守がないのはあまりに情けない、城らしく見えないと、外ならぬ民から不満の声があがり、天守建造のために勧進、つまり寄付を募る者までいて、遂に昨年、幕府も重い腰を上げた。

経費削減と迅速を旨とする現幕府は、四重五階、すなわち四層の屋根をもつ五階建とし、工期を一年半と見積もった。去年から普請が始まり、今年の暮れには完成する見通しで、年明け元旦《がんたん》には華々しくお披露目《ひろめ》される。

「ゴメス、いや、馬込播磨守寿々。主にだけは告げておく。もしも江戸が潰《つい》えたときには、わしは最後までこの国に残る。それが将軍として、わしができる唯一の奉公だ」

「好きにしろ」

いたって素っ気ないが、それも承知の上であろう。

家盛は、満足そうにうなずいて、小奥に戻っていった。


「我らにこの地を立ち退けと？　それが日本政府の思惑だというのですか！」

田安公から告げられて、老中たちが一斉に騒ぎ出す。

「つまり此度の視察団は、その手始めであるということか……小癪《こしゃく》な真似を」

「宝とやらを、調べる目当てもあるのではないか？　本日より三日ものあいだ、領内視察を行うのもそのためでは？　学者を連れてきたのもうなずける」

「おそらく間違いなかろう。視察を願《ねご》うた場所が、いずれも的外れに思うていたが、宝があると、あらかじめ見当をつけておったのだろう」

幕閣の重鎮たちが、剣呑《けんのん》な表情で口々に言い合う。ゴメスより報告を受けて、田安は急遽《きゅうきょ》、老中と主だった奉行に招集をかけた。

紀伊公と、北町奉行の筧因幡守末森《かけいいなばのかみすえもり》、外国奉行のふたりは、視察団に同行しているためこの場にはいない。出席したのは、田安、尾張、水戸、清水の四人の老中と、南町奉行・真鍋筑前守是也《まなべちくぜんのかみこれなり》、そしてふたりの長崎奉行である。

「各々方《おのおのがた》、控えよ。ここで文句を並べても詮《せん》無きこと。大事なのは事をいかに収めるか、今後の策を立てることだ」

最前ゴメスの前で、誰よりも口汚く罵《ののし》っていたことなどおくびにも出さず、田安が重々しく申し渡す。年齢も経験ももっとも長じた田安は、老中首座の立場にあった。

「ともあれ播磨より、事のしだいを初手から語ってもらう。播磨、日本語で構わぬぞ。清水殿と筑前には、わしが改めて説くつもりでおるからの」

この中でもっとも若いのは、端麗の女大名・清水公で、弱冠二十五歳。次いで三十代の南町奉行である。幼少から江戸で育ったふたりには、田安が気遣いを見せたが、

「いえ、紀伊殿にはおよびませぬが、私も幼き頃より日本語と日本の世情を学んでおりまする。不明の事のみ、確かめさせていただきまする」

人形のように愛らしいと下々から人気の女君主だが、容姿に似合わず意外と気が強い。対して真鍋は、人当たりの良い笑みを浮かべた。

「私は逆に、日本にはまだまだ疎《うと》い故《ゆえ》、田安様のご配慮、まことに有難く存じまする」

己の粗忽《そこつ》を人前で認める素直と鷹揚《おうよう》が、真鍋の持ち味だ。個性や我の強い者たちの間をとりもつ、平衡器《バランサー》でもある。

このふたりを除けば、田安公と長崎奉行の粟田は六十代、初代将軍の養子である尾張公は五十代、水戸公は先代将軍の弟でちょうど四十。つまり水戸公より上は、建国前の

江戸を知っており、日本の情勢にも相応に明るい。田安がゴメスにうなずいて、話を促した。

「文を寄越したのは、本間悠生というフリーの記者だ。もとは出版大手の『開化堂《かいかどう》』で、週刊誌の特種《スクープ》記事を担当していた」

「あの開化砲で名高い週刊誌か……」と、尾張公が呟く。初代将軍の実子はすべて日本に留まったため、かつて部下であった公が、養子に入り尾張家を継いでいた。

「開化砲がバカスカ当たるのは、ネタ元からの内部告発があるからだ。毎日、数十件も来るそうでな、その中から目ぼしいネタを選り抜いて、記者が裏付けて記事にする。本間も折々に開化堂から依頼を受けて、情報の裏付けを行っていた」

「つまりはこの一件も、内からの密告で漏れたということか？」

問いを挟んだ水戸公は、お甲こと水戸光珠の次男である。

「いや、本間がこの件を摑《つか》んだのは、いわばたまたまだ。告発があったのは別件でな、裏付けのために探っていたら、こいつにぶち当たった」

「別件とは、何ぞや？」清水公がたずねたが、

「そこを語ると話が長くなる。どのみち江戸には関わりねえし、端折《はしょ》らせてくれ」

と、ゴメスは取り合わなかった。尾張公がもうひとつ、問いを重ねる。

「したが、本間とやらは、どうしてこの報《しらせ》をそこもとに？　江戸にとっては災難なれど、

日本には利になろう。いわば国を売るに等しい行いではないか」

「その辺りは、外庭番が絡《から》んでおっての」

ゴメスの代わりに、もうひとりの長崎奉行、粟田が口を開いた。

「本間は裏付けの最中に、外庭番のひとりと関わりをもった。むろん向こうは、お庭番とは気づいておらぬし、本間の側も最初は仔細を語らなかった」

記者にとって、情報は命に等しい。それが情報漏洩《ろうえい》によるものではなく、自身の取材で得たとなれば、なおさら価値がある。

「ただ本間は、江戸国におる、さる者と直に話をしたいと望んでおった。江戸国に関わる大事を教えるなら、かわりに本間の望みを叶《かな》えると約束した」

つまりは情報の代わりに、取材を了承するとの交換条件である。

「さる者とは？」

清水公が問いを投げたが、こたえたのは尾張公だった。

「その者とは、馬込播磨、お主だな？」

「さすがに察しがいいな」ゴメスがにやりとする。

「その道理なら、本間が主に文を寄越したのもうなずけるからな」

異国への渡来が公的に許されているのは、外国奉行だけだ。そこで本間を、長崎奉行所への来賓として招くつもりでいたと、粟田が言い添える。

「だがそいつも、当の本間が死んじまって、反故《ほご》になっちまったがな」

「死んだ……まことか？」

真鍋が驚いてふり返り、老中らの表情も険しさが増す。

「本間は自動車事故で亡くなった。だがおれは、事故じゃねえと思ってる。証《あか》しは、ここにある文だ」

懐《ふところ》からとり出して、ばさりと畳に置いた。便箋《びんせん》十二枚に渡ってびっしりと綴《つづ》られた、本間からの手紙だった。ゴメスのとなりに座した真鍋が、顔をしかめる。

「横書きはやはり読みづらいの。江戸と違《ちご》うて、左から右へ書かれておるしの」

「前半はとばして構わねえ。江戸には関わりがねえからな。この辺から読んでくれ」

ゴメスは最後から五枚ほどを抜き出した。老中首座の田安は、すでに目を通している。座敷に控えた書役の手を経て、まず尾張公へ差し出される。序列順に手紙がまわされるあいだ、ゴメスは話の続きを語る。

「いま読んでいる事々は、本当ならおれに取材する際に明かすはずだった。それが対等なやりとりだからな。だからこの文は、異変が生じた証しってことだ」

本間はこの文を、親しい記者仲間に預けていた。自分に万一のことがあれば、江戸にいる元妻宛に送ってほしいと頼んであった。奈美に宛てるよう助言したのは、松吉の見当どおり十助である。手紙の最後には、その辺りの経緯も書かれていた。

「きっと本間は、身の危険を感じていたんだろう。この文こそが、その証しだ」

「事故でなくば、殺されたということか？」

文に目を落としていた尾張公が、顔を上げた。ゴメスが二重顎をうなずかせる。

「我らに秘事を明かそうとして、始末されたということか？」

清水公が、きつい調子で問い質《ただ》す。だが、ゴメスはこれを否定した。

「本間の車には、もうひとり乗っていてな。そいつもやはり事故で死んだ。垂水流という科学者でな。おれとそいつは昔、因縁があった」

事故については別途、十助から知らせが入った。

「おれにとっちゃ、どうでもいい昔話だが、本間はそいつをほじくり返そうとした。垂水と会っていたのも、おそらくそのためだ」

「そのふたりが、時と場所を同じうして亡くなったということは……」

言いかけた水戸公が、ごくりと唾《つば》を呑んだ。

「もしや播磨……主が手を掛けたのではあるまいな。長崎奉行の立場なら、外庭番を自在に動かせようからな」

「おれじゃねえよ。昔の面倒事を、わざわざ引っ張り出すほど暇じゃねえ」

「播磨の申すことは本当じゃ。垂水の名が知れたのは事故の後、つまりは外庭番も、垂水についてはそれまで何も、摑んではおらなんだということよ」

迷惑そうに顔をしかめたゴメスの言を、脇《わき》から粟田が補足する。となりの水戸公に手紙を渡して、尾張公が考えを述べる。

「つまりは死んだ両人は、江戸ではなく播磨に関わる事柄により殺されたということか」

「おそらくな。何なら前の七枚も、読んで構わねえぜ。文は田安のじいさんに、そっくり預けておくからよ」

うむ、と田安がうなずいて、改めて皆を集めた趣旨を述べる。

「播磨の件については、ひとまず脇へ置き、我らがここで話し合うべきは今後のことだ。日本から正式に申し渡された折に、如何《いか》に応じ、どう処するか。まずはそこからだが……」

「むろん、こたえはひとつしかありませぬ」

清水公が、きっぱりと言い切った。

「江戸は建国から三十年余、父祖代々が築き上げてきた国です。明け渡しなぞ、決して応じられませぬ」

凛《りん》とした声に励まされたように、一同が田安に向かって同じ意を告げる。

「しかしまことの戦いは、その後であろうな。日本がその気になれば、兵力では太刀打ちできぬからな」

「兵を出せば、内外に対しきこえが悪い。地ならしとの名目で、重機を用いるのではなかろうか？」

「たしかに砲弾よりも土木車両の方が、更地にするには手間要らずであろうな」

日本政府の出方について、方々から懸念《けねん》材料があがる。

「兵や砲弾や重機より、もっと楽なやりようがある。おれならまず、そいつを使う」

ゴメスが進言した方法に、皆が息を呑む。

「播磨の申すとおりかもしれぬ……日本側の腹は痛まぬし、何よりも江戸《こちら》の不手際《ふてぎわ》とあらば、方々からの責めをかわすこともできようしな」

田安が苦々しい口調で絞り出し、座がいっとき、しんと静まり返る。

「だがな、そこが狙い目だ。連中がこのやりようで来るなら、こっちにも勝ち目はあらあ。要はその日のために、念入りに仕度を整えるんだ。それこそが、江戸の強みだろ？」

ゴメスが分厚い唇を横に広げ、にたりと笑う。なるほど、と誰もが膝《ひざ》を打った。

「では、誰が何をすべきか、役目を割りふろうぞ」

「何をいかほど仕度すべきか、そちらの勘定も入用になろう」

「我らだけでは手が足りぬな。勘定奉行と寺社奉行にも声をかけねば」

座敷はたちまち熱気を帯びて、書役たちは急に忙しくなった。

　三日にわたる領内視察を終えて、昨日ふたたび、視察団との評定が始まった。

　昨日の評定を経て、今日で最終日となるはずが、予想外のことが起きた。視察団が滞在を延長したのである。その痛手をもっとも被《こうむ》ったのが、裏金春の配下ふたりである。

「おい、大丈夫か、おめえら。生きてるか？」

　この二、三日でめっきり生傷の増えたふたりを、寛治が覗き込む。

「ダメっす、寛兄い……おれたちきっと、今日か明日までの命です」

「日を追うごと、いや、飯のたびごとに、親分の機嫌が悪くなる一方で……」

　畳に横になり、辰次郎と松吉が情けない声を出す。

「拓一さんも頑張ってくれてるけど、なかなか権さんみたくはいかないようで」

「飯よりむしろ、評定の鬱憤《うっぷん》が溜まってんだよ。評定が再開しても、相変わらず堂々巡りのありさまで、しかも毎度のごとく、親分と相手方の罵り合いが半端ねえ。特に厄介なのが、万里亜・ネオだ」

　粟田の通詞《つうじ》として、やはり連日、評定の場に駆り出された松吉が、愚痴をこぼす。

「親分に立てつくとは、女だてらにいい度胸だな」と、寛治は逆に感心する。

「どっちも顔色ひとつ変えねえで、嫌味と理屈の応酬で。きいてるこっちの方が、肝が縮みまさ」

「おめえも苦労が絶えねえな。仕方ねえ、おれのとっておきの芋金鍔《きんつば》を分けてやるから、少しはしゃっきりしろい」

労《ねぎら》いのつもりか、寛治は芋金鍔を出してきて、ふたりにふるまう。薩摩《さつま》芋の黄色がほっこりする。金鍔を腹に収めた折に、木亮が部屋に入ってきた。

「喜べ、親分の憂《う》さを吹きとばす、格好の餌《えさ》が見つかったぞ」

「本当すか、木兄い！」

「このままじゃ、おれたちの身すら危ういからな。おれが情報《ネタ》を拾ってきて裏をとった。いま兄いが、親分に話をつけに行った」

木亮が言ったとおり、甚三は奉行の座敷で報告を行っていた。ゴメスは尻《しり》を向けたまま、肘枕《ひじまくら》で寝そべっていたが、奉行の傍らに正座した朱緒が、にわかに気色ばんだ。

「火《ひ》縄《なわ》の綱造《つなぞう》とは、まことですか？」

「へい、間違えありやせん。木亮が伝手から拾いやして、塒《ねぐら》もつきとめやした」

一味の塒は、浅草田圃《たんぼ》にある百姓家だと甚三は告げた。

「塒と言っても、住まってはいねえ。一味が顔をそろえるのは、押し込みの前だけ。それがどうやら、今宵のようで」

「では、そこに踏み込めば、一網打尽にできるのですね？」

朱緒は気合を入れたが、ゴメスはいかにも退屈そうに、大きなあくびをした。

「投げ縄だか口縄だか知らねえが、長崎奉行所《う ち》には関わりねえじゃねえか」

「ですがお奉行、火縄の綱造といえば世間を騒がせる大盗です。火縄とついたのは、盗みに乗じて、三度も火付けを働いたためで」

先の二度は小火《ぼや》で済んだが、三度目は日本橋界隈で大きな火事になったと、朱緒が傷《いた》ましそうに語る。

「あの火事以来、火盗改《あらため》はもちろん、南北町奉行所も血眼になって賊を探していると」

「そうなんでさ。ことに躍起になっておられるのが、北の筧様で……」

「筧が？」

ゴメスの耳がピクリとし、してやったりと甚三がほくそ笑む。むくりと身を起こし、配下と向き合い胡坐《あぐら》をかいた。

「甚三、おれを担ぎ出す以上は、間違いはねえんだろうな？」

「もちろん、おれが自ら念を入れて、仕込みもすでに終わっていまさ」

上から見下ろすゴメスに、甚三がにやりと笑みを返した。

「これから盗賊一味の塒を襲うってのに、捕方は裏金春《う ち》だけですか？」

辰次郎が小声で、右にいる木亮に不満をぶつける。

捕物ときいて、辰次郎も勇んで駆けつけたが、他に捕方の姿はなく、ひっそり閑としている。遠くに新吉原の灯りが見えて、かえって心細さが募る。

「出島《あっち》の衆は、親分のお供だ。何ならいまから、そっちに行くか？」

「いいえ、生言ってすみません。こっちで頑張ります！」

辰次郎が背筋を伸ばし、たちまち言をひるがえす。

「それより、良太と松吉は遅《おせ》えな。仕度が間に合わなかったら、親分から大目玉だぞ」

「松吉は最近疲れてるし、大荷物に往生してるのかも。迎えに行った方が……あ、来ました！」

とうに収穫を終えた冬枯れの浅草田圃は、短い稲株だけが行儀よく並んでいる。見通しが良いだけに、畦道《あぜみち》の所々に立つ樹木くらいしか潜む場所がない。辰次郎と木亮は、百姓家の西に陣取っていたが、南側の大木の影に走り込んだ姿が一瞬見えた。

「背中に大籠《かご》を背負っていたから、間違いないです」

「へえ、おめえもだいぶ、夜目が利《き》くようになったじゃねえか。来た頃は、夜道すらろくに歩けなかったのにな」

「月は三分の一ってところだけど、灯りとしちゃ十分すよ」

東には菰八と寛治が、北には甚三が控えており、この場にいない韋駄天は伝令役である。その韋駄天が、ふたりのもとに到着した。

「来るぞ、およそ九人だ」

「合点、おめえは甚兄いにつくんだろ？」

「いや、兄いには邪魔するなと言われた。おれもここから加勢する」

韋駄天は時計回りに、南北と東の仲間に伝え、最後の伝令場所が西《ここ》である。

「甚兄いが片付けちまったら、元も子もねえぞ。二、三人で留めてくれりゃいいが」

「賊はしめて十四人。五人はおれの分だから手を出すな、だとよ」

甚三の言を韋駄天が伝え、やれやれと木亮がため息をつく。

「残り九人か……仕方ねえな。おい、辰次郎、くれぐれも仕留めるなよ」

「足止めだけしろってことすか？　そっちの方が難しいな」

六尺棒を手に、辰次郎が考え込む。その肩を、ぽん、と韋駄天が叩《たた》いた。

「賊を構うより、てめえの身を守ることに徹しろ。何が飛んでくるかわからねえからな」

「それじゃあ、おれたち、何のためにここに？」

「そりゃあ……おい、来たぞ！」

木亮が言いかけたところに、はるか遠くから地鳴りのような音がした。来たのは賊ではなく、巨大な馬である。地鳴りはぐんぐん近づいてきて、地震さながらに地を揺らす。

「でかい揺れだ！　外に出ろ！」

天災と勘違いしたようで、塒とする百姓家から、盗賊たちが転がり出てきた。

「よっしゃ、出てきやがった！　てめえら、行くぞ！」

嬉々《きき》として、真っ先にとび出したのは甚三である。揺れをものともせず、賊に向かって突っ込んでいく。ちなみに武器は手にしていない。甚三に言わせれば、素手で殴り合うことこそが喧嘩の作法だそうだ。

「ほんとにおれたち、何のためにここに？」

「賊が逃げねえよう、退路を塞ぐんだよ」

「ああ、あの御用だ御用だっていう、その他大勢すね」

木亮に言われて、辰次郎も納得する。尺棒を握って、木亮と韋駄天に続く。とはいえ、舌を嚙《か》みそうなほどの激しい揺れに、まともに進むこともできない。

闇夜《やみよ》の空に、鋭い馬のいななきが響き、唐突に揺れが止まった。

まるで馬の声に驚いたように雲が退散し、隙間《すきま》から伸びた爪《つめ》のような月が覗く。

巨大な馬にまたがる巨大な人影が、黒々と映じた。

「あの馬鹿《ばか》でかい姿は、まさか……」

賊に向かって応じるように、竹内朔之介の声がとんだ。

「長崎奉行、馬込播磨守様、ご出馬である！　火縄の綱造と一味郎党、神妙に縛につけい！」

「ゴメスだ……ゴメスが来たあっ！」

「どうして長崎奉行が！　火盗改や町奉行の方が、まだましだ！」

「とにかく逃げろ！　捕まったら命はねえぞ！」

蜘蛛《くも》の子を散らすとは、こういうことを言うのだろう。散り散りになった賊たちが、四方八方に走り出す。

言われたとおり退路を塞ごうとしたが、よけろ！　と韋駄天の声がとんだ。咄嗟《とっさ》にからだが反応し、横っ飛びにかわしたとき、すぐ前を黒い馬が横切った。逃げ遅れた賊の数人が、馬に轢かれて吹っ飛ばされる。

「あぶねー、マジで死ぬとこだった……」

「だから、気をつけろって言ったろ。黒鬼丸《こっきまる》は、走る凶器だからな」

ゴメスの愛馬、黒鬼丸は、主人に負けぬ巨体を誇り、主人と同様、気性が荒い。猛速で走り抜けた馬を、ゴメスが手綱を引いて止め、向きを変えた。

「うわ、また来る！」

「いや、あれはたぶん、新しい得物を使うつもりだ」

「ああ、良兄いと松吉が背負ってきた……そういや、いつも担いでる鬼の金棒がないすね」

「来るぞ！　とにかく賊から離れろ！」

韋駄天の声とともに、ドスッと重い音が響き、悲鳴とともに賊がばったりと倒れた。

ひとりに留まらず、まるで弓矢で仕留められる獣さながらに、次々と倒れ伏す。

「あれ、何ですか……？　鉄の砲丸すか？」

「いや、木の芯《しん》に羊毛を巻きつけて、牛皮で覆《おお》った玉だ」

「それってほぼ、野球の硬球ですよね？」

「まあ、親分が投げりゃ、大砲玉と変わらねえがな」と、木亮が口を挟む。

「コントロールもいいし、もしかして二百キロくらい出てませんか？」

江戸にはそもそも速さの単位がなく、馬が何里を走るという大雑把な「里」があるだけだ。また倒れた後も、何故《なぜ》か悲鳴を上げて転げまわる者がいる。

「ああ、ありゃきっと、良太が拵《こさ》えていた唐辛子玉だな。当たると弾けて、唐辛子まみれになるんだ」と、木亮が顔をしかめる。

ほどなくすべての賊が地に倒れ伏し、ゴメスが不満そうな鼻息を吐く。

「おい、甚三、これで終《しめ》えか？　あまりに手応《てごた》えがねえだろうが」

「親分、お楽しみはこっからでさ。ほら、おいでなすった」

数頭の馬の蹄《ひづめ》の音が近づいてきたが、黒鬼丸の嘶《いなな》きに怯《おび》えたのか、かなり手前で止まった。しかし騎乗する武士は臆《おく》したようすはなく、脇に控える従者が高らかに名乗りをあげる。

「北町奉行、筧因幡守様、ご出馬である！」

黙っていれば端整な顔立ちなのだが、謹厳実直が過ぎて口うるさいと評判の奉行である。そしてゴメスとの仲は、これでもかというほどに悪い。筧が到着するなり、ゴメスはでかい口をにんまりと横に広げた。

「今日《こんち》はずいぶんと、お早いお着きだな、なあ、筧？　見てのとおり終わっちまったが、まさか長崎奉行所の獲物を、横取りする腹じゃなかろうな？」

筧が拳《こぶし》を握り、ギリギリと歯嚙みする。

「横取りはお主であろう、播磨。火縄の綱造は、我ら北町が月日を賭《と》して追っていた賊。それを横から掠《かす》めとるとは、恥知らずにも程があろう！」

「いってえ、何の話だ？　こいつらは、抜け荷の咎《とが》で御用となった。そうだな、甚三？」

「へい、盗んだ品を、日本で捌《さば》こうとしてやした」

「い、いや、おれたちは、窩主《けいず》買《かい》に売っただけで……」

甚三に押さえられた綱造が、哀れな声で言い訳したが、拳を食らって遮られる。

辰次郎の傍らで、木亮がぼそりと呟《つぶや》いた。

「綱造《やつ》が窩主買屋に捌いた品を探し出して、別の抜け荷に紛らせておいただけだがな」

「うわ、汚っ！」

「もともと火縄の情報《ネタ》も、北町の小者を酔わせて、おれが仕入れてきた」

「卑怯《ひきょう》きわまりないじゃないすか！」

「そう褒めるなって。卑怯も小汚さも、親分直伝よ」

清々《すがすが》しいほどの俗悪ぶりだ。賊への容赦のなさでも、ゴメスは悪評高い。綱造が、哀れな声を張り上げる。

「い、嫌だ！　長崎奉行だけは勘弁してくれ！　おれたちは、北町に自訴しやす。北のお奉行さま、おれたちを見捨てねえでくれ！」

同様の嘆願が、方々からわき上がる。筧は眉間《みけん》に皺《しわ》を寄せ、馬を綱造のもとに走らせる。引き据えられた賊を、馬上から見下ろした。

「これまでの悪事を、包み隠さず明かすと誓うか？」

「へい、へい、ご吟味でもお白州でも、お手間はとらせやせん」

「おまえの所業からして、どのみち死罪は免れぬぞ」

「もとより承知……せめて最後くれえ、まっとうなお裁きのもと、立派に散ってご覧にいれやす」

「殊勝な心構えだ」

冷淡に見えて存外、情に厚い奉行だ。筧はゴメスに向かって声を張った。

「火縄の綱造とその一味の者は、この北町奉行・筧因幡が身柄を引き受ける！」

「筧よお、頼み方がちょいと違うんじゃねえか？　それに、そんなに遠くにいちゃあ、きこえねえな」

　青筋のぶち切れる音がきこえそうだが、篁がぐっと堪《こら》える。馬首を変えて近づいたが、いくらもいかぬうち馬は歩みを止めた。黒鬼丸に、恐れをなしたのだ。篁がいくら促しても前に進まず、後退《あとずさ》りしようとする。

「どうした、篁、話はここで物別れか？」

「いま行くわ！　待っておれ！」

　癇性《かんしょう》に怒鳴り返し、仕方なく馬を下りる。己の足で歩み寄り、黒鬼丸にまたがるゴメスを見上げた。自身は小柄なだけに、さぞかし巨大に見えようが怯《ひる》むようすはない。先刻と同じ台詞《せりふ》をくり返したが、ゴメスは表情を変えない。

「篁、それだけか？」

　ぎりっと歯噛みして、握った両の拳がぶるぶる震える。それでもやはり、武士の鑑《かがみ》たらんとする奉行だ。篁はゆっくりと、頭を下げた。

「馬込播磨守、このとおりだ。綱造一味を、我ら北町に預けてもらいたい」

　でかい顔が、この上なく嬉《うれ》しそうに笑み崩れる。滅多に見ないゴメスの笑顔だが、希少《レア》だけに震えがくるほどに恐ろしい。

「そこまで頼まれちゃ仕方ねえな、譲ってやるよ。もとより長崎奉行《う ち》は、手柄の数に不足はねえしな。貸しなんぞと、みみっちい考えもねえからよ」

遠くからながめていた辰次郎が、呆《あき》れてため息をつく。

「またネチネチと。図体《ずうたい》のわりに、こういうところが小《ち》っちゃいですよね、うちの親分は」

「前の阿片《あへん》騒ぎの捕物では、親分が出遅れて、北町にもっていかれただろ？　筧さまが、それを事あるごとに口にするものだから、親分もいい加減頭にきてな」と、木亮が説く。

ゴメスは手柄のたぐいには頓着《とんちゃく》しない性分だが、犬猿の仲の北町奉行にでかい面《つら》をされるのは我慢がならなかったと見える。

「権さんの飯が食えなくて、不機嫌も極まっていたからな。憂さ晴らしに、甚兄いと仕掛けを施した」

効果はてきめんだったらしく、ゴメスは黒鬼丸の向きを変え、配下に令した。

「後は北町に任せて、てめえら、出島に戻るぞ！」

竜巻じみた速さで、黒鬼丸がみるみる遠ざかる。

「辰公、おめえの仕事はこっからだ。球拾いを、よろしく頼むぞ」

暗い畑での球拾いは、良太を交えた下《した》っ端《ぱ》三人がかりで、たっぷり半刻はかかった。

翌日、評定は一日延長の上、遂に最終日を迎えたが、話はやはり平行線を辿《たど》った。

視察団はあくまで、開国を促す態度を崩さず、領地の明け渡しについては匂《にお》わすことすらしない。そして江戸の側も、相手の目論見《もくろみ》を見抜きながら、素知らぬふりを通した。

互いに表面だけとり繕ったところで、話し合いが物別れに終わるのは自明の理だ。

阿片を含めた薬物の扱いを厳重にし、切腹《ハラキリ》は即時撤廃、発電所のたぐいへは日本側の立入調査の回数を増やすなど、本筋からは外れた些末《さまつ》な事柄をとり決めるに留まり、八日間もの長きにわたる視察にしては、成果はお粗末と言えようが、その晩には再び盛大な宴《うたげ》が催され、視察団との評定は幕を閉じた。

ゴメスは宴を途中で抜けてきたらしく、夜五つ、つまり八時前には裏金春に帰ったが、評定を終えた解放感からか機嫌は悪くない。座敷に酒と肴《さかな》を運ばせて、朱緒もそれにつき合っていた。

「親分も落ち着いたし、おれもようやく御役ご免だ。権さんも、もうすぐ床上げに至りそうだしな」

「一時はどうなることかと思ったけど、片付くときには一気にすっきりするもんだな」

松吉と辰次郎が、ともに胸をなで下ろす。

「とはいえ、まだ書役仕事が残っていてな。これから出島に行ってくらあ」

松吉が出掛けて、四半刻ほど経《た》った頃だった。意外な人物が、裏金春を訪ねてきた。

「夜分にお訪ねしてすみません。こちらのお客様がどうしても、お奉行様にお会いしたいとのことで、お連れいたしました」

客の応対に出たのは辰次郎だ。提灯《ちょうちん》を手にした姿には、見覚えがある。

「長崎屋の手代さんでしたか。遅くにご苦労様です」

最初に旅籠《はたご》に行ったとき挨拶《あいさつ》した手代で、その後も何度か長崎屋には使いに出された から、顔見知りの間柄だ。

「一応きいてみますが、親分はもう酒が入ってて……」

「やはり難しゅうございましょうな。私もお止めしたのですが、明日お立ちになられる ので、どうしても今晩の内にお目通りをと請《こ》われまして……」

町人のふりをしているが、この手代もまた長崎奉行所の配下である。ゴメスの機嫌を 損なうことは本意ではなかろう。小声でひそひそやり合っていたが、手代の背後にいた 客が癇性にさえぎった。

「いつまで待たせるつもりだ。寒くて敵《かな》わん。さっさと中に入れんか」

ずいと前に出た男を、手代の提灯が下から照らす。辰次郎が、思わず息を呑《の》んだ。

「印西茂樹が来たと、馬込博士に伝えてくれ。ぼんやり突っ立ってないで、早くせん か」

横柄《おうへい》を絵に描いたような振舞いは、移動の不便や寒さによる苛立《いらだ》ちもあろうが、この 場にいる者を下に見ている証しだろう。

以前覚えた怒りが沸々とわいてきて、自分のものではないような低い声になった。

「すみませんが、お帰りくださいここを通すわけにはいきません」

「何だと？　貴様になぞきいていない。さっさと馬込博士に取次ぎを……」

「てめえなんぞに、裏金春の敷居をまたいでほしくねえんだよ！」

啖呵《たんか》を切ったとたん、顎《あご》まわりがだぶついた浅黒い顔が、目の前から消えた。背後から現れたふたりのＳＰが、印西の前に立ちはだかり、辰次郎の視界をさえぎったのだ。

「なんだ、この前おれたちを襲ってきた連中とは違うのか。残念だったな、目当ての手紙を奪えなくて。あいつらに伝えてくれ。もう一戦やるなら、相手になってやるってな！」

「いったい何の話をしている？　わけのわからん話に、つき合う暇なぞないぞ！」

互いの大声が呼び水となり、玄関脇の小部屋から、わらわらと兄貴分たちが出てくる。

「なんだなんだ、出入りか？　二日続けての大立ち回りは、さすがにきついな」

「なに言ってやがる。昨晩は暴れ足りねえと、文句たらたらだったろうが」

「うお、黒服じゃねえか！　てめえらが襲われたのは、こいつらか？」

「いや、違いやすね。まあ、お仲間であることは間違いねえでしょうが」

「だったら、やっちまおうぜ！　酒よりもよっぽど、からだもあったまるしよ」

「異人のお客に手を出すなぞ、とんでもない！　後生ですから、おやめくださいまし！」

手代が必死になって止めるが、配下たちはやる気満々だ。しかしその後ろから、凜とした声で叱咤《しった》がとんだ。

「おまえたち、控えなさい！　この騒ぎは何事ですか！」

男たちの塊がたちまち左右に割れて、小さな人影が前に出る。

三芳朱緒の姿に、手代が大きく息をつき、手短に経緯《いきさつ》を語る。朱緒は直ちに、ＳＰに挟まれた印西に向かって頭を下げた。

「配下の者どもが、ご無礼を働きましたこと、まことに申し訳ございませぬ。このとおり深くお詫《わ》びいたします」

「朱緒様が、頭を下げることとなんてない！　こいつこそが、阿片事件の黒幕じゃねえか！」

「お黙りなさい、辰次郎！　ここは長崎奉行所の出張《でばり》屋敷なのですよ。客人を脅すなど、もってのほかです！」

朱緒にきつく叱責されて、辰次郎も仕方なく口を閉じる。

「重ねがさねご無礼を……。ひとまずは、どうぞ中へ。おまえたち、お客様を控えの間にお通ししなさい。お奉行には私からお伝えします」

てきぱきと指図して、奥へと戻っていく。寛治と良太が客の案内を務め、他の者たちはぞろぞろと脇の小部屋に戻る。辰次郎はうつむいて、両の拳を握りしめていたが、その前を通りしな、印西が立ち止まった。

「さきほど阿片と言ったが、会議の議題となった、あの事件のことか？　言っておくが、私は一切、関わってはいないぞ」

寝た子を起こすような真似《まね》をされ、再び怒りがわき上がる。

「とぼけるなよ、ネタは上がってんだ。あんたが十万保基《じゅうまんやすもと》と一緒に、仕組んだことだとな」

「十万保基とは、十万里保志《とまりやすし》のことだな？　たしかに彼とは若い頃、議員会館なぞでよく顔を合わせた。互いに議員秘書をしていたからな……十万里君は、気の毒だったよ。議員になってほどなく、反社組織との噂《うわさ》が週刊誌に書き立てられてな、辞職に追いやられた。彼の名誉のために言っておくが、根も葉もない噂に過ぎない。警察の捜査も入ったが、結局、繋《つな》がりを証明するものは、何も出なかったからな」

「そんな昔話なんか、どうでもいい。おれがききたいのは阿片事件だ。十万は栽培した阿片を、江戸国外にもち出して売り捌いてた。一役買ったのは、あんたじゃないのか？」

「マフィアじゃあるまいし、麻薬なぞに手を出すはずがなかろう。仮にも国会議員だぞ。たった一点の染《し》みでイメージが崩れれば、直ちに失職する。そんな危険は、たとえ百億積まれても、犯すはずがないだろう」

べらべらと能書きを垂れる厚顔ぶりに、かっと頭に血が上った。出そうになる手を、拳を握って必死で抑え、それでもどうしても言いたいことがある。

「金やイメージなんて、どうでもいい！　あの件で、人が死んだんだぞ！　何の罪もない人が死んで、村がひとつ渋谷から消えたんだ！　どれだけたくさんの人が、悲しい思いをしたか、てめえにわかるかってきいてんだ！」

「もう一度言うが、阿片には関わっていない。それだけが真実だ」

いかにも迷惑そうに、色黒の顔をしかめる。あれ、と辰次郎は、心の中で首をひねった。何というか、手応えがない。好きになれない人物ではあるが、嘘《うそ》ではないように思えたのだ。

とはいえ政治家ほど、嘘の上手《うま》い人種はいないだけに、頭から信用したわけではない。

印西が控えの間に入るより前に、朱緒が戻ってきた。

「お待たせしました。奉行は会うと仰《おお》せですので、座敷まで案内《あない》いたします」

朱緒がゴメスの言葉を伝え、印西がうなずく。従おうとしたSPを、印西が止めた。

「君たちは、ここで待て。馬込博士と内々で話をしたくてな、人払いを頼みたい」

最後のところは、朱緒に向けて告げた。かしこまりました、と朱緒が応じ、印西を連れて奥に去った。その後ろ姿を見送って、玄関脇の小部屋に戻る。とたんに辰次郎のまわりに、わらわらと兄貴分たちが集まってきた。

「いいなあ、辰公、朱緒様に叱《しか》ってもらえてよ」

「お黙りなさい！　なぞと言われちゃたまらねえなあ」

「え、兄いたち、そういう趣味が？」

「そういうてめえはどうなんだよ。本当はちょいとばかり、嬉しかったんじゃねえのか？」

「まあ、たしかに……止められたときは腹が立ったけど、いま思い返すと悪い気はしないかも」

「この野郎、ひとりだけいい思いしやがって！」

べしべしと容赦のない制裁を食らううちに、さっきまで感じていた怒りが、少しずつ遠のいていった。

「いや、こんな時間に、ふいに訪ねてすまない。どうしても君と、話がしたくてな」

ゴメスはいつものどてら姿で、胡坐をかいている。脇に据えた樽《たる》から、大きな枡《ます》に酒を汲《く》み、ぐびりとあおる。

「御託はいいから、さっさと済ませてくれや。てめえの顔なんざ、評定で見飽きてんだよ」

印西は酒ではなく茶を所望し、茶と菓子を整えると、朱緒は座敷を辞した。

「本題に入る前に、ひとつ確かめたいのだが……先ほど、君の部下に絡まれてね。江戸では阿片事件の犯人が、この印西だとされているのか？」

「ああ、そうだ。日本への報告書にも書いたとおり、首謀者の十万保基は自害した。十万がいまわの際に語ったことを、おれはこの耳できいた。裏で糸を引いていたのは、てめえだとな」

　不快そうな縦皺を眉間に刻み、ふうむと印西が考え込む。

「それが本当なら、十万里君に……江戸では十万と名乗っていたが。彼の言葉に嘘がないなら、誰かが私の名を騙《かた》って、彼に指示を出していたということになる」

「口では何とでも言えるが、それを証す手立てはあるのか？」

「いまはない、残念ながらな。ただ濡《ぬ》れ衣《ぎぬ》を着せられたままでは、私も寝覚めが悪い。気分の問題ではなしに、些細な傷が、政治家には命取りになるからな。日本に帰ったら、もう一度調べてみよう。警察にも麻取にも、それなりに顔が利くからな」

「ただの権力自慢にならねえことを祈るぜ。何かわかったら知らせてくれ」

　あっさりと話を打ち切ったのは、嘘にしろ真実にしろ、ゴメスもこの場では証しようがないからだ。

「で、本題ってのは？」

　印西を見向きもせずに、小《こ》鯛《だい》の炙《あぶ》りをつまみながら、巨大な枡を傾ける。杉の五合枡は、ゴメスのための特注で、並みの五倍の大きさがある。

「白緑石《はくろくせき》についてだ。この石の名を、知っているか？」

いや、とゴメスが、何食わぬ顔でこたえる。

「その白墨だかどぶろくだかって石が、いったい何だってんだよ」

「白緑石だ。大理石の一種だが、ある処理を施すと緑色に変わる。馬込博士、あなたが城にもち帰った石は、白緑石に間違いないと、名瀬君が断言した」

「名瀬？　ああ、あの眼鏡か」

「名瀬君は日頃の研究で、白緑石をあつかい慣れているからな。機材などなくとも、石を判別できる。そのために呼んだんだ」

名瀬が使節団に加えられたのは、石の判別と地質調査のためだという。

「あの石が欲しいってんなら、お断りだぜ。なにせ上様に、やっちまったからな」

「石のひとつふたつは、どうでもいい。話はもっと、大きなことだ」

印西が身を乗り出す。白緑石は、日本には案外多く眠っているのだが、これまではさほど注目されず、質の低い大理石として扱われていた。しかし昨今、画期的な使い道が発見された。白緑石を粒子状にして、ある物質と合成すると、希土類の一種に近似する性質を示す。つまりはレアアースだ。

「この合成希土は、ハクロニウムと名付けられ、再生可能エネルギー設備で使用する目《め》途《ど》もすでに立った。名瀬君はいま、これをロケット燃料に転用するための研究に勤《いそ》しんでいる。私は専門家ではないのでね、詳しいことは名瀬君からきいてくれ」

「興味ねえよ。その石が、何だってんだ？」

「中でも、もっとも広い範囲に渡って白緑石が採掘できるのは——ここ、江戸国なんだ」

にんまりと頬を歪《ゆが》め、つまんでいた菓子楊枝《ようじ》で下を示す。ゴメスは枡を置いて、煙管《きせる》に火をつけた。

「石を交易したいなら、ジジイどもと相談してくれ。その手の面倒は、連中に任せてある」

「交易をするつもりはない。ハクロニウム採掘のために、江戸国をそっくり明け渡してもらいたい」

沈黙のうちに、互いが睨《にら》み合う。ゴメスが吐く大量の煙だけが、座敷を満たす。

「江戸で掘らせるわけにはいかねえのか？」

「人手による採掘など、高が知れている。何より江戸一帯こそが、日本でもっとも多く白緑石が眠っていると、地質学者が断言した。しかし我々も鬼ではない。文化財保存の見地から、城を中心とした御府内は残すつもりでいる」

逆に言えば、御府内を囲むように開墾された田畑や、その背後の山々は、すべて採掘と輸送のために没収されるということだ。食糧を自給し、江戸の町を支えているのは田畑や山々であり、江戸府内だけ残されたところで、それはまさに中身のない張りぼてと化す。承知の上で印西は、持論を長々と語り続ける。

「ハクロニウムの採掘は、日本国家の威信をかけて、最優先で取り組まねばならない。人口減少と技術流出で、GDPの世界順位は遂に二桁《けた》台に陥落した。ハクロニウムこそが、日本をふたたび経済大国に押し上げる、まさにダイヤの原石なのだ」

熱の籠《こ》もった演説は、ゴメスの耳に届くころには空虚に空回りする。さえぎるように、カン、と煙管を灰吹きにたたきつけた。

「しまらねえ御託だな。昭和の高度経済成長は、百年も前の話なんだぜ。その亡霊にとりつかれている野郎が、未《いま》だに国の中枢を担《にな》っているとは。そりゃ落ちぶれるわけだ。もういっぺん、平家物語を読んでから出直してきな」

浮かべていた愛想笑いが、浅黒い顔から剝《は》がれ落ちた。

「博士なら、ハクロニウムの価値を正確に理解いただける。そう思ったからこそ、こうして内々に訪ねたのだが」

「とんだ無駄足だったな」

「そうとも言えない。今回の視察はいわば下見。本格的な交渉は、年明け早々に始まる。そして交渉が決裂すれば、江戸存続の望みは断たれ、それなりの対価を支払うことになる」

「今度は脅しか。江戸の町を、重機で真っ平らにしようってのか？」

「さあ、どうだろうな。人道にもとる方法はとらないつもりだが、強制執行くらいは覚悟してほしい」

　この男の本質なのか、尊大で冷酷な光が、瞳《ひとみ》の中にどろりと宿る。

「しかし馬込博士……あなたの返事しだいでは、もう少しましな結果になるかもしれない」

「返事？　何の話だ」

「来春、政府肝煎《きもいり》のエネルギー研究所が始動する。これまでとは桁違いの規模で、官民一体となって十年がかりで準備を進めてきた。次世代エネルギーを広くあつかうが、その中心は、ハクロニウムを使用したロケット燃料の開発だ」

　へえ、とまったく興味がなさそうな生返事をして、ゴメスは酒樽の脇に据えてある葛籠《つづら》を開けて、がさごそさせながら中をかきまわす。

「たしかまだあったはずだが……おっ、あったあった」

　葛籠はいわばゴメスの菓子入れであり、中には煎餅《せんべい》やスルメなどの乾き物が詰まっている。ゴメスが取り出したのは、辰次郎が贔屓《ひいき》にする、べらんめえ棒だった。

「ちっとしけってやがるが、小腹がすいたときには、わりに重宝するな」

五、六本まとめてバリバリと食らい、また酒を流し込む。さすがに呆れたようすで、印西がじっとりとながめる。
「それは、んまい棒か？」

「まあ、そんなもんだ。何だ、食いてえのか？　まだあるぞ」

「……一本いただこう」

ゴメスが葛籠に手をつっ込んで、また五、六本掴《つか》み出し、ずいと印西の前に突き出した。印西が中の一本を取り、残りにゴメスがかぶりつく。

互いに駄菓子を咀嚼《そしゃく》する図が、我ながら間抜けに思えたのか、印西がため息をつく。

「すまんが、茶をもう一杯頼めるか」

「いいぜ、こいつは口の中が渇くからな。おーい、朱緒！　茶の代わりと、ついでに酒も樽で頼まあ！」

「かしこまりました、ただいまお持ちします」

すぐ脇の襖《ふすま》の向こうから、応じる朱緒の声がして、印西がぎょっとする。

「おい、人払いをしたのではないのか？」

「ちゃんとしただろうが。珍しい客が来ると、いつもは下っ端連中が襖の向こうにずらりと並んで聞き耳を立てていやがるが、朱緒に張り番をさせている。朱緒のことは気にするな。あいつは議員秘書より口が堅《かて》え」

毒気を抜かれたのか、印西がため息をつき、襖の向こうに声を張った。

「私も茶ではなく、酒を頼む。できれば熱燗《あつかん》がよいのだが」

承知しました、と朱緒が応じる声がして、廊下に出る気配がする。注文を変更したのは、朱緒を遠ざける目的であったのか、印西が急いで話を戻す。

「ここからが、肝心要《かなめ》の本題なのだが……馬込博士にはぜひ、主任研究員として、ロケット燃料開発チームを率いてもらいたい」

「断る」と、ゴメスはにべもない。

「報酬は弾むし、できる限りの待遇も整える。豪邸と専用車、いや電動飛行機《ドローン》の方がいいか。もちろん、一流の専属コックもつけよう」

「んな鬱陶《うっとう》しいもん、いらねえよ」

「博士の力量は、方々からきいている。十年分の研究成果を一年で成し遂げられる逸材だとな。もっとも私は、その優秀な頭脳には、三十年も前から着目していたがね」

「三十年だと？」

ゴメスが片眉《まゆ》を、訝《いぶか》しげにひそめる。

「覚えていないかね？　博士が米国の小学校にいた頃、日本政府に招待されて、日本に留学したことがあったろう。あの頃、私は文科省の大臣政務官を務めていてね」

そういうことか、とたちまち興味を失ったように、ふたたび煙管を手にとった。

「ギフテッド教育の先駆けとして、優秀な子供たちが集められたが、誰もあなたには遠くおよばなかった。実はうちの娘もあのクラスにいたのだがね、万里亜を覚えているかね？」

「いいや、知らねえな」

「あのクラスは夏休みの間だけ、ひと月ほどだけだったしな。それでも私は思い知らされたよ。教育でも科学でも、日本がどれだけ世界に遅れをとっているのか。世界の象徴が、まさにあなただ、馬込博士」

面倒くさそうに顔をしかめ、返事の代わりに大量の煙を吐く。漂ってくる煙を、印西は手ではたはたと扇《あお》いで避けた。

「娘もやはり、子供ながらに実力の差を思い知らされたのだろうね。それまで口にしていた科学者になる夢を、語らなくなった。まあ、親としては、現実を見てくれた方が有難いがね。なにせ学者という職業は、日本では稼げないからな。とっくに諦《あきら》めたと思っていたのに、結局、工学の道に進んでね」

「そういや、てめえの娘もそっちの専門家だろ？　おれに頼まずとも、娘を据えりゃあいいじゃねえか」

「私はこれでも、実力至上主義でね。娘も研究者としてそこそこ頭角を現したが、博士にくらべれば平凡極まりない、魅力に欠ける人材だよ」

印西がため息をついたとき、朱緒が酒を運んできた。ゴメスは冷やがもっぱらだが、手下たちは熱燗も好む。未だ酒盛り中の控えの間から熱燗を調達し、印西の前に置いた。

「酌はしてくれんのか？」

「朱緒は仲居じゃねえんだよ。必要なら手下連中を呼ぶか？」

「……いや、手酌でいい」

むっつりとしながらも、自分で盃《さかずき》に酒を注ぐ。脇に置かれた火鉢ひとつでは、隙間風にも負ける。暖をとるつもりもあるのか、三杯続けて胃の腑《ふ》に収めた。しかし酒癖はあまり良くないようで、しつこさと馴《な》れ馴《な》れしさが増す。

「いいか、君が主任研究員を引き受けてくれれば、江戸のことも多少は譲歩しようと言ってるんだ」

「江戸の白緑石を、諦めるとでもいうのか？」

「それはできん！　ただ数年は猶予《ゆうよ》を与える。石の産地は他にもあるからな、江戸を最後にしてやってもいい」

「けっ、馬鹿馬鹿しい。結局は同じ顚末《てんまつ》じゃねえか。もとよりおれは、たかが国のために、てめえを人身御供《ひとみごくう》に差し出すつもりはねえからな」

「たかが国だと？　国がなければ、個の存在も危うくなるのだぞ。日本人としての存在証明《アイデンティティー》すら保てまい。君も国籍からすれば日本人だし、江戸人もまた日本人だ。日本のために尽力して、何が悪い！」

「日本、日本とうるせえな！　おれが日本《そっち》に住んだのは、せいぜい二年ほどだ。日本の研究機関に、いたことがあるからな。後は特に、厄介になった覚えはねえぜ」

話はまったく進まず、評定の二の舞を辿る。印西の呂律《ろれつ》が怪しくなってきて、そのしつこさにゴメスの臨界が迫ってきた頃、真夜中を告げる夜九つの鐘が鳴った。それが合図のように、朱緒が襖越しに声をかける。

「夜も深まりましたし、そろそろお戻りになった方が良いと、護衛の方々が案じております る」

「おう、さっさとこいつを連れて帰ってくれ。おれもうんざりだ」

「君の頑固さには、こちらこそ愛想が尽きた。せっかく歩み寄る機会を与えてやったというのに、ふいにするとは」

「いちゃもんふっかけてきたのは、そっちだろうが。歩み寄りとは片腹痛《いて》えや」

立ち上がった印西に悪態を投げつけたが、座敷を出ようとした折に、ゴメスはひとつだけたずねた。

「江戸に白緑石が豊富にあることを、てめえが知ったのはいつのことだ？」

「半年ほど前になるか。たしか、今年の五月だった。もっとも名瀬君が在籍する研究チームは、何年もその研究に携わってきたがね」

「情報は、どっからきいた？」

「……文科省だ」

こたえるまでに、わずかな間があいた。しかしゴメスは追及することはせず、印西をそのまま帰した。客を玄関まで見送って、朱緒が座敷に戻ってきた。

「いまの話、きいたろう。どう思った？」

「本間殿の文に書かれていたとおりでしたが……まさか相手の方から、こんなに早く手の内を晒《さら》すとは思いませせなんだ」

「まあな、そいつはおれも慮外だった」

本間の手紙の後半に書かれていたのは、白緑石の件であった。江戸領内からはもっとも多くの採石が望めるが故《ゆえ》に、江戸の開国、引いては立ち退きを求めるべく、政府は水面下で動いている――その内容は、朱緒にも知らされていた。

「石以上に、お奉行のお力添えが大事だと、印西殿は考えておられるようですね」

「おれは行かねえぞ」

「わかっておりますとも。あちらには、権七がおりませんからね」

急いで断りを入れるゴメスに、朱緒がくすりと笑いをこぼす。

「それに、白緑石の話が政府筋に伝わったのも、間が良過ぎる気がするな」

「五月というと、阿片騒ぎが収まった頃です。阿片が頓挫《とんざ》したために、二の矢として白緑石をもち出した、とも考えられますが……」

「あのようすだと、知らされた、という方がしっくりくるな。阿片についても、どうもすっきりしねえ。すっとぼけるのは連中の定石だが、印西のあの態度はなあ」

「私もやはり、阿片の件においては、偽りを申しておらぬように感じました」

「十万と印西が昔馴染みだとは、すでに調べがついている。それでうっかり黒幕と思い込んだが、なにせ江戸と日本じゃ、直《じか》に会うことはできねえからな。あの野郎が言ったとおり、単に名を使われただけかもしれねえ」

「では、真の黒幕は別にいると？」

「だろうな。外庭番がいくら印西のまわりを探っても、確たる証《あか》しは得られなかった。見当が外れていたとすると、それも道理だぜ。まあ、誰にせよ、本気で江戸を潰《つぶ》しにかかっているのは間違いなかろう」

「今後はどのように？」

「明日考えらあ。野郎の相手したら疲れちまった」

大きな欠伸《あくび》をして、ゴメスはのっそりと寝間へと消えた。


芝露月町の海側には、広大な大名屋敷が立ち並び、堀が通されて屋敷ごとに船着場が設けられている。裏金春を出た印西は、その船着場へと向かった。一艘《そう》の屋形船がひっそりと、客の帰りを待っていた。印西が乗り込むと、屋形の内から声がかかる。

「遅いので心配しました。話し合いが難航したのですか？」

まあな、と応じて、船を出させる。ＳＰのひとりは屋形の内に入ってきたが、印西は出ていくよう促した。

「しばらくふたりきりにさせてくれ。たまには娘と水入らずで、話がしたいからな」

ＳＰが無言でうなずいて出ていくと、印西は改めて万里亜と向き合った。

「説得は、いかがでしたか？」

「駄目だな、とりつく島もない。やはりおまえにも、加勢してもらうべきだった」

専門家同士なら、議論も深みを増し、相手を説き伏せる一助になったろうと残念そうな顔をする。

「申し訳ありません……。おとうさまの勧めでここまで来ましたが、やはり気後れが先に立って……子供の頃の記憶というものは、根強いものですね」

「会議では遠慮なく、馬込博士とやり合っているではないか」

「あれはいわば、視察団としての役目ですから。鎧《よろい》を着て戦っているようなものです。それを外して向かい合うのが、きっと怖かったのでしょうね。馬込博士は私にとって、トラウマのような存在ですし」

親子がしばし黙り込み、ぎい、ぎい、と軋《きし》むような櫓《ろ》の音だけが響く。

船は浜御殿の西を通り、汐留橋の先からは三十間堀や楓川を経て北上する。日本橋の東に架かる江戸橋の脇から細い水路に入り、その突き当たりに、長崎屋からはいちばん近い船着場があった。

この船は長崎屋の持ち船で、異国の客のために、屋形の内は卓を据えた掘炬燵《ほりごたつ》になっている。客へのもてなしに葡萄《ぶどう》酒も仕度され、万里亜はふたつのグラスに注いだ。娘はグラスを傾けたが、印西は何事か考え込んだまま口をつけない。

「何か、気になることでも？」

「万里亜、ハクロニウムのことだが……最初に私の耳に入れたのは、おまえだったな？」

「はい、名瀬さんから頼まれたので。研究予算が足りず、文科省へ働きかけても、なかなか話が進まないと相談を受けまして」

最初は万里亜の夫が経営する、次世代エネルギー会社・NEXEの援助を希望したが、それならいっそ新たに始動するエネルギー研究所の方がいい。そう勧めたと万里亜は語る。

「あの研究所にはNEXEも関わっていますが、並々ならぬ心血を注がれたのはおとうさまです。それで顔繋ぎをして、チーム長の教授や名瀬さんとも会っていただきましたが……それが何か？」

「ああ、いや、うん、そうだったな……おまえを疑っているわけではないのだが」

「疑う……？　とは、どういうことです？」

「誰かが私を嵌《は》めようとしている……そうも思えてな」

「おとうさま……」

行灯《あんどん》のほの暗い灯りが、あまり表情の変わらない娘の顔に、不安げな影を落とす。

「まあ、議員同士の足の引っ張り合いなど茶飯事だしな。こう見えて、したたかさだけは自信がある。十二回の当選は、伊達《だて》ではないからな」

娘の憂《うれ》いを払うように、調子を変えて磊落《らいらく》に告げる。

「亡くなったおかあさまも、仰《おっしゃ》ってました。おとうさまが政治の道に進まれてから、心配しない日は一日だってなかったと。娘の私も同じです……くれぐれも気をつけてくださいね」

娘の言葉に励まされたのか、印西の表情が和らぎ、葡萄酒のグラスを傾けた。

「この赤ワインは、悪くないな。つまみのチーズもなかなかだ」

「ええ、本当に。匂いの強い熟成タイプですから、赤ワインにも合いますね」

その後は他愛ない親子の会話が続き、やがて船は船着場に到着した。お疲れさまでした、と長崎屋の手代が声をかけ、ＳＰに挟まれて印西が、次いで万里亜が船を下りる。

ここから二町ほど北へ歩けば、長崎屋に到着する。

そろそろ丑《うし》三つ時にかかる刻限だ。どこの家も眠りについて、暗さと相まって怖いほどに静かだった。いざというとき警護に差し障《さわ》るために、SPは灯りを携えていない。唯一の灯りは、先を行く手代が掲げる提灯だけだ。

しかし一町ほど進んだとき、異変が起きた。

並んで歩いていた印西親子の後ろから、低い呻《うめ》き声と倒れるような音がした。親子がふり返ったが、提灯の灯りが届かず何も見えない。

「おとうさま……いったい何が……」

「音はしなかったが、狙撃《そげき》かもしれん」

万里亜が父にすがりつき、親子の前にいたSPが異変を察して手代に叫ぶ。

「おい、灯りを！　ようすが変だ！」

手代と前のSPが駆けつけようとしたが、そのふたりが、まるで操り人形の糸が切れるように、続けざまに倒れた。手代の手から落ちた提灯が燃えて、倒れたふたりが浮かび上がる。万里亜の喉《のど》から、細い悲鳴があがった。

「まさか、殺された……？　おとうさま、私たちも？　どうしよう、どうしたら……」

「落ち着きなさい！　とにかく長崎屋まで走るんだ！」

狼狽《ろうばい》する娘を急き立てて、その手を握り先を急ぐ。高齢な身だけに足は遅いが、それでもどうにか本石町の表通りが見えてきた。表通りには常夜灯があり、角を曲がれば長崎屋はすぐだ。一瞬、ほっと息をついたが、その前を誰かが塞《ふさ》いだ。

常夜灯の火が、影絵のように着物姿の人物を浮かび上がらせたが、顔はまったくわからない。娘を背中に庇《かば》い、じりじりと後退りする父親に向かって、相手が叫んだ。

「印西茂樹！　――の仇《かたき》！」

男の声だった。そのまま真《ま》っ直《す》ぐ、こちらに突っ込んでくる。

相手が刃物を手にしていることに、気づいたときには遅かった。

「おとうさまあ――っ！」

万里亜の悲痛な声が、闇《やみ》を裂くように響きわたった。


「てえへんだ、てえへんだ、てえへんだあっ！」

翌朝、配下たちが金春屋で朝餉《あさげ》を食べ終えたころ、ひと足早く裏金春に戻っていた良太が、ふたたび店に駆け込んできた。

またか、と甚三が顔をしかめる。菰八が、良太にたずねた。

「今度は何だ。板長の無事なら確かめたぞ。もうすぐ床上げに至るとな」

「違《ちげ》えよ、おやじ！　出入りだ、出入り！」

「朝っぱらからか？　そんな命知らずが、そうそう増えてたまるかい」

「肝試しがわりに、裏金春《うちきん》への出入りが流行《はや》ってんじゃねえですかい？」

孤八は相手にせず、木亮がそんな冗談をとばす。

「まあ、誰だってかまわねえ。腹ごなしにはちょうどいい。相手は何人だ？　半分はおれに回せよ」

浮き浮きしながら腰を上げた甚三だが、良太に止められる。

「いや、甚兄い。今日ばかりはやめた方がいい。なにせ相手は、筧さまでやすから」

「北町奉行だと！　さっそくこの前の腹いせに来たってのか？」

甚三が、らしくない頓狂な声をあげる。そのとき息せき切って、看板娘のお春がとび込んできた。

「大変よ！　いま板場の裏口から外に出ようとしたのだけれど……捕方が大勢いて」

「ああ、良太からきいたよ。北町のお奉行が、出張ってきてんだろ？」

「甚三さんたら、そんな呑気《のんき》な数じゃないのよ！　露月町中が、捕方に囲まれているのよ！」

「何だと！」

甚三がすぐさま外にとび出し、小者たちも後に続く。外の光景を目にした甚三が、呆《ぼう》然《ぜん》とする。そこには、信じられない光景が広がっていた。

「何だ、これ……戦でもおっぱじめるつもりか？」

お春の言ったとおりだった。裏金春のみならず芝露月町一帯が、何百もの捕方の群れに囲まれていた。頭に鉢金を巻き、手には突棒や刺股《さすまた》、あるいは賊を囲うための長梯子《ばしご》を構え、何よりも並々ならぬ気合が、ひとりひとりの顔にみなぎっている。

「この数は……北町だけじゃ収まらねえぞ、甚三。おそらくは南町や、城の番衆までもが駆り出されてやがる」

「ここまでの仕度をして、かからなきゃならねえ悪党となると……」

「今日びの江戸には、ひとりしかいねえな」

甚三と菰八が、顔を見合わせてうなずいたとき、よく通る筧の声が馬上から響いた。

「馬込播磨守寿々！　日本政府視察団団長、印西茂樹殿を殺《あや》めた咎《とが》により、お主を捕縛する！　神妙にお縄を頂戴《ちょうだい》せい！」

「あの印西が……殺された……？」

辰次郎の脳裡《のうり》に、その顔が浮かんだ。印西茂樹が裏金春を訪れたのは、昨晩のことだ。厚顔を絵に描いたような男が、すでにこの世にいないとは、とても信じられない。

裏金春の内からは、北町奉行にこたえる声はない。

業《ごう》を煮やしたか、短気で折り紙付きの北町奉行は、馬から下りて大股《おおまた》で中に踏み込んだ。玄関に出てきた朱緒に、奉行の居場所を確かめて、草履のまま奥へと進む。奉行の居室の襖《ふすま》を、音立てて開けた。

「何だ、筧、この前の仕返しのつもりか？」

「馬鹿者《ばか》！　さようにさもしい真似はせぬわ！　印西茂樹殿が、昨晩、殺されたのだ！」

相も変わらずの口喧嘩《げんか》に、割り込んだのは朱緒だった。廊下に手をついて、寛に向かって仔細《しさい》を乞《こ》う。

「印西殿が殺されたとは、まことですか？　いつ、どこでそのような仕儀に？」

「昨夜の丑三つ時、長崎屋のすぐ傍で、狼藉者《ろうぜき》に襲われたのだ」

「では、昨晩、裏金春《こちら》を訪ねていらして、その帰りに……？」

さよう、としかつめ顔で、寛がうなずいた。

「ですが、護衛が……印西殿には護衛がついていたはず」

「ふたりの護衛と長崎屋の手代は、ともに吹き矢のごときもので、しびれ薬を打たれてな」

命に別状はなく、朝になってどうにか話もできるようになったが、ただ、この三人は、襲撃の模様は見ていない。目撃者はたったひとりだと、寛が気の毒そうに頬を歪める。

「娘御の、万里亜殿だ」

「万里亜・ネオだと？　昨日は親父しか来てねえぞ」

と、ゴメスが怪訝《けげん》な顔をする。万里亜は父に同行したものの、裏金春には行かず屋形船で待っていたと寛が語る。

「お主に会うのが、怖かったそうだ。さもありなんというところだな」

「あの女が、そんなたまかよ。評定でのやりとりは、おれといい勝負だ」

「お主と勝負のできる女子《おなご》なぞ、この世にはおらぬわ！」

視察団との評定には、南北町奉行は同席していない。さらに筧は、筋金入りの男尊女卑で、女性は皆か弱く、守るべき存在だと信じている。もちろん、目の前にいるゴメスを除いてだ。

「万里亜殿は未だ、茫然《ぼうぜん》自失のありさまで……父君が殺される場に居合わせたのだから、無理もない。それでも芯《しん》は、気丈な方なのであろうな。昨晩の仔細を語ってくれた。暗がりに目が慣れず、賊の顔まではわからぬが、刃物で襲ってきたのは男であったとな」

「咎人は、男なのですか？　それならどうして、お奉行が咎人などと！」

ゴメスとの仲は最悪でも、筧は清廉《せいれん》潔白な人物だ。いくら敵対していても、相手を陥《おとしい》れるような真似はしない。こうして真っ向から乗り込んできたということは、動かしがたい確かな拠《よ》り所があるはずだ。いったい何なのかと、朱緒は北町奉行に問い詰めた。

「印西殿の胸には、脇差《わきざし》が突き立っていた……開口龍《かいこうりゅう》の紋がついた脇差だ」

「まさか、そんな……！」

朱緒が、しばし絶句した。その事実を呑み込むのに、暇がかかったからだ。

開口龍とは龍を用いた家紋のひとつで、名のとおり、かっと口を開けた龍の顔が、真っ向から迫ってくるという迫力あふれる意匠である。

この江戸に、開口龍の紋をもつ人物は、ひとりしかいない。

最強と謳《うた》われる奉行のために、紋上絵師が拵《こしら》えた図で、世間にふたつとないからだ。

「つまり、お奉行が何者かに脇差を与え、印西殿を殺めさせたと……？」

「そう考えるより、仕方なかろう」

苦虫を十四まとめて嚙《か》み潰してでもいるように、筧が顔をしかめる。

「お奉行、脇差は、いまどちらに？」

「知らねえ。そういや昨日から、見てねえな」

早くも飽きたのか、ゴメスがごろりと寝転がる。筧に向けた尻《しり》を、ぼりぼりとかいた。

たちまち筧のこめかみに、四、五本の青筋がまとめて浮いた。

「客に尻を向けるとは、何事か！」

「てめえの話はいつだって、くどくて長《なげ》えからな。眠くなってかなわねえや。後は勝手にやってくれ」

「咎をかけられておるのは、お主であろうが！　少しは真剣に考えんか！　だいたい武士の魂たる刀を、どこぞに置き忘れるなどもってのほか。日頃からの無精が祟《たた》って、このような奸計《かんけい》に貶《おとし》められたのだぞ！」

「いま奸計と、仰いましたね……では寛様も、真の下手人は他にいると？」

「わしの目とて、節穴ではないわ」

むっつりと、寛がこたえる。眉間《みけん》の皺《しわ》が年中とれないために、せっかくの整った顔立ちも三割減だとの噂がある。

「そやつなら、腕一本で絞め殺すこともできように。わざわざ紋付の脇差を残すなぞ、あからさまが過ぎて馬鹿馬鹿しいわ」

ゴメスは日頃から、刀を使うことはまずしない。出役の折には、棘《とげ》のついた太い鉄棒を担《かつ》いでいくし、登城のときだけは仕方なく腰に差していくものの、しょっちゅう城中の刀掛けに忘れてくる。おそらくはその折に盗まれたのだろうと、寛はその見当も口にした。

「そこまで読まれておいでなら、何故《なにゆえ》このような……」

「仕方あるまい……なにせ殺されたのは、異国よりまかり越した幕府の客人であるからな。歴《れっき》とした証しが残されておる上は、咎人と思《おぼ》しき輩《やから》を野放しにはできぬ」

「つまり、外国への申し開きのためには、お奉行を捕えるよりほかに手立てはないと」

そうだ、と寛がうなずく。長崎屋の主人から、番屋を通して町奉行に知らせが入り、それから城中に使いが走った。急遽《きゅうきょ》、老中立ち合いのもと評定が開かれて、月番の北はもちろん、非番の南町奉行も同席し、もうひとり呼ばれた者がある。

「粟田様も、このことをご存じなのですか？」

「さよう。和泉守殿から、これを預かっておる」

筧は懐《ふところ》から文を出し、側用人に渡した。開いた朱緒の顔が、ゆっくりと陰ってゆく。

「粟田様からのお頼みです……あらぬ罪とはいえ、いまは大人しく受けて、当面の預け先と相成った、紀州公の下屋敷へ移ってはくれまいかと」

「いーやーだ」

「子供でもあるまいに。いわばお主の身のふり方に、江戸の存亡がかかっておるのだぞ！」

「知ったことか。大名だろうが旗本だろうが、武家屋敷の飯は大方が冷めきっていてクソ不味《まず》い。んなところに長《なげ》えことといられるか」

「そのくらい、我慢せい！」

筧の青筋がさらに増えたが、こればかりはゴメスも譲らない。文をたたんだ朱緒が、ふっと短く息を吐いた。奉行ではなく、自分が諦めるためのため息だったようだ。

「お奉行、紀州公の下屋敷は、同じ芝の内にございます。出島からも裏金春からも、さほど遠くはございませぬ。朝昼晩の三度、金春屋から欠かさず膳《ぜん》を運ばせて、屋敷の台所をお借りして温めます。いかがでしょうか？」

「何だ、それならそうと早く言え」

ころりと態度をひるがえし、小山のような巨体が身軽く起き上がる。

「むろん私も、お奉行に従って下屋敷に移り、お側仕えをいたします」

「なら、文句はねえよ。おい、筧、さっさと行こうぜ」

「お主は、それでいいのか！」

「三食、旨《うま》い飯が食えて、昼寝つきだろ。登城も役目もねえなら極楽よ」

先に立って座敷を出ていこうとするゴメスを、筧が止めた。悔しそうに唇を引き結び、重々しく告げる。

「武士の誇りにかけて、決してお主ひとりに責めを負わせたりはせぬ。必ず真の下手人をひっとらえ、獄門台にさらしてみせる」

「おめえはそういうところが、いちいち面倒くせえんだよ」

せっかくの武門の決意も、ゴメスの前では形なしだ。

大名や大身《たいしん》の旗本は、罪を得ても縄を打たれることはない。側仕えを許された朱緒と、物々しい数の北町の捕方を引き連れて、ゴメスは悠々と紀州下屋敷へ向かった。

この件で、もっとも被害を被《こうむ》ったのは、実は配下たちであった。

実行犯がゴメスではないことは、万里亜が証言している。ならば手を下したのは、まさに手下に違いないとされたからだ。

裏金春の八人は、その日は朝から深夜まで北町に留め置かれ、徹底的に吟味を受けた。

中でもいちばん吟味が執拗《しつよう》だったのは、辰次郎に対してだ。

「やったのはおまえであろう。おとなしく白状せい！」

「人殺しなんてしてませんて！　そりゃあ玄関先で揉《も》めたのは本当だし、喧嘩をふっかけたのもおれだけど」

「奉行の脇差を盗み出し、印西様を追いかけて長崎屋の傍で待ち伏せたのではないか？　おまえの足なら、船にも悠々追いつけよう。おそらくもうひとり仲間がおるな？　護衛のふたりと長崎屋手代に、しびれ薬を打ち込んだのはそやつであろう？　さような飛び道具を使うことは、すでに調べがついておる」

　こんな調子の詰問《きつもん》が、吟味役を変えて何度も行われた。他の者たちは三度だが、辰次郎に至っては実に五度にわたる。

「大丈夫か、辰次郎？　もうよれよれじゃねえか」

「松吉、おれ、冤罪《えんざい》の法則がわかった気がするよ。これを明日からも延々と繰り返されたら、どっかでおれがやりましたって、うっかり言っちまいそうだ……」

　奉行の性分が故に、北町の吟味はしつこく、そして細かいことで有名だ。さらには先日の、火縄の綱造一味の件が尾を引いている。この前の意趣返しとばかりに、与力や同心は、すこぶる張り切って吟味に当たった。

　日頃は威勢のいい裏金春の面々も、長々しくくどくどしい調べには、ほとほと参った。辰次郎ならずとも、早晩、音をあげていたに違いない。詮議《せんぎ》は掛け値なしに厳しかったが、たった一日で帰されたのは、せめてもの恩情かもしれない。

真夜中過ぎに裏金春に戻った配下たちは、一言も口を利《き》かず布団《ふとん》に倒れ込んだ。

「すまないね、荷物持ちをさせちまって。昨日は北町のお調べで、大変だったんだろ?」

金春屋の主人、喜平の後ろを、荷運び兼膳出係の辰次郎と松吉が従う。

「ぐっすり眠ったんで大丈夫です。起きたらもう昼近くで、びっくりしました」

「こっちこそ、朝の膳出しを任せちまって面目ありやせん。拓一つぁんが代わってくれたときききやした」

「いや、膳出しをしたのは、紀州様のご家来衆なんだがね……たった一度で懲《こ》りたそうだ」

さもありなんと、ふたりが同情する。これから毎日、三度の飯を金春屋から運ばねばならないが、なにせ大食漢の奉行だ。重箱に詰めた惣菜《そうざい》は相応に重かったが、抱えた荷がほんのり温かいのは有難い。この時期には、毎日のように北西から木枯らしが吹きつけるから、少し冷めた湯たんぽを抱えている気分だ。唯一《ゆいいつ》の気掛かりは、やはり権七が未だに床上げに至らぬことだ。

「板長は、まだ仕事に復帰できないとききました。思ったより長引いてますね」

「日本の薬だと、効き目が早えからな。治りが遅えと、それだけで心配になるもんな」

「たしかにな、日本に慣れたおまえさんたちにはまどろっこしいだろうが、大丈夫、権七は順調に回復しているよ。江戸では休養が何よりの薬だからな、大事をとってもう二、三日、休ませているだけだ」

喜平に返されて、よかったと、ふたりが大きく安堵する。

「飯と汁は、屋敷の台所で仕度するそうですけど……やっぱり喜平さんが作るんですか？」

「心配かい？　これでも調理師免許は持っててな。むろん日本でね」

へええ、とふたりがわかりやすく感心する。

「じゃあ、喜平さんは、日本にいた頃から飯屋を？」

「おれのじいさんが小料理屋を営んでいてな。だが、じいさんがぽっくり逝《い》っちまって、店は手放した。親父は会社員で継ぐ気はなかったし、何よりも相続税が払えなくてな」

「相続税？」

辰次郎にはぴんとこないが、松吉はなるほどと合点する。

「てこたあ、よほどいい場所に、店をお持ちだったんですかい？」

「銀座だよ。八丁目にあってな」

「八丁目……あ！　もしかして、だから金春屋？」

そのとおりだと、喜平は松吉にうなずいた。辰次郎だけは、話についていけない。

「何で銀座八丁目だと、金春屋なんだ？」

「辰次郎は学生だったから、知らねえか。銀座八丁目にはな、金春通りがあるんだよ。有名な鮨《すし》屋とか、あと銭湯もあったな。金春通りっていう、お能の流派があってな、江戸の昔にはその屋敷があった場所だ。金春流の名は、そっからついたんだ」

「金春流って、きいたことがあるような……あ、わかった！　新橋を渡った先の西側に、金春屋敷があった。同じ名だから、もしかして親戚《しんせき》かなって」

「あちらさまが本家本元で、うちは名をお借りしてるだけさ。じいさんの店が『金春屋』でね」

いまの江戸にも金春屋敷があるだけに、同じ場所に店は築けなかったが、江戸の家元に挨拶《あいさつ》に行き、名を使うお許しもいただいたという。

「金春流は、能楽最古の歴史があって、何と聖徳太子の時代にまで遡《さかのぼ》るんだぜ。いまの家元は、たしか八十二世、いや三世だったか。その金春流から能楽師を招いて、いまの江戸にも金春屋敷を建てたんだぜ」

我が事のように得意そうに語る。実際、松吉の博識には、しばしば感心させられる。

「免許を持ってるってことは、喜平さんも日本にいた頃、調理師をしていたんですか？」

「いや、コックや板前をしていたわけじゃない。外食企業で献立《メニュー》作りを任されてね、そのときに資格をとった。料理を知らないようじゃ、案も浮かばないからね」

「そこを辞めて、江戸で飯屋を？」

「そんなつもりはなかったんだが、創業者の社長にうまく乗せられてね。入社の最終面接で、じいさんの店の話をした。当のおれはすっかり忘れていたのに、社長が覚えていてね。一緒に江戸に行って、もう一度、金春屋を開いてみないかと誘われたんだ」

「じゃあ、その社長さんも江戸に？」

「ああ、それが粟田様だよ」

ええぇ！　とふたりが一様にびっくりする。

「『ミレット』って企業を知ってるかい？」

「もちろん！　おれミレットのピザ、大好物です！」と、辰次郎が前のめりでこたえる。

「いま気づいた。ミレットって、英語で粟《あわ》って意味じゃねえか」

外食産業にとどまらず、アレルギー対応の商品や代替食品などの自社ブランドを立ち上げて、世界中で展開していると、もと証券マンだった松吉が矢継ぎ早に語る。

「株価も総じて堅調な、優良企業だ。あの創業者が、粟田様だったとは」

粟田はまだ働き盛りの頃に社長を退任し、新たなＣＥＯは外部から迎えた。そして自身の資産をすべて江戸建国に投じ、移り住んだという。

「どうして、そんな決断ができたのかな。大企業のトップなら、日本にいた方がよっぽどいい暮らしができるのに」

「起業家ってのは、目新しいものに惹《ひ》かれるからな。いわゆる江戸のコンセプトってやつが、逆に新しく思えたんじゃ？」

「それもあるだろうが、存外、ちょっとのんびりしたくなっただけかもしれねえな」

ふふ、と喜平は笑って、道を海側に折れたところで足を止めた。晴れた冬空を仰いで、目を細める。空に舞う海鳥がいくつも見えた。

「日本にいると、色んなものが目まぐるしく変わるだろ？　人間の方が置いてきぼりになっちまう。世間の標準とやらに、ついていくだけでやっとの有様だ。新幹線に乗っているのと同じでね、車窓の風景は流れていくだけだ。ちょいと途中下車をして、景色をながめてみようかと、そんな気まぐれだったのかもしれねえな」

すでにリニアですら次世代型が出ており、新幹線というところが世代を感じさせる。それでも喜平の言わんとするところは、辰次郎や松吉にも伝わった。

「途中下車か……おれも同じかもしれねえな。金融市場は、それこそ秒単位で変わるからよ、為替相場なぞ、わずか一円にも満たない変動で一喜一憂してた。こんなふうに呑気に空を見上げたことなぞ、ついぞなかったよ」

松吉は、喜平の眺める空をともに仰ぎ、辰次郎もそれに倣《なら》う。

「おれにとっては、めっちゃしんどい体験型学習？　そんな感じです。でも、最近気づいたことがあって」

「何だい？」

「江戸は決して、止まっているわけじゃないんだなって」

喜平が空から視線を戻し、少し驚いた顔をする。

「途中下車って、言ったでしょ？　列車を下りて、自分の足で歩いてみたら悪くなかった。列車より全然遅いし、線路みたいに真っ直ぐじゃないけど、好きな時に休めて、好きな方角に行ける。意外と歩けるもんだなって自信もついて。目的地すら定まってないけど、もう少し歩いてみようかなって」

辰次郎の笑顔を受けとめて、喜平はふたりに向かってしみじみと言った。

「若い者にそんなふうに感じてもらえるなら、年寄りにとっては何よりの甲斐《かい》だ。きっと粟田様も、そう思ってくださるだろうよ」

何やら褒められたようで、ふたりが照れくさそうに顔を見合わせる。

「耳がとれちまう前に、紀州様の屋敷に着かねえとな」

喜平が冗談めかし、また歩き出した。

「ご苦労でしたね、ふたりとも。昼餉の刻限に間に合って、何よりでした」

廊下から声をかけると内から襖が開いて、朱緒が顔を覗《のぞ》かせた。何よりもその笑顔に、労《ねぎら》われる心地がする。

何はともあれ、膳出しが先だ。いつものとおり、ゴメスの前に巨大な膳を置き、続く松吉が朱緒の膳と飯櫃《めしびつ》を運び込む。正念場はここからだ。いつ椀《わん》がとんできてもいいように辰次郎が身構え、松吉は額の前で拝み手をする。

ゴメスが巨大な塗椀から、ずずうっと汁を含み、緊張が最高潮に達する。ごくん、と喉に通してから、椀をながめた。

「この汁は、喜平のじいさんか？」

「そのとおりです……よくわかりますね」と、辰次郎が応じた。

「出汁《だし》がしっかりしているからな、赤出汁には殊《こと》に合う。悪くねえな」

「具は豆腐と焼き葱《ねぎ》ですか。葱の香ばしさが、利いていますね」

奉行の満足を得て、からだ中から力が抜ける。つい素直な感想が、口をついた。

「何だか、お客様待遇ですね。てっきり座敷牢《ろう》に入るのかと思ってました」

これではほぼ、放し飼いだ。座敷のしつらえも調度品も、裏金春よりよほど立派だった。

「預《あずけ》は、五百石以上の旗本に対する刑なんだ。大名家に預けられるのが決まりでな。本来なら座敷牢に籠《こ》められる。だが、なにせ昨日の今日だから、座敷牢を仕立てる暇もなかったんだろ」

「じゃあ、五百石より下の武家は？」

「私ほどの下級武士の身分ですと、小伝馬町の牢に籠められますよ」

「そうなんですか！　じゃあ、噂にきく牢名主とか、ヤバイ連中がいる牢に朱緒様も？」

辰次郎がにわかに焦《あせ》る。むろん朱緒が、悪事なぞ働くはずはない。ただ、奉行のとばっちりを受けることは、十分に考えられる。もしもゴメスが有罪になれば、朱緒もまた連座の憂《う》き目を見るかもしれない。

「朱緒様のご身分なら、揚屋に入るから大丈夫だよ」

「揚屋って？」

「御目見以下のお武家、つまり御家人や陪臣は、揚屋っていう小部屋に入るんだ。もとより女であれば、町人でも揚屋に入るしな」

「女性の大牢は、ないってことか」と、辰次郎が胸を撫《な》でおろす。

「もともと牢屋敷は、お裁き前の囚人のための牢だからな。いわば拘置所だ。ちなみに五百石に満たない御目見以上の旗本は、畳敷きの揚座敷に収まるんだ」

と、松吉が、江戸豆知識を披露する。

「長崎奉行は三千石だから、本当ならひとまず蟄居《ちっきょ》にして……蟄居はわかるか？」

「うん、自宅軟禁のことだろ」

「そうそう。で、座敷牢を用意してから、預ってのが相場だろうが……老中預の方が、日本相手には格好がつくってところかな」

「ご評定衆の恩情かもしれません。筧様が見抜かれておられたなら、紀州様はじめご老中も、お奉行の仕業ではないと、やはり察しておいでのはずですから」

朱緒の見当は、まんざら外れてはいない。昼餉が終わり、台所に戻って膳を片付けていると、屋敷の賄人《まかない》に大きな菓子盆を渡されたからだ。盆にはあられや煎餅《せんべい》、餅《もち》菓子などが、たっぷりと盛られていた。

「これって親分の好物ばかりだよな。ほら餅菓子だって、餡《あん》のない豆餅や生姜《しょうが》餅だし」

「さすがは紀州様だ。万事、抜かりのねえお方だからな、親分の好みを下調べなさったに違《ちげ》えねえ」

「屋敷に着いてから、えらくスムーズに事が運んだのもそのためか。門前からは案内人がいて、台所には賄方が三人もいて、手伝ってくれたもんな」

同じ芝の内だけに、屋敷までは徒歩十分。金春屋のある露月町から南に下り、海側に折れて、道の突き当たりの海沿いに紀州下屋敷はあった。

とはいえ大名屋敷の敷地は広大で、町屋三、四町分はある。門からさらに十分かかったが、案内のおかげで迷うこともなかった。敷地の半分は、手入れの行き届いた庭が占め、花や紅葉の頃には町人にも開放されるそうだが、冬のいまはひっそりしていた。

「親分の機嫌を損ねて、暴れられでもしたら一大事だもんな。気を遣うのも、うなずけるがな」

「実際、親分を預かるなんて、よく引き受けてくれたよな。おれもその勇気は買うよ」

ふたりで菓子盆を届け、その折に、当の紀州公が顔を出した。

整った身なりと顔立ちの武士で、老中という身分もあろうが、ゴメスの前でも物怖《ものお》じするようすはない。

「どうだ、播磨、何か不足はないか？」

「別に。不足のねえところが、実にてめえらしいな」

ゴメスは変わらずぞんざいな口ぶりだが、代わりに朱緒が平伏した。下っ端《したっぱ》ふたりも、それに従う。

「そう固くなることはない。播磨ともども、ゆるりと過ごせ」

気さくに返したが、紀州公の顔が引き締まる。

「実はな、少々雲行きが怪しい。当家での預に、難を示す者がおってな」

ちらりと、下っ端のふたりに目を向ける。人払いをすべきかと、考えているのだろう。

「こいつらなら構わねえ。伝えるのも面倒だしな」

「そういえば、其方《そなた》は粟田和泉の通詞《つうじ》を務めておった者だな？　播磨の配下であったか」

「は、はい！　松吉と申します」

「なるほど、評定に通じておれば話が早い」

松吉のおかげで同席を許されて、辰次郎が耳をそばだてる。

「印西殿のご遺体は、すでに江戸から船で送られて、日本で司法解剖される運びとなった」

異国通で知られる御仁だけに、すらすらとそう語る。詳しい死因は解剖の結果待ちとなるが、刃物で刺された失血死であることは、ほぼ間違いない。

「仏の傷は、ひとつか？　あるいは、いくつもあったのか？」

「検使を行った医者の話では、表向きの傷はひとつだが……」

ゴメスが問うと、紀州公はかすかに眉《まゆ》をひそめた。昔の江戸でも変死においては検視が行われ、検使の字を当てる。いまの江戸では日本と同様、医者が立ち合い、場合によっては解剖も施された。

「刺したのは、一度ではないようだ」

「ひとつの傷に、何度も刺したってことか？」

「さよう。おそらく剣を抜き切らず、同じ場所を、何度も執拗に刺したのではないかと」

目視だけに、回数まではわからないが、四、五回に上るのではないか。傷口の広がり具合から、医者はそのように推測した。辰次郎のとなりで、松吉が呟《つぶや》いた。

「相手を相当、怨《うら》んでたってことか……」

自分が怨んでいた相手が、死んでしまうというのは妙な感覚だ。怒りを向ける先を失って、肩透かしを食らったような気もするし、真相を何も語らぬまま、みすみす逝かせてしまったとの忸怩《じくじ》たる思いもある。

「誰にせよ、人が死ぬのは嫌だよな……相手が嫌な奴でもさ」

そうだな、と松吉が、ぽん、と背中を叩《たた》いた。

「ここから先は、そちに関わることなのだが……印西殿の娘御、万里亜・ネオ殿は、播磨の身柄を牢屋敷に移すよう、強く求めておられる」

本来なら視察団の一行は、今日までに帰国している筈《はず》であったが、殺人事件のために足止めを食らい、未《いま》だ江戸に留まっている。殺人の首謀者と思しき犯人が、鉄格子《てつごうし》の中にいないのは納得できない。万里亜は幕閣に、強硬に申し立てているという。

「別に伝馬町の牢でも、おれは構わねえぜ」

「お奉行！」

「金春屋の飯さえ食えれば、寝床は厭《いと》わねえよ」

朱緒は気色ばんだが、ゴメスはどこ吹く風だ。しかし紀州公は困り顔をする。

「いや、実は牢屋奉行の石出帯刀《いしでたてわき》が、難色を示していてな……木の格子では、そちに破られかねないと案じておるようだ」

もっともだと、配下のふたりが同時にうなずく。拍子に、あれ、と気がついた。

「それって、変じゃないすか？……あ、すみません、勝手に発言して」

「構わぬ、変とは何がだ？」

紀州公は辰次郎をふり向いて、続けるよう促した。

「容疑者を日本に移送して、日本の警察の取り調べを受けさせたい。被害者遺族なら、そう考えるはずです」

遺族にとっていちばん怖いのは、犯人が逃げ果《おお》せたり、罪が正当に裁かれないことだ。

「たしかに……江戸を無法と侮《あなど》る者は、日本にも多い。万里亜殿も国籍こそ違えど、育ちは日本人だ」

紀州公が呟いて、難しい顔で黙り込んだ。

「日本への移送より先に、容疑者の待遇に文句をつけるなんて、おかしいと思います」

「相手方が同じ武家であれば、恥をかかせるという目当てもありそうですが……」

「うちの親分には、通じやせんよ、朱緒様」

厚顔無恥は、ゴメスの代名詞だ。朱緒の推量を、松吉が即座に否定する。

「もしかすっと、場所じゃねえか？」

　声を発したゴメスに、皆の視線が集まる。紀州公が問うた。

「場所とは、どういうことか？」

「この紀州下屋敷じゃ都合が悪いから、小伝馬町に移せ。そういう意にもとれるだろ」

「都合とは？」

「そいつはわからねえ。この屋敷は海に面しているからな、海沿いがまずいのか……そういや、出島もやっぱり背後が海で、裏金春も近い。この近辺から、おれをどかしてえのか？　いや、それなら日本に移しても同じだ……てこたあ、町の真ん中に置きてえのか？　あるいは少しでも江戸の北寄りにってことか？」

　紀州公なぞ眼中にないように、ぶつぶつと呟き続ける。

「申し訳ございません。奉行の癖でございまして」と、朱緒が詫《わ》びる。

「いや、構わぬぞ。播磨については、できるだけ好きにさせるよう、上様からも直々に賜って……うおっ、どうした播磨？」

　あからさまに驚いたのは、ゴメスが急に顔を上げたからだ。

「紀州、おれを牢屋敷に移せ。考えて埒《らち》が明かねえなら、乗ってみる方が早え。どのみち、あと五日もすりゃ、下手人は自ずとわかる」

　え、とその場の皆が驚いて、朱緒と紀州公が矢継ぎ早にたずねた。

「お奉行、自《おの》ずとわかるとは、どういうことです？」

「もしや下手人に、心当たりがあるのか？」

「いまはねえが……五日経てば、下手人は必ずおれの前に現れる。江戸にいようが、日本にいようがな」

細目が底光りして、大きな口がにんまりと笑う。ある意味、怒りの表情より恐ろしい。

「紀州、いま言ったことを吹聴《ふいちょう》しておけ。城内にも、長崎屋にもな」

気圧《けお》されでもするように、紀州公が承知した。

「牢屋敷にも、早々に移る。牢屋奉行は、何とか説き伏せろ」

「相わかった。そちらは二日で手筈を整える」

きびきびと応じて、立ち上がった紀州公が背中を向けた。その拍子に目に留まったのか、ゴメスが呼び止める。

「紀州、その怪我《けが》は？」

右手に白布が巻かれていた。隠すように、右手を袖《そで》の中に入れる。

「いや、息子のやっとう稽古《けいこ》につき合った折に、怪我をしてな。私は文官だけに、武術はからきしで。たいしたことはないのだが、妻が大げさに騒ぎ立てて」

言い訳のようにもきこえたが、そうか、とゴメスは呟き、それ以上は追及しなかった。

「お、親分……」

ゴメスのその姿を見たとき、配下たちは誰もが言葉を失った。

紀州公は有言実行を旨《むね》とする。二日のうちに、牢屋奉行の石出帯刀を説得し、小伝馬町にある牢屋敷の仕度を整える——筈であったが、日本政府から横槍《よこやり》が入った。

容疑者たるゴメスの身柄は、江戸国に預ける。そのかわり日本から、最新式の設備を運ばせて、容疑者はここに拘留する。設備とは、すなわち牢である。

科学の粋を集めて作られたというその牢は、船で江戸湊に運ばれ、川と堀を経て小伝馬町に到着した。同行した日本人の技術者が組み立てを行い、そのための小屋も、急遽大工たちの手によって、牢屋敷の敷地内に築かれた。

このためさらに二日を要し、ようやく師走朔日《しわすさくじつ》の今日、ゴメスの入牢と相成った。

「しかし、いくら日本側の訴えを受け入れたとはいえ、これはあまりに……」

「お奉行、なんとおいたわしい。これではまるで……」

竹内は無念と言わんばかりに唇を嚙み、朱緒は目に涙を浮かべる。

しかし武家のふたりを除けば、手下たちに悲壮感はない。

「いや、何というか、恐れ入った……さすがは親分、てえしたものだ」

「迫というか凄《すご》みというか、他の御仁じゃあまず出せやせんねえ」

「人の域を越えているとは、かねがねわかっちゃいたが、こうして見るとまさに獣。猛虎も人食い熊も真っ青ですぜ」

「おまえたち、いい加減になさい。お奉行ほどのご大身が、かような辱《はずかし》めを受けているのですよ。配下として、少しは心が痛まないのですか！」

「そうは言っても、朱緒さま。親分もこのとおり、すっかり馴染《なじ》んでやすし」

牢の中で、大鼾《おおいびき》をかいているゴメスを、甚三が親指で示す。ちょうどそのとき、ひと足遅れて辰次郎と松吉が到着した。

「お待たせしました！　親分の昼飯を……」

ふたりはそれぞれ、四段の重箱を抱えていたが、初めて見る牢にぎょっとする。

「牢って、きいてましたけど……」

「牢ってより、まるで獣の檻《おり》じゃねえか」

急普請《ぶしん》の小屋の中には、銀色の格子が隙間なく嵌《は》まった、正方形の檻が鎮座していた。

小屋は板張りで、檻はその真ん中に据えられている。

檻はちょうど四畳半ほどの広さで、床には畳が敷かれていたが、残る五面は金属棒が嵌められていた。奥に衝立《ついたて》が置かれ、その向こうが厠《かわや》のようだ。正面の扉には、箱型の電子錠が施されていた。

「何かよお、試してみてえ気がしねえか？」

「試すって、何をだ？　木亮」と、寛治が首をまわした。

「檻に入ってるいまなら、拳《こぶし》も蹴《け》りもとんでこようがねえだろ？　思いつく限りの罵詈《ばり》雑言《ぞうごん》を浴びせてやりゃあ、日頃の鬱憤《うっぷん》も大いに晴れるってもんだ」

「罵詈雑言て、どんな？」と、今度は韋駄天がたずねる。

「えーっと、そうだな……馬鹿、アホ、すっとこどっこい。百貫デブの唐変木のこんこんちきとか」

「子供の喧嘩じゃあるめえし。あまりに他愛がねえ」と韋駄天が呆《あき》れる。

「馬鹿野郎、百貫デブを入れただけでも、我ながらたいそうな勇気だと……」

と、大鼾がぴたりとやんで、こちらに背を向けて寝転がっていた巨体が、のっそりと動いた。ひえっ、と木亮が小さく叫び、一足飛びに甚三と菰八の陰に隠れる。

「ったく、がやがやとうるせえな。昼寝もできやしねえ」

「おおお、おはようございます、親分！　金春屋から、昼飯をお持ちしました」

辰次郎が急いで重箱をさし出して、松吉も続く。幸い、最前の悪口はきかれていなかったらしく、ゴメスは案外機嫌よく、むっくりと巨体を起こした。膳を出し入れするための小窓が、扉の真ん中辺に開けられており、膳出しのふたりが一重ずつ、合わせて八つの重箱を小窓から差し入れた。ゴメスはそれを受けとって、畳に並べる。

「すいません、今日は汁がなくて……まだ、牢屋敷の台所を使わせてもらう許可が下りなくて。明日までには何とかします」

「金春屋からは遠いから、煮返したり温め直したりしなけりゃならないとかで、明日からは拓一さんも来てくれることになりやした」

ゴメスは最初のひと口をばくりと頬張ったが、おっ、とすぐに声をあげる。

「こいつは権七の味付けだな。無事に床上げに至ったか」

「さすが親分、よくわかりましたね。今日からまた、権さんが板場に入っています」

「咳《せき》が長引いて、医者の診立てより長くかかりやしたが、そいつも治まったそうで」

権七の全快を、誰よりも喜んでいるのはゴメスだ。いつも以上に旺盛《おうせい》な食欲が、それを物語る。待つほどもなく、八つの重箱がすべて空になった。

膳出しのふたりが空の重箱を受けとると、竹内は檻の前の板間に、改めて膝《ひざ》を正した。

「お奉行。命ぜられたとおり、我らお奉行が配下、打ちそろいましてございます」

竹内の背後には、ずらりと裏金春の手下たちが居並んで、檻の中の上役の下知を待つ。その姿は壮観で、いちばん後ろに陣取った辰次郎は、ちょっとした感動を覚えたほどだ。

「見てのとおり、おれは当分こっから出られねえ。この牢は、ちっとやそっとじゃ壊れねえ代物《しろもの》でな。ダイヤモンド《金剛石》より硬く、刃物を当てても傷ひとつつかねえ。一千度の熱でも溶けず、錆《さ》びることもねえ。連中が言うところの、科学の粋を結集した合金だ」

やたらとピカピカした銀色の檻の正体をきかされて、さすがに皆が息をのむ。

菰八が、箱型の電子錠を示してたずねた。

「その妙ちくりんな錠前の鍵は、誰がもっているんですかい？」

「こいつには鍵はねえ。いわば人のからだが、錠の役目を果たしていてな。外の世界ではめずらしくもねえが」

つまりは、生体認証ということだ。この電子錠は、指紋や声紋、網膜の静脈や顔認証など、八つもの生体認証が必要で、製造元の人間が鍵となっていた。その人物が江戸入りしない限り、ゴメスは一生、この檻から出られないということになる。

さすがに皆が悄然《しょうぜん》として、沈黙が座敷に満ちる。

「しょげてる暇なんざねえぞ。おれの代わりに、てめえらに動いてもらうからな」

ゴメスに発破をかけられて、皆が一様にはっと顔を上げる。

「まずは竹内、てめえには出島の采配《さいはい》を頼む。何をすべきかは、粟田のジジイにきけ」

「承知」と、竹内が短く受けた。

「で、あっしらは何を？」と、菰八が問う。

「おめえらも同じだ。江戸の守りのために働いてもらう」

「守り、ですかい？」と、腑《ふ》に落ちぬ顔を、菰八が向ける。

「そうだ。おれをここに封じ込めた以上、連中は早々に攻めてくる。そのための守りだ」

手下たちがざわめき、不穏な顔を互いに見合わせた。下っ端ふたりの脳裏には、日本で見聞きした兵器が、まざまざとよみがえる。

「攻めてくるって、まさか自衛隊でやすか？　それなら太刀打ちのしようがねえです」

「戦闘機とか空母とか、原潜とか衛星レーザーとかが相手なんですよ。旧式の大砲と刀じゃ、敵《かな》いっこありません」

「こちとら三百年前の遺物に過ぎねえ小国だ。そんなごたいそうな代物を、わざわざ使う道理がねえ。もし使っちまえば、逆にあっちが非難されかねねえ」

「言われてみれば、たしかに……」

辰次郎が素直にうなずき、代わって甚三が身を乗り出した。

「それじゃあ、どんなやり方で、向こうは喧嘩をふっかけてくるんで？」

甚三にとっては、喧嘩も戦もあまり変わらないのだろう。やる気満々のようすだが、その鼻っ柱をたちまちゴメスに削《そ》がれる。

「てめえが喜ぶようなドンパチなんぞ、おそらくは始まらねえよ。もっと楽なやりようが、いくらでもあるからな。もっとも話が早いのは、おそらくはあれだろう。おれが連中なら、まずそうする」

と、ゴメスは、ある方法を告げた。皆の表情が、一様に険しくなる。

「たしかに……いちばん手っ取り早い上に、無理がねえ。折しも、いまは冬だしな」

菰八が、ふうむと考え込んだ。その背中から、韋駄天が顔を出す。

「だが、親分。どうするつもりだ？　それじゃあ、防ぎようがない」

「まあな。それでも、備えることはできるだろ。守りってのは、そういうことだ」

ゴメスの考えが、配下たちにもようやく飲み込めた。朱緒が姿勢を正し、改めて乞《こ》う。

「では、お奉行、我ら裏金春配下にも、お指図を」

「てめえらのやることは、ひとつだけだ。江戸にある、ありったけの火薬をかき集めろ」

「戦はしねえのに、何だって火薬なんぞが要り用なんですかい？」

それはだな、とゴメスが火薬の利用法を説き、へええ、と一同が感心する。

「朱緒、切絵図はもってきたか」

「はい、こちらにございます」

朱緒が切絵図——江戸府内の地図を、檻の隙間《すきま》から差し入れる。布団や文机《ふづくえ》、着物を入れる長持ちなど、ひととおりの道具のたぐいはそろっていて、ゴメスは筆をとり上げ、広げた切絵図に五つの印をつけた。

「いいか、てめえら五人は、この場所に仕掛けを作れ。穴を掘って仕掛けを施し、出来上がったら人が入れねえよう柵《さく》で囲め。なにせあつかうもんが火薬だからな、くれぐれも用心しろ」

五人とは、下っ端ふたりと韋駄天を除いた、兄貴分たちのことだ。

「うまくこの場所に、誘い込めやすかね？　なにせ相手は、人じゃあねえからな」

菰八が顎《あご》を撫でながら、懸念《けねん》を口にする。

「その辺は、うまく道を作るよう、老中から触れを出す。町屋はかえって難しいだろうが、武家屋敷を使や何とかなるだろ」

武家屋敷は基本、すべて幕府からの拝領屋敷だ。国の一大事となれば、さし出すのもやぶさかではなかろう。

「算段は、甚三と菰八に任せる。手が足りねえなら、竹内に頼んで出島からかき集めろ」

合点！　と配下たちが声をそろえた。韋駄天は常のとおり皆の連絡役を務め、朱緒には江戸城と出島、ゴメスの三方を繋《つな》ぐ役目が課せられた。

「それと寛治。江戸でいちばん甘い菓子を、知ってるか？」

「え？　甘い菓子でやすか？……まさか親分が食べるわけじゃあ、ありやせんよね？」

ゴメスの甘味嫌いを承知しているだけに、首を傾《かし》げながらも素直にこたえた。

「たぶん、小松屋のきんつばじゃあねえかと。近頃は甘さを抑えた菓子が人気でやすがね、小松屋は、昔の江戸に倣った菓子を身上としているそうで。ひと口食べれば砂糖がからだにしみ入るような、甘党にはこたえられねえ甘さでさ」

「きいただけで、からだが痒《かゆ》くなるな。まあいい、寛治はそいつを、一日おきにここに運べ。それと竹内、千代田の城にこの文を渡して、代わりに品を受けとってこい」

「品、とは？」

「容《い》れ物はわからねえが、たぶん壺《つぼ》か甕《かめ》だろうな。これからすぐに行ってくれ」

かしこまりました、と竹内が応じ、格子の隙間から文を受けとって座敷を辞した。

「松吉、おまえは当分、天文方に詰めろ」

「浅草にある天文方でやすか？」

「そうだ。天気や風向きは、何よりの大事だからな。逐一、ここに知らせろ」

「へい、わかりやした」

応じる松吉を横目で見ながら、辰次郎はおそるおそる手を上げた。自分だけが、何も役目を与えられていないからだ。

「あのお……おれは、飯当番だけでいいんですか？」

「飯運びは、金春屋に任せる。喜平にそう伝えておけ。辰次郎、てめえには、とってきの役目を果たしてもらう」

吊《つ》り上がった細い目が、さらににんまりと細められ、それだけで首筋に巨大なナマコでも落とされたような悪寒《おかん》が全身を這《は》いまわる。いざ、その役目を明かされて、辰次郎は血の気を失った。

「親分はおれに、死ねと言うんですか！」

「死ぬか生きるかは、てめえしだいだ。急がねえと間に合わねえぞ」

「ムリムリムリ！　絶対ムリです！　たとえ一年かけたって、おれにはとうてい……」

ふり向いた木亮が、ぽん、と辰次郎の肩を叩いた。

「心配すんな、辰公。骨は拾ってやるからよ」

木亮だけではない。気づけば兄貴分たちがふり返り、らしくない同情のこもった眼差《まなざ》しを向けていた。


「親分に嫌われていたのは知ってたけど……いつだったか、はっきり言われたし。けど、そこまで疎《うと》まれていたなんて、何かショックだ……」

半泣きの体で、さっきからぼやきが止まらない。うなだれる辰次郎を挟んで、両側を歩く朱緒と松吉が、困り顔を見合わせた。

「思い込みですよ、辰次郎。お奉行はきっと、辰次郎ならやり遂げられると見込んで、この役目を課したのですよ」

「そうだぞ、辰次郎。いわば大抜擢《ばってき》だ！」

「だったら、松吉、代わってくれよ」

「え、いや……運痴なおれには、さすがに無理だろ」

涙目で見詰められ、松吉がおろおろする。牢屋敷を出て、三人は出島に向かっていた。

配下たちは各々《おのおの》の役目をこなすべく散っていき、朱緒はひとまず裏金春に戻り、ゴメスの着替えや入用の品々を整えて、再度小伝馬町に向かうという。松吉はこれから浅草の天文方に行かねばならないのだが、牢屋敷前でしょんぼりする姿を見るにみかねて、出島までつき合うと言い出した。

やがて出島が見えてきたが、辰次郎の足取りはいっそう重くなる。

「粟田様とご相談したき旨もありますし、私も出島に参ります」

辰次郎を慮《おもんぱか》っての朱緒の思いやりであろうが、今日ばかりは少しも心が浮き立たない。三人で出島の門をくぐり、辰次郎はしおしおと奉行所の裏手にまわる。ひとりで行かせるのも忍びなく、付き添いのふたりも後に従う。

奉行所の裏側には、白壁の蔵がずらりと並び、密貿易を企てた咎人《とがにん》からの押収《おうしゅう》品や、唐絵や壺など目利きに暇のかかる品々、出入国に関わる書類などが仕舞われている。その向こうは海になるのだが、蔵と海とのあいだには柵に囲まれた広い馬場がある。

太い丸太がびっしりと並べられた囲いは、柵というより、まさに檻のようだ。この広大な馬場は、たった一頭の馬のためのものだ。

ゴメスの愛馬、黒鬼丸である。

頭を立てると、実に八尺を越える。馬にしては異様と言えるばかかでかさで、さらにはとんでもなく気性が荒い。もとはこの馬場にも、多くの馬が飼われていたそうだが、片っ端から蹴り倒されて、専用馬場になったときく。

見てくれも中身も、飼い主そっくりだとの誉が高い――いや、悪名で名高い。

ゴメスより他に、誰も乗りこなせず、綱を外されたら最後、ひたすら突っ走る。どんな暴走車より危険極まりない代物で、まさかこの馬場に踏み込む日が来るとは、夢にも思っていなかった。

「辰次郎、てめえは、黒鬼丸を馴らせ」

ゴメスから命を受けたときは、意味さえくみとれず、辰次郎は目をぱちぱちさせた。

「馴らすって、どういう……」

「事が起きたとき、つまりは狼煙《のろし》が上がったら、てめえが黒鬼丸を駆って、ここへ連れてくるんだ」

ゴメス以外、人にも獣にも一切懐《なつ》かない。この獰猛《どうもう》な獣を乗りこなそうとすれば、首の骨が百本あっても足りはしない。

そびえ立つような丸太の柵を目にしたとたん、それまで抱えていた怖気が、かたまりになって押し寄せてきた。ぴたりと足がそこで止まり、どうしても前に出ない。

「やっぱり無理か……そうだよな。ここに入るくれえなら、小塚《こづか》っ原《ぱら》の刑場の方がましだもんな」

松吉は、慰めるように辰次郎の肩を叩いたが、その傍らから毅然《きぜん》とした声が言った。

「辰次郎、このお役目、私が代わりましょう」

「朱緒さま……」

「私も武士のはしくれ。馬なら多少の心得もあります。武家ではない者に任せるのは、本意ではありません。お奉行にお願いして、私が代わります」

決して建前なぞではない。朱緒と目が合って、本気なのだと察した。怖気とは違うものがわいてきて、口からとび出す。

「いえっ！　おれがやります！」

いくら武芸の心得があっても、朱緒はからだが小さい。朱緒を危ない目に遭わせるくらいなら、自分が百遍蹴られた方がまだましだ。

「おれがやります、朱緒さま。これは、おれの役目です」

鼻からすこぶる気合の入った息を吐き、両の拳をにぎる。

けれどその気合をかき消すような、呑気な声が背中からきこえた。

「めずらしいところで出会《でお》うたな。こんなところで、何をしておる？」

「粟田様！」

もうひとりの長崎奉行、粟田和泉守だった。かくかくしかじかと、三人が事情を語る。

ふむふむとひととおりきいてから、日向《ひなた》ぼっこでもするような顔で辰次郎を見上げた。

「それなら、右馬助《うまのすけ》に頼むとよかろう」

「……誰ですか？」

「黒鬼丸の世話をしておる馬方でな。馬込より他は、右馬助しか近づけぬために、ひとりで世話をしておる。馬場におるはずだから、話を通してやろう」

ゴメスとは違って、いたって気さくな年寄りだ。自ら先に立って歩き出す。南北に長い柵の南の端に小さな潜戸《くぐりど》があり、粟田はその前で馬方の名を呼んだ。ほどなく潜戸が内側から開いて、少年が顔を出した。

「粟田のじいちゃん、また来ただか」

ちょっと迷惑そうに、濃い眉をしかめる。まだ幼さの残る顔立ちで、十五、六といったところか。小柄で、背は朱緒ほどしかなく、よく日に焼けて純朴そうな顔立ちだった。尻《しり》っ端《ぱし》折《よ》りに髷《まげ》も結っておらず、明らかに武家ではなさそうだが、そのわりに奉行をじいちゃん呼ばわりし、少しもかしこまったところがない。

「じいちゃんが来ると、丸の機嫌が悪くなるだで」

「こりゃ、嫌われたもんだのう。わしはあやつと、仲良うしたいのだがな」

「じいちゃんは、構い過ぎだで。柵の隙間から、乾草《ほしくさ》だの赤い布切れだのを見せて、丸をけしかけるだべ。丸は頭がいいだで、じいちゃんの声や気配をちゃんと覚えているだ」

「一頭きりでは、退屈だろうと思うてな。遊んでやっておるつもりなのだが」

丸というのは、黒鬼丸の呼び名らしい。ひとしきり文句を垂れられても、粟田はまったく気にするようすもなく、三人に馬方の少年を紹介した。

「先には右馬助の祖父が世話をしておったのだが、去年、腰を痛めての。孫のこの子が右馬助の名を継いだのじゃ」

「かように若い者が世話をしているとは、うかつにも存じませんでした」

と、朱緒が目を見張り、辰次郎も思わずたずねた。

「機嫌が悪いときは、蹴られたりどつかれたりしないんすか？」

「小っこい童の時分から、おらはずっと、うちのじっちゃんと一緒に馬場に通って丸を見ていたで。丸にとっては、いてあたりめえだから気にならねえだ」

ほおお、と思わず三人から、感嘆のため息がもれる。しかし粟田の口から、ここに来た理由を告げられると、今度は右馬助の方が思いきり呆れた顔をする。

「そっだら馬鹿なこど、できるわけねえだが。丸が乗り手と認めたが、馬込様だけだで。うちのじっちゃんやおらですら、背《せな》に乗せるなど丸には思いもよらねえだ」

黒鬼丸からすれば、ゴメスが誰よりもえらく、ふたりの右馬助は空気、後の者はそれ以下のようだ。この馬方の少年も、人の上下をまったく同じに見ているらしく、粟田のあつかいが軽いのもそれ故《ゆえ》だろう。

右馬助は渋ったが、辰次郎もさっきの覚悟を無駄にするつもりはない。

「それでも、親分がおれに命じたんだ。有事の折には、黒鬼丸を牢屋敷まで連れてこいって。親分が言うからには、どうしても黒鬼丸が必要になるはずなんだ」

「そういやあ、何のために馬が要るんだ？　いくら黒鬼丸の馬力でも、あの檻は壊せねえぞ」いまさらのように、松吉が思いつく。

「私にもわかりませんが、きっと深いお考えあってのことでしょう。辰次郎の言うとおり、何としても黒鬼丸をお奉行のもとに届けねばなりません。右馬助殿、なにとぞお願い申し上げます」

朱緒にも深々と頭を下げられて、右馬助が濃い眉を八の字に下げる。

「馬込様の下知じゃ仕方ねえ、手伝ってやるだ。ちょうど飯を食わせたばかりだで、丸の機嫌は悪くねえだ。試しに乗ってみるか？」

右馬助が潜戸に手をかけたとき、朱緒が一歩前に出た。

「私も……私も修練に加わりとうございます！　やはり配下の者だけに、過酷な任を負わせるわけには参りませぬ」

「うーん、女子《おなご》かあ。丸は女子好きだで存外悪くはねえだが、別の心配があるだでなあ。他の馬がいたころ、牡は足蹴にしていただが、雌馬には手当たりしだい襲いかかっていただ。お侍の姉ちゃんも、蹴られるより押し倒される心配をした方がいいだべな」

「朱緒さま、ダメです！　絶対に近づいちゃいけません！」

辰次郎が真っ青になり、必死で止める。しかし白い面差しには、固い決意が見てとれる。

「私が乗り手を乞うたのには、もうひとつ理由《わけ》があります。お奉行と辰次郎の、目方の差です」

たしかにゴメスと辰次郎では、かなりの体重差がある。軽い方が走りやすくはあるのだが、そのぶん馬の方にも御されているという感覚がなくなる。目方四十六貫という巨体の奉行しか乗せたことのない黒鬼丸には、辰次郎ひとりではあまりに頼りない。

馬は敏感な生き物だから、せめて重さが近い方が御されていることを思い出し、勝手気ままに猛進することを多少なりとも封じられるのではないか——。

馬術に覚えのある朱緒は、そのように主張した。

「おれと朱緒さまを合わせても、親分には全然届きません。朱緒さまが増えたところで、黒鬼丸にとっては、大福ひとつ載った程度です」

「女子に向かって大福とは、無礼でありましょう！」

ふたりのあいだで、しばし痴話喧嘩《げんか》めいたやりとりが続いたが、のんびりとした声がその場を制した。

「朱緒の言い分にも一理ある。柔術にも優れておるしの、落馬しても受け身がとれよう。よろしい、わしが許しを与える」

「栗田様、ありがとう存じます！」

奉行に達せられては、これ以上止めようがない。代わりに辰次郎が、ぐっと拳を握る。

「わかりました。朱緒さまの身は、おれがお守りします」

右馬助に連れられて、ふたりが馬場の内に消えるのを、にこにこと栗田が見送る。

「顔には出さぬが、朱緒は、辰次郎が案じられてならないようだな」

「へええ、そいつはうらやましい」

心配そうに見送った松吉が、初めて表情をゆるめた。

「松吉は、出島で仕事か？」

「いえ、おれも親分の言いつけで、これから浅草の天文方に向かいやす」

「それなら、途中まで一緒に行こうかの」

「栗田さまは、どちらに？」

「同じ奉行を務めていても、ゆっくりと話す機には存外恵まれぬからの。せっかくだから、わしも無聊《ぶりょう》をなぐさめにいこうかと」

「ああ、小伝馬町ですかい」

察した松吉は笑顔になったが、背後で太い嘶《いなな》きがきこえ、バキバキと木が割れる音が響いた。間髪入れず、ドドドドドと重い地響きが地面を揺らし、ギャーッと喚《わめ》く辰次郎の悲鳴が馬場の奥に向かって遠ざかる。

「ふうむ、どうやら乗せたとたんに馬小屋を蹴破って、馬場に走り出てしまったようだな。まだまだ前途多難よのう」

青ざめている松吉のとなりで、粟田はのんびりと他人事《ひとごと》のように呟いた。

「早《はえ》えな、ジジイ。もう来たのか」

粟田の顔を見るなり、ゴメスは嫌そうに顔をしかめた。

「いや、きさしにまさる立派な檻だな。またおまえさんには、ことのほかよう似合う」

「嫌味を言いにきたのなら、さっさと帰りやがれ」

土産の煎餅を、バリバリと嚙《か》み砕きながら悪態をつく。

「そう言うな。なかなかおまえさんと、じっくり話をする機会がないからの。少々、ききたいことがあってな……石出殿、しばし人払いをお願いできぬか」

粟田の背後には、ひとりの壮年の武士がつき従っていた。

囚獄と呼ばれる牢屋奉行、石出帯刀である。

長崎奉行の来訪を受けて、自ら案内に立ったが、檻が置かれた小屋の中には、見張りの者が他にも四人いる。

「牢はこのとおり、頑丈この上ない代物であるし、わしひとりでは動かしようもないからの」

「御意」

ひと言返し、無言で四人の見張りに目配せし、一緒に小屋を出ていった。

「相変わらず、クソ真面目《まじめ》な野郎だな」

囚獄の背中をながめ、その姿が消えると、ゴメスが呟いた。

「石出はいまの江戸では数少ない、本物の子孫であるからな。己の役目に、ひとかたならぬ誇りをもっておる」

「へええ、じゃあ奴は、江戸時代の石出帯刀の血を引いているというわけか」

石出家は、徳川家康が江戸に入府したときから、江戸幕府が倒れるまでのあいだ、代々囚獄を務めてきた。当主はすべて帯刀を名乗り、牢屋奉行を記した記録にも、石出帯刀という名しか出てこない。

牢屋奉行は町奉行の配下とされるが、罪人の引き渡しなどで長崎奉行も関わっている。顔を合わせたことはあるのだが、謹厳実直な上すこぶる無口な男で、ろくに口をきいたためしがない。

「ま、小うるさい上役よりは、よほどましだがな」

犬猿の仲の北町奉行のことだろう。ちくりと嫌味を吐いて、ゴメスは気になっていたことを先にたずねた。

「頼んでおいた手筈は、どうなった？」

「すでに上様より御上意が達せられておる。諸大名は急ぎ領地に早馬を送り、主だった旗本は府内におる家来たちをとりまとめにかかった。抜かりはないわい」

先般、本間悠生からの文により老中会議を開き、その内容は筆頭の田安から家盛に伝えられ、直ちに家臣らに上意として達しが下されたと粟田が語る。

「上様としちゃ新米のぺいぺいだし、ましてや春亥は頼りねえからな。田安のジジイより、紀州あたりをつけといた方がよかねえか？」

「紀州公よりもっと良いお方を、上様のお傍に置いた——清水公じゃ」

「清水っていや、あの女大名だろ？　跡を継いだのは去年だから、春亥とたいして変わらねえじゃねえか」

「上様と親しいというに、この手のことには疎いのう、寿々ちゃんは」

「その呼び方は、いい加減やめてくれねえか。毎度、虫唾《むしず》が走らあ」

ふたりきりのときにのみ、粟田はゴメスをそう呼ぶが、当人は迷惑がっている。さっさと先を話せとゴメスがせっかちに乞う。

「清水公はな、上様の想《おも》い人なのじゃ……ずっと前からな」

御三卿《ごさんきょう》たる田安、清水、一橋の上屋敷は、すべて御曲輪《くるわ》の内にあり場所もごく近い。いわばご近所に等しく、妻子や家臣なども親しく行き来している。

三代家盛と清水公は幼馴染のような間柄で、清水公・晴姫《はるひめ》の方がふたつ年上になる。

「幼い頃の家盛様は、晴姫様によう懐いて、実の姉のように慕っておった。家盛様にとっては初恋というわけじゃ。重《しげ》ちゃんはそれを承知の上で、粋な計らいをしたというわけだ」

重ちゃんとは、田安公綱重《つなしげ》のことだ。田安からきいた話を披露して、粟田は目を細めた。

今回の件は、いわば日本側が仕掛けてきた戦に等しい。家盛も動揺しており、緊張をほぐし、また発破をかける意味合いもあって、田安は清水公を傍に置いたという。

「どっちも家督を継いだんだ。いまさら傍に置いたって、どうにもならねえだろ。オオサンショウウオの交尾より、甲斐《かい》がねえじゃねえか」

「寿々ちゃんは文《あや》が無いのう。好きな女子の前では、精一杯頑張るのが男子というもの」

「精力剤みてえなもんか」

「もう少しまし な喩《たと》えにしてくれんかの」と、粟田が苦笑を浮かべる。

ゴメスはぐびりと酒をあおり、長煙管《ぎせる》から盛大に煙を吐いた。牢の中での暮らしぶりには、日本側から特に注文はつけられていない。酒も煙草《たばこ》も存分にさし入れられていた。

「で、ジジイ、用件は？　前振りにつき合うほど暇じゃねえんだ」

「十分暇そうに見えるが、まあいい……十助から知らせが来てな」

「そいつを早く言わねえか！　で、どうだった？　調べはついたのか？」

うむ、と粟田は、小さな白髪頭を縦にふった。

「本間の手紙を投函《とうかん》した記者仲間と接触し、話をきくことができたそうだ。色々と仔細《しさい》がわかってな、本間が最初に裏を取ろうとしたのは、垂水の研究盗用についてだそうだ」

「何だって、あんな昔話を追う気になったんだ？　とっかかりはどこだ？」

「開化堂へのたれこみだ——垂水流、本人からのな」

「垂水当人からだと？　いまさら気持ち悪いな。贖罪《しょくざい》のつもりか？」

迷惑だと言わんばかりに、ゴメスは大きな口を歪《ゆが》めた。

本間の手紙の前半には、垂水流とゴメスが関わった、研究盗用の真相が書かれていた。

「垂水についちゃ、むしろどうでもいいんだがな。十年も昔の話を、いまさらほじくり返して何になる」

「だが、あの話なら、わしも興味があるぞ。なにせ寿々ちゃんと初めて会《お》うたのは、あの学会であったからな。ほれ、野次に立腹し、演台を叩き壊した、あのときよ」

よほど面白い見世物だったのだろう、くつくつと、粟田が思い出し笑いをする。

木端微塵《こっぱみじん》になった演台を残して、ゴメスはさっさと会場を後にしたが、出口のところで呼び止められた。それが粟田秀実であり、当時は外国奉行をしていた。

「そういや、こっちもきかず仕舞いになっていたが……あんときジジイは、どうしてエネルギー学会なんぞに顔を出したんだ？」

「あの学会は、ミレットが協賛していてな」

と、粟田は、かつて自身が創業した会社の名を出した。外国奉行は、他国との交渉や視察が主な役目だが、交渉相手は政府だけではない。ミレットホールディングスや、またお甲が起業したＫＯＪＵ《コージュ》グループなどの大企業もまた、大事な取引先である。

　いくら自給自足を旨としても、江戸では生産できない、あるいは生産量が限られる品々がある。珈琲《コーヒー》や香辛料、綿や鉄などは良い例だ。それらは日本の企業を通して江戸国が輸入しており、ミレットは食材の、ＫＯＪＵは綿の輸入に関わっていた。逆に職人技を駆使した日本刀や工芸品の輸出にも、商社などが仲買役を務める。

　これら大企業の後押しや後ろ盾があってこそ、江戸国は三十年余続いてきたのである。

　粟田は十一年前、外国奉行として古巣のミレットを訪ね、当時のＣＥＯに誘われて学会に同行した。そしてゴメスという、あらゆる意味で規格外の人物に遭遇した。

「実はな、馬込寿々という名は知っておった。初代様から、きいておったからな」

「ああ、そういや、馬込のババアと親交があったらしいな。もっともおれは、初代とやらに会ったこともねえが」

「馬込律《りつ》博士も、江戸国に賛同しておったからな。建国前に亡《な》くなられたのは、かえすがえすも残念だった。律博士のこともあったが、要はおまえさんをすっかり気に入ってしまっての、客人として江戸に招待した」

ゴメスは誘いに乗って江戸を訪れたばかりか、そのまま居続ける形で江戸人になった。

「まあ、研究のたぐいにもそろそろ飽きがきていたし、殊《こと》にあの頃は、周りの騒がしさに嫌気がさしていたからな」

「飽いて嫌気がさしたのは、研究ではなく世間ではないか？」

「見透かしたようなことを言うない。食えねえジジイだぜ」

ゴメスは毒づいたが、当時から粟田は気づいていた。学会も日本も、世界ですらも、ゴメスには狭過ぎる。倫理や常識、そして法律が、網の目のように張り巡らされて息苦しい。

垂水流の研究を盗用したとの疑いをかけられて、その面倒や不快感は決定的になった。

「あの始末はいわば、おまえさんが江戸人になった大本であるからな。十助も真実《まこと》を見極めたかったのだろうて」

垂水流は、研究を盗用したのは自分だと認め、一切の経緯《いきさつ》を本間悠生に語った——手紙には、その模様が詳述されていたが、ゴメスにとってはいまさらだ。

「んなこた、とっくの昔にわかってんだよ！　こちとら盗まれた側だからな。研究が被《かぶ》るのはよくある話だが、実験の手順まで同じとは、あからさまが過ぎるからな」

「しかし垂水も最初のうちは、盗用だとは夢にも思っていなかったそうだな。そればかりは本当だろうて」

垂水に研究をもちかけたのは、所属していた国立研究開発法人の理事長である。資金繰りに詰まったさる研究機関から、研究の引継ぎを依頼された――との方便で資料を渡され、思いもつかない斬新《ざんしん》な着想に、垂水はたちまち魅了された。資料をもとに熱心に研究に勤《いそ》しんだが、スムーズに進まないことも多々あった。研究においてはむしろあたりまえであり、さまざまな方法を試して模索することが研究の本質だが、不思議なことに、行き詰まるたびに新たな資料が出てきて、理事長の手から渡される。

それが度重なるうちに、垂水も疑問をもつようになり、理事長に詰め寄って真相を知らされた。

『君に渡したのは、第三国の研究機関から極秘に入手したデータだ。国名は口にできないが、日本を含めた西側各国とは対立している、とだけ言っておこう。これが実用化されれば、向こうがどれほど優位に立つか、君にもわかるだろう。逆にこちらは、燃料供給や宇宙開発において、大きく出遅れることになる』

その損失は計り知れず、東西のバランスが崩れれば、世界平和すら脅《おびや》かされる――。

研究の停止を申し入れた垂水に、理事長は食い下がった。事はすでに一研究の盗用で済まされる域を超えており、国家間の開発戦争と思ってほしい。たとえ垂水が拒んでも、他の所員が引き継ぐだけで、ここを辞めても垂水の研究者としての道は閉ざされる――。

「垂水もずいぶんと悩んだそうだが、進む以外になかったのであろうな」

だが盗用は、研究者における最大の禁忌《タブー》であり、何よりの屈辱でもある。やる気を失うのも当然で、進みは捗々《はかばか》しくなく、数値をごまかし結果を改ざんし、あの学会に挑む羽目になった。

「同じ研究でありながら、実用化の成否において、寿々ちゃんとは違うこたえが出たのはそういうわけだ」

「その辺もどうでもいいんだが……どうして垂水はいまになって、記者に明かしたんだ？」

「いまだからこそ、語る気になったのではないか？　どのみち垂水には、失うものはなかったからな」

学会から五年後、今度は垂水が世間の非難の的となり、それがきっかけで妻子とは別れ、親族との行き来も絶えた。

「案外、先へ進もうとしたのかもしれん。過去の過《あやま》ちという、軛《くびき》を断ち切ってな」

本間はこの事実を、公表するつもりでいた。垂水はすでに了承済で、後は被害者側の言質《げんち》をとるだけだ。できれば直《じか》に会って取材をさせてほしい――本間はゴメスへの手紙にそう書いてきた。

「で？　十助は何か、新しい話種を仕入れたのか？」

「うむ、重大な事実がわかった。垂水がいた研究法人には、印西茂樹が深く関わっておった」

ゴメスの目がギラリと光った。国立の研究法人だけに、表に立つのは理事長だが、その長は当時、文部科学大臣であった印西である。

「本間はおそらく印西の周辺を探るうちに、白緑石と江戸の関わりを摑《つか》んだのだろうて」

「それを記事にしようとして、ふたりそろって事故でお陀仏《だぶつ》か」

「ただ、記者仲間の話では、追いかけていたのは印西ではなく、その先だと……本間がそう漏らしていたそうだ」

「その先……？　政治絡《がら》みのネタか？」

「いや、本間が得意とするのは、政治ではなく経済だ。おそらくそちらに関わる特種だが、そればかりは仲間にも一切明かさなかったと」

「とっかかりは垂水で、白緑石はいわば副産物。本間の狙《ねら》いは、別にあったというのか」

「ふたりの事故死と印西の死が、繋がるかどうかもわからぬが……もしも三人目となれば、あまりに容赦がないのう」

「こいつは俄然《がぜん》、面白くなってきたじゃねえか」

獲物でも見つけたように、吊り上がった目をにんまりと細めた。


「行きますよ、辰次郎」

「はいっ、朱緒様」

朱緒の白い顔は、これから化け物退治に向かうがごとく、青白い緊張をはらみ、その背後に控える辰次郎もまた、砲弾がとびかう戦場へ赴くような悲壮な決意が漂っている。

「よおしよし、丸。いっぱい食えよ。今日は好物の大麦とリンゴだぞ」

馬方の少年、右馬助が声をかけながら、そろそろと後退する。全身を黒光りさせた巨体の馬は、特大の飼葉桶《おけ》に顔を突っ込んで、餌《えさ》をむさぼり食っている。

厩舎《きゅうしゃ》ではなく、わざわざ馬場に引き出して餌を与えているのは、乗馬訓練のためである。餌でいっとき気を逸《そ》らさないと、背中に乗ることすら困難なのだ。

「うお、ボロッボロだな。今日は何回落馬したんだ？」

ここ数日、裏金春に帰るたびに、同じ言葉をかけられる。

「五回、までは数えてたんすけど、あとはわかりません、木兄ぃ」

「辰公にくらべると、朱緒さまはまだ傷が浅《あせ》えし、着物もさほど破れてねえな」

「朱緒さまは柔術が得手だからな。落馬の折にも、受け身がとれる」

寛治の言い分に、まあ、そうか、と木亮がうなずく。辰次郎はすでに、ボロ雑巾《ぞうきん》の厚みすらなくなって、ちぎれた端切《はぎ》れのようなありさまだ。飯を食う気にすらなれず、そのまま畳に突っ伏した。

「にしても、いくら役目とはいえ、こいつが朱緒さまとべったり引っついてやがると思うと、むかっ腹が立ってしようがねえや」

「……何なら、代わりますか、木兄い」

「いや、おめえの鍛錬を無下にするのもかわいそうだしな、遠慮しておく」

木亮は早々に逃げを打ったが、反論する気力もない。頰を畳にくつけたまま睡魔に引きずり込まれそうになるのを無理やり起こされて、飯を詰め込まれた。

訓練もすでに四日目というのに、からだに生傷が増えるばかりで、黒鬼丸との友好関係《コミュニケーション》は進展する兆《きざ》しすらない。思わず大きなため息をつくと、朱緒から叱咤《しった》の声がかかった。

「辰次郎、弱気になってはいけません。恐れや怯《おび》えといったものには、馬はひときわ敏《さと》いものです。大きな怪我に繫がりかねません」

小柄な朱緒が、しゃんと背筋を伸ばし、巨大な馬と対峙《たいじ》するさまは、いつでも辰次郎に勇気をくれる。というより、この最大最悪の試練に立ち向かうための、唯一《ゆいいつ》の命綱が朱緒だった。きりりとしながらも、可憐《かれん》な横顔がとなりになかったら、間違いなく初日で落伍《らくご》していた。毎日夕刻に馬場を出るころには、金輪際ここへは来るもんかと固く決心するのだが、翌朝、朱緒の顔を見ると、今日一日だけ頑張ろう、となけなしのやる気が辛《かろ》うじてわいてくる。

「頼むから、首の骨だけは折るんじゃねえぞ。あのでかい蹄《ひづめ》に踏みつけられて、内臓破裂も勘弁してくれよ」

心配性の松吉は、辰次郎のからだを誰よりも心配し、毎晩、寛治とともにせっせと傷の手当てをしてくれた。

ちなみに朱緒の傷は、金春屋のお駒とお春が見てくれる。辰次郎にくらべればかすり傷程度だが、

「嫁入り前だというのに、こんなに傷を増やして……せめて顔だけは、しっかりと庇《かば》うんだよ」と、女性らしい忠告を受けていた。

黒鬼丸が唯一気を抜くのは、餌を食べているあいだだけだ。飼い主同様に恐ろしく食い意地が張っていて、しかも美食家《グルメ》だ。干し草は香りのよいものしか受けつけず、燕麦《えんばく》やトウモロコシよりも栄養価が高い大麦を好んで食べる。ニンジンやリンゴは馬にとってはおやつであり、黒鬼丸がいっとう好きなのはスイカだと、右馬助からきいていた。あいにくと冬場のいまでは手に入らず、大麦とリンゴに、特上と誉の高い、水戸藩の干し草を与えている。

黒鬼丸が食事に夢中になっているあいだに、素早く背中にとび乗るよりほかに、いまのところ騎乗の手段すらないのである。

飼葉桶に気をとられている黒鬼丸の斜め後ろから、気配を殺してふたりが近づく。

江戸の武家は概《おおむ》ね、古来から伝わる木に漆を塗った鞍《くら》を使っているのだが、中には西洋乗馬に使われる革製の軽い鞍を好む者もいる。ゴメスもやはり黒革の鞍を愛用しており、大ぶりの座布団《ざぶとん》くらいはある代物だ。ふたり乗るには好都合だが、背中に異変を感じたとたん、黒鬼丸は直ちに走り出す。最初の二日は、ふたりが鞍上《あんじょう》に並ぶことさえできなくて、また足を乗せる鐙《あぶみ》は一人分しかない。最初は朱緒に譲っていたが、あまりの落馬の多さに閉口し、急遽《きゅうきょ》鞍師に頼んで、もうひと掛けつけてもらった。

「どうせ鞍師に頼むなら、兄《あん》ちゃんと姉ちゃんの脚に合わせて、力革《ちからがわ》の長さを変えてもらえばいいだ。力革は長めにした方がいいぞ。深く座った方が、少しは落ちにくいだで」

力革とは、鞍から鐙を吊るす革紐《ひも》のことだ。膝《ひざ》を曲げず、脚が真下に下がるくらいの方が、深く騎乗できると教えてくれたのは右馬助だった。

背の低い朱緒では、鐙に足を掛けることさえ至難の業のはずが、実に軽々と騎乗する。朱緒と息を合わせ、辰次郎はほぼ同時に後ろの鐙に足をかけ、その左足と鞍を摑んだ右手でからだをもち上げて、黒鬼丸にまたがった。

密着した胸から伝わる朱緒の背中の温《ぬく》もりや、鼻先をくすぐる甘いにおいに、うっとりするのは、ほんの一瞬だ。

騎乗したとたん、太い嘶きとともに、飼葉桶を蹴《け》散《ち》らしながら黒い馬が猛然と走り出す。ふたりがかりで手綱を握っていても、御することなどまったくできない。ただ朱緒に覆《おお》いかぶさるようにして手綱を握りしめ、ふり落とされぬよう馬体をはさむ両の腿《もも》を懸命に締めて、舌を噛まぬよう歯を食いしばっているだけだ。

あくまで体感だが、時速七、八十キロは出ていそうだ。真冬の高速道路をオープンカーで走っているようなもので、吹きつける寒風で目玉がいまにも切れそうだ。涙が止まらず、目を開けていることすら辛《つら》い。最初は股《こ》間《かん》が当たるのではないかと、そんな呑《のん》気《き》な心配もしていたが、馬上では完全に縮み上がっていて、まったくの杞《き》憂《ゆう》だった。

前にいる朱緒は、寒さも恐怖も辰次郎以上だろうに、弱音はもちろん、顔に不安を出すことすらない。

この人は、侍なんだな――。

感嘆とともに、一抹の寂しさがよぎる。こんなに近くにいるのに、手が届かないような。黒鬼丸と一緒に、朱緒だけが先に駆けてゆき、自分だけがとり残されてしまうような、そんな錯覚にしばしば陥る。

ぼんやりとそんなことを考えていると、「辰次郎！」と朱緒の声がとんだ。

手綱の感触から察したのだろう、とたんに馬が鋭く左に曲がる。直前に朱緒が右にからだを倒し、辰次郎もそれに倣《なら》ったために、辛うじてふり落とされずに済んだ。そんなことが二度、三度とくり返され、合間にはロデオよろしく、前足をふり上げ、後ろ足を蹴り上げと、カウボーイ顔負けの曲芸もはさまれる。

我ながら落ちないのが不思議なほどだが、手綱をとる手と両腿以外は、力を抜くのがこつだと学んだ。どんなに馬が傍若無人であろうと、できる限り呼吸を合わせ、無理に逆らわない。御するのではなく、自分たちもまた、馬のからだの一部になりきる。そんな感覚だ。

しかしそれも、長くは続かない。精も根も尽きかけたころ、ふたたび朱緒が叫んだ。眼前に、太い丸太の柵が見えた。黒鬼丸が後ろ足で立ち上がったくらいの高さがあり、その厚い壁がみるみる迫る。腹立ちまぎれに、柵に体当たりするのがこの馬の常套《じょうとう》で、そのまま手綱を握っていては、前方に放り出されて丸太に激突する。

朱緒の声にはっとして、急いで鐙から足を外す。気を抜けば、そのまま真後ろに落とされて、巨大な蹄で蹴り殺される。辰次郎は左足をもち上げて、素早く鞍の上に置く。何十回も落とされたあげくに編み出した、必殺技ならぬ、もっとも怪我《けが》の少ない落馬の方法だ。逆に朱緒は、右足を鞍に乗せる。互いに反対側に落ちて、それぞれ受け身をとる方が危なくないのだ。

黒鬼丸が丸太に体当たりする、その一・五秒前を狙って、乗せた左足で鞍を蹴った。真横にとび出したつもりでも、黒鬼丸が前へ行くぶん、斜め後ろに投げ出される。できるだけ遠くに、滞空時間を長くとりながら、地面にぶつかる直前で、からだを丸めてころりと転がる。

厚めの綿入れと、頭にもやはり綿をたっぷり詰めた頭巾をかぶっている。それでも最初のうちは、肋骨《ろっこつ》をやられたのではと危惧《きぐ》するほどに胸を打ち、呼吸すらできなかったり、内臓がとび出そうなほど腹を打ったこともあった。

ひとまず安全な落馬だけは身につけたものの、御するまでにはほど遠い。焦《あせ》りと落ち込みがない交ぜになって襲ってきたが、ここではそんな暇すらない。

「辰次郎、どこか打ちましたか？」

「いえ、朱緒さま、大丈夫です」

慌《あわ》てて立ち上がり、地震に近い揺れをからだに感じながら、たったひとつきりの馬場の出口を目指す。ずしんずしんという重い地響きは、興奮した黒鬼丸が何度も丸太に体当たりをかませるからだ。それに飽きると、今度は馬場にある障害物、いや、目障《めざわ》りなゴミという程度か——ともかくふたりに向かって突っ込んでくる。

「おーい、丸が向きを変えただで、急がねば間に合わねえぞ」

出口と同じ方角にある厩舎の前から、右馬助が声をかけてくれたが、その姿はまだだ

いぶ遠い。正直、言われなくてもわかっている。馬といえばパカパカだと、これまで辰
次郎は思ってきたが、そんな軽やかさはどこにもない。ずどどどど、という戦車なみの
重厚さを伴って、背後から凄《すご》い速さで迫ってくるのが、ひしひしと肌で感じられるから
だ。
とうてい間に合わず、そのまま轢《ひ》かれる——もといはね飛ばされそうになったことが
幾度もあった。ただ幸いなことに黒鬼丸は、猪突猛進を体現している馬だ。ぶつかる寸
前に横にとんで逃げれば、そのまままっすぐ柵にぶち当たるまで方向を変えることがな
い。これもある意味会得したが、慣れるまではまさに命懸けだった。朱緒にとび退《の》く間
合いを計ってもらったり、右馬助が飼葉桶を頭上にもち上げて気を逸らせてくれなけれ
ば、間違いなく五、六回は、三途《さんず》の川の向こうまで蹴りとばされていた。
韋駄天にはおよばずとも、足の速さには自信がある。懸命に駆けたが、前にいる朱緒
を追い抜くことだけはしない。
「辰次郎、先に行きなさい！」
「いいえ！　それだけはできません」
「おまえは武士ではないのですから、他の者のために命を張ることはありません」
「たとえ武士じゃなくたって、男には男にしかできないことがあるんです！」
同様のやりとりは何度もなされたが、こればかりは辰次郎も譲れない。朱緒を置いて

自分だけ助かったりすれば、裏金春のみならず世間から一生後ろ指をさされることになろうし、それ以上に自尊心《プライド》の問題だ。

いざというときは、自分が朱緒の楯《たて》になる――。

この役目を引き受けたときに誓った、辰次郎のたったひとつの矜持《きょうじ》だった。

所作が落ち着いているから、こんな機会でもなければ気づかなかったろうが、朱緒も足はかなり速い。兎《うさぎ》のような軽やかさで前を行き、出口が近づいてくる。右馬助が扉を開けて、早く早くと催促する。

朱緒が、次いで辰次郎が出口を抜けて、右馬助が扉を閉めた。ほぼ同時に、どおん、と雷が落ちたような音がとどろいて、頑丈な丸太の柵《さく》がみしみしと悲鳴をあげた。

「やんれやれ、この調子だば、この辺の柵はとり替えねばならねえな。とてももたねえぞ」

腹立ちまぎれか、黒鬼丸は飽きもせず、柵の向こう側から何度も体当たりをかました。

その頃、黒鬼丸の主人たるゴメスは、ひとりの客を迎えていた。

「こんにちは、馬込博士。思いのほかお元気そうで、何よりです」

評定では常に着物を着ていたが、今日は上品な黒いコート姿だった。襟と袖口《そで》には、銀色の模造毛皮《フェイクファー》をあしらい、同色の革の手袋をはめていた。

「何だ、まだ江戸にいやがったのか。視察団はとっくに江戸を出たときいていたがな」

「一度、日本に戻りましたが、プレゼントがお気に召したかどうか確かめたくて」

ふたたび入国したと、万里亜・ネオはプラスチック・スマイルを張りつけて語る。

「思ったとおり、よくお似合いね。とても高価なんですよ、その檻《おり》は……材料も選りすぐって、あなたのために特注しました」

やたらとピカピカした銀色の檻について、詩でも口ずさむようにネオが語る。

「知ってるよ、こいつの製造元は、てめえのいるNEXEだとな。さしずめ電子錠の鍵として、生体認証を登録したのもてめえだろ？」

「ええ、そのとおり。私以外は誰も、この電子錠には反応しません」

客を案内して脇《わき》に控えた石出帯刀が、ネオに視線を当て、眉《まゆ》をひそめる。

「つまり、てめえが二度とここに足を向けなけりゃ、おれは一生ここから出られねえと」

「父を殺されたのですから、できれば死刑を望みたい。ですがすでに日本では、実質上、死刑は廃止されたに等しいので」

法としては残っており、死刑の判決は未《いま》だに下されるが、ここ数十年、一度も刑は執行されていない。死刑は世界では非人道的とされ、行使する国はごくわずかだ。先進国を謳《うた》いながら、何故《なにゆえ》か死刑制度だけは根強く残っていた日本だが、各国から批判を受けて、判決は死刑でも実質は終身刑という、中途半端《はんぱ》な仕儀に至った。

「江戸では逆に、終身刑はないときききました。近いのは島流しだそうですが、あなたには適用が難しいと」

流人《るにん》島は食事が不味《まず》いだけに、ゴメスが早々に暴れ出すのは目に見えている。ゴメスがその気になれば、流人たちを率いて島を脱走しかねない。

「この電子錠なら、牢屋《ろうや》敷《しき》内で終身刑が叶《かな》う……そういうわけか」

「被害者遺族としては、精一杯の温情のつもりです。どうかこの牢の中で、自らの罪を悔いてください」

ふふ、とゴメスが笑いをこぼし、たちまちのうちに大きな哄笑《こうしょう》となった。ゴメスが声を立てて笑うなぞ、裏金春ですら滅多にない珍事だ。石出だけは顔色ひとつ変えなかったが、牢の見張りについていた配下の同心たちは、恐ろし気な声に思わず身を縮ませる。

「何がおかしいの？　父を殺しておいて、罪の意識すらないというの？」

万里亜もまた、それまでにないきつい眼差《まなざ》しを、檻の中に向ける。それには応《こた》えず、ゴメスは牢屋奉行に言った。

「石出、少しばかり外してくれねえか。こいつとふたりで話がしてえ」

「罪人に、指図される謂《いわ》れはない。しかるに客人に乞われれば、やぶさかではないが」

真面目な顔を、万里亜に向ける。わずかに躊躇《ためら》いを浮かべたが、万里亜はうなずいた。

石出と配下が出ていくさまを確かめて、ふたたび視線をゴメスに戻す。

「では、お話いただけるかしら？　何がそんなにおかしいのか」

「おいおい、せっかく人払いをしたんだぜ。いい加減、本音を語っちゃくれねえか」

「本音？　いったい、何のことです？」

「てめえは印西が殺された現場にいた。真犯人が誰なのか、先刻承知してんだろ？」

万里亜は応えず、用心深くゴメスを見詰める。

「おれにはまったく関わりがねえ奴《やつ》で、ましてやおれの配下でもねえ。知っての上で、嫌がらせを仕掛けた」

「嫌がらせ、ですって？」

「印西からきいたが、子供時分に会ったことがあるそうだな？　おれはてめえのことなぞ、まるっきり忘れて……いや、覚えてすらいねえ。それが気にくわなくて、意趣返しを企てたか？　親父《おやじ》の死を利用するとは、性根の悪さはおれといい勝負だな」

絶えず浮かべていた硬質な微笑が、すっと万里亜の顔から剝《は》がれ落ちた。

一重の両の目尻《めじり》が、にわかに吊《つ》り上がったように見え、狐《きつね》のような目がゆっくりと細められた。その目は驚くほど、ゴメスに似ていた。

「いい加減、その下品な口を閉じてちょうだい、馬込寿々」

「ようやく本性を出しやがったか。これで腹を割って話ができらあ」

「あなたと本音で語る気なぞないわ。この世でいちばん嫌いな相手だもの。私が昔、何よりも嫌悪《けんお》したのは、あなたの鈍感さよ。性格は最悪で、外見は不気味。短所の塊のくせに、大手をふって我が道を行く。その厚顔無恥が、何よりも信じ難かった」

「裏を返せば、てめえは人の目が気になってならねえってことだろ？　他人の評価でしかてめえを計れねえ。クソにもならねえ自尊心ばかりが山のように高くて、中身はスカスカだ。欲しいのは、権力か人気か承認欲求か？　てめえの親父にそっくりだな」

「私は、父とは違うわ」

低い声には、感情の欠片《かけら》もない。人形かアンドロイドを思わせる冷たさだ。

「日本のため、日本人のため。父は最後まで、日本という小さな島国から出られなかった。経済も科学も、とっくに地球規模《グローバル》になっているというのに、あの国粋主義だけはいただけない。あれが政治家の限界ね。ましてや――」

くく、と喉《のど》の奥から笑いを漏らした。口許《くちもと》は微笑《ほほえ》んでいるのに、目は笑っていない。

「ましてや江戸国なんて、時代錯誤も甚だしい。目障り以外の何物でもないわ――馬込寿々、あなたのようにね」

「ひとまずおれを、まんまと嵌《は》めて満足か？」

「どうかしらね……私は欲が深いから。こればかりは、父に似たわ」

ゴメスは何も言わず、万里亜が両手に嵌めた、革の手袋をながめている。視線をさえぎるように、万里亜・ネオは腰を浮かせた。

「ひとつ教えてくれ。檻の据え付けに来た者からきいたが、この檻の材の元となったのは、通称Ｉ合金《イオタ》だそうだな？」

「ええ、そうよ。それが何か？」

「いや、そいつを確かめたかっただけだ」

いまの問いに、どんな意図があるのか。訝《いぶか》しむような視線を注ぐ。

「私は二度と戻らないけど、どうぞお元気で」

「おれも二度と会いたくねえが……ただ、案外てめえの方から、おれを懐かしんで訪ねてくるかもしれねえな」

「あり得ないわ」

硬質な笑みを上品にまとわせて、万里亜は牢小屋を出ていった。


「よかった、辰次郎、今日も生きてたか」

「ここんとこ、命の有難みを、日々実感しているよ」

ほっとした顔をして、松吉は懐《ふところ》から一通の手紙を出した。馬場にいる辰次郎に、届けに来たようだ。

「滝名村《すくな》から、便りが来てな。早馬で届けられたから、急いでもってきたんだ」

「わざわざ、早馬便で……？」

早馬便とは、要は速達のことだ。漉名村は十助の故郷であり、辰次郎の父親の辰衛《たつえい》が暮らしている。辰衛は肝臓を患《わずら》い、長くないと宣告されたが、江戸に入国してからは小康状態を保っていた。いまは十助の弟の清造《せいぞう》が、父の面倒を見てくれている。これまでも折々に、漉名村からは便りが届いていたが、早馬を使うのは初めてだ。筆跡が父ではなく清造の筆であることも、嫌な予感を助長させた。

封筒代わりの包みから出して、縦書きの手紙を開く。清造は百姓とは思えぬ達筆だが、辰次郎への配慮であろう、読みやすい楷書《かいしょ》でしたためられていた。

「何て書いてあるんだ？　親父さんは、達者なようすか？」心配そうにたずねた。

松吉も、辰衛の病状は承知している。だからこそ出島に届けてくれたのだ。

「親父が、危篤《きとく》だって……」

自分の肉親のことのように、松吉は驚愕《きょうがく》を露《あら》わにした。よけいな慰めは口にせず、性急に言った。

「辰次郎、すぐに漉名村に帰れ」

「……もう、間に合わないかもしれない」

「いまなら、まだ間に合う！　早馬で届いたから、手紙は昨日の日付だ。せっかく馬に乗れるようになったんだ、途中まで馬を使え。竹内さまに頼めば、手配してくれる。いまからすぐに……」

「……いまは、帰れない」

「何言ってんだ、辰次郎！」

「親分がいない上に、いつ何が起こるかわからない非常時だ……何より、朱緒さまひとりに黒鬼丸を押しつけることはできない」

「後のことは、おれたちで何とかする！　代わりの乗り手を見つけて……何なら、おれがおまえの代わりに乗る」

「松吉じゃ、無理だ」

「辰次郎！　おまえは親父さんのために、この江戸に入国したんじゃねえか！」

たしかに、そのとおりだ。まだ二年も経《た》っていないというのに、日本で辰衛の病室を見舞った日のことが、遠い昔に思える。たぶん、病室の窓から見えた空のせいだろう。そのときの思い出は、灰色がかっている。

両親が離婚してからは、ずっと疎遠《そえん》だった。父の頼みをきいてやる義理などなかったはずが、生きていくための嵩《かさ》を、支えとか居場所とかしがらみとかをごっそりと削《そ》ぎ落とされて、瘦《や》せ衰えた姿を目にしたら、断わることができなかった。

半ば嫌々、江戸に来たのに、思いがけず大切な場所になった。

松吉と奈美がいて、十助や朱緒や裏金春の兄いたちがいて、そしてゴメスがいた。飯屋の喜平一家に奉行の粟田、竹内や佐久間ら出島の役人たち。誰もが辰次郎にとって、なくてはならない大切な人になった。

それを誰よりも喜んでくれたのは、他ならぬ辰衛だ。

「村を出るとき、親父と約束したんだ」

「約束って、どんな？」

漉名村を立つ、二日前。今年の正月だったから、かれこれ一年ほど前になる。

冬場にしては暖かく、辰衛の具合も落ち着いていた。漉名村に移ってからは、病の影はみるみる薄くなり、寝たり起きたりの生活ながら、看病すら必要ないほどに回復した。

辰次郎は夏から秋にかけては清造の田畑を手伝っていたが、冬は農閑期になる。近くの忍術道場に通っていたものの、少々暇をもてあましていた頃だった。

「辰次郎、日本に帰りたいか？」

日当たりのいい縁側に並んで座り、雪化粧した庭をながめながら、ふいに父が言った。

漉名村は山間《やまあい》にあり、雪は降るが、さほど積もらない。縁先には百姓家らしいだだっ広い庭が広がるが、父の部屋に近いひと隅に、こんもりとした緑の葉叢《はむら》がある。その鮮やかな緑に、雪のぼんぼりを灯《とも》したかのように、白い山茶花《さざんか》が咲いていた。

「大学も休学させたままだし、お義父《とう》さんやお義母《かあ》さんも待っているだろう。帰りたいなら、帰っていいぞ」

辰衛が言ったのは、母方の祖父母のことだ。父とは絶縁状態だが、辰次郎のことは可《か》愛《わい》がってくれる。とはいえ、ふたりともすこぶる達者で、平均寿命を考えると、あと十年くらいは介護の心配もなさそうだ。

「じいちゃんとばあちゃんは、まだまだ大丈夫そうだし、大学もなあ……いまはまだ、ぴんとこない感じかな。大学行くくらいなら、違うことやりたいし」

「何だ？」

「いまは、裏金春に戻りたいかな」

「そうか！」

ふり向いて、笑った。あのときの父の顔は、ちょっと忘れられない。あんなに明るい父の笑顔は初めてだった。同時に、父の思いが伝わってきた。辰衛にとっては、この江戸こそが故郷であり、得難い居場所なのだ。頭ではわかっていたが、その気持ちを心の底から汲《く》みとれた――そんな気がした。

焦《こ》がれていた大好きな土地に、息子が留まりたいと望んでくれた。それが父には、どうしようもなく嬉《うれ》しくてならなかったのだろう。

「だったら、おまえは裏金春に戻れ。おれのことなら心配ない。病状も落ち着いているし、清さん一家にもさほど迷惑にはならんだろう」

「でも……」と、後の言葉をのみ込んだ。

御府内から漉名村までは、歩き通しに歩いても一日半はかかる。万一、父に何かあれば、清造から知らせを受けてすぐに駆けつけても、間に合わないかもしれない。

辰次郎の胸中を察したのか、辰衛はまた、山茶花に目をやった。桜のように一時《いっとき》には咲かず、花の少ない晩秋から初冬にかけて、長いあいだ咲き続ける。

その至って潔《いさぎよ》くないところが良いと、辰衛は口にしたことがある。

人の一生は、あでやかに咲いてぱっと散るものではなく、たとえ他の花々と時期が外れていようと、雪や寒風にさらされようと、しぶとく花をつける山茶花に倣う方が幸せだと、そんなことも言っていた。そういう逞《たくま》しさに欠ける、自分の後半生を、自戒しての言葉かもしれない。

「十さんやおまえのおかげで、ここに連れてきてもらえた。このまま、江戸の土に還《かえ》ることができる――それだけでおれは満足だ」

「親父……」

「おれはもう、これ以上は何もいらない。だから辰次郎、おまえもこれから先は、おれに構うことなく好きに生きろ」

「好きにって……そんなこと急に言われても……」

「自分がすべきこと、できることを、懸命にやれ。そうすれば、自ずと道は拓《ひら》ける」

それまでにない生命力のようなものが、父の横顔にはあふれていて、力強い言葉以上に、辰次郎を励ました。

「偉そうに言える立場じゃないが……後悔の多い人生を送ってきたおれの、最後のはなむけだ」

告げてから、照れくさそうに笑った。その顔は、やっぱりとても嬉しそうだった──。

「だから松吉、おれは漉名村には帰らない……親父も、きっとわかってくれる、喜んでくれる……いまはそう信じることにする」

「辰次郎……」

唇を引き結んで、泣くのをこらえた。

心優しい友人は、辰次郎の代わりに涙をこぼした。


辰次郎の気持ちを思うと、肩が落ちる。松吉はしょんぼりと、出島の門に向かった。

「やっぱりあいつを村に帰した方が……地蔵の頭がいれば相談できたものを。朱緒様には辰次郎から口止めされたし……あ、そうだ！　竹内様ならきっと……」

呟《つぶや》いたとたん、当の竹内の声が松吉の名を呼んだ。この侍の間《ま》の良さは、折紙つきだ。ふり返ると、奉行所の縁から竹内が声を張っていた。いつになく焦っているようすだ。

「松吉、よかった、出島におったのか。すぐに来てくれ！」

「どうしやした、えらく慌てて。そういや、名瀬さんやサンジが来たときも、いまみたいに慌ててやしたね」

「そのふたりが、いましがた船で江戸に着した」

「えっ？　だって先月末に、他の方々とともに江戸を出やしたよね？」

数えると、七日前になる。牢屋敷内に、ゴメスのための小屋が普請されていた頃だ。

サンジープ・クマールとは、たっぷりと別れを惜しみ、またきっと江戸を訪ねてくれと約束したが、さすがに早過ぎる。

「どうやら日本での手続きを踏まぬまま、小舟で江戸湊《えどみなと》に漕《こ》ぎつけたようだ。馬込様への目通りを願っているが、法度《はっと》に触れかねんからな。ひとまず御老中に伺いを立てることにしたのだが、クマール殿はおまえに会いたがっておる」

「わかりやした！　江戸湊なら、『お出入り役所』でやすね？」

「いや……『湊の養生所』だ」

行こうとした松吉が、え、と足を止めた。竹内の顔は、やや青ざめている。お出入り役所は、江戸湊で出入国を管理する。そしてその脇に立つ湊の養生所は、病の者が船待ちをする場所だった。

「養生所って、まさか……」

松吉が目を見張り、竹内はかすかに眉間《みけん》をしかめる。

「おそらくな……馬込様の予言に相違あるまい」

「どど、どっちが？　もしや……サンジですかい？」

竹内が、黙って首を横にふる。胸にわいたのは、安堵《あんど》ではなく悲しみだった。

出島の敷地を南側に抜けると、やがてお出入り役所に行き着く。そこからほど近い養生所に、竹内とともに駆け込んだ。

「サンジ！」

「マッキー！」

まるで一年ぶりの再会のように、ふたりがひしと抱き合う。腕を解《ほど》いたクマールは、涙目で訴えた。

「お願いです、彼を……ナッシーを助けて！」

「そのために、密入国したのか？」

「再入国申請した。でも許可下りなかったね。ナッシーには時間ない。病気になって眠れなくなった。三日のあいだ、まったく寝てない。これ以上眠らないと、死んじゃうよ！」

「落ち着かれよ、クマール殿！　ひとまず名瀬殿に、お引き合わせいただきたい」

動揺するクマールを、竹内が叱咤する。クマールはうなずいて、養生所の一室に案内した。六畳間の真ん中に床が敷かれていたが、使われた形跡はなく、薄暗い部屋の隅に黒い塊がうずくまっている。着物を頭からすっぽりかぶり、膝を立ててうつむいている。

「ナッシー、もう大丈夫。マッキーとタッキー、来てくれたね」

クマールが駆け寄って、励ますように声をかける。竹内は名瀬の正面に膝をついた。

「名瀬殿、卒爾《そつじ》ながらそれがしが、具合をお診立ていたします」

「タッキーは、医者なの？」

「いいえ、ただ前にも二度、同じことがあった故《ゆえ》、判じようは心得ておりまする。羽織物を、とらせていただきますぞ」

「待って！　私がするね。触るとひどくなるから。マッキー、手伝って！」

名瀬の左右にクマールと松吉が陣取って、そろそろと着物をもち上げる。

「あれ？　この着物の柄、覚えてるぞ。サンジが江戸で買った、大打掛だよな？」

江戸では高位の御殿女中が着るような代物《しろもの》だが、その派手な色柄を気に入って、高級品をあつから古着屋で何枚も買い求めた。

「イエス。化学織《ケミコーファイバー》維良くないね。症状ひどくなります。だから江戸の着物着せました」

「それって……静電気？　いや、化繊アレルギーか？」

呟きながら、名瀬の頭から大打掛を外す。名瀬は顔を伏せたまま微動だにせず、声も発しない。

「松吉、障子を開けろ。名瀬殿、寒かろうが堪《こら》えていただきたい」

南側を塞《ふさ》いでいた襖《ふすま》障子を開け放つと、一気に室内が明るくなった。

「名瀬殿、顔をお上げくだされ」

わずかに躊躇った後、ゆっくりと頭を起こした。先日までの科学者然とした風情《ふぜい》はどこにもない。眼鏡もかけておらず、それ以上にげっそりと憔悴《しょうすい》し、まるで別人だ。

首に何か巻いているのだろうか？　最初はそう思った。名瀬の首の右側が、不自然にふくらんでいたからだ。しかしそうではないと気づいたとき、松吉は慄然《りつぜん》とした。

「名瀬さん……それ……」

まるで数百匹の蜂《はち》に刺されでもしたように、首の半分が盛り上がった赤い発疹《ほっしん》に覆われていた。後頭部は髪の生え際《ぎわ》まで達し、耳から喉元までボコボコと不規則に波打つ。

首だけではない。着物の袖口から見える右手も、やはり真っ赤に腫《は》れあがっている。おそらく着物に隠れた右腕の全体に広がっているのだろう。ただ不思議なことに、手の甲だけは妙にきれいで、逆に掌《てのひら》はひどく爛《ただ》れ、まるで腐ってでもいるようだ。

「名瀬殿は、右利《き》きで間違いござらぬか？」

かすかにうなずいて、乾ききった口から声を漏らす。

「最初は、蚊に刺されたのだと思った。だが赤い斑点は、翌日には丸く盛り上がってきて、腕を這《は》い上がるようにどんどん増えていった……」

虫刺されや蕁麻疹《じんましん》に似ているが、発疹は大きくふくれて二、三日で皮が破ける。そして破けた後から、全く同じ発疹が再び現れる。その症状がくり返し起こり、患部はしだいに広がっていく。

「まるで、からだの中で何かが増殖していくようで、怖くてならなくて……」

唇を歪《ゆが》ませて、かすかにからだを震わせる。己の学を誇り、他人を見下していた名瀬が、哀れなほどに怯えている。

「何より辛いのは痒《かゆ》みだ。ふとした拍子に痒さを覚えると、もう我慢ができない」

皮膚科で痒み止めを処方されたが長くは効かず、いったん痒みを感じると、眠ることさえできない。睡眠薬を飲んでも二、三時間でとび起きると、疲れきった声で告げた。

病院で検査も受けたが、皮膚の症状以外はどこも悪くはないという。

「何軒もホスピタル行ったね。でも、どのドクターも、見たことなくてわかりません。蕁麻疹やアレルギーの薬も効かなかったね」

クマールが訴える。名瀬は爛れた右手に目を落とし、呟くように言葉を継いだ。

「こうなってみて、初めて思い出した。江戸を離れる前にきいた噂を……印西を刺した者は、必ず江戸に、いや馬込博士の前に戻ってくると……」

竹内が、にわかに眉をひそめ、真顔で問うた。

「それは、白状したということか？」

「……はい」

「印西殿を殺《あや》めたは、名瀬殿、そなたで相違ないのだな？」

かくりと前にのめるように、首をうなずかせた。松吉が、思わず声をあげた。

「どうしてだよ、名瀬さん！　どうしてそんなことを！」

「印西が、垂水流博士にしたことが、どうしても許せなかった……」

「垂水流……？　誰だ、それ？」

ゴメスの研究を盗用し、奈美の元夫、本間悠生とともに事故で亡《な》くなったのだが、松吉はその名を知らない。

「私の恩師……いや、恩人だ。垂水博士がいなければ、研究者としてのいまの私はなかった。だが印西は、研究者としての彼を潰《つぶ》したばかりか、命まで奪った！　素知らぬふりで大物面《づら》をするあの男が、どうしても我慢できなかった！」

「ダメです、ナッシー！　興奮したらまた……」

クマールが止めたが、もう遅かった。感情の起伏は患部に障りがあるらしく、名瀬が突然右腕を押さえ、畳に倒れ込んだ。

「か、痒い……痒い痒い痒い！　やめろ、頼むから、もう許してくれ！」

畳を転げまわる名瀬の表情が、苦悶《くもん》に歪む。クマールが抱え込むようにしてからだを押さえ、必死に訴える。

「マッキー、タッキー、お願い！　ナッシーを助けて！」

「竹内さま、どうしたら……」

「松吉、おまえはここに残って、ふたりをお助けしろ。おれは小伝馬町に行って、お奉行にお伺いを立てる」

竹内は奉行所に引き返す道を辿《たど》ったが、ちょうど韋駄天が、ひと仕事終えて出島に戻ってきた。足の速さにおいては、飛脚をも凌《しの》ぐ。竹内は迷わず、韋駄天に使いを託した。

「いまの話をお伝えして、急ぎ例の薬をいただいてこい。頼んだぞ！」

合点！　と応じて背を向ける。たちまちその姿が小さくなり、竹内はため息をついた。

「これでたしか三度目になるか……相変わらず恐しいほど効きが激しいな」

竹内はため息をつき、粟田に報告すべく奉行所へと足を向けた。


「なんと！　では印西殿を殺めたのは、名瀬殿だと申すのか！」

韋駄天が小伝馬町に着くと、牢小屋には意外な先客がいた。

南町奉行、真鍋筑前守是也《まなべちくぜんのかみこれなり》である。ゴメスは北の筧とは犬猿の仲だが、南の真鍋はいたって人の好《よ》い人物だ。職務で牢屋敷に赴いたついでに、機嫌伺いに来たようだ。ゴメスが好む葱味噌煎餅《ねぎみそせんべい》を土産に携えてきたのも、気が利いている。

ゴメスは豪快に頬張りながら、「そのようだな」と返し、おもむろに行李《こうり》を開けた。

薬草の匂《にお》いが、ぷんと鼻をつく。行李の中には薬種が詰まっていて、薬研《やげん》や秤《はかり》など調薬の道具も揃《そろ》っている。ゴメスは韋駄天をしばし待たせて、調薬の作業にかかった。

韋駄天は、場合によっては奉行に直接、文や伝言を届けることもある。南町奉行とも知らぬ仲ではなく、真鍋は韋駄天にも煎餅を勧め、気さくに話をかわす。

「よりにもよって、あの開口龍の刀を使うとは。これぞ天罰というものやもしれぬな」

「もともとは、ただの泥棒よけでやすが。そういえば、最初の盗人《ぬすっと》を捕縛したのは、南町のお奉行所でやしたね」

「おお、そうよ。たしか二年半ほど前になるかの」

開口龍の紋の入った脇差が盗まれたのは、初めてではない。今回の名瀬で、四度目となる。最初に盗んだ男は、いわゆる盗みの玄人《くろうと》であったが、商売敵に密告されて、ほどなく南町奉行所に御用となった。

「ちっきしょう！　おれが開口龍の刀を手に入れたと知って、ちくりやがったんだ。あの脇差は、盗人仲間のあいだではちょっとした話種になっている。刀の好事家《こうずか》に売れば、えらい高値がつくってな」

捕まった盗人は、白州の席で悪態をついていたと、真鍋が思い出し笑いをする。

「あの脇差が、よもやかの名工、達吉《たつよし》の遺作であったとは。いたって地味な拵《こしら》えであった故、夢にも思わなんだ。きゃつから話をきいて、ひっくり返りそうになったわ」

「うちの親分は、刀にはまったく頓着《とんちゃく》しないお方でやすから」と、韋駄天が苦笑する。脇差は黒漆塗で、刀の鍔《つば》は、かっと口を開けた龍が彫り抜かれている。柄《つか》にもまた、同じ龍紋が銀細工で施されていたが、革で柄巻されているために、その隙間《すきま》からしか見えない。装飾らしきものはそれだけで、拵えとしては素っ気ない。

「そういえば、かねがね不思議に思うていたのだが……刀に関心のないそこもとが、何故かような名刀を？」と、真鍋が首をかしげる。

ゴメスは刀のあつかいがきわめて雑で、しょっちゅうあちこちに置き忘れてくる。だからこそ、盗人もたやすく手に入れることができたのだ。

「達吉ってえジジイが、いきなり訪ねてきて置いていったんだよ。こっちが頼んでもいねえのに」

「何と、それはまことか！　達吉は、正宗《まさむね》の再来とまで謳《うた》われた名刀工であるのだぞ」

ゴリゴリと薬研で薬種を挽《ひ》くゴメスに、真鍋は驚きと羨望《せんぼう》の眼差しを向ける。

「ううむ、やはり、江戸いちばんの豪傑に、己の最後の作を託したいと思うたか……いや、待て。そこもとが刀を一切抜かぬのは、よう知られておる。出役の折にも、昔話に出てきそうな、恐ろしげな金棒を担《かつ》いでおるからの。まさに豚に真珠……いや、これはご無礼」

失言に気づき、慌てて咳《せき》払いする。韋駄天は、笑いをかみ殺した。

北の筧のような鋭さには欠けるが、相手をほっとさせる人間らしさが真鍋の持ち味だ。この温情派の奉行のもとには、己の罪を悔いて出頭する者が少なくないときく。

「刀を抜かない親分だからこそ、達吉名人は刀を託されたんでさ」

「……抜かぬからこそ、だと？」

「決して使われず、血に染まることもない。そんな幸運な道を、最後の我が子には歩んでほしいと、名人は仰《おっしゃ》っておりやした」

老刀工は病を得て、先が長くない身の上だった。すでに槌《つち》をふるう力すら残っていないような痩せさらばえたからだで、最後の力をふりしぼり渾身《こんしん》の刀を打った。

長脇差を鍛えることができず、小脇差が精一杯ではあったが、我ながら一世一代の名品と自負している――。老刀工が語ったとおり、誰もが見惚《みと》れるほどの、非常に美しいひとふりであった。しかし老刀工は、刀を前に苦い笑みを浮かべた。

「この歳《とし》まで数多《あまた》の刀を鍛えあげてきたが、肝心の刀の本分というものを、わかってはおらなんだ……。刀は人を傷つけ、命を奪うものなのだと、迂闊《うかつ》なことに己自身が病を得て、初めて思い知った。誰も、死にたくなぞない……命の限り生きたいと願《ねご》うておるというのに……この手はずっと、他人《ひと》さまの命を削るものを拵えてきた」

正宗の再来とまで謳われた刀工は、腹の底から灰汁《あく》を絞り出すようにして切々と訴えた。

開口龍の刀には、五十年にもおよぶ技の真髄と、あふれんばかりの思いが込められていた。刀本来の仕事は、決してしてほしくない。一方で、好事家の愛玩《あいがん》物や、あるいは異国の博物館に仰々しく飾られるのも本意ではない。考えたあげくに、江戸でもっとも傍若無人として有名な、長崎奉行に行き着いたのだ。

「さようであったか……かの名工が、そのような物思いを抱えておったとは。皮肉とも言えようが、わしには美しい話に思えるのう」

心やさしい奉行は、しんみりと亡き名人を悼《いた》んだ。

「己の死後に刀の値が釣り上がったのは、達吉には存外であったろうがな。ことに刀匠自らが名品と認めたあの刀は、江戸の好事家のあいだではとんでもない高値になると、裏の世界ではすこぶる噂《うわさ》が広まってな」

「欲しいってんなら、くれてやりゃいいじゃねえかと、おれは言ったんだがな。十助の野郎が、めずらしく楯突いてよ」

挽いた薬を舐《な》めて味を確かめながら、ゴメスが告げる。なにせ腰の飾りでしかない不要の品だから、ゴメス自身は刀の手入れなどまったくしない。けれど十助は、いわば刀匠の遺言を忘れてはいなかった。その小脇差だけは、出島の役人から教わって、打ち粉を打ったり油を引いたりと、十助自らていねいに世話をした。十助が江戸を出てからは、粟田の口を通して朱緒に引き継がれ、やはり余念なく手入れがされている。

ただ、刀が頻々と狙われる事態が続き、これればかりは十助も頭を痛めていた。江戸いちばんの強面《こわもて》から、見事に盗み出せば、それだけで大盗との箔《はく》がつく。料亭の刀掛けからもち出そうとしたり、道を行くゴメスの腰から刀を抜こうとする強者《つわもの》の掏摸《すり》もいて、幸い十助の達しによって配下たちが絶えず気を配り、おかげで未遂に終わったが、盗人たちはあきらめない。

「地蔵の頭、それなら、こういう細工はどうでやんすか？」

思いついたのは、当時いっとう下っ端だった良太である。何かと器用で、また道具や玩具も大好きだ。嬉々《きき》として語る良太の案に、意外にもゴメスが食いついた。

「そいつは、面白そうだな。いいだろ、ひとつやってみるか。おめえも手伝え、良太」

「合点承知の助でさ！」

大喜びで良太が請け合い、十日ほどで細工は済んだ。結果はわずか半月後に現れ、効果はてきめんだった。刀を盗んだ男が、小石川養生所に運び込まれたのである。

「おれも養生所まで親分のお供をしましたが……あの有様は、ちょっと忘れられやせん。盗人とはいえ、そいつが気の毒になりやした」韋駄天が顔をしかめる。

「それでも懲《こ》りず、また盗む者がおって、三人目のその男も養生所送りとなったのであったな。南町で扱《あつこ》うた故、わしもよう覚えておるわ」と、真鍋がうなずく。

開口龍の脇差には、怪物奉行の呪《のろ》いがかかっている――。

その噂は、またたく間に江戸の裏社会に広まって、以来、盗むはおろか、目にしただけで呪われると悪党たちからは恐れ戦《おのの》かれた。

「まさに二つ名どおり、『因果応報の刀』と言えような」

呪いのような効力と、症状の凄《すさ》まじさからつけられた、開口龍の刀の別名である。

「別に意趣返しのつもりはねえよ。刀が失《う》せると十助がうるせえからよ。失せ物を探し出すための、紐《ひも》のつもりで仕掛けたんだ」と、ゴメスが文句を返す。

江戸で奇妙な病が見つかれば、ただちに小石川養生所へ知らされる。長崎奉行に就く前は、ゴメスは養生所で医者をしていた。こういう病の者を見つけたら教えてほしいと、あらかじめ話を通してあったのだ。

「発疹が徐々に広がるからな、奇病に思えようが、もとになっているのは南京虫だ」

「南京虫だと？」と、種を明かされた真鍋がにわかに驚く。

別名は床ジラミ。名のとおり布団《ふとん》などに居着いて、人や動物の血を吸う虫である。皮膚を咬《か》む際につく唾液《だえき》が、アレルギー反応を引き起こし、赤味の強い腫れと激しい痒みを生じる。刺されてから二日ほどの潜伏期間を経て発症し、赤い腫れは半月ほども消えない。

またひと晩のうちに、同じ間隔をあけて何ヶ所も刺されるのも特徴で、布団を背にして眠っているうちに、まるで背中に北斗七星でも描いたように、むっくりと盛り上がった赤い斑点が延々と繋《つな》がっていることもある。生息地は熱帯の国々だが、江戸では夏になると、場末の木賃宿や無精者の布団なぞで刺される者がいる。

　ゴメスは南京虫の唾液をもとにして、刺された個所《かしょ》から徐々に広がるよう改良を加えた。潜伏期間もやや長くなり、概《おおむ》ね五日ほど。痒みも尋常ではなく、また腫れの期間も長くなった。だんだんと全身に広がるだけに、放っておけば何ヶ月も症状が続く。

「虫ならいざ知らず、よもや刀に刺されるとは……思いもせなんだろうな」

　真鍋が気の毒そうにため息をつき、韋駄天にたずねる。

「細工は、刀の柄に施されていたのであったな？」

「そのとおりで。柄を握って鞘《さや》を払うと、針がとび出す仕掛けでさ」

　柄には開口龍の銀細工が施され、その龍の口から、ばね仕掛けで針がとび出し、革の柄巻の隙間から刺す仕組みである。南京虫の毒は、その針に塗られていた。棘《とげ》が刺さったような、ちくりとした痛みは感じるはずだが、興奮や動揺は痛みを麻痺《まひ》させる。刀を握った者たちは、誰も気づかない。

「実に恐ろしき、因果応報の刀というわけか」

　寒気を覚えたのか、真鍋はぶるりとからだを震わせた。

「この解毒《げどく》薬を飲ませりゃ、二、三日で腫れも痒みも治まる。たいしたこたあねえよ」

「ちなみに、この薬には何が入っておるのだ？」興味深げに、真鍋がたずねる。

「薬草をいくつかと、異国渡りの珍奇な材も入ってる。配合がちょいと面倒で、おまけに高くつくのが難点だがな。こいつを煎《せん》じて日に三度飲ませろと、医者に伝えとけ」

出来上がった薬を、格子《こうし》越しに配下に渡す。その折に、ゴメスは告げた。

「名瀬が挙がったことで、かえって変事が早まるかもしれねえ。仕度を急ぐよう、皆に伝えておけ」

韋駄天は黙ってうなずいて、真鍋に一礼した後に、小屋を出ていった。

「播磨殿、いまのはどういうことか？　名瀬殿が下手人と判じた上は、貴殿と、引いては江戸の無実が証《あか》されたのでは？」

「いいや、違うな。おれが黒幕で、名瀬にやらせたとの線は残る。名瀬はおれを、いたく認めていやがった。そいつも不利にはたらく」

「では、貴殿はこのまま牢に籠《こ》められ、ご老中らに達した変事も近づいておると？」

ああ、と猪首《いくび》をめり込ませるように、深くうなずいた。ごくりと、真鍋が唾《つば》を呑《の》む。

「相わかった。ご老中や係の奉行には、それがしから急ぎ伝えておこう」

慌しく真鍋が出ていき、ゴメスは煙管《きせる》を手にとって一服つけた。

この牢小屋は、内に三人、外に四人、絶えず見張りがついているが、牢の東、扉の反対側だけは牢番がいない。衝立で仕切られた陰には、厠があるためだ。

ゴメスはその衝立の向こうに、あたかも誰かがいるように目を向けた。

「後はおめえらに、任せるしかねえ。しっかり働いてくれよ」

独り言のように呟いて、大量の煙を吐いた。

「ちわす！　あれ、もう寝てなくていいんですか？」

辰次郎が病室に顔を出すと、名瀬は縁側に座って、晴れた海をながめていた。

「君か……おかげさまでね。痒みが引いてから、ぐっすりと眠れるようになって、だいぶ回復した。薬まで調合できるとは、さすがは馬込博士だ」

「刀に毒を仕込んだのも親分だから、差し引きゼロですけどね」

右手から首にかけては、まだ赤みと発疹が残っていたが、腫れはかなり治まっていた。

辰次郎が初めて見舞いに来たのは一昨日《おととい》、名瀬が湊の養生所に運ばれた翌日だった。

そのときはゴメスの薬が効いて、名瀬は眠っていた。不眠が続いていたというから無理もない。薬を服して、その日の晩から徐々に効きはじめ、翌日には痒みがなくなったと、回復のようすは松吉からきいていた。

「寒くないすか？　あ、炭を足した方がいいですね」

名瀬は厚ぼったい綿入れを羽織り、脇に火鉢を置いている。火鉢の中を覗《のぞ》いて、辰次郎は火箸《ひばし》でいくつか炭を足した。隙間をあけて斜めに置き、ふーっと息を吹きかけると、炭が赤く熾《おこ》る。

「上手《うま》いな……僕もさっきやってみたが、上手くできなかった」

「炭を置く角度と吹き加減に、こつがいるんです。おれも最初は全然できなくて」

「少しは賢いつもりでいたが、思い上がりか。翻《ひるがえ》って見れば、研究馬鹿《ばか》に等しいからな」

　初見のときはいけ好かない奴に見えたが、こうして下手に出られると妙に親近感がわく。

「何かちょっと、母を思い出します。うちの母も研究者だったんですけど」

「そうなのか……」と、名瀬が驚いた表情でふり向く。

「どうもあちこち不器用な人で、祖母がよく嘆いてました」

「お母さんは、どんな研究を？」

「一応、名瀬さんと同じエネルギーです。でも核融合とか大掛かりなものじゃなく、光とか風とか水とか、いわゆる自然を利用した再生可能エネルギーを研究してました」

　母は若い頃、炭の研究のために江戸に入国した。自身が江戸に来た経緯なども交えて、短く語る。

「母は事故で亡くなって……六年前です。だから名瀬さんの気持ちも、わかるつもりです。居酒屋でちらりときいたけど、垂水博士とは知り合いだったんですよね？　あのときは悪口ばっかだったけど、本当は親しかったんじゃ？」

　辰次郎に横顔を向けて、ぎゅっと目を閉じる。赤い首筋のせいか、ひどく痛々しい。

「大学院に入り立ての頃は、ずいぶんと世話になったよ。向こうの食べ物が合わなくて、しょっちゅう腹を壊しては寝込む羽目になったが、そのたびに垂水さんが介抱してくれた」

　終わりの方で、かすかに声が震えた。

「恩人て、そのことですか？」

「いや、ある大掛かりな実験が失敗してね。莫大《ばくだい》な費用のかかる、一年がかりの実験だった。私の計算ミスだと教授に責められたとき、垂水さんだけは私を信じてくれた。実験をもう一度検証して、機械の不具合であることを証明してくれたんだ」

　垂水がいなければ、研究者としての自分の人生は、閉ざされていたかもしれない。名瀬はそう告げた。

「恩人て、そういうことだったんですね……だったらどうして、垂水さんをあんなに悪《あ》し様《ざま》に……」

「腹が立ったからだ！　私の濡《ぬ》れ衣《ぎぬ》を晴らしてくれた人が、他人の研究を盗用したんだぞ！　しかも私が尊敬する、馬込博士から！」

　当人に会うまでは、名瀬も信じていなかった。根も葉もない噂に過ぎないと、垂水を擁護した。しかし当の垂水から事実だと知らされて、愕然《がくぜん》とした。

「散々に責めて罵倒《ばとう》して……思えば、それが最後の言葉になった。自分にとっての恩人に、そんな恩知らずな真似《まね》をした……私は最低の人間だ」

嗚咽《おえつ》を押し止めるように、左手で口許を覆《おお》う。かける言葉が見つからない。身近な人の死には、誰もが後悔を覚える。最悪の別れ方をしたならなおさらだ。

「ただ、垂水さんが亡くなる数日前、連絡が来た。自分が犯した過《あやま》ちは、馬込博士との一件に留まらないと。すべての罪を公《おおやけ》にして、然《しか》るべき罰を受けるつもりだと」

垂水が世間から姿を隠し、五年の歳月が経っていた。いまさらだと詰《なじ》る名瀬に、記者にすべてを明かして、警察に自首するつもりだと垂水はメッセージを送ってきた。そして出頭する前に、名瀬にもう一度会いたいと望んでいた。

「後になって、垂水さんに研究を盗用させた黒幕が、印西だと知った。印西が事故を装《よそお》って、ふたりを始末したんだ。罪を償おうとしていたのに、過去を清算して前を向こうとしていたのに……垂水さんの未来だけじゃない、その思いすらあの男は踏みにじったんだ！」

証言者と記者が乗り合わせていた車が事故で大破し、ふたりの口は永遠に封じられた。黒幕にとっては、あまりにも都合が良過ぎる。

「だが、私も同罪だ……五年ものあいだ音信不通で、何をいまさらと、垂水さんのメッセージを無視した。垂水さんの気持ちに、背を向けた……」

ひとつわかったことがある。殺人という極端な手段は、復讐《ふくしゅう》というよりも贖罪《しょくざい》ではなかろうか。恩人に対して酷《ひど》い真似をして、謝罪も和解もできぬまま、相手は逝《い》ってしまった。深い後悔と罪悪感に苛《さいな》まれ、その激情のすべてを印西にぶつけたのだ。

「おれも、人を刺したことがあるんです」

「……君が？」

よほど意外だったのだろう、赤い目をした名瀬がふり返る。

「一応、正当防衛として片付けられたし、相手も死ななかったけど……刺したときの嫌な感触はいまでも覚えていて」

刃先は相手の腰骨にあたった。あのゴリッとした感触を思い出すたびに、いまでも肌が粟立つ。語りながら、つい身震いした。

「刺したときの、感触……？」と、名瀬が呟いた。

「あ、すみません、嫌なことを思い出させたなら謝ります」

「いや、実を言うと、刺したときは無我夢中で、あまり覚えていないんだが……」

記憶を辿ろうとしているのか、しばし黙り込む。それから、唐突にふり返った。

「印西さんの傷は、深かったのか？　いや、死なせたのだから、浅いはずもないのだが」

「傷の深さ云々《うんぬん》より、同じところをくり返し何度も刺したから、失血死したって……」

「くり返し……？　そんなはずはない！　刺したのは一度だけだ」

「一度だけ？　でも、五、六回は刺した跡があるとききましたよ。傷口が広がり過ぎて、腹に刺さったまだった刀が傾いていたって」

「刀……？　いや、刺したとたん急に怖くなって、刀はその場に放り出して逃げ帰った」

話が微妙に嚙《か》み合わない。辰次郎はもうひとつ、肝心なことを確かめた。

「どうして犯行に、親分の刀を？　盗んだのは、名瀬さんですか？」

「違う！　まさかあれが馬込博士の刀だなんて、夢にも……事件が発覚してから知らされて、愕然とした。濡れ衣を着せられて捕まったときいたときには、すぐにでも名乗り出るつもりでいたのだが……怖くて……」

不甲斐《ふがい》なさに、名瀬の顔が歪む。責めるつもりはなかった。

「言い訳になるが、自首をするなら日本でと考えていた」

「拷問《ごうもん》とか切腹とか火炙《ひあぶ》りとか、色んな噂がとびかってますからね」

現在はいずれも禁じられているのだが、諸外国では根強く囁《ささや》かれている。日本人が江戸で罪を犯した場合は、直ちに日本に引き渡されて、日本の刑法で裁かれる。仮に名瀬が江戸で自首しても同じだったろうが、怖いという気持ちは理解できる。

「クマールにもそう話していたのだが、日本に着いて早々、症状が現れて……」

「そういえば、名瀬さんのアリバイを証明したのは、クマールさんでしたね？」

あの密偵だらけの長崎屋から、どうやって抜け出したのか疑問だったが、あの晩ふたりは、クマールの知人の家に外泊していた。やはりインド系だが歴《れっき》とした江戸人で、本石町からもそう離れていない。つまりは犯行現場からも近いということだ。

「クマールは決して、共犯なんかじゃない。垂水さんのことを、印西に確かめてくる。

クマールにはそう告げて、知人の一家が寝静まってから家を出た」

名瀬が戻り経緯を告げられて、クマールはもちろん仰天したが、やはり名瀬の身を案じて、江戸の役人の前では彼のアリバイを証明した。

「最後にもうひとつだけ。あの刀を、どこから手に入れました？」

「言えない……」

「どうして！　その人を、庇《かば》う理由があるんですか？」

「私と同様、垂水さんに同情し、復讐の機会を与えてくれた。だから、裏切れない」

静かに首を横にふり、追及をかわすように視線を逸《そ》らし外をながめる。その横顔を見て、これ以上は無駄だと諦《あきら》めた。持参した土産の風呂敷《ふろしき》を、名瀬の脇に置いて立ち上がる。

「蜜柑《みかん》、良かったら食べてくださいね。日本のより小さいし、ちょっとすっぱいけど、何ていうか、蜜柑らしい味がするんです。おれは結構好きで」

そのまま湊の養生所を出て、奉行所へと走る。玄関で、松吉と出くわした。

「どうだった？　名瀬さん、話してくれたか？」

「うん、結構成果があった。そっちは？」

「おれもまあまあだな。サンジには、申し訳ない気持ちもあったけどよ」

辰次郎が名瀬と話していた頃、松吉もまたクマールを外に連れ出して話をきいていた。

「松吉はクマール殿と昵懇《じっこん》であるし、名瀬殿もまた、日本人相手の方が話しやすかろう」

竹内の指図で、ふたりはそれぞれ調べを任されたのだ。奉行所で待っていた竹内の前で、各々《おのおの》が仕入れた情報を披露してつき合わせる。

「どうやら、食い違《ちご》うてはおらぬようだな。未《いま》だに二、三、解《げ》せぬことはあるが」

「名瀬さんが嘘《うそ》をついてないとしたら、実行犯がもうひとり別にいるってことになりますよね？」

「ひとりとは限らねえぞ。刀を盗み出して渡した者と、それにSPや手代を片付けた奴《やつ》もいるだろ。少なくとも三、四人いてもおかしくねえ」

「名瀬さんが庇う相手となると、正直、クマールさんくらいしか思いつかないけど……」

「そうじゃねえといいなと、おれも思ってるよ」

そんなはずはない！　と本当は言いたいのだろうが、ゴメスは未だ囚《とら》われの身だ。その配下としては、真の下手人に辿り着くことが先決だと松吉もわかっている。

「名瀬殿の病が癒《い》えるまで、あと三、四日はかかる。そのあいだおまえたちは、できるだけふたりの許《もと》に通い、仔細《しさい》を引き出せ。よいな？」

はい、と返事を揃えて部屋を出た。奉行所の玄関を出てから、松吉に話しかける。

「あと三、四日って言ったよな？　その間に黒幕が、名瀬さんの口を封じようとするんじゃないか？」

「あり得る話だが、養生所を襲うのは無理だろ。出島の手練《てだれ》の侍が、常に七、八人、交替で張りついているからな。大砲でも撃たれねえかぎり、心配はいらねえよ」

「大砲の代わりに、親分が言ってた災難を起こしたら？」

「……なくもねえな」

神妙な顔で応《こた》えて、松吉がしばし考え込んだ。

「あのよ、辰次郎、おまえだけには言っておくが……もし、そのときが来たら、おれはすべて打《う》っ棄《ちゃ》って、藤堂町へ走るつもりだ」

「わかった。おれはつき合えねえけど、おれの分まで奈美を頼む」

任しとけ、と松吉が、胸に拳《こぶし》をあてる。

奈美が結婚していたことを、松吉はどう思っているのだろう。

ちらとわいた疑問を、辰次郎は口にしなかった。

鯉幟《こいのぼり》に似た紅白の吹流しが、まるで生き物のように大きくうごめく。

いまにも飛ばされそうなほど、東にはためいたかと思うと、一陣の風が吹き、今度は真上に向かってのけぞる。吹流しは戦国の世から、当時は主に魔除《よ》けとして使われていた。

しかしこの天文方の屋根に立つ吹流しは、風の具合を確かめるためにある。また簡単な仕組みの風速計もあり、扇形の板目には一から六まで刻まれているが、風速はすでに四を越え、五に達しそうだ。樹木の大枝を揺らす強風が四、幹を揺るがす烈風が五だと、松吉は教えられていた。

指南をしてくれた天文方の役人は、吹流しと風速計を確かめて顔を曇らせた。

風は概ね、北西から南東に向かって吹いている。冬に典型的な、季節風だった。

「まずいな……北西《いぬい》の風でこの強さだ。もしも懸念《けねん》が当たれば、大変なことになる」

天文方はその名のとおり、星を読み、暦を編纂《へんさん》する役所で、観星鏡《かんせいきょう》と呼ばれる天体望遠鏡の他にも、星の位置を測る象限儀《しょうげんぎ》や渾天儀《こんてんぎ》なども用いる。

星に限らず、気温や湿度、風力なども計測し、気象庁の役目も果たす。浅草と九段の二ヶ所にあり、松吉は浅草の天文方に通っていた。

「もしも今夜、親分の読みどおりのことが起きたら……どうなるんで？」

「江戸はもう、終わりかもしれん」

風が吹きすさぶ暗い空を見上げて、役人は呻《うめ》くように告げた。

どんなに備えていても、人はどこかで楽観している。災害や災難なぞ起きるはずがないと、心の中では信じたがっている。

しかしその祈りは、ほどなく潰《つい》えた。天文台の脇にそびえる大櫓《やぐら》の上から声が降った。

「合図だ！　上野櫓から光便《ひかりびん》が届いた！　場所は本郷だ！」

光便といっても、もちろんレーザーや光ファイバーを用いた手段ではない。櫓は江戸に百ほどもあるが、うち十五は、ひときわ高い大櫓である。上野、浅草、神田など要所に幕府が築き、その天辺《てっぺん》にはギヤマン張りの巨大な提灯《ちょうちん》が置かれている。この提灯の前で緞帳《どんちょう》よろしく布を上下させ、光を点滅させる——つまりはモールス信号に近いものだ。夜間や悪天候の折に変事が起こると、この光便が使われる。

似たようなものはすでに江戸時代からあって、いわゆる旗降り通信である。大坂の米相場をいち早く周辺地域に伝達するための手段で、提灯ではなく大漁旗のような大旗をふって情報を送っていた。光便は、これを真似たものだ。

「本郷だと……親分が言ったとおりじゃねえか」

ぞくりと肌が粟立《あわだ》ったが、次いで頭上から降ってきた半鐘の音ではっとした。やはり大櫓の上で、カンカンカンと短く打ち鳴らされている。

「この知らせは、出島にも届きやすかい？」

「むろんだ。神田櫓に光便を送ったからな。八丁堀の櫓を経て、出島にもほどなく届く」

「じゃあおれは、小伝馬町に走って親分に知らせやす」

行こうとしたとき、大櫓の半鐘が急に止まり、辺りがふいにしんとした。風音だけが耳に刺さるようで、嫌な予感に駆られた。

「また出た！　今度は、小石川だ！」

大櫓から声が降り、役人が青ざめた顔で呟いた。

「本郷に、小石川とは……まさに明暦の大火そのものではないか」

明暦の大火は、江戸時代を通して最大の火事とされる。二日間のあいだに、本郷、小石川、そして麴町《こうじ》町から火が出て、北西の追い風を受けて江戸中に広がった。

最大とされるのは、焼けた範囲ばかりではない。死者数もとび抜けていて、三万とも十万とも言われる。

「あの大火をなぞって火付けをしたと……？　何故《なにゆえ》さような真似を。それほど江戸に恨みがあるというのか？」

「恨みなんぞじゃなく、単に無駄を省くためじゃねえかと、親分は言ってやした」

悔しそうに歯嚙《はが》みする役人に、松吉は説いた。明暦の大火は、およそ四百年も前になるが、冬特有の気候は変わらない。からからに乾燥した空気、北西から吹きつける強風。

さらに昔に倣った江戸の道筋や町割りも、火付けをする側にとってはちょうどいい。

「もちろん、本郷も小石川も麹町も、夜回りの人手を増やしやしたが、それでもすべてを見張れるわけじゃねえ。闇夜《やみよ》に乗じられたら、ひとたまりもねえから覚悟しておけと」

「いや、すまぬ。思わぬ愚痴を吐いてしまった。こうなった上は、天文方として精一杯の働きをせねば。おまえも己が役目を果たせ」

一瞬、返答に詰まった。天文台からゴメスの許に走るのは、松吉の役目だ。だが、それを終えたら、何を置いても奈美の許《もと》に駆けつけるつもりでいた。松吉の返事を待たず、役人は袴《はかま》の裾《すそ》を翻して、天文方の仕事に戻る。

「この非常時に、おれが勝手を通しても、奈美は喜ばねえか……」

責任の皮をかぶった弱気が頭をもたげ、みるみる気持ちが萎《しぼ》む。

「松吉！」と名を呼ばれて、我に返った。丸顔に丸っこいからだの男が立っている。

「寛兄い！　何だってここに？」

「辰公に頼まれたんだよ。おめえを男にしてやってくれってな」

「……辰次郎が？　でも、今日に限ってどうして？　まさか今日だと、親分が予言したんですかい？」

「予言したのは、甚兄いと韋駄天だ。夕方から風が強まっただろ？　どうもきな臭《くせ》えって言い出してな。あのふたりは、鼻が利くからよ」

韋駄天は五感に優れるが、甚三は動物的な危機察知能力がある。ただ危機を避けるのではなく、そちらの方向に突っ走っていくのが常である。ふたりを信じて、裏金春の連中はすでに動き出していた。韋駄天は伝令、朱緒と辰次郎は出島に向かい、残る者はゴメスの許に集まる算段になっている。

「おれは辰次郎の頼みで、ここに来た。天文方の知らせは、おれが親分に伝えるからよ。おめえは藤堂町に行け」

「かっちけねえ、寛兄い！」

「言っとくが、その後、親分から蹴《け》りと拳を食らうのは覚悟しておけよ」

ごくりと生唾《なまつば》を呑んでから礼を言い、本郷と小石川で立て続けに火が出たと伝えた。

ひとまず牢屋敷も藤堂町も同じ方角だ。ふたたび鳴り出した半鐘に背を押されながら、寛治とともに走り出し、「辰次郎、有難うな」と松吉は呟《つぶや》いた。

その頃、当の辰次郎は、朱緒とともに出島の馬場にいた。

「ここまで来て何ですが、やっぱり無理なんじゃ……」

不安のふた文字を、顔に目一杯大書して、辰次郎が尻《しり》込みする。

朱緒の前だというのに情けない。わかってはいたが、怖いものは怖い。

一方の朱緒は、さすがに武家だ。緊張はしていても、臆《おく》するようすは見せず叱咤《しった》する。

「辰次郎、しゃんとなさい。乗り手がその有様では、黒鬼丸に舐《な》められるばかりですよ」

「でも、朱緒さま……おれたち未だに、向きさえうまく変えられないんすよ。あのひねくれ馬ときたら、おれたちが引いた手綱と、逆の方向にしか曲がらないし……」

「でしたら、それを使いましょう。真に向かう方角とは、逆の手綱を引くのです」

「……なるほど！」

思わず手を打ったが、そんな修練はしたことがなく、言ってみればぶっつけ本番だ。うまくいく確率は、せいぜい二割といったところか。それでもやるしかない——！

「ひとまず、仕度をいたしましょう。右馬助、黒鬼丸はおまえに頼みます。今夜は存分に働いてもらわねばなりませんからね、餌《えさ》も十分に与えてください」

「わかった。丸のことは、おらに任せるだ」

右馬助は頼もしく請け合ってくれたが、辰次郎にはまたぞろ別の心配がわく。

「あいつが腹いっぱいだと、おれたちが騎乗するとき餌で釣れないなんてことは……」

「心配ねえだ。丸は餌さえ良ければ、いくらでも食うだで」

「……そういや、親分もそうだったな」

杞憂《きゆう》だったと、辰次郎も認める。

「頼むぞ、黒鬼丸。親分を救えるのは、おまえしかいないんだからな」

いまは厩舎《きゅうしゃ》に収まっている黒い馬に、祈るように念を送る。

辰次郎の祈りをへし折るように、不満そうな大きな鼻息が返ってきた。

すでに御府内のすべての半鐘が打ち鳴らされ、その音に負けぬよう、出役姿に身を固めた大勢の役人たちが、喉《のど》を嗄《か》らして叫んでいる。

「よいか！　この辺りの者たちは、代々木村を目指せ！　城の西に住まう者は、風上に向かって逃げよ！」

馬上で声を張り上げているのは、北町奉行の筧因幡守である。火事や水難の折にいち早く駆けつけるのは、南北の町奉行であった。

本郷、小石川と続き、次の火元と目されるのは、城の真西にあたる麹町だ。幸いにも未だ火の手は見えず、煙のにおいもしない。しかしいつにも増して混乱がないのは、十日ほど前から市中にすでに噂が流れていたからだ。

まもなく明暦の大火がふたたび起こり、江戸は火の海になる——。

その噂はまことしやかに囁かれ、御府内に住まう者たちはあらかじめ心構えをしていた。

噂の出所は、江戸城である。敵の思惑は、本間の手紙の中に記されていた。

江戸から人を立ち退《の》かせるためには、天災により、町をすべて更地にしてしまうのが早道だ。地震や水難は、都合よく起こすことはできないが、天災に匹敵するほどの災害なら他にもある。言うまでもなく、火事である。

火事と喧嘩《けんか》は江戸の華――。それは昔もいまも変わらない。紙と木でできた町は、火にはことのほか弱いのだ。風の強い日を狙《ねら》って付け火をされれば防ぎようはなく、被害は甚大《じんだい》となる。

だからこそ幕府はわざと、噂という媒体で、災難がくることを下々に示唆《しさ》した。噂ほど、人々を迅速に動かすものはない。御上の触れなどより、よほど効き目はあらたかだ。噂は矢のように市中に広まって、ここ数日、町は浮足立っていた。江戸の者たちにしてみれば、「すわ、一大事」ではなく、「やはり来たか」なのである。

いまの江戸人には、それなりの知恵もある。逃げる際の荷のもち出しは法度《はっと》とされており、かわりに物持ちの武家屋敷や商家には、必ず土蔵や地下蔵が設けられている。大方の者たちは家財も少なく、手提げの風呂敷ひとつで済む。いわば火事には慣れっこで、動きには無駄がなく、それぞれの町内の顔役や町火消の指示に従って迅速に避難する。

とはいえ、呑気者《のんき》者やへそまがりがいるのも世の常だ。

「どうしましょう、お役人さま。うちのお父が強情で、江戸と心中すると言ってきかなくて……どうしても逃げるのを承知してくれません」

「ええい、この因幡が出張ってきたからには、人死になど断じて出さぬ！　頑固を通すなら、この場で息子のおまえを切り捨てると、そう申し伝えよ！」

癇性《かんしょう》に筧が命じ、相手が北町奉行なら本気やもしれないと泡を食ったのだろう。まもなく老齢の父親は、息子に背負われておとなしく出てきた。

一方、城の東側、日本橋の辺りでは、同じく南町奉行が馬上から叫んでいた。

「皆の者！　東に向かい、大川を渡れ！　風下にあたるが、火は大川を越えることはない！　橋では決して押し合わず、橋役人の指図に従うように。舟で渡る者も、慌《あわ》てることなく舟役人に従うのだぞ！」

陣笠《じんがさ》に隠れていても、情に厚いと評判の南町奉行だと察したのか、女がひとり走ってきて、馬上の真鍋に訴えた。

「お奉行さま！　逃げる最中に子供を見失ってしまいました。後生ですから、うちの子を探してください！」

「なに、それは一大事。よし、構わん、この馬に乗れ。馬上から呼べば、子もこたえるかもしれん」

「ありがとうございます！」

目論見《もくろみ》どおり、馬上から名を叫ぶ母親の姿を子供が見つけ、親子は事なきを得た。

今日に限っては、町奉行所や町火消だけでは、とても手が足りない。上さま直々に、江戸中の役人に命が下され、江戸城はほぼ空っぽのありさまだ。出島の長崎奉行所も例外ではなく、朱引の南側を任されていた。

「この界隈《かいわい》の者たちは、南に逃げよ！　南だ！　南に向かえ！」

「くれぐれも増上寺に集まるでないぞ！　高輪大木戸を越えて、品川を目指すのだぞ！」

　ただしこちらは、奉行の粟田は馬上にちんまりと座っているだけで、住人に避難を促しているのは、もっぱら竹内や佐久間ら同心たちだ。

「覚悟をしておったとはいえ、江戸が焼け野原になるさまを見届けねばならぬとは……長生きをするのも、考えものだな」

　南へと人波が流れる中で、逆らうようにこちらに向かってくる者がいる。

「おお、金春屋喜平ではないか。ひとりか？　息子たちはどうした？」

「倅《せがれ》も孫も、すでにお役人の指図どおり、南に向かわせました。我儘《わがまま》は承知の上で、粟田様のお供をさせていただきたく」

「わしの……？」

「もしもこれが江戸の終わりなら、社長とともに見届けたいと存じまして」

「喜平《きっぺい》……」と、粟田が相手の本名を呟く。

　昔を思い出したのか、懐《なつ》かしそうな微笑が、互いの顔に広がった。

「こうして見ると、おまえもだいぶ老《ふ》けたのう」

「お互いさまですよ。馬に乗るのも、そろそろきついのでは？」

「実はそうなのだ。この歳《とし》になると、腰にきてかなわん」

冗談めかしながらも、馬上から周囲をながめた。波のような群衆だが、それにしては落ち着いている。先導する役人の的確な指示と、これをてきぱきと助ける鳶《とび》や火消衆、そして逃げる者たちも、年寄りや子供を助けながら指示に従い南へと向かう。

「江戸がもう一度息を吹き返すか否《いな》かは、若い者たちにかかっている。そのさまを共に見届けるとするか、なあ、喜平」

はい、と粟田を見上げて、従者は嬉《うれ》しそうにうなずいた。

半鐘の音が変わった。それまで避難を促すために、カンカンカンカンカンと単調だったのが、カカンカカンと調子が変わる。

はっとして、朱緒とふたりで城の方角をふり向いた。煙は出ていないが、狼煙の合図だ。

待つほどもなく軽い蹄《ひづめ》の音が迫り、出島の入口からまっすぐ馬場に駆け込んできた。

馬上からひらりと下り立ったのは、長崎奉行所同心の竹内朔之介だった。

竹内は最前まで、粟田について町人の避難を促していたのだが、もうひとつの役目のために途中で切り上げてきたようだ。

黒鬼丸が出馬する折の、露払いの役目である。露払いと言っても、黒鬼丸の先を走るわけではない。走る凶器に等しい馬に、跳ね飛ばされる者が出ないよう、前もって触れて歩き人払いをせねばならない。本来は与力以上の身分に限られているのだが、竹内はこの役目のために騎馬を許されているのである。

いまも黒鬼丸の進路を確保するために、町をひとまわりしてきたところだった。合わせて火事のようすも仕入れてきたという。辰次郎は、勢い込んでたずねた。

「竹内様、火は？」

「麹町から、三つ目の火の手が上がった。城の真西になるからな。江戸城に残った者たちも、逃げる算段を整えておる。本郷と小石川の火もだいぶ広がったが、まだ城の東には至っていない。とはいえこの風だ。おっつけ東にも、火がまわろう」

「松吉と奈美は大丈夫かな……藤堂町の住人は、川向うに避難したんでしょうか？」

「あそこは両国橋に近いから、おそらくな。本所か深川、あるいは向島か。向島には、お救い小屋が多く設けられておる」

安否の確認ができないのがもどかしい。どうか無事でいてくれと、心の中で念じた。

「竹内殿、牢《ろう》屋敷までの道は？」と、朱緒がたずねる。

「ほとんど人はおらず、大通りには立ち入らぬよう達してきた。大川に近い辺りは、橋を渡る人群れでごった返しておるが、日本橋界隈はもぬけの殻に等しい」

黒鬼丸を出すのに、何ら障《さわ》りはないと竹内は告げた。

ついに来たか……。思わず喉が、ごっくりと鳴る。

「では、辰次郎、参りましょうか」

「はいっ！　朱緒さま」

からだが縮こまりそうな恐怖を払いのけようと、大きな声で返事した。おそらく察しているのだろう、竹内は励ますように肩に手をおいた。

「なかなかによく似合《にお》うているぞ、辰次郎。どこから見ても、立派な侍だ」

紋付の黒羽織に袴をつけて、頭には陣笠を載せている。上位の侍のための出役姿で、まめまめしい寛治がふたりのために整えてくれた。

「なにせ朱緒さまと辰次郎の晴れの日だからな。綿入れの綿もちょいといいものを使ったからな、軽いだろ？」

羽織の下に着込んだ綿入れと、陣笠の下にかぶった頭巾《ずきん》も、寛治がちっちくと手縫いしたものだ。

「どこに出しても恥ずかしくない格好だからな、あとは立派に散ってこい」

「いや、寛兄い、散るのはちょっと」

そんなやりとりを思い出すだけで、いまは泣けそうになる。

「すまないな、辰次郎。入国してまもないおまえに、このような大役を押しつけて。だが、お奉行は、おまえならできると思うて任せたのだ」

「そう、でしょうか……？」

「おまえたちが黒鬼丸を連れていかねば、お奉行の命が危うい。いわばお奉行は、ご自身の命を、おまえと三芳に預けたのだ。あの方に見込まれた、己を信じろ！」

力強い鼓舞に、少しばかりの勇気がわいた。

「竹内さま、おれ、精一杯がんばります！　きっと親分を助けてみせます！」

その意気だ、と竹内がいつもの笑顔でにっこりする。

「案ずるな。おれも後ろから、黒鬼丸を追うからな」

竹内のおかげで盛り上がった気分も、馬場に入り黒鬼丸をひと目見たとたん、ふたたび萎《しぼ》みそうになる。馬の頭に巻かれた鉄の鉢金は、ゴメスの金棒とおそろいで鉄針がいくつも突き出している。出馬の仕度だと黒鬼丸もわかっているようで、やる気満々でしゅうしゅうと鼻息を吐く姿は、まるで地獄の馬車を引く獣のようだ。

つい節操なく、ありとあらゆる神々に祈りそうになったが、となりにいた朱緒が、辰次郎をつと見上げた。

「辰次郎、おまえの命、私に預けてくれますか？」

「朱緒さま……」

「竹内殿の申したとおり、お奉行の命をお救いすることが、私たちの一義です。本来ならば、配下たるおまえを守らねばならぬのですが……」

「大丈夫です、朱緒さま。おれの命は、朱緒さまにお預けします！」

きっぱりとこたえると、恐怖と不安がほんの少しだけ和らいだ。


同じ頃、ゴメスの牢小屋を、ひとりの役人が訪れた。

「ご免！　ご無礼つかまつる」

四十路《よそじ》にかかった小柄な男で、口許は生真面目《きまじめ》そうに引きしまっている。ゴメスの檻《おり》の前に腰を下ろし、几帳面《きちょうめん》に膝《ひざ》をそろえた。

「なんだ、石出、何か用か？」

寝っ転がっていたゴメスが、面倒くさそうに身を起こす。

牢屋奉行の、石出帯刀であった。小伝馬町牢屋敷のすべてを差配する長であり、別名、囚獄とも呼ばれていた。

「火事の知らせを受けて、先ほどすべての囚人を切り放ちました」

「ほう、そうか」

「残る囚人は、お奉行ただおひとり。残念ながら、切り放つことが叶《かな》いませぬ故《ゆえ》……囚獄として、せめて見届けさせていただきまする」

「ここに残るつもりか？　冗談じゃねえ！　てめえと心中なんざ、ご免だぞ！」

「私とて本意ではありませぬ……ですが、これもご先祖から受け継いだ、囚獄の大事な務めでござりますから」

背筋を伸ばし端座する姿に、ゴメスがふと思いついた顔をした。

「そういや、きいたことがある。おめえはたしか直孫《じきそん》で、しかも先祖と同じ役目に就いているってえ稀《まれ》な例だとな」

直孫とは、広く子孫を意味するが、江戸においては違う含みもある。古くから何百年も続く家系の末裔《まつえい》が江戸へ入国し、先祖と同じ姓や名を名乗ることを言う。ただし役目については踏襲できず、たとえば大名の子孫が、江戸国で大名になれるわけではないのだが、ごく稀に、先祖と同じ役目を許される場合があった。

石出帯刀がその稀有《けう》な立場で、江戸の昔に囚獄をしていた石出家の直系であり、自ら望んで囚獄の役に就いた。

「なあるほど、先祖の猿真似がしたくて、囚獄に就いたというわけか」

「何とでも申されよ……私の先祖は、明暦の大火の折に初めて切り放ちを行った。たとえ罪人と言えど、人の命には変わりないと囚人たちを牢から逃した」

無事に火事を逃れて小伝馬町に戻った者は、死罪も含めて罪一等を減じると約束し、逆にこの期《ご》に乗じて逃亡したり悪事をはたらいた者は、草の根を分けても探し出し、さらに親類縁者に至るまで厳しい刑を処すとした。結果、ただのひとりも漏らさず囚人たちは牢屋敷に戻り、まことに天晴《あっぱれ》と約束どおり罪が減じられた。

この差配は幕府にも認められ、これ以降、牢屋敷に火の手が迫ったときには切り放ちが慣例となり、江戸幕府が終わるまで続けられ、明治以降の関東大震災や東京が空襲された際にも、やはり同じことが行われた。

その慣例の先駆けとなり、また一度も絶えることなく代々粛々と務めを全《まっと》うし続けた先祖を、石出は深く尊《うやま》っているようだ。

日本生まれだが、二十三、四のころに入国し、武家試験を経て、自ら囚獄を希望した。石出帯刀の名は、先祖代々受け継がれた世襲名である。同じ役目に就いてその名を賜りたいと願い出て、幕府から許しを得た。

「しかしお奉行の切り放ちが叶わぬとなれば、致し方なし。私も最後まで、囚獄としての務めを果たさせていただきまする」

「てめえと相対死になんざ、したかねえと言っただろうが。もとよりおれは、ここで死ぬつもりもねえからな」

「もしや……錠を開ける手段でも、見つけられたのですか？」

かすかな希望を見出《みいだ》したように、石出の表情が動いた。けれどゴメスは、太い首を横にふる。

「いや、錠の方はどうにもならねえ。このとおり鍵穴《かぎあな》すらねえ代物で、万里亜・ネオの生体認証がなけりゃ開かねえからな」

　だが、とゴメスはにんまりし、太い親指で真後ろを差す。

「鍵は歯が立たねえが、格子《こうし》なら打つ手はある。石出、こっちに来てみろ」

　扉とは反対側、衝立《ついたて》に塞《ふさ》がれたその奥は、厠《かわや》である。石出はわずかに顔をしかめたが文句はつけず、檻を半周する形で、厠の側に行き着く。牢の隅に厠の口が開き、床下に肥溜《こえだ》めがある。ふだんは蓋《ふた》を閉めてあり、また浅草田圃《たんぼ》の百姓が、まめに汲《く》み取りに来るために、臭《にお》いはほとんど気にならない。

「この辺に、灯りを向けろ」

　ゴメスが示した辺りに、石出が手燭《てしょく》を掲げる。おっ、と小さな驚きの声がもれた。

「格子の色が、変わっている……いったい、どうして……」

　やたらとぴかぴかした銀色の檻だ。なのに牢の背面の、ちょうど真ん中あたり、二本の格子のいちばん下の部分が、緑色に変色しているのである。

「黴《かび》でも生えたか、あるいは錆《さび》のたぐいか……しかし、この檻は決して錆びぬはずでは？」

「黴でも錆でもねえ。おれが細工して、腐らせたんだ」

「腐るとは……腐食ということか？　しかし、どうやって……」

「働いてくれたのは、こいつらだ」

牢の隅に置かれた、大きな甕《かめ》をゴメスが示す。石出が中を覗くと、甕の広い口を塞ぐようにして、大きな白い塊があった。

「これは……石ですか？」

岩といってもいい大きさで、先に竹内に命じ、江戸城から運ばせたものだ。

「石だけじゃねえ、ようく目ぇ凝らして見てな」

ゴメスが甕を、ごんと叩《たた》いた。と、たちまち白い石の中から、黒い胡麻《ごま》のようなものがわらわらと涌《わ》いてきて、わっ、と石出がのけぞった。

「蟻《あり》？　これは、蟻でござるか？」

「ああ、この前、石館山に出張った折に見つけてな、蟻の巣ごともち帰った」

「蟻の巣ですと？　まさか……」

「面白えだろ。こいつらは、石の中に巣を作るんだ」

そんな蟻などきいたためしがないと、石出が戸惑い顔をする。

「てめえはたしか、日本生まれだったな？　何十年か前に起きた、原発事故を覚えているか？」

「もちろんです。幼かった故、覚えてはおりませぬが歴史で習いましたから……石館山の下に埋められたのが、あの建屋であることも承知しています」

「なら、話が早い。こっから先はおれの憶測だが、たぶんこいつらは、建屋のすぐ傍に生息していたんだろ。人は長いこと立ち入りを禁じられたが、こいつらは逃げようがない。おそらくは汚染された土を避けて、石の中に巣を作るようになった」

「この蟻は、石を削るのですか？」

「ただ削るだけじゃねえ。特殊な蟻酸《ぎさん》を出して石を脆《もろ》くして、その上で削るんだ。つまりは、そのように進化したということだ」

「そんな……いくら蟻とはいえ、たった数十年のあいだに進化するなどとは」

「菌やウイルスなら、たった半年で姿を変える。過酷な環境に晒されればなおのこと、何十代も世代交代を続けるうちに耐性をつけてくる。殺虫剤がいい例だ。生き延びた奴《やつ》だけが子孫を残し、くり返せばやがて種そのものが強くなる」

もとは日本にいただけに、理屈が呑《の》み込めたのか、石出は、なるほど、と呟いた。

「こいつらの場合、身につけたのは耐性ばかりじゃねえ。体内に抱える蟻酸の性質を変えて、別の使い道も会得《えとく》したんだ」

すべての蟻が蟻酸をもっているわけではなく、また、相手からの攻撃に対してしか使うことはない。しかし石館山の蟻は、巣を作る際に、盛んに蟻酸を分泌する。

「絶えず蟻酸を出すぶん、消耗も激しいんだろう。この蟻はえらい大食らいでな。効率よく餌を運ぶための工夫か、餌にも同じ蟻酸を使う。餌を酸で溶かして養分だけをいったんてめえの腹の中に収め、それから巣に運ぶんだ。確かめてくれたのは上様だ」

「三代家盛様が？」

「奴とは古い馴染《なじ》みでな。将軍としては頼りねえが、生き物についちゃ知恵がある」

家盛はゴメスのためならばと、蟻が巣を築いた石を砕かせて、女王蟻を見つけた。卵や幼虫、働き蟻とともに壺《つぼ》に入れて、竹内に届けさせた。

江戸でいちばん甘い菓子は何か、寛治にたずねたのもそのためだ。寛治がこたえた小松屋のきんつばを、二日に一度差し入れさせて、餡《あん》を水で溶いて刷毛《はけ》で格子の継ぎ目に塗りつけた。蟻はせっせと格子から餡の膜を剝ぎ取りながら、金属を腐食させていったのだ。

「この合金はな、平たく言や石と金属の混ぜ物なんだ。それぞれの利をうまく作用させることで、並外れて丈夫な合金になった。だが、人の作るものに完全などあり得ねえ。驕《おご》ればたちまち、足をすくわれる。たかが蟻一匹に、やすやすと覆《くつがえ》される」

万里亜・ネオへの皮肉か、あるいは自身への戒めか。

このI《イオタ》合金の基礎理論を組み立てたのは、ゴメスだった。しかし理論の構築は十数年も前の上に、ゴメスは研究の成果に自らの名を残すことをしない。だから万里亜も気づかなかった。しかしいかにゴメスでも、時間ばかりはどうにもできない。

「あと半年ありゃ、一本くらい外すこともできたかもしれねえが……石出、ちょいと灯りを貸せ」

囚獄に命じ、ゴメスは瓢簞《ひょうたん》形の一味入れから黒い粉を腐食部分に注いだ。粘土で慎重にくるんでから導線を繋ぎ、石出を下がらせてから火をつける。ボンッと音と煙が上がり、粘土を外した二本の格子の根本は、黒く焼けこげている。

「ふんっ！　だめか……やはり、びくともしない」

「いや、悪くない。確かにいま、ミシリと音がしたからな。あとは、あいつに懸けるしかねえな」

「……あいつとは？」

「おっつけ来るさ。それより石出、用意してほしいものがある」

存外機嫌のよいゴメスに首をかしげながらも、石出はゴメスの頼みを引き受けた。

ふたりが飛び乗ったとたん、飼葉桶《おけ》に鼻を突っ込んでいた黒鬼丸が不快そうに首を立てるのはいつものことだ。しかし今日は、重々しい音が馬の動きをひとたび止めた。丸太でできた柵の一端が、外から大きく開かれる。認めた瞬間、黒鬼丸がそこに向かって猛然と走り出した。

いつも以上の勢いに慌てながら、朱緒を背中から抱える格好で、辰次郎は身を低くして手綱を握りしめた。そのすぐ先には、朱緒の白い手がかけられている。

「辰次郎、左へ！」

馬場を抜け奉行所の横を過ぎ、出島の門を潜《くぐ》るまでは一瞬だった。敷地の広い大名屋敷をひとつ過ぎ、東海道にさしかかる手前で、朱緒の声に急いで左腕に力をこめる。思惑どおり馬は手綱とは反対の方角に曲がったものの、遠心力でからだが大きく左に傾く。馬の胴を抱える両の太腿《ふともも》に精一杯力を込めて、どうにか体勢を立て直したものの、あまりの速さに、からだがついていかない。

「ここまで、速いなんて……」

西風を裂くように、黒鬼丸は北へ疾走する。風が刃《やいば》となって頬や手の甲に刺さるくらいに、馬場の内よりも何倍も速く感じた。ここから先、しばらくは一本道だ。真《ま》っ直《す》ぐ走ればいいだけなのに、一瞬たりとも気を抜けない。京橋が飛ぶように後ろへ過ぎて、日本橋がみるみる迫る。ここからが正念場だ。この先の辻《つじ》で、何としても黒鬼丸を東に向かわせなければならない。焦《あせ》りに加え、いつも以上の速度が目測を誤らせた。朱緒と息を合わせ、ふたたび手綱を左に引いたが、ほんの少し早過ぎた。

「わわわっ！　黒鬼丸、そっちへ行くな！」

予定より四、五本も手前の道を曲がってしまい、泡を食った拍子に両の手綱を強く引き、馬はとんでもない方角へと首を向ける。朱緒ですらも冷静さを失い、何とか元の道へと戻そうと悪戦苦闘したが、それがかえって徒《あだ》となった。幾度も方角を変えられて、頭にきたようだ。手綱にはまったく従わなくなり、途中からどこをどう走っているのかさえ、わからなくなった。

「辰次郎、前を！」

朱緒が鋭く叫んだ。両袖《りょうそで》は町屋だが、その先にあるのは武家屋敷を囲む漆喰《しっくい》の塀だった。

「駄目だ、黒鬼丸！　そっちへ行くなあああ！」

制止の声も空しく、馬は門を目がけて突っ込んでゆく。ここで黒鬼丸を逃してしまえば、元の木阿弥《もくあみ》。落馬の修練をもっぱらとしていたが、今日ばかりはおいそれと使うわけにはいかない。辰次郎は朱緒を抱えながら、馬の首に張りつくようにして身を屈《かが》めた。腹に響くような衝撃を覚悟したが、予想とは違った。馬とともに、からだがふわりとち上がる。

黒鬼丸は、実に軽々と、屋敷の塀をとび越えていた。

「し、死ぬかと思った……けど、こいつ、凄《すご》い奴だな」

「は、はい……おかげで、命拾いをしました」

いつもの冷静さが剝《は》がれ、朱緒の声もかすかに震えている。

「そういえば、右馬助からきいたことがあります。もともと黒鬼丸は、大障害が大好きな馬だったって……親分を乗せていちゃ、さすがに重くて飛べないからな」

正確には右馬助の祖父からの又聞きで、黒鬼丸が江戸に入国する前の話だという。しかし目方四十六貫もある騎手では、ある意味不自由な走りしかできない。それでも黒鬼丸は、ゴメスを唯一《ゆいいつ》の主人だと認めたのだ――。

そう考えると、ひどく健気《けなげ》にも思えてくる。とはいえ、そんな感傷なぞ一瞬のことだった。

幸いにも屋敷の内は広く、馬も建物は迂回《うかい》してくれたが、早くも次の障害物にさしかかる。敷地内の間仕切りにあたる木製の塀やら大きな池やら、果てはとなり屋敷へ続く塀と、馬は次々と攻めてゆき、いずれも楽々とこなしてゆく。が、乗っている方は、まさに命懸けだ。それでも乗馬訓練は決して無駄ではなく、どうにかふり落とされずに済んだ。しかしそれも、長くは続かなかった。

屋敷の正門にあたる、瓦《かわら》屋根を乗せた頑丈な櫓門が、眼前に迫っていた。

「止まれ、黒鬼丸！　いくらおまえでも、あそこは越えられねえ！」

これまでの一枚塀と違って、塀に沿った内側には、びっしりと家来が住まう長屋が築かれて、門の両脇《りょうわき》には門番小屋や厩《うまや》が据えられている。あの厚みでは、さすがに越えようがなく、制止の声も空《むな》しく、馬は門を目がけて突っ込んでゆく。馬が飛ぶ瞬間、思わず目を瞑《つぶ》った。鉄の鉢金の威力もあってか、前後に揺さぶられるような衝撃とともに、馬が分厚い木の扉を蹴破って、木片がばらばらと降ってくる。

往来に躍り出た馬は、ふたたび全速力で駆け出したが、その速度がいきなり失《う》せた。

あっ！　と思ったときには、からだが宙に放り出されていた。何を考える間もなく咄《とっ》嗟《さ》に手綱を放し、代わりに目の前にあった朱緒をしっかりと抱え、背中を丸める。

訓練のおかげで、頭から落ちはしなかったが、朱緒を抱えていたせいか、いつも通りとはいかなかった。首をすくめ、精一杯からだを丸くしたものの、ごろごろと派手に三回転半も転がって、やっと止まった。激しく脳を揺すられたみたいに、頭がくらくらして吐き気すら込み上げる。それでもどうにか気を失わずにすんだのは、腕の中に朱緒の温《ぬく》もりがあったからだ。

「朱緒さま、大丈夫ですか？　朱緒さま、朱緒さま！」

目を開くまでのあいだが、とても長く感じられた。常よりさらに白く見える顔に、ぱちりと黒い瞳《ひとみ》が灯《とも》る。

「大事、ありません……辰次郎こそ、怪我《けが》は……」

言い終わらぬうちに、あ、と朱緒が短く叫ぶ。辰次郎の肩越しに、何かを見ている。

「辰次郎！　あれを！」

ふり返ると、信じられない光景が広がっていた。

「城が……燃えている……」

天守閣が、生き物のような火を纏《まと》い、その身を焦《こ》がしていた。

すでに本丸や二之丸、西之丸にも類焼しているのだろうか。ここからでは見えないが天守の周りからも、激しい煙が上がっている。城の外郭に据えられた櫓が燃えているさまが、まるでサーチライトのようだ。江戸城は炎の中で、昼間のようにくっきりと浮かび上がり、その背後の町も無事ではないのだろう。江戸の西側一帯が、赤々と燃え上がっていた。

出島からここまで来るあいだ、風に乗って流れてくるキナ臭さは感じていた。だが黒鬼丸を御すのに夢中で、そこまで火が迫っていようとは気づきもしなかった。強い風とともに、大量の煙がひと息に押し寄せて、ふたりが思わず咳《せ》き込んだ。気づけば火の粉すら容赦なく飛んできて、馬の鋭い嘶《いなな》きが耳に届いた。

「黒鬼丸が、急に止まったのはこのためか……」

「辰次郎、役目はまだ果たしてはおりませぬ。何としても、もう一度黒鬼丸に乗らなくては」

しかし黒鬼丸には、その気はないようだ。城を焼く炎に前を塞がれて、辛《かろ》うじてその場に留まってはいるものの、立ち上がったふたりを警戒するように、盛んに鼻を鳴らしながらこちらを睨《にら》みつける。

炎を映す両眼は真っ赤な光を放ち、しゅうしゅうとからだ中から湯気を上げるさまは、まさに黒い鬼のようだった。一歩でも近づけば、おまえたちを蹴り殺す——！　はっきりとした怒気が、満身から伝わってきた。

これ以上、黒鬼丸を御すのは無理だ――。しかし、辰次郎も諦《あきら》めるわけにはいかない。

「**黒鬼丸！**」

腹の底から力を籠《こ》めて、辰次郎は叫んだ。

「おまえを御そうなんて、おれたちが間違っていた！　おまえは親分以外、誰も乗せたくないんだと、ようくわかった！」

「辰次郎、何を……」

朱緒が不安げに仰いだが、辰次郎は黒鬼丸の眼《まなこ》を睨みつけたまま声を放った。

「だから黒鬼丸！　こっから先は、おまえひとりで行け！」

左腕を真横に伸ばし、かっきりと北を示した。町並みや城の見え具合からすると、小伝馬町からかなり南に逸れていた。それでも真っ直ぐ北に向かえば牢屋敷に行き着く。

「あそこで親分が、おまえを待ってる！　親分を救い出せるのは、おまえしかいないんだ！」

ぶふーっと、不満そうな鼻息を返したものの、黒鬼丸の気配が変わった。怒りとは違う何かが、湯気とともに黒い体軀《たいく》から噴き上がる。

「行け！　黒鬼丸！　親分を、あの牢から救い出せ！」

黒い大きな馬が、太く嘶いた。カカッと蹄を鳴らし向きを変え、辰次郎がびしりと差した方角へと、猛然と駆けてゆく。

「……親分、後は頼んます！」

　ぱん、と額の前で両手を合わせ、みるみる遠ざかる馬の尻を拝んだ。

「朱緒さま、おれたちも後を追いましょう。馬力には到底及ばないけど、手伝うくらいは……」

「その前に、辰次郎。おまえに言っておかねばなりません」

　滅多にない怖い顔をして、朱緒が辰次郎の前に立った。

「どうしてとび降りるとき、私を抱えたりしたのですか。各々《おのおの》が自力で降りる修練を、あれほど積んだというのに。ひとつ間違えば、辰次郎が大怪我をしていたかもしれぬのですよ」

「すみません……何か、からだが勝手に動いちゃって」

「私への庇《かば》い立ては無用だと申したはずです。私は女子《おなご》ではなく、侍だと……」

「あーもう！　侍とか立場とか、どうだっていいんです！　男は好きな女の子の前では、格好をつけたいものなんです！」

　いつになく朱緒の説教がしつこいものだから、だんだんと腹が立ってきた。挙句の果ての失言に、しまった、と思ったがもう遅い。

「いや、その……慕っているとか敬愛してるとか……とにかく、とっても大事だということで……」

回収できない不用意な発言を、必死でごまかそうとするが墓穴を掘るばかりだ。ついに後が続かなくなって、途中で口をつぐんだ。あいた間《ま》を埋めるように、朱緒が呟いた。

「大事なのは、私とて同じです……。辰次郎に何かあったらと、考えるだけでいたたまれません」

「朱緒さま……？　それって、もしかして、ひょっとして……」

うつむいた白い顔が、耳まで真っ赤になっている。ここはぎゅっと抱きしめるべきか、あるいは白い頬に手をかけて……と、その先まで想像したが、あいにくとそうは問屋が卸さなかった。バタバタといくつもの足音が走ってきて、薄い靄《もや》くらいに視界を塞いだ煙の向こうから、知った顔が次々と現れる。

「何だ、辰公、まだこんなところにいたのか。随分と呑気《のんき》じゃねえか」

「甚兄い！　それに皆も……どうしてここに？」

「こっちの仕事が終わったから、親分の方を助《す》けに来たんだよ」と甚三がこたえる。

「そしたら、何だ？　切羽詰まってる最中に、好きな女がどうのこうのと叫んでるような気がしたが、空耳か？」

「はいっ！　空耳です、木兄い！」

「嘘《うそ》じゃねえだろうな、辰次郎。命の恩人のおれをたばかったら、七色唐辛子を百本飲ませるからな」

「いや、それだけは勘弁してください、良兄い」

「おまえら、その辺にしておけ。いまは遊んでる暇なぞ、ねえんだぞ」

いい加減のところで菰八がやめさせて、話を変えるように韋駄天がたずねた。

「黒鬼丸は？」

「この場所で、ふり落とされちゃって……一応、牢屋敷の方角に走っていったから、たぶん大丈夫だと……」

「たぶんだとお！　まったく詰めの甘え野郎だぜ！」

木亮に容赦なく頭を張られ、皆と一緒にその方角へ走り出す。

ちら、と朱緒を窺《うかが》うと、たちまち恥ずかしそうに目を逸《そ》らされてしまったが、何だか幸せな気分になった。


「なん、だ……これは？　地震か？」

最初は、地鳴りに近い音だった。まるで地面が一枚ずつめくれていくような、不穏な音を発しながら、地鳴りはどんどん近づいてくる。まもなく小屋全体が、ガタガタと縦に揺れ出した。ゴメスがやおら立ち上がり、その名を呼んだ。

野太い馬の嘶きが、たしかにゴメスにこたえ、地鳴りはこちらに向かって真っ直ぐに突っ込んでくる。大砲の弾をまともに食らったような衝撃とともに、小屋の裏側の壁がぶち抜かれ、それでも黒い大砲玉は止まらない。勢いあまって牢に派手に体当たりして、ずううんと腹に響く余韻を残しながら、どうにかその動きが止まる。

ちょうど牢前で作業をしていた石出は、檻と黒い大砲玉に挟まれた格好だ。幸いしゃがんでいたために事なきを得たが、腰が抜けたようにうずくまったまま、その正体を恐る恐る見上げた。

「よう、来たか、黒鬼丸。久しぶりだな」

ブフーッとこたえた大きな鼻息は、不満そうにもきこえたが、一応喜んでいるようだ。走る凶器との評判が嘘のように、おとなしくゴメスに従い、向きを変えて牢から離れる。

そのあいだに、石出が二本の格子それぞれに革製の長い帯を巻きつけて、細い革紐《ひも》でしっかりと格子のいちばん下に固定した。

ひときわ分厚い革の帯は特別誂《あつら》えで、帯も紐も、黒鬼丸に括《くく》りつけられていた。あらかじめ右馬助が装備させたもので、鞍《くら》を下ろすと、馬の腹にも同じ革帯が巻かれている。

格子から伸ばした帯を、脇腹で腹帯に固定して、黒鬼丸の首の下にも回し、しっかりと結んだ。ゴメスの指示通り動きながら、石出が不安を口にする。

「黒鬼丸の馬力はききおよんでおりまするが……この格子は、あまりに頑丈です。脱することが叶《かな》いましょうか」

「馬力なら、もうひとつ、ここにある」

怪訝《けげん》そうな石出の前で、ゴメスはたすき掛けになった。

「いや、しかし……いくらお奉行が力自慢でも、馬力にはとうてい……」

「おれはな、石出。長《なげ》えこと力を加減してきた。なにせちょいと使っただけで、人でも物でもあっさりと壊れちまうからな。ふふ、楽しみだ。存分に力を振るう機会なぞ滅多にねえからな」

分厚い唇が、にちゃあ、と真横に広がって、石出が思わず身震いする。そこへ裏金春の手下たちが到着した。

「まずいぜ、親分。外はもう、かなりの煙が流れてきてやす」

「火が城の囲いを越えて、日本橋や神田にも飛び火してまさ」

甚三と菰八が状況を説明し、朱緒は石出にていねいに礼を述べた。

「本来なら私たちが行うべきを、遅参してしまい申し訳ございませぬ。ですが、石出さまが仕度を整えてくださったおかげで助かりました」

「何のこれしき。それよりも早《はよ》うかからねば、ここも早晩、煙に巻かれてしまう」

黒鬼丸があけた穴は、東に向いている。強い西風が幸いし、小屋の中までは入ってこないが、外の景色はだいぶ白くなっていた。良太と辰次郎が、別の革帯を二本の格子それぞれに巻きつけて、ところどころに結び目を拵《こしら》える。石出を加えて総勢九人。体格や力が均等になるよう、菰八が手早く二手に分けて、それぞれが大きな拳骨《げんこつ》ほどもある結び目の手前を握り、肩に担《かつ》いだ。

右に甚三、韋駄天、良太、寛治、朱緒と続き、左は辰次郎、木亮、菰八、石出。背丈の順に並び、馬を真ん中にして狭い扇を形作る。

「野郎ども、仕度はいいか。いくぞ！」

甚三の発破に全員が、応！　とこたえ、背後からゴメスが声を放った。

「行け、黒鬼丸！　てめえの馬力を見せてみろ！」

高い嘶きが主の命に応え、黒い鼻から大量の蒸気を発する。重い蹄鉄《ていてつ》が地面を踏みしめ、檻と繋《つな》がれた革帯が、びん、と音がしそうなほどに張り詰める。同じ頃合で、皆が一斉に、息を合わせて革の綱を引いた。

「いっ、せいやあっ、せいやあっ、せいやあっ、せいやあっ！」

先頭にいる甚三と辰次郎が、かわるがわる音頭をとり、誰もが顔を真っ赤にさせて渾《こん》身《しん》の力を込めて革の綱を引く。むしろ人以上に気合が入っているのが黒鬼丸で、日頃の高慢な態度はなりを潜め、首を垂れ、黒光りするからだ中から湯気と熱を発散する姿は、まさに生きた蒸気機関車だ。

鉄の格子が、ギギッと不穏な音を立てるのを確かめて、ゴメスが舌なめずりをする。

「さてと、おれも本気を出すか……」

格子の前に腰を落としたゴメスが、相撲の立ち合いの格好になる。ただし手は地につけず、二本の格子をがっちりと握る。革帯を巻いた場所より、拳《こぶし》三つ分ほど上のあたりだ。手応《てごた》えを探るように、一度握りなおし、掛け声に合わせて、やおら力を込めた。

とたんに、鳥の嘴《くちばし》がこすれるようなギギ、ギギッと鳴る音が、たちまち音色を変えて、ミシミシミシッと明らかな悲鳴を上げる。蟻酸は確かに鉄柵を浸食している。それを明かすような、紛れもない唸《うな》りだった。

尋常ではない圧迫感に背中を襲われて、つい辰次郎は後ろをふり返った。暗い小屋の奥から、両目を爛々《らんらん》と光らせて、巨大な熊《くま》に似た獣が追いかけてくる――。そんな想像に捉《とら》われて、革帯を握りしめたまま、自ずと足だけが必死に逃げ出そうとする。

「ひえええ！　怖《こ》ええっ、怖えぇよぉ！」

同じ間違いをしでかしたらしい良太の悲鳴がきこえ、他の手下たちも同様だった。もう掛け声すら忘れて、誰もがその場から逃れたい一心で、夢中で帯を引く。黒鬼丸ですら、尋常ならざる気配を感じとっているらしく、鼻息がいっそう荒くなった。

しかし鉄の格子は、ぎりぎりと身を絞られながらも簡単には音をあげない。辰次郎の感覚で、十分はたっぷりと格闘したろう。すでに精も根も尽きかけて、悪いことに小屋の中にまで煙が入り込んできた。息を吸った拍子に激しく咳き込んで、目がしばしばする。気づけばパチパチと火のはぜる音も外からきこえ、穴から見える白い視界が妙に明るいところを見ると、すでに火はこの辺り一帯まで燃え広がっているのだろう。真冬とは思えぬほどに室内の温度が上がり、まるで小屋ごと燻《いぶ》されているようだ。

「まずいぞ……このままじゃ、全員お陀仏《だぶつ》だ」

強烈な疲労に襲われて、そんな弱音を呟いたとき、まるできこえたようにゴメスが一喝した。

「てめえらあああ、ちんたらしてんじゃねえぞお！　おれの丸焼きが、そんなに見たいかあああ！」

皆の脳裏に、ゴメスの丸焼きが映ったことは想像に難くない。何故《なぜ》だかそれが、とんでもなく恐ろしいものに思えて、なけなしの力をふり絞った。良太はほとんど半泣きのありさまで、木亮は畜生畜生と叫び続け、最前からひたすら南無阿弥陀仏を唱えているのは寛治の声だ。役目も目的もすでに頭にはなく、小屋内は修羅場を呈していた。

「こんの野郎があああ！　おれさまを、舐《な》めんじゃねえええーーーっ!!!」

小屋を揺るがすほどの馬鹿《ばか》でかい怒鳴り声が響きわたり、その瞬間、ガコンッという音とともに、肩が一気に軽くなった。

はずみで前につんのめり、辰次郎が無様に倒れる。その背中に、木亮と菰八が覆《おお》いかぶさった。横を見ると、甚三も同じ格好で倒れていて、勢いで馬体の半分が小屋の外に出てしまった黒鬼丸は、外の煙にやられたのか首を盛んにふりながら慌《あわ》てて後退《あとずさ》りした。

「き、切れたのか……？」

石出が、提灯《ちょうちん》をさし向ける。二本の格子は、床の格子から千切れていて、かけた革帯が抜けていた。

いやったああ！　と、歓喜の声がわき上がり、互いに抱き合って健闘をたたえ合う。

「これは驚いた……蟻酸は存外深いところまで、届いていたのだな」

切り口を仔細《しさい》に確かめて、石出が唸った。蟻酸により変色した箇所は、格子の芯《しん》の辺りまで届いていた。

「でも、甚兄い、格子は外れたけど、親分を外に出すなら、あの二本の鉄棒をどかさないと……」

辰次郎が訴えた傍から、ゴメスに握られた格子が、まるで飴《あめ》細工のようにぐにゃりと曲がった。檻の内側に向かって生えた、マンモスの牙《きば》のような形にされて、下半分にできた隙間《すきま》から、ゴメスが這い出す。

「ま、うちの親分なら何でもアリだ」

「……ですね。杞憂《きゆう》でした」

こたえた拍子に、また煙が喉《のど》に入り咳き込んだ。もう一刻の猶予《ゆうよ》もない。

しかしそこに、一頭の馬が走り込んできた。見事な白馬で、乗り手も負けず劣らず美しい。こんな緊急時にもかかわらず、配下たちが一瞬見惚《みと》れる。

「おいおい、ありゃあ、清水の姫大名じゃねえか。家督を継いだ祝いの行列で、いっぺんだけ姿を目にしたことがある」

「え、本当か、木亮！　うわあ、初めて拝んだが、噂《うわさ》以上の別嬪《べっぴん》だな」

木亮と寛治が能天気に騒ぎ出したが、馬上の人物は配下たちには目もくれない。ゴメスを認めるなり、ひらりと馬を下り、すがるように訴えた。

「頼む、播磨。上様をお助けしてくれ！」

「春亥を？　とっくに逃げたんじゃねえのか」

「たったひとりで、江戸城に残ると言い張って、天守に上ってしまわれた。皆も妾《わらわ》も必死で止めたが、如何《いかん》ともできず……」

――もしも江戸が潰《つい》えたときには、わしは最後までこの国に残る。

「あの馬鹿、本気で江戸と心中するつもりか」

「あやつが心を許したのは主だけじゃ！　播磨の言ならきき入れるやもしれぬ。どうか春亥を、天守から救い出してたもれ！」

「春亥……？　てめえもあいつの幼名を知ってんのか」

「妾と春亥は、幼馴染じゃ。同じ御三卿《ごさんきょう》で、屋敷も近い。歳《とし》は妾がふたつ上で、幼い頃は妾の後ばかりついてきて……春亥だけは、死なせとうはないのじゃ！」

ゴメスを見上げて、懸命に訴える。やれやれと、ゴメスがぼやいた。

「面倒だが、引き受けてやらあ。あいつには、借りもできたしな」

風向きが変わり、薄まっていた煙がまた、濃く立ち込めた。ものともせず、ゴメスが黒鬼丸にまたがった。清水公も同行を申し出たが、足手まといだとゴメスが告げる。

「清水様は、それがしがお守りいたします。三芳殿もともに」と、石出が請け合った。

「城の東と南は、すでに火がまわっておる。天守に近い北側の門から行くがよい」

たしかに城への最短の道は、すでに火と煙で塞がれている。遠回りにはなるが、清水公の助言を受けて、ゴメスは馬首を北へと向けた。

「じゃあな、野郎ども、後の手筈《てはず》は頼んだ」

言うなり地響きを立てて、黒鬼丸が遠ざかる。次いで清水公の白馬と、朱緒を乗せた石出の馬がその場を去った。

「おれたちも、ひとまず逃げるぞ。このままじゃ、煙にやられちまう」

「口と鼻は、濡《ぬ》れ手拭《てぬぐ》いで覆っておけよ。少しは息が楽になる」

甚三に続き、菰八が指示する。辰次郎も牢内の水瓶《みずがめ》に手拭いを浸し、絞ってから顔の下半分に縛りつける。一方で韋駄天は、牢屋敷の門から方角を見定める。

「風向きからすると、北に抜けて和泉《いずみ》橋を渡るのが早道のはず。目指すは上野山内だ」

「こっから先は、てめえの足頼みだ。とにかく走れ！　はぐれたもんは置いてくからな」

甚三が発破をかけて、韋駄天が指し示す方角へ、皆が一斉に走り出す。

「辰公、遅れんなよ。おめえは足は速えが、鈍臭えからな」

寛治にどやされて、ふと思い出した。江戸入りしたての頃、真っ暗な道に恐れをなして、足が止まった。あのとき先導してくれたのは、寛治だった。

まだ二年も経っていないのに、遠い昔のことのような気がする。

「松吉は、大丈夫かな……」

唯一ここにはいない仲間を、辰次郎は案じた。

その頃、松吉は、煙に巻かれて窮地に陥っていた。


「ちっくしょう、何も見えねえや。どっちが大川の方角なんだ？」

立ち止まり、方角を見定めようとしたが、まさに五里霧中の有様だ。背中に負った荷がずり落ちてきて、よっこいしょと抱え直した。

「ごめん、松吉、あたしにつき合わせたばっかりに……」

松吉の背中から、奈美が申し訳なさそうに告げる。

「なんでえ、急にしおらしくなって。らしくねえぞ」

「もういいよ、松吉。あたしをここに置いて、ひとりで逃げてよ。あんたひとりなら、きっと逃げきれる」

「馬鹿っ！　弱気になってんじゃねえ！　おめえを見捨てるなんて、できるわけがねえ！」

　叫んだ拍子に煙を吸い込んで、松吉が激しく咳込む。濡れ手拭いの下で息を整えて、松吉は続けた。

「奈美だって、新参を助けるために、高田屋に戻ろうとしたんじゃねえか」

「そりゃあ、そうだけど……」

　高田屋の皆と一緒に、ふたりもいったんは、藤堂町から風上にあたる浅草に向かっていたのだが、途中で奈美が、ひとり欠けていることに気づいた。ひと月前に織子として娘ふたりが入り、奈美が指南役を引き受けていたのだが、そのうちのひとりがいない。

一緒に入った娘が、泣きそうな顔で奈美に告げた。

『おっかさんの形見を忘れてきたって、高田屋に戻ってしまって』

　すぐさま奈美は、もと来た方角に走り出し、松吉はそれに従った。幸い新参の娘は、高田屋の内で見つかったが、その折に奈美がつまずいて足をひねった。どうやらくじいたようで歩行が覚束《おぼつか》ず、松吉は先に逃げるよう娘に促して、奈美を背負ってふたたび北を目指した。しかし途中で火や煙にさえぎられ、迂回せざるを得ず、何度か繰り返すうちに方角がわからなくなった。

「このままじゃ、ふたりとも助からないよ。歌舞伎《かぶき》でもあるまいし、心中なんてするつもりはないからね」

「亡《な》くなった旦那《だんな》の後を追うつもりか？　そうはさせねえぞ」

半ば冗談めいたやりとりを交わす。松吉の耳許《もと》で、奈美はかすかな笑いをこぼした。

「勘違いしてるよ、松吉。急に亡くなってショックは受けたけど、とっくに離婚した相手だしね。後を追うなんて、殊勝なことも思ってない」

「……離婚の理由って、きいてもいいか？」

「理由は、まあ、月並みだけどすれ違いかな。ちょうど結婚した頃に、向こうが会社を辞めてフリーになって、取材で家に帰ってこない日が、そのうちあたりまえになって。あたしも仕事や趣味に没頭しているうちは、ちょうど良かったんだけど、リストラされちゃって」

奈美は大手旅行会社の企画部にいたが、景気の悪化から会社が大量解雇に踏み切った。次の職も探せばあったろうが、辞めた折にふと気づいたという。

「もともと旅行が好きで会社を決めたのに、旅をする機会がまったくなかったなあって」

「え、まさか、旅をするために離婚したのか？」

奈美は江戸に来る前、世界二十八ヶ国を旅したという強者《つわもの》である。そのほとんどが、離婚した後に訪れたと、奈美は認めた。

「でもいちばんの理由は、お互い相手に対する執着心がなかったってことかな。現に切り出したのはあたしの方だけど、向こうもあっさり承諾したし。良くも悪くも、そういうところが似ていたんだよね」

「おれには正直、よくわからねえな。惚《ほ》れた女とは、ずっと一緒にいて大事にして仲良くしてえ……共白髪になるまでな」

「そういうところが、松吉は鬱陶《うっとう》しいよね」

「悪かったな、鬱陶しくて！」

「ちょっとうらやましくも、あるけどね……」

いつもの軽口のはずが、耳許でささやかれると、無闇にドギマギする。

もしもこのまま、火と煙から逃げられず、途中で倒れたとしたら——。奈美に気持ちを伝える、最後の機会だとしたら——。

「あの、ええと、その、何だ……ひとつ、言っておきてえことがあって」

「遺言なら、きかないよ」

え、とふり向くと、すぐ傍に奈美の顔があった。松吉の肩に顎を乗せ、頬がいまにも触れそうだ。

「ふたりで、生き延びるんでしょ？　だから、遺言なんてききたくない」

足をくじいてろくに歩けもせず、ある意味、絶体絶命の窮地にある。なのにその顔は、諦めていない。

置いていけと、さっきまでの殊勝な言葉が嘘のように、瞳はかっきりと定まっている。

「そうだった……おれはそういうところに……」

奈美を見ていると、勇気がわく。くよくよするなと、背中を押される気がする。

勇気とは、死ぬまであがくことだ。ここでくたばってたまるかと、なけなしの気概をかき集めることだ。

「遺言なんてしみったれたもの、遺すつもりなぞねえよ。ふたりでここを凌《しの》いで、みんなのところに帰るんだ！」

奈美がにっと笑い、強くうなずく。すくんでいた気持ちが、にわかにふくらんだ。

「まずは何とかして、方角を見定めねえと。風の具合からすると、おそらくこっちが北だが……」

と、遠くから地鳴りのような音がして、どんどん近づいてくる。地面が揺れはじめ、松吉は思わず倒れるように膝《ひざ》をついた。

「なに？　地震？」

「いや、こいつは……」

地面に手をつくと、いっそうはっきりする。この音と揺れは、馴染みがある。

「親分だ！　親ぶううん！　ゴメスの親ぶううん！　助けてくだせえええええ！」

あらんかぎりの声で叫んだ。しかし煙を吸い込んで、大きくむせる。代わりに気づいた奈美が、精一杯の声を張る。馬の足音はふたりの先をいったん通り過ぎたが、嘶きとともに蹄《ひづめ》の音が止まった。

煙の中に巨大な影が浮かび、黒鬼丸にまたがるゴメスが姿を現した。

「親分、よかった！　無事に牢から放たれたんでやすね？」

「てめえ、松吉、こんなところで油売ってんじゃねえよ。とっとと持ち場に行きやがれ」

「……すいやせん。でも、達《だち》が怪我をして立往生しちまって。おれたちを、いや、この娘だけでも構いやせん。乗せていってもらえやせんか？」

「おれはこれから城に向かう。てめえらにかまってる暇なぞねえんだよ」

無慈悲の噂は伊達《だて》ではない。地獄で鬼に出会ったに等しく、松吉としては納得もいく。しかし猛然と食ってかかったのは奈美である。

「信じられない！　あたしたちを置いていく気？　仮にも奉行なら助けなさいよ！」

奈美は金春屋に来ているだけに、遠くから長崎奉行の姿を拝んでいたが、ゴメスにとっては初顔だ。気の強い娘の言い分に、不機嫌そうに眉《まゆ》をひそめる。

「言っとくけど、ちゃんと貸しはあるんだから。この前の手紙は、受けとったでしょ？」

「手紙だと？」

「この娘は、本間悠生の元女房でやして」

ゴメスの細目がかすかに見開かれ、奈美をまじまじと見詰める。

「ちょうどいい、奴のことできたいことがあった。おら、さっさと乗れ」

ゴメスの太い腕が、最初に奈美を、次いで松吉を馬上へと引っ張り上げる。ゴメスの前に奈美が、いちばん前に松吉が収まったが、馬が走り出すと煙にやられて目すら開けていられない。背後で、ゴメスの声がした。

「本間はそもそも、何を調べていた？　たとえば垂水流とか印西茂樹とか、そういう名をきいたことはねえか？」

手紙の中に書かれた情報はふたつ。ひとつは垂水がかつて、ゴメスの研究を盗用したこと。ふたつめは、日本政府が白緑石採掘を目論《もくろ》んで、江戸を潰そうとしていることだ。

一見すると、このふたつには何の関わりもない。ゴメスが共通項と言えなくもないが、どうもしっくりこない。

「いいえ、きいたことがありません。取材の中身については、ほとんど話さなかったし」

いわば特種を狙《ねら》う記者ならうなずける。たとえ家族でも、滅多なことでは明かすまい。

「ただ、最後に会ったとき、これから大きな獲物にとりかかるんだって、やけに張り切っていて」

奈美が江戸に入国する直前で、離婚した後、初めて会ったという。旅立つ前の壮行会だと本間は言ったが、江戸国の内情を知りたいとの記者根性だと奈美は見ていた。

「大きな獲物ってのは、人か？　事件か？」

「いえ、企業です。会社の名前は言わなかったけど、たぶんあそこです」

会ったのは一面ガラス張りのカフェで、道の向こうに大きなビルがそびえていた。ビルのいちばん上に掲げられた社名を、奈美が何気なく口にしたとき、本間はにっと笑ってうなずいた。

「ＮＥＸＥ《ネグゼ》です。次世代エネルギー会社の」

「ＮＥＸＥって、あの万里亜・ネオの……彼女の夫が社長で、自身も技術開発のトップを務めてるってえ会社です！」

「そうか、ようやく見えてきた。すべての大本、糸の先に繋がった中心がな」

松吉の声もゴメスの呟きも、たちまち後ろにとんでいく。

黒鬼丸は火と煙の中を、猛然と駆け抜けた。


「誰かあ！　助けてえええ！　熱いよ、怖いよ、死にたくないよお！」

声を限りに叫んでも、返してくれる者は誰もいない。

将軍として、最後の務めを果たそうと、家臣を遠ざけたったひとりで天守の最上階まで上ったが、上様あ！　と下から呼ぶ声が途絶えると、たちまち後悔した。勇気でも誉でもなく、ただの無謀に過ぎない。

あえなく撤退しかけたが、すでに二階辺りまで煙が充満して逃げようがなかった。また階段を駆け上がり、煙止めのために階段に通じる蓋《ふた》を閉めて、窓も閉め切ったが、天守の五階、最上階は存外狭く、そして真っ暗だ。蠟燭《ろうそく》を三本灯してあるが、百物語のようでよけいに怖い。少し前から、閉ざした窓や階段蓋の隙間から煙が入ってきて、だんだんと熱さが増してきた。これでは蒸し焼きだ。

いざとなれば自害せんと、懐剣も携えてきたが、切腹どころか指先を切ることすら怖くてできない。すん、と洟《はな》をすすり、磨き込まれた木目が美しい床板をなでた。

「天守《おまえ》も、わしと同じだの。役目も果たせぬまま、ここで燃え尽きる。ただの無駄死にか……」

頭の中に、楽しい思い出ばかりがよぎるのは、死が迫っている証《あか》しだろうか。

一橋花鳥園で過ごしたひとときが、次から次へと浮かんだ。ゴメスと生き物談議に花を咲かせ、幼馴染の姉のような人と、ともに走り回った。

当主にも将軍にもなりたくなかった。今度生まれ変わったら、有栖川や綾小路のように、まったりのんびり暮らしたい。

「死ぬ前にもう一度だけ、晴姫にお会いしたかった……本当に晴れた日のように、清々《すがすが》しい方だった」

目を閉じて、清水公となったその人の面影を追う。甘い物思いに浸っていたが、それを粉々に打ち砕くような胴間声《どうまごえ》が響いた。

「うおい、こら、春亥、ふざけんじゃねえぞ！　とっとと面《つら》あ出しやがれ！」

「ゴメス……ゴメスか？　助けにきてくれたのか？」

声は外から響いてくる。声がするのは、天守の北側だ。そちらの窓にとりついた。板戸と障子を開けると、大量の煙が外から流れ込んできた。咳き込んで、目から涙がこぼれたが、窓から顔を出して懸命に叫んだ。

「ゴメス、ここじゃ！　わしはここにおる！」

「お、生きてるみてえだぞ。意外としぶといな」

龕灯《がんどう》をぶち抜いた即席の拡声器《メガホン》を手にしたゴメスの傍らで、田安公が大きく息をつく。

「よ、良かった、生きておられたか……いくら呼びかけても返しがなく、半ば諦めておった」

ふたりが立っていたのは、竹橋御門に近い内堀の端だった。

天守までは相応の距離があり、それまで窓も閉め切っていた。あるいは恐怖に囚《とら》われた家盛の耳には、届かなかったのかもしれないが、外では懸命に大勢の家臣と火消したちが、天守の火を消さんと奮闘していた。堀からくみ上げた水を、竜吐水《りゅうどすい》でかけ続けたが、風の勢いに押されて鎮火には至らない。それでも無駄ではなく、火が最上階まで上らなかったのは、ひとえに彼らのおかげである。

しかしもう猶予はない。火はすでに三階に達し、天守はいまにも崩れそうだ。ゴメスはふたたび、龕灯を口に当てた。

「春亥、よくきけ！　西の納戸《なんど》だ！　納戸を開けろ！」

ゴメスの声で、はたと気づいた。天守五階は三方に窓があるが、西だけは板戸が建てられて、たしかに納戸に見える。言われたとおり板戸を開けたが、中は納戸でも押入でもなく、木の壁で塞《ふさ》がれていた。

納戸のいちばん左端に、半畳ほどの空間がある。やはりゴメスからの指示で、春亥はそこに潜り込み、足を投げ出す格好で、北を向いて腰を下ろした。両の足のあいだの床にT字形のへこみがあり、同じ形の取っ手が嵌《は》まっている。

「取っ手を手前に起こして、両手で握って強く引け！　仕掛けが動いたら、すぐに取っ手を元のへこみに戻せ。いいか、忘れんなよ！」

「え、この取っ手を引くと、どうなるのだ？」

家盛の疑問は、もちろん下には届かない。しかし同じ心配を、田安が口にする。

「播磨、大丈夫であろうな？　上様が怪我でもなさったら一大事だぞ」

「なにせ一発勝負で、試しもできねえからな。おれも請け合えねえが、死ぬよりゃましだ。うおい、春亥、さっさとしねえか！」

ゴメスに発破をかけられて、家盛は両手で取っ手を起こし握りしめた。南無三、と呟《つぶや》いて、目をつぶって両手を強く引く。

床下から、ガコン、と何かが外れるような音がした。次いでバタバタバタバタと、立て続けに板が倒れるような音が響き、しだいに家盛の側《そば》に近づいてくる。

「な、何だ？　何がどうなっておる？」

びくつきながらも、言われたとおり取っ手をへこみに納めて、身をすくめる。

と、いきなり尻《しり》の下の板が傾いて、目の前の壁が向こう側に倒れた。眼前の仕切りがなくなったことで、からだが勢いよくすべり出す。

「うわっ、うわわわ、助けてえええ！」

からだが天守の外に抜け、情けない悲鳴が夜空に響きわたる。斜めになった板の道はなおも続き、家盛はひたすら滑り落ちる。

しかし地面に行き着く前に、滑り台は唐突に途切れた。悲鳴とともに家盛のからだは弧を描き、宙に投げ出される。竹橋御門からほど近い堀に、飛沫《しぶき》を上げて着水した。

「早《はよ》う！　早う上様を、お助けしろ！」

田安の命で、少し離れて待機していた小舟がいっせいに近づいて、灯りを差し向けた。

家盛のからだは、ぷかりと水面に浮いてきたが、ぐったりしている。急いで舟に引き上げて、岸に漕《こ》ぎつける。脈をとった医師が、田安に向かってうなずいた。

「気を失《うしの》うておられますが、大事はありますまい。じきに目を覚まされましょう」

おお、とどよめきと歓声がわいて、田安がへなへなとその場に座《なご》り込む。

「三年は寿命が縮んだぞ。どうせなら地面に届くよう、もっと長うして作ればよかろう。堀の石垣に突っ込みはしまいかと、ひやひやしたぞ」

「長過ぎると、強度が足りなくなるんだよ。硬い地面より、水の方がましだしな。春亥の目方やどんくささも鑑《かんが》みて、あの辺に落ちるよう図面を引いたんだぜ」

あの滑り台は、万が一のための脱出装置である。ゴメスが仕組みを考えて、腕のいい指物師を集めて拵えさせた。一度きりしか使えぬ代物《しろもの》のため、試しを行うわけにもいかず、将軍の側仕えには扱いようを指南したのだが、当の家盛は知らなかった。

「そろそろ行こうぜ。こっちが丸焼けになっちまう」

家臣らに田安を託し、ゴメスはふたたび黒鬼丸にまたがった。

「やれやれ、やっと煙幕を抜けたか。上野山ももうすぐだし、ここまで来りゃ一安堵《ひとあんど》だな」

甚三が足を止め、後ろをふり返った。しかしそこにいるのは、木亮と寛治だけだ。

「おいおい、てめえらだけか？　他の者はどうした？」

「おれもてっきり、前か後ろにいるものと。なにせ一寸先も見えねえ有様で」

煙でやられた真っ赤な目をしばしばさせて、木亮が言い訳する。

「韋駄天は心配ねえとして、おやじと良太もしぶといからな、まあ大丈夫だろ。残るは辰公くれえで……」

寛治が口にしたとたん、三人が顔を見合わせ黙り込む。

「そうか、駄目だったか……短えつき合いだったな」

「甚兄い、いくら何でも薄情が過ぎやすぜ。万が一くれえは助かる見込みも……」

「松吉はどうしたろうな。辰公よりもとろいからな。その辺で行き倒れてねえかな」

寛治の見当は、当たらずといえども遠からずだ。その頃ちょうど松吉は、奈美を背負って煙に巻かれていた。

「仕方ねえ、ひとまず上野に行こうぜ。不忍池《しのばずのいけ》で、顔でも洗いてえ」

向きを変えようとしたとき、甚三の視界にふたりの男が映った。やはり煙を逃れてここまで辿《たど》り着いたようで、浪人風の身なりだった。甚三の鼻が、煙とは違う臭いをとらえた。

「あいつら、侍じゃねえな……おそらく江戸者でもねえ」

「薄っ気味の悪いふたり連れでやすね。浪人風で、片方がやけにばかでかい……あれ？　どっかできいたな」寛治が首を傾《かし》げ、木亮が即座に応じた。

「良太と辰公がやり合った、ふたり組じゃねえか？　視察団の番方に交じってたっていう。連中と一緒に、とっくに江戸を出たはずだが」

「おれとひと勝負するために、わざわざ戻ってきてくれたか！」

「いや、兄い、違うと思いやすぜ」と、木亮が律義《りちぎ》に突っ込みを入れる。

「たしか辰公から、名もきいたな。白黒がどうとか……白餡《しろあん》と黒蜜《くろみつ》だったか？」

「寛治、そりゃおめえの好物だろ。白田と黒木、でかい方が白田だ」

木亮は情報集めを得手とするだけに、人の名の覚えはすこぶるいい。

「誰だって構わねえが、せっかく巡り合えたんだ。みすみす逃す手はねえよな」

すでに甚三はやる気満々だ。掌《てのひら》に拳を打ちつけながら、ふたりの前を塞いだ。

「よう、ご浪人、どちらへ行きなさる？　ちょっくら遊んでいかねえかい」

「おれたちに構うな。あっちへ行け」

並の背丈の黒木が、じろりと睨みつけたが、甚三は道の真ん中で行く手を阻《はば》む。

和泉橋から上野まで続くこの道は、小禄《しょうろく》の武家屋敷が多く、道の両側は板塀に挟まれている。幸い火は回っていないが、風向きが変わるたびに、思い出したように火の粉が舞う。西や南は未だ盛んに燃えていて、その火を背に負った相手の姿がはっきりと捉えられる。

「腰がずいぶんと寒そうだが、刀はどうしやした？　まさか火事場から逃げ出すために、武士の魂を捨てたんですかい？　でかいのは図体ばかり、形無しならぬ刀無しか」

木亮の挑発に、白田の眉がぴくりと動き、一歩前に出た。しかし黒木が左手で制し、懐《ふところ》から拳銃を握った右手を出した。

「ちんぴらに構ってる暇はない。怪我をしたくなかったら、おれたちを通せ」

辰次郎の話では、ふたりは玄人《くろうと》だ。だが、その割には焦りが見える。早々に拳銃を出したのがその証しだ。甚三がにやりとした。

「そう急《せ》くなって。こちとら親切のつもりだぜ。日本に帰りてえなら、方角が逆だ」

黒木の気配がにわかに尖《とが》った。銃口が、甚三に向けられる。

だが、次の瞬間、黒木の腕ごと銃口は大きく逸《そ》れた。はずみで引金が引かれ、パン、と乾いた音がする。弾は見当違いの方向に飛び、板塀を貫いた。

「な、なんだ、これは……」

一瞬の間に、自分の右手に黒い蛇が絡《から》みついた——。黒木には、そう見えたかもしれない。放ったのは、寛治だった。甚三と木亮が相手の注意を引くうちに、目立たぬように視界から外れ、長い鎖を黒木の右手に絡めたのだ。

いわゆる鎖鎌《くさりがま》から鎌を外したような代物で、投げ縄の要領で使う。寛治はこれを得意とし、捕物の際には愛用している。こつは緩急であり、強く引いた後で緩めると、相手はもんどり打って倒れる。寛治は背丈こそないものの力持ちで、敏捷《びんしょう》に対処しようとした黒木を、力業で地面に引きずり倒す。すかさず木亮がとびかかり、右手から銃を奪いとる。黒木の頭に、銃を向けた。

「動くなよ……荒事が得意なのは、てめえらだけじゃねえんだ」

本気で撃つつもりだと、眼差しと気配が伝える。それがかえって生存本能を刺激したのか、黒木の左足が動いた。足に括りつけていた小刀《ナイフ》を左手が握ったが、木亮は躊躇《ちゅうちょ》せず、その手を撃ち抜いた。

ぎゃっ、と存外高い叫び声が上がり、白田が顔色を変える。やはり懐から銃を出し、木亮を狙うが、甚三の長い足がすかさず弾きとばす。

「飛び道具なぞ無粋だろう。どうだい、おれとひと勝負。てめえが勝ったら見逃してやる」

「ふざけるな！」

白田が甚三にとびかかり、親指を上にして拳を突き出した。甚三の鼻先で、その拳から刃物がとび出す。折畳式の小刀を、右手首に仕込んでいたようだ。甚三は顔を逸らせたが、刃先は甚三の頬を裂き、鮮血がとび散った。

「仕込刀か、こいつは面白え！」

甚三の両眼が爛々と輝き、右の拳が相手の腹を直撃する。だが、厚い筋肉に守られて、さほどの手応えはなかったようだ。甚三はすぐさまとび退り、間合いをとる。

「あーあ、すっかり嵌まっちまって。楽しそうだなあ、甚兄い」

「どっちが勝つか賭《か》けねえか、寛治。おれは大穴を狙って、あのでかぶつに賭けるからよ」

「『一両饅頭《まんじゅう》』十個なら、話に乗るぜ」

「ひとつ一両ってえ、べらぼうな値の饅頭か？　十両はさすがに痛えが、ええい、乗った！」

木亮は手際《てぎわ》よく黒木を縛り上げ、怪我をした左手を寛治が手当てする。弾は掌を貫通しており、ゴメス手製の傷薬を塗って晒《さらし》を巻きつける。

「さてと、あんたには、ききてえことがあってな。名乗りが遅れたが、おれたちは長崎奉行所の手下《てか》だ。ゴメスの配下と言えば、通りがいいか？」

江戸独特の捕縄術で雁字《がんじ》搦《がら》めにして、寛治が背中側、木亮が相手の正面に陣取る。沈黙を示すように、黒木はわざとらしく横を向く。

「とっとと唄ってくれねえか、黒木の旦那《だんな》……いや、――と呼んだ方がいいか？」

黒木が顔を戻し、目を大きく見開いた。

「……どうして、その名を？」

「あんたら、うちの若え者《もん》とやり合ったろ？　あの後すぐに日本にいる仲間が、てめえらのことを調べ上げた。法外な金で請け負った、荒事を生業《なりわい》にしているとな」

実態は武闘派暴力団に等しいが、警備会社を名乗り、陰では闇仕事も引き受ける。

先の阿片事件でも、阿片を引き受けて捌《さば》いていたのは、この会社だった。

「おれたちは、視察団の警備を頼まれただけだ。後は何も知らない」

「おいおい、江戸に密入国しておいて、知らねえはずがねえだろ。誰に何を頼まれた？」

沈黙を貫くように、黒木は唇を引き結ぶ。

「仕方ねえ、親分直伝の責め問いといくか」

黒木の胸に、プスリと何かを刺した。五寸釘よりも長い、畳針である。

「こいつを根元まで押し込めば、心の臓が止まる。少しはしゃべる気になったか？」

「馬鹿にするな……おれはプロだ。死んでも依頼内容は明かさない」

「……グランドハイツ五〇五」

木亮がぼそりと呟いたとたん、黒木のようすが一変した。胸に刺さった針をものともせず、身をよじって木亮に食ってかかる。

「妹に手を出したら殺す！　関わりのない一般人を狙うなんて、卑怯《ひきょう》にも程がある！」

「卑怯であくどいのが、うちの親分の常套《じょうとう》でな。悪いが妹は、仲間が押さえた。てめえが唄えば、無傷で解き放つ」

胸に刺さった畳針の尻を、木亮は、とん、と軽く押す。

「印西の殺しと、今回の火事に、てめえらはどう関わった？」

木亮の顔は、もう笑っていない。酷薄な眼差しと低い声音が本気を物語り、ふたたび針を、とん、と押す。

「もう一押しで、心の臓に達しててめえはお陀仏だ……日本にいる妹もな」

「妹は何も知らない！　何もしていない！」

黒木の髪がむんずと摑《つか》まれ、顔が仰向く。真上から怒鳴りつけたのは寛治だった。

「それを言うなら、おれたち江戸者が何をした！　町を火の海にされるほどの大罪を、犯したってのか！　こたえろ！　こたえてみやがれ！」

いつも温厚な寛治が、頰を真っ赤にさせて仁王のような形相で訴える。しかしほどなく、丸い顔がくしゃりと歪《ゆが》み、大粒の涙をこぼす。軒から落ちる雨だれのように、ぽたりぽたりと黒木の顔を濡らした。

寛治が手を離し、黒木が顔を戻す。木亮と視線が合うと、話し出した。

「……江戸で火付役を雇ったが、三人のうちふたりが逃げやがった。仕方なく、残ったひとりに麴町を任せて、おれたちが本郷と小石川を引き受けた」

気象予報の精度が上がり、数日後の風向きや風速まで予測できる。そのデータをもとに日時を割り出し、ふたりは昨日、密《ひそ》かに江戸入りした。火付役として、江戸のちんぴらを三人雇い、火事の騒ぎに乗じて船で脱出する手筈だったが、見事に肩透かしを食らった。

「明暦の大火と、同じ場所を指図したのが間違いだ。あの大火は、江戸者なら誰でも戒めとして頭に刻んでいるからな。いざとなりゃ怖気づいて、とんずらするのも無理はねえ」

「てめえらで火付けをした挙句、逃げ遅れたってわけか……いい気味だ！」

腹立たしげに、寛治ががつんと黒木の頭に拳骨をお見舞いする。木亮は話を変えた。

「印西の殺しは？　どう関わった？」

「おれたちは麻酔銃で、ＳＰと宿の者を眠らせただけだ。殺しそのものには関わってない」

「殺しに使われた刀は？　てめえらが盗み出したんじゃねえのか？」

いや、と黒木は首を横にふる。刀については何も知らないとこたえたが、嘘ではなさそうだ。

「火事と殺しは、どちらも同じ奴が指図したのか？」

「……そうだ」

「そいつは誰だ？」

依頼主を明かすのは何よりの法度なのか、わずかにためらったが、黒木は素直に吐いた。木亮と寛治の瞳が、にわかに見開かれる。意外でもあり、その実、ひどく腑に落ちたのだ。

「これで全部だ！　だから妹だけは無事に……」

「てめえの妹には、何もしてねえよ。おれはただ、仲間が突きとめた妹の居所を覚えていただけだ」

「ただの脅しに、まんまと引っ掛かったというわけか……」

呟いた黒木は、後悔ではなく安堵の表情を浮かべた。その胸から畳針を抜き、木亮が後ろをふり返って声を張る。

「甚兄い！　こっちは終わったぜ」

「いまいいところだから、邪魔すんな！」

甚三の着物はあちこち破れ、両の腕や胸からは血が出ている。大きな傷ではないが、かなりの数を食らったようだ。対する白田も、甚三の拳や蹴《け》りで、派手な痣《あざ》をいくつも拵えている。

「風向きがちっと変わったから、この辺も危ねえですぜ。そろそろ片をつけねえと」

寛治が叫んだと同時に風が変わり、大量の煙が吹きつけた。黒木を挟んだふたりが咳《せ》き込み、風下側にいて煙をまともに食らった甚三が、思わず目を閉じる。その瞬間、白田が動いた。突き出した右手に握った小刀が、甚三の左胸、脇に近い場所に深く刺さる。

ぐっ、と低い呻《うめ》き声が漏れたが、甚三の顔がにやりとほくそ笑む。

「拳を当てるには、間合いを詰めねえとな」

白田は咄嗟《とっさ》に小刀を抜こうとしたが、甚三の左腕がその手首を握って離さない。喉《のど》を狙った右の拳は、白田の左手に捉えられたが、甚三の実弾は蹴りだった。白田の両腕を支えに、甚三の両足が地面を離れ、曲げた右膝が白田の喉を下から襲い、顎《あご》に炸裂した。

白田がよろめき、甚三に刺さった小刀から手を離す。すかさず甚三は、鳩尾《みぞおち》、顔面、首横と容赦なく拳と蹴りを叩きつけ、遂に白田の巨体がドスンと音を立てて地に倒れた。

「よっしゃ、勝ったぞ――っ！」

甚三が右の拳をふり上げる。ほどなく煙が流されて視界が利《き》くと、木亮は顔をしかめた。

「いや、甚兄い、その左脇、血の出ようが半端《はんぱ》ねえですぜ。早く手当しねえと」

拳と蹴りの合間に小刀が抜けて、夥《おびただ》しい血が着物の左側を濡らしていた。

「なあに、こんな傷、唾つけときゃ……」

「兄い！　後ろ！」

寛治が叫んだが遅かった。ゆらりと立ち上がった白田が、ふり返った甚三の左脇を拳で抉《えぐ》る。傷口から鮮血がほとばしり、甚三が苦悶《くもん》の表情を浮かべ、仰向けに倒れた。

木亮と寛治が加勢しようとしたが、間に合わない。甚三にとびかかる姿は、まるでヒグマだ。しかしその手が甚三に届く瞬間、白田のからだが止まった。首が斜めに傾いで白目を剝《む》いている。そのまま覆《おお》いかぶさるようにして、甚三の上に倒れた。

「甚兄い、大丈夫すか！」

白田の傍らに立っていたのは、辰次郎だった。今度こそ完全に気絶した白田のからだをどかして、甚三を助け起こす。

「いやあ、それにしても間に合ってよかった。おれの蹴りも、なかなかのもんでしょ？」

「言っとくが、てめえの攻めより早く、おれもこいつの顎に蹴りをお見舞いした。利いたのは、たぶんそっちだからな」

「え――っ、頭を狙ったおれのキックの方が、早くなかったすか？」

どちらにせよ、側頭部と顎に、ほぼ同時に蹴りを受けたのは間違いなさそうだ。

「でもおれ、甚兄いに大きな借りがあったから、少しは返せたなら嬉《うれ》しいです」

「貸し借りなぞと、みみっちい。ちまちました男は嫌われるぞ」

「そんなことより、甚兄い、このでっかいのどうしやす？　ここに置いていきやすか？」

「こいつは大事な証人《あかしにん》だからな。ひとまず身動きできぬようきつく戒めて……おれの鎖も絡めときゃ間違いなかろう」

木亮が念入りに縛り上げた上で、寛治が鳩尾を強く押して活を入れると、白田は目を開けた。配下たちは黒木と白田を連れて、上野山へと急いだ。

「無事だったか、辰公！　途中ではぐれたから、もう駄目かと思ったぞ」

良太が辰次郎にとびついてきて、菰八と韋駄天も安堵の表情を見せる。三人には木亮から仔細が明かされ、重罪人たる黒木と白田は、上野山にいた役人に引き渡された。

上野山は、人であふれかえっていた。神田から下谷一帯の住人のための、避難所になっているからだ。立錐《りっすい》の余地もない有様は、花見の時期に匹敵するが、春の華やいだ雰囲気は微塵《みじん》もない。上野山の端に立つと、江戸の町が刻一刻と炎に呑み込まれていくようすが丸見えだ。長年のあいだ慣れ親しんだ、こよなく愛し住み暮らした町が、灰と化していくさまを、なす術《すべ》もなく眺めるしかできない。

たった二年近く暮らしただけの辰次郎ですら、断腸の思いに胸が塞がれる。断腸とは、子を失って悲しみのあまり死んだ母猿の腸《はらわた》が、細かくちぎれていたという故事からきているという。ここにいる人々は腸どころか、からだ中が切り刻まれているような苦痛を味わっているに違いない。

「おばあちゃん、おうちが燃えちゃったよお！」

「長生きなんて、するもんじゃないねえ……まさかこんなふうに、江戸の潰《つい》える姿をまのあたりにするとはねえ……」

辰次郎の傍らで、泣きじゃくる孫を抱きしめて、老婆《ろうば》がため息する。春には桜に覆われる上野山は、いまはやるせない悲しみに満ちていた。別の方角からは、ふたりの男が交わす沈鬱な会話がきこえる。

「どうやら三ヶ所から、付け火されたっていうじゃないか」

「それじゃあまるで、明暦の大火と同じじゃねえか」

「城の四方が焼けちまったのも同じだな。江戸もこれで、終《しま》いかねえ……」

三百年前に起きた明暦の大火は、江戸市中の三分の二を焼き尽くした。いまの状況は、まさに明暦の大火の再現だった。

なまじ闇《やみ》が深いだけに、火が町を舐めていくようすがはっきりとわかる。真っ赤にたぎった溶岩が、確実に町を浸食していき、先頭で炎を率いているのは八岐大蛇《やまたのおろち》だ。長い首を何本も伸ばし、盛んに炎を吐きかける——辰次郎には、そんなふうに見えた。竜の長い舌の先端は、すでに大川に達している。

本所・深川の住人は、その北側にあたる向島に避難しており、川に近い家々の屋根は水をたっぷり含んだ筵《むしろ》で覆われていた。壁や塀、橋に至るまで、やはり水をかけ、ひとまず防火は施してはいるものの、煙と一緒に大量の火の粉が雪のように舞っている。竜の舌は、いまにも川を越えそうで、ハラハラする。

「ああっ、もう駄目だ！　火が大川を越えちまうよ。本所や深川までやられちまう！」

辰次郎のとなりで、良太が悲痛な叫び声をあげる。しかし良太の向こう側に見える甚三の横顔は、不敵に笑っていた。

「明暦の大火ですら、大川は越えなかった。三百年前のご先祖に負けるような野暮な真似《ま》《ね》を、うちの親分が許すものかい」

甚三が呟いた、まさにその瞬間だった。どおおおん、と腹の底に響く大音とともに、炎が炸裂《さくれつ》した。まるで真っ平な地面が、噴火でもしたようだ。大川から、一、二町奥まった場所がいきなり爆発し、そして不思議なことが起こった。その一帯の火が、嘘《うそ》のようにたちまち消えたのだ。

衆人観衆からもれた、悲鳴や叫びの後に、おーっ！　と驚きのため息があがる。

「あれが、兄いたちが進めていた、仕掛けですか……？」

「おうよ。なにせ場所が広《ひれ》えからな、思った以上に暇がかかっちまって……」

甚三が言い終わらぬうちに、大川のかなり下流の方で、次の爆発が起こった。

ゴメスの指示により、裏金春の手下たちは、大川に沿った十ヶ所ほどの場所に、その細工を施した。地中に大量の火薬を埋めて、導火線の先を少しだけ地上に出しておき、火事がそこまで達したときに爆発する仕掛けだ。

火薬が爆発する際に、大量の酸素が一気に奪われる。炎は酸素がなければ燃えようがなく、辺りの火は瞬時に鎮火する。むろん、万が一にでも暴発しては事だから、仕掛けの周囲は火の気を厳禁とし、城の役人が昼夜を問わず見張りに立った。

大川に届きかけた竜の首は、どおん、どおん、とまことに景気のよい音を立てながら、次々と退治されてゆく。

それだけではない。鎮火を祝うように、赤い緒を引いて天に伸び上がった玉が、空の真ん中で赤や黄金《こがね》色の大輪の花を咲かせる——。

「城や大名屋敷にあった火薬じゃ、てんで足りなくてよ。江戸中の花火師からかき集めたんだ」

いくつもの花火が華やかにはじけ、漆黒の空を彩《いろど》る。そのたびに群衆から、歓声があがった。

「玉屋あ、鍵《かぎ》屋あ！　玉屋あ、鍵屋あ！」

誰もが花火が上がるたび、夢中で叫ぶ。さっきまで上野山を覆っていた沈鬱な気配はきれいに剝《は》がれ、花見と同じ高揚に沸いていた。

「ま、景気づけにはちょうどいい。半年早《はえ》え川開きも、乙なもんだろ？」

満足そうな甚三をふり向いて、辰次郎は大きくうなずいた。

華やかな空に怖気《おじけ》づいたように、川の西岸の火が急速に勢いをなくした。

爆発で勢いは失《う》せたものの、あちらこちらで燻《くすぶ》っていた火がようやく鎮火したのは、明け方だった。

花火のおかげでいっときは大いに盛り上がり、半ばやけっぱちで歓声をあげていた人々も、空が白みはじめ町の全容が見えてくると、誰もが声を失った。

「江戸が……江戸の町が……なくなっちまった……」と、松吉がすすり泣く。

花火の後、松吉は皆のもとに駆けつけ、事のしだいを辰次郎に説いた。

ゴメスに助けられ、高田屋の者たちが集う浅草のお救い小屋まで辿り着くことができた。お甲たちに奈美を託して、上野まで駆け戻ってきたという。

日の出とともに皆で上野山を下りたが、江戸の惨状を目にした松吉は、芝露月町へ戻るまでのあいだ泣きどおしだった。

「いつまでぐじぐじやってんだい。火事くれえ、江戸には茶飯事じゃねえか」

「だって、良兄い！　何にも残ってないんすよ！　千代田のお城も屋敷も商家も橋も……江戸らしいもんが、一切合切燃えちまうなんて……」

江戸への愛着なら、ある意味、生粋の江戸っ子以上だ。松吉の悲嘆が移ったように、良太もぐずっと洟をすする。

「おれも、こんな景色は初めてだ……見晴らしが良過ぎて、赤富士まで寒々しいや」

北斎の絵を模したという、頂上が妙にとんがった赤土の富士山は、裾野《すその》までもが寒風にさらされている。江戸は、見渡す限りの焦土と化していた。

「こんな光景、写真や動画で見たことがある。でも、あれは大昔の話で……」

辰次郎の脳裏に浮かんだのは、震災や空襲の記録だ。灰色の画面の中に、消し炭のように燃え残った哀れな建物と、煤《すす》だらけの顔で抜け殻のように立ち尽くす人々——。そっくり同じものが、自分の目の前にあることが不思議でならない。

半ば呆然《ぼうぜん》としていたが、神田を過ぎて燃え残った日本橋を渡ると、だんだんと怒りに似たものがこみ上げる。橋があちこち落ちていたから、ずいぶんとまわり道をして、ようやく築地界隈《かいわい》にさしかかる。

いつもなら大名屋敷にさえぎられ、見えないはずの出島が丸見えだった。五棟ほど並んだ蔵だけは、真っ黒に煤けながらも辛《かろ》うじて立っていたが、長崎奉行所も馬場の丸太の柵《さく》も、すっかり焼け落ちていた。この辺りは先が海だから、爆薬を仕掛けることもなく、燃えるに任せるしかなかったのだろう。壮麗と名高い浜御殿までもが、黒々とした残骸《ざんがい》と化し、新橋も落ちていた。

幸いにも汐留橋は残っていて、どうにか芝へと渡れたものの、その先はまた、ぺろりと焦土が広がっている。

「やれやれ、飯屋も裏金春も、見事に焼けちまったな」

ぐるりを見渡して、甚三がさして湿っぽくないため息をつく。道筋から行くとこの辺りのはずなのだが、どこもかしこも炭と瓦礫《がれき》の山で、片鱗《へんりん》すら残っていない。

わずか二年近くのあいだだが、ここは紛れもなく、辰次郎の家だった。

親分と朱緒と、兄貴たちと松吉と、そして十助がいて、やたらと濃い思い出ばかりがこれでもかと詰まった場所だった。飯屋には喜平一家がいて、毎日旨《うま》い飯を食わせてくれた。飯屋の客も、近所の者たちも、誰もが呑気《のんき》で幸せそうだった。その時間すら奪われたようで、思わず拳を握りしめた。

「どうして、こんな……」

上野山からひと足ごとに高じていた怒りが、沸点を超えた。

「どうしてこうなる前に、防げなかったんだ！」

「そう喚《わめ》くな。火事ばかりは、どうしようもねえだろうが」

「親分なら、できたはずだ！」

甚三に向かって怒鳴った。八つ当たりだとわかってはいたが、止められなかった。

「火の出所すら、予測してたんだ。付火なら、警備を固めるとか怪しい奴《やつ》をひっくくるとか、いくらでもやりようがあったろうが！　なのに、どうして！　これじゃあ、江戸を見殺しにしたのと、同じじゃねえか！」

甚三は困ったように頭をかいたが、辰次郎の肩越しに目をとめて、口許を弛《ゆる》めた。

「見殺したあ、いただけねえなあ。江戸はまだ、死んじゃいねえ。てめえの目で、見てみろい」

辰次郎の両肩に手をおいて、くるりと向きを変えさせる。目に映ったのは、荷車だった。ひとつふたつではない。あっちからもこっちからも、荷を山と積んだ荷車が、続々と集まってくる。米や麦と思《おぼ》しき俵であったり、炭俵をいっぱいに載せた車もある。あるいは鍋釜《なべかま》や、中身が衣類らしき行李《こうり》に、そして何よりも目につくのが材木だ。生の丸太や角材、平たい板にした木材もあった。

「いつのまに……いったいどこから、こんなに……」

「おーい！　しんじろーーっ！」

声にふり向くと、西の方角から、一台の荷車が近づいてくる。前後左右、七、八人もの男女が荷車を押していたが、中のひとりが、ぶんぶんと盛んに手をふっている。藍《あい》色の上着と膝丈の腰布には、鮮やかな縞《しま》柄が刺繍《ししゅう》で施され、袖《そで》や襟には飾り石がついている。江戸にはめずらしい装束で、すぐにわかった。

「サク！　サクじゃねえか！」

辰次郎が諸手《もろて》を上げて歓待し、相手も荷車を離れて一目散に駆けてくる。

麻衣椰《マイヤ》村の少年、サクだった。この前の阿片《あへん》事件に関わった咎《とが》で、麻衣椰の民は所払いとなった。村人全員が、江戸の北西に位置する山奥に移されたのは、今年の四月末のことだ。久しぶりの再会に、辰次郎は喜び勇んでとびついたが、十三の少年は、びっくりするほど様変わりしていた。

「よく来てくれたな、サク！　半年、いや八ヶ月ぶりか。ていうか、ちょっと見ない間に、ずいぶんと背が伸びたんじゃねえか?」

「へへ、あっちに移ってから、二寸も伸びたんだぜ」

少し上を向いた鼻と、愛嬌《あいきょう》のある笑顔は以前のままだ。小生意気な口調も相変わらずだが、背丈ばかりでなく、顔つきもどことなく引き締まって見える。以前は子供こどもしていたから、親離れでもされたみたいに、少しばかり寂しい気分も伴う。互いに近況を語り合い、まもなくその理由がわかった。

「え! サクのおじいさん、亡くなったのか……」

「うん……九月の初めだから、三月《みつき》半ほど前になるかな」

「ひと言知らせてくれよ。お弔いには間に合わないけど、線香くらいあげに行ったのに」

「麻衣椰の掟《おきて》でな、長老の死は、三月のあいだは村外に漏らせねんだ」

サクの祖父は、村の長老だった。所払いは受けたものの、村人の暮らしはひとまず落ち着いた。安堵《あんど》して気が抜けたのか、やがて床につき、ひと月ほどで身罷《みまか》ったが、最期《さいご》は穏やかな死に顔だったという。

「で、じいちゃんの跡を継いで、おれが村長《むらおさ》になったんだ」

「そうなのか! すごいじゃないか、サク!」

「と言っても、十八になるまでは仮長だけどよ。それまでは村の顔役たちが、助《す》けてくれるんだ」

　前よりも大人びて見えたのは、重い責任を負ったためもあるのだろう。向こう気が強く、無茶ばかりしていた少年の面影は消えて、どこか分別くさい落ち着きが漂っていた。

「三月が過ぎて、こっちに文を出そうとした矢先に、領主さまから達しがあってな。慌ただしくなっちまったし、こうしておっつけ会えるだろうと思ってよ」

「達しって、何だ？」

「御府内に惨事が起きるから、お救いのための品々を仕度しろって。いまの土地は、畑のほかに御林もあってな。大急ぎで切り出して運んできた。今年の年貢《ねんぐ》も半分返してくれるそうだから、食い物もありったけ積んできたんだ」

　途中までは川舟を使ったそうだが、領主からの達しは、十日以上も前に下ったときいて、辰次郎が驚いた。

「狼煙《のろし》が上がったら、できるだけ早く御府内に運べって。万端整えて、昨日の晩には村を出たんだ」

　麻衣椰に限らず、江戸国中の村々に、あらかじめ触れられていたのだろう。荷車の列はひっきりなしで、すでに道が塞がるほどの数に達している。

「辰次郎、腹へったろ。すぐに饅頭《まんじゅう》をふかしてやるからな。昨晩のうちに餡《あん》を仕込んで、舟の中で総出で皮に詰めたんだ。肉饅も餡饅もあるからよ、たっぷりと食ってくれ」

そのひと言だけで、よだれが出そうだ。裏金春の者たちも手伝って即席の竈《かまど》を作り、大きな蒸籠《せいろ》で饅頭を蒸す。

待っているあいだに、品川に逃げていた喜平一家が戻ってきて、また、城に向かったゴメスと、小伝馬町で別れた朱緒、奉行所の役人たる竹内や佐久間も顔を見せた。

家を失ったことには、誰もがいっとき消沈したが、互いの無事を確かめた喜びの方が大きい。

ぽかりと広くあいた江戸の空に、炊き出しの煙が幾筋も上がった。

「このくれえでへこたれるかよ。火事と喧嘩《けんか》は、江戸の華だからな」

「うむ、そのとおりだ」

甚三の声に力強く応じたのは、意外な人物だった。辰次郎が、思わず声をあげる。

「紀州のお殿様！　あ、頭が高くてすみません。ええと、どうすれば……やっぱり土下座かな」

「そのままでよい。かような折故《ゆえ》、気にするな。様子伺いに来たのだが、播磨はおらぬか」

甚三は即座に跪き、ゴメスは出島にいると紀州公に伝えた。辰次郎も真似て膝をついたが、その拍子に紀州公の右手の甲が間近に見えた。長い傷が三本、くっきりとついている。

ついまじまじと見詰めると、視線に気づいた紀州公が苦笑いを浮かべた。

「この前はつい見栄《みえ》を張って、息子のやっとうの稽古《けいこ》なぞとうそぶいたが……実は見てのとおり、猫に引っかかれての」

「あ、やっぱり、そうでしたか」

「実は無類の猫好きでな、三匹飼《こ》うておる。だが仮にも老中が、さような傷を晒しては面目が立たないと、家臣から窘《たしな》められての」

大げさな白布のわけを、いささかばつが悪そうに語る。切れ者と評判の御仁だが、猫好きときいたとたん、妙に親近感がわく。

「あの、お殿様……江戸はまた、元の姿をとり戻しますよね？　皆がまた元通り暮らせるようになりますよね？」

「むろんだ。江戸は火事なぞに負けはせぬ。この紀州が、しかと請け合うぞ！」

現に江戸は、火事のたびに焼け太りのごとく肥大してきた。何度灰になろうとも、瓦礫をどかし家を建て、前よりも住みよい町へと再建させた。いまの江戸も何ら変わらない。

幕閣の中枢にいる者が、誰よりも江戸の再生を確信しているさまは、大きな勇気を与えた。殿様の周囲に跪いていた者たちの顔が、一様に明るくなる。

甚三の案内で紀州公が立ち去ると、まず松吉が声をあげた。

「おれはもう泣かねえぞ！　いくら踏まれても雑草のごとく立ち上がるのが、下々《しもじも》のしぶとさだからな」

「そうだな、おれも頑張るよ。大工仕事を手伝って、まずは金春屋と裏金春を建て直す！」

松吉に続いて決意を述べたが、相棒は表情を曇らせた。

「こっちはおれたちに任せて、おまえは漉名村に帰った方がいいんじゃねえか？」

辰次郎の父、辰衛は、数日前に息を引きとった。ずっと父の世話をしてくれた、漉名村にいる十助の弟が、手紙で知らせてくれたのだ。受けとったのは、昨日の夕刻だった。すぐに黒鬼丸の馬場へと駆けつけたから、松吉より他には誰にも告げていない。

「葬式は無理でも、いまから向かえば、初七日には間に合うぞ」

「いや、おれは残るよ。こっちがひと段落した頃……四十九日には、漉名村まで行ってくるよ。松吉、よかったら、一緒に行かないか？」

「もちろんだ。おれも親父さんに線香をあげたいからな」

父のことを言われると、どんな顔をしていいかわからない。胸の内を読みとったように、松吉が言った。

「無理しなくていいんだぞ。親父さんが亡くなったんだから……泣きたいなら、うんと泣け。何なら、おれの胸を貸すぞ」

「松吉より、朱緒さまがいい」

「そりゃ、ぜいたくだ」

口を尖《とが》らせる松吉に、笑い返す。正直なところ、未《いま》だに実感がわかなかった。ただ、父は、臨終の場に駆けつけられぬ息子を喜んでいたと、文には書かれていた。

「江戸での居場所が見つかったのなら、こんなに嬉《うれ》しいことはないって。身はひとつしかないんだから、他人《ひと》さまの役に立つ方がずっといいって……」

ふいに、縁側で語り合ったときの、父の横顔が浮かんできた。手紙の文面をなぞっていたはずが、いつのまにかその横顔が同じ言葉を紡《つむ》いでいる。

何の前触れもなく、涙があふれた。それは不思議なほどに、あとからあとから湧いてきて止めようがない。たまらずにうつむいて、歯を食いしばる。

松吉は、胸を貸す代わりに、辰次郎の背中に手を当てた。

＊

雲が低い。鈍色《にびいろ》の空に押し潰《つぶ》されるようにして、海は喘《あえ》いでいた。

品川の先にある海岸だった。この辺りは焼けてはおらず、遠浅であるために漁師船の漕ぎ出しにも適さない。夕刻にかかっていて、冬場のいまは人影もない。波の音だけが寝息のようにきこえ、まるでこの場所だけが眠っているようだ。

黒鬼丸を駆って、この浜へと来たのは、呼び出し状が届いたためだ。今日、この時刻、ひとりで来るよう、届いた短い文には書かれていた。

馬を下り、軽く尻をたたくと、馬は嬉しそうに砂浜を駆け出した。出島の馬場が焼け落ちて以来、走り回る場所がなくて不満だったのだろう。大きな馬体が見る間に遠ざかる。

ゴメスは流木に腰を据え、海を見遣《みや》った。相手はそちらから来るだろうとの、目算があったからだ。雲に狭められた場所に、白い海鳥が群れを成してとび交っていた。

やがて、低いモーター音が近づいてきた。一艘《そう》のボートが、浜を目がけて真《ま》っ直《す》ぐに進んでくる。かなり旧式の型らしく、エンジンの音が大きいが、雲に吸いこまれてさほど響かない。途中で速度を落とし、それ以上は無理だと判断したのだろう。舟を止め、人影が降りた。黒いコートに、顔はサングラスとマスクで隠れている。くるぶし丈のコートの裾が、裳《も》のように水に浮かび、それを引きずりながら、膝上ほどの水を漕いでくる。風に煽《あお》られた長い髪が、顔や肩にまとわりついた。

腰から下をずぶ濡《ぬ》れにして、海から這《は》い上がった幽霊のような格好で、万里亜・ネオが岸辺に辿り着く。

「おれを呼びつけたのは、やっぱりおまえか」

ふたりの女が、いや、ふたりの化け物が、波打ち際《ぎわ》に向かい合う。

その光景は、古びた劇画のようにひどく陳腐なものだった。それを遠目でながめてでもいるように、ふいにゴメスが分厚い唇を歪《ゆが》めた。

「だらしねえな、万里亜。もう、よれよれじゃねえか。この上おれに、何の用だ？」

「もちろん、あなたを殺しにきたのよ、寿々」

万里亜が、サングラスとマスクを外した。赤い疱状《ほうじょう》の湿疹《しっしん》が、目鼻を埋没させるように隙間《すきま》なく皮膚を埋め、痒《かゆ》さにたまりかねて引っかいたのか、無残な傷跡とかさぶたが入り混じり、凄《すさ》まじい形相だ。ゴメスは動じず、淡々と言葉を継いだ。

「印西にとどめを刺したのは、やっぱりおめえか。ま、親殺しなんてめずらしくもねえが、そんなに父親が憎かったか？」

「勘違いしないで。感情で動くほど、単純じゃないの。平たく言うと、父の存在が邪魔になったから。私ではなく、世界のためにね」

「世界だと？　そりゃ大きく出たな」

空をとんでいた海鳥の一羽が、ひらりと砂浜に舞い降りた。興味でもあるように、ふたりのやりとりをじっと見詰める。

「白緑石と研究成果を、父は日本に留めようとした。すべては国のため、日本を昔のような経済大国に引き上げるためにね。でも、不可能なのよ。年寄りの世迷言《よまいごと》に過ぎない」

　日本が抱えてしまうことで、研究も実用化も大幅に遅れる。いまは五年経《た》てば、新素材も新商品も廃《すた》れていく時代だ。一刻も早く世の中のために役立てるなら、外に向かって門戸を開くのが何よりの上策だと、万里亜は語った。

「もう、国の時代じゃない。国を越えた大企業こそが、世界を牽引《けんいん》するのよ」

「てめえら、NEXEのようにか？」

「ええ、そのとおり。なのに父は、きく耳をもたなかった。あの研究は、NEXEで実用化を進めるはずだったのに、父は名瀬が所属する、カタオカに任せようとした。馬込寿々、あなたに研究の後ろ盾を任せた上でね」

　会社の規模は比べものにならないが、ゴメスと名瀬が協力すれば、その差も埋められる。殺されたあの晩、印西が熱心に請《こ》うたのはそのためだ。

「NEXEから見れば、カタオカは中小企業に過ぎず、資金も設備もまるで足りない。実用化に至る前に頓挫《とんざ》するのは目に見えている。世界のためとは、そういうことよ」

　ふ、とゴメスの口から息がもれ、滅多にあげぬ高笑いが、曇天の空に響く。

「それで親父《おやじ》を殺すなんて、五歳の子供より知恵がねえな。なるほど、名瀬を巻き込んだのは、カタオカを潰すためか。すべての罪を父親にかぶせ、名瀬に嘘を吹き込んで実行犯に仕立てる。殺しや火付けばかりじゃねえ、阿片騒ぎの黒幕もてめえだろ？」

「……何の話？」

「とぼけても無駄だ。てめえが雇った二人組が白状して、外にいるおれの配下が裏をとった。てめえは以前から、白緑石の存在を知っていた。江戸の領内に多く眠っていることもな。用意周到なてめえは、江戸をどかしてその土地を買い占めようとした。十万保基を欺《あざむ》いてな」

「阿片だなんて、そんなものに私が手を染めるとでも？」

「いや、てめえはただ、印西の名で十万を焚《た》きつけただけだ。阿片は莫大《ばくだい》な利を生むからな、強欲な十万にはもってこいだ。ついでに江戸の先々のために、文明開化を起こそうとでも煽ったか？　十万はまんまと乗せられて、最後まで相手が印西だと思い込んでいた」

　十万家の用人の手によって、短艇《ボート》で運び出された阿片は、黒木と白田がいた会社経由で、暴力団の下部組織に流されていた。十万が過去に繋《つな》がりを噂《うわさ》された組織である。事実無根だと本人は否定したが、誰かが巧妙に両者を結びつけた。

「阿片を仕掛けた頃は、てめえも余裕があったんだろ。水も漏らさぬ企《たくら》みぶりだ。垂水と本間の事故も同様に、証拠は何ひとつねえ」

「垂水って、あなたの研究を盗用した男でしょ？　それ以上は知らないわ」

「よく言うぜ。盗ませたのはてめえ……いや、てめえらだろ？　ＮＥＸＥが尋常じゃねえ数の企業スパイを放って、盗用に精を出していることは先刻承知だ」

そのうちの一部は関連する研究機関を使って、盗用とは知らせぬまま研究を続けさせた——垂水流もそのひとりだ。

「おれの研究を盗んだのも、てめえらNEXEだろ？　垂水のいた国立研究所は、NEXEから多額の援助を受けていた。垂水はいまになって、その事実に気づいたんだ」

世間から非難され、行き場のない垂水を囲い込んだのもNEXEである。盗み出した研究技術を応用させ、盗用とはわからぬよう巧みに覆い隠し、NEXEの新技術として外に出すためだ。

垂水はとうに、自身の仕事に嫌気がさしていた。そして十年以上も経ってから、そもその発端となったゴメスの研究を盗用させたのが、やはりNEXEであったことを知った。いわば自身の転落の大本はNEXEと、そしてCTO就任前から、技術開発部に大きな権限をもつ万里亜・ネオにある——。

垂水はこの事実を、本間悠生にすべて明かし、世間に暴露するつもりでいた。

「本間が垂水と接触したところで、ふたり一緒にあの世に送った。だが、その後がまずかったな。クソみてえなしくじりをやらかした」

ゴメスの挑発が利いたのか、万里亜の片方だけ残った眉が、ぴくりと動いた。

「まだわからねえか？　あの事故は印西の指示だと、名瀬の野郎に告げたろう？　ありや藪蛇《やぶへび》以外の何物でもねえ」

父親の罪を告発し、自らの手を汚して止めようとした娘――。名瀬が口を割ろうとしなかったのは、その芝居にまんまと騙《だま》され、万里亜を庇《かば》っていたからだ。

しかし調べが進むにつれ化けの皮は剝《は》がれ、さらにはクマールのしつこい説得も功を奏した。当夜の段取りを立て、名瀬に刀を渡したのは万里亜・ネオだと白状した。

事故で死んだふたりと印西は、どこをどう洗っても繋がりはなかった。ひるがえすと、万里亜は何を根拠に犯人は父親だと口にしたのか――その疑問に行き着く。

「名瀬を実行犯にするつもりが、既《すんで》のところで奴は逃げ出して、結局てめえで手を下すしかなくなった。印西殺害についちゃ、総じて穴だらけだ。よほど焦《あせ》っていたのか、あるいは親父憎しが働いたか？　娘のてめえじゃなく、おれを頼みにしたのが腹に据えかねたか？　実際、おれが諾とこたえれば、てめえもNEXEも要らなくなるからな」

右目は水疱《すいほう》に塞がれていたが、残った左目に初めて強烈な怒りが浮いた。

「濡れ衣よ！　証拠など、どこにもないわ！」

「証拠はなくとも、生き証人ならいる。おめえが雇った二人組を、捕えたからな。火付けの罪と、印西殺しに関わった罪。おれの手下にちょっかいをかけた件は、大目に見てやるよ」

すでに日本の警察や検察も、逮捕のために動いていると、細い目と厚い唇が、にんまりとほくそ笑む。

「で、今日は何だ？　出頭前に、解毒薬《げどく》をくれって腹か？　名瀬の残りカスでも、毒はちゃんと効いたようだな。どうせなら、もっと早くに来りゃあいいものを。ちゃんと忠告したろ？」

「その不快極まりない面相をもう一度拝むくらいなら、死んだ方がましだと思ったのよ」

「じゃあ、何だってわざわざ呼びつけた」

そろそろ面倒くさくなってきたのか、いつもの癇性《かんしょう》な調子で鼻の上にしわを寄せた。

「だから、言ったでしょ。あなたを殺しにきたって」

万里亜がコートの胸元を探る。手の中に収まるほどの拳銃《けんじゅう》を出し、巨体に向けて構えた。

「おめえにしては、つまんねえ手だな」

「そうでもないわ」

いきなり万里亜が発砲した。二発の弾丸《たま》は、大きな的に向かって躊躇《ちゅうちょ》なくとび、厚みのある右肩と右の腿《もも》にめり込んだ。

「ふふ、ふふふ……これであなたもおしまいよ、馬込寿々……」

小さな銃をとり落とし、気狂いのようにけたけたと万里亜が笑う。低い空を仰ぎ、身をよじらせて笑い続ける声は、消音式の銃よりも、よほど辺りに響いた。

「そんな玩具《おもちゃ》で、喜び過ぎだろうが」

傷を確かめることすらせず、ゴメスは万里亜をながめている。巨大な胴を、わざわざ外した真意がわからなかったからだ。ひとしきり笑ってから、万里亜は種明かしをした。

「その弾丸にはね、毒が仕込まれているのよ。完全犯罪のために、開発された薬よ。すぐには効かず、何年もかけて少しずつからだを蝕《むしば》む。ふつうの人間なら、二、三年。あなたなら、そうね、四、五年はかかるかしら。ゆっくりとからだが壊れていって、最後はモルヒネも効かないほどの痛みに苛《さいな》まれる。苦しみながら、死ねばいいわ、寿々！」

「おめえ、馬鹿《ばか》じゃねえのか？　何年もありゃ、そのあいだに解毒薬を作ればいいだけの話じゃねえか」

めずらしく、相手の御託を拝聴していたゴメスが、つまらなそうに鼻を鳴らす。どんな仕掛けかと半ば楽しみにしていたのに、がっかりさせられたと言わんばかりだ。

頭脳を誇る万里亜が、そんなことにすら気づかなかったのは、追い詰められている証しだった。

万里亜の両眼が、きっと吊《つ》り上がり、いまにも死にそうな手負いの獣が牙《きば》を剝《む》いた。

「だったら、ここで私と一緒に、死んでもらうしかないようね！」

腕に巻いていた時計の竜頭を、強く押す。かすかだが、カチリと音がした。その上で、砂に足をとられながらも、猛然とゴメスに突っ込んでいく。

そのとき、きき慣れた声が鋭く叫んだ。

「親分、逃げて！　そいつは、小型爆弾を！」

ほとんど反射のように、目の前に迫っていたものを、全力で蹴《け》りとばした。正面から蹴ったつもりが、角度がわずかに横に逸《そ》れていたようだ。軽い万里亜のからだは、海へと大きく逸れて、水面に落ちる瞬間、爆発音とともに粉々に砕け散った。

俊敏に身を伏せたゴメスが、砂浜にまで降ってきた赤黒い肉片に、顔をしかめる。

「親分、ご無事ですか！　怪我《けが》はありませんか！」

怪訝《けげん》な顔で周囲を見渡したが、肝心の声の主はどこにも見当たらない。

「おい、どこにいる？」

「すみません、ここに……こんな姿で、ご無礼いたします」

ゴメスがどっかりと胡坐《あぐら》をかいた傍らに、ひらりと下り立ったのは白にグレーの翼をもつ海鳥だった。この辺りの海鳥にしては大型で、よく見ると、両の目はカメラレンズになっている。黄色い嘴《くちばし》の中には、マイクが仕込まれているようだ。

もともとは趣味のために開発されたそうだが、偵察などにも重宝される、鳥型のドローンだった。

「ネオを追っていたのですが、間に合いそうになく、やむなくこのドローンを……」

「いつまで鳥と話をさせるつもりだ。ざけんじゃねえぞ、十助！　とっとと面を出しやがれ！」

「ですが……私はすでに、江戸への入国が許されぬ身ですし……」

「御託はいいから、さっさとしろい！」

癇性に怒鳴られて、機械の鳥は口をつぐんだ。

やがて沖合に、白いボートの姿が見えた。


十助が乗ってきたボートは、万里亜のものとは違い最新式のようだ。ごく小型だがエンジン音もほとんどせず、浅瀬にかかると、底の部分がゴムボート仕様になるようだ。波打ち際《ぎわ》からほど近いところまで寄せて、十助は舟を降りた。

「親分、お久しゅうございます……お変わりなくて、何よりです」

くるぶしまで水に濡らしながら、ゴメスの前に跪《ひざまず》いた。始末のいい十助にしてはめずらしく、髭《ひげ》も剃《そ》っておらず、くたびれた風情《ふぜい》が漂っている。

「おめえは老《ふ》けたな、十助。まだ、一年半も経ってねえだろ。日本の水がよほど合わなかったか？」

相変わらずの物言いに苦笑を返し、十助はひとまず顚末《てんまつ》を語った。

「万里亜・ネオには見張りをつけていましたが、二日前に姿を見失いまして」

外出した先でまかれてしまったと告げる。どこに消えたにせよ、きっと最終的には、万里亜はゴメスの前に現れる。そう踏んだ十助は、外庭番の上役に申し出た。気をつけろと忠告したところで、ゴメスは自身の危うさには頓着《とんちゃく》しない。代わりに、ゴメスに見張りをつけたいと進言した。

「どうもこのところ、視線がうるせえと思っていたら、この鳥か」

と、羽毛までが再現された鳥型の機械を、嫌そうに一瞥《いちべつ》する。海に近い江戸では、市中でも海鳥はよく見かけるから、紛れていても気づかれることがない。

「鳥を操っていたのは、私の部下です。この手のものには滅法強くて」

鳥がとらえる画像と音声は、逐一、海上にいる十助のもとに届く。万里亜が妙な薬や爆弾を手に入れたところまでは、外庭番は摑《つか》んでいた。矢も楯《たて》もたまらず、十助はこの何日か、江戸の沖合でボートに寝泊まりしながら、ゴメスの身を案じていたのである。

「親分、一刻も早く、傷の手当てを。それに、解毒薬も……抜いた弾《た》丸《ま》を日本に送って、直ちに分析させますので」

「おめえもずいぶんと、日本人らしくなったもんだな、十助よ。おれがその気になりゃ、江戸の内にいたって薬はできらあな」

それでも十助は心配そうな表情で、持参した晒《さらし》を裂いて、手早く手当を施す。

「鳥に仕込んだ画像と音声は、日本の警察に送ります。名瀬がすでに自白したとのことですから、これで親分への疑いも晴れましょう。白緑石採掘の件は、江戸と日本で、改めて交渉の場を設けるそうです」

手当をしながら語ったが、ゴメスはあまり興味がないようだ。

十助が頭を上げたとき、奉行の背後の雲は、少しだけ明るくなっていた。

「そんなことより、十助、あと二年したら、江戸に帰ってこい。その頃には、おれの側仕えの席が空くからな」

「ですが、すでにそのお役目には、三芳朱緒さまが……」

「朱緒は、粟田のジジイからの借り物なんだ。年が明けて一年経つが、三年で返すってえとりきめでな」

「それでは、三芳さまはまた、粟田さまのお屋敷に？」

「いんや。ジジイは朱緒を、えらく買っていてな。上級の武家試験まで受けさせて、ゆくゆくは奉行に仕立てるつもりなんだ。裏金春《うち》に入れたのも、いわばそのとっかかりでな」

次の行先は、すでに粟田が算段している。どこぞの奉行に預けるか、城中で役目に就かせるか、朱緒の返答しだいだが、おそらくそのどちらかになるだろう。

「そうでしたか……裏金春の者たちは、さぞかし寂しがりましょう」

朱緒への懐《なつ》きようを、皆の便りでき知っているだけに、十助は少なからず同情した。

「まあ、おめえが、日本に留まりたいってんなら、無理は言わねえが」

「とんでもない。謹んで、お引き受けいたします」

十助は、奉行の前に、心をこめて頭《こうべ》を垂れた。

摸造の海鳥が、空に高く舞い上がり、白い群れの中に紛れて見えなくなった。

ゴメスおまけ劇場　小石川の怪獣

高い空の下、両国広小路に冴《さ》えた男の声が響く。

「さあ、さあ、江戸始まって以来の一大事、聞けば目を剝《む》くとびっきりの大騒動だ！」

読売屋の呼び声に、往来の人々が何事かと足を止める。

「所は小石川養生所、巷《ちまた》で何かと噂《うわさ》にのぼるこの養生所で、またもどえらい不始末だ」

「おっと、そこの旦那《だんな》さん、養生所の話なんざ、今日びさんざんきき飽いてらあ、そうお思いなすったね」

「養生所の悪評はここ数年、夏の夜の蛍みてえに、ちらりほらりと飛んでたからねえ」

「御上お抱えをいいことに、雑な診立てに安薬、小伝馬町の囚人並みの不味《まず》い飯。いばり散らす看病中間に苛《いじ》められ、こりゃたまらねえと逃げ出す者は引きも切らず、あげくの果てには首縊《くびくく》りまで出る始末」

「病を治すどころか生きては出られぬ地獄の一丁目、入れば間違《まちげ》えなくあの世行きってんで、いまや養生所ならぬ『往生所』だ」

二人の読売屋が調子良く掛け合うあいだに、砂糖に群がるアリのごとく、人垣は何倍にも膨らんだ。頃合と踏んだ年嵩《としかさ》の方が、左手にかかげた摺《す》りたての瓦版《かわらばん》を、右手の差し棒でパンパンと叩《たた》き、一段と声を張り上げた。

「ところがその『往生所』が、本当になっちまった！　今年五月に入った医者が、半年も経《た》たねえうちに、なんと十八人も殺したってんだから大変《てえへん》だ！」

読売屋の言葉に、ぐるりの観衆は蜂《はち》の巣を突ついたように一斉に騒ぎ出した。

「半年足らずで十八人だって！　くわばら、くわばら」

「なんてえヤブだ、そんな人殺しはとっととお縄にしやがれってんだ」

「医者に殺されるんじゃ、死んだ者も浮かばれないねえ」

怒声がとびかう中、いちばん前に陣取っていた大工が、読売屋に水を向けた。

「で、その医者は何て名だい？」

「おおっと、こっから先はこの瓦版に書いてあらあ。あとは買ってのお楽しみだ」

商売にとりかかった読売屋に、われもわれもと買い手が殺到する。

「なんでえ、こりゃ。これが医者の名だってのか？」

買った瓦版を手に、さっきの大工が素《す》っ頓狂《とんきょう》な声をあげる。買いはぐれた別の男が、横からのぞき込んでたずねた。

「そんなに妙ちきりんな名前なのかい？」

「……ゴメス、だってよ」

問われた大工が、間の抜けた顔でそう答えた。

「ゴメスとは怪獣めいた名前だの。そういや、そんな名の怪獣がいたような気もするのう」近所のおでん屋のじいさんが言い出した。

「じいさんよ、怪獣ってなあ何だい？」大工が訊《たず》ねた。

「おれ知ってるぜ、猫又とか、化けねずみとか、ぬらりひょんだろ？」

「そりゃ、妖怪《ようかい》だろ」

てんでに勝手なことを言い合う連中を見回して、おでん屋はため息をついた。

「おめえさんたち江戸生まれの者には、想像つかん代物《しろもの》かもしれんな。わしが最初に出会った怪獣は、バルタン星人……いや、レッドキングが先じゃったか。モスラやキングギドラも捨てがたいが、怪獣と言えば、なんといってもゴジラじゃな。いやあ、懐《なつ》かしいのう」

すっかり昔に浸っているおでん屋を、周囲の者たちは怪訝《けげん》な目でながめる。逆にじいさんは、自分の息子や孫くらいの男たちを、どこか哀れむように見やった。

「仕方ないのう、おめえさんたちゃテレビも動画もない、この江戸に生まれ育ったんじゃからの。怪獣はおろか、特撮ヒーローさえ知らん世代だものな」

おでん屋のじいさんは、また一つ深いため息をついた。

「じいさんのせいで話がそれちまった。ゴメスって怪獣の……じゃねえ、ゴメスってヤブ医者の話でい」大工が話を戻した。

「あの人は、ヤブなんかじゃあねえよ！」

ふいに後ろで声がして、読売屋の前で話し込んでいた皆が、一斉に振り返った。

人垣から数歩離れたところに、若い男が立っていた。

年は二十二、三といったところか。気持ちがそのまま透けて見えるような、正直そうな丸い目で、こちらを見据えている。

陽に焼けた浅黒い顔と、筋肉で締まった腕は、陽の下で働く証《あか》しだろうが、職人や行商人には見えない。どこか垢抜《あかぬ》けないようすは、大方、田舎出の農民だろうと察しがつくが、敏捷《びんしょう》そうな顔つきが、利口な野生の獣を思わせた。

「何でえ、藪《やぶ》から棒に、驚かすんじゃねえよ」大工が口を尖《とが》らせる。

「世話役は、そんな人殺しなんかじゃねえ」若者が繰り返した。

「おめえ、ひょっとして、養生所の者かい」

若い男は、ばつの悪そうな顔をしてうなずいた。

「世話役ってのは、ゴメスって医者のことかい？」

横からおでん屋がたずねると、瓦版を買った大工がこれに応《こた》えた。

「ああ、ここにも書いてあらあ。医学館から寄越された世話役だってよ。ご立派な肩書きじゃねえか」

神田佐久間町の医学館は、いわば江戸の医学校であり、同時に大学病院でもあった。

「そんなお医者が十八人も殺すたあ、世も末だ」

「そうじゃねんだ、あれは……」

「じゃあ、この瓦版が嘘《うそ》っぱちだってのか？　十八人死んだというのはでたらめか？」

「……いや、それは本当だけど」

「ほら、やっぱりな。おめえら養生所のもんは、身内の不始末は殊《こと》にかばい立てしやがるからな」

「そうだそうだ、身内の言い訳なんざ、きく耳はもたねえ」

相手の口を封じるように皆が口々に言い立て、若い男は奥歯をぎゅっと嚙《か》みしめた。

何も言い返せないのは、それがみな本当のことだからだ。情けなさに、からだが震える。踵《きびす》を返すと、背に当たる罵声《ばせい》から逃げるように、その場を走り去った。

若い男は、岩太《いわた》といった。養生所の台所を預かる賄中間《まかないちゅうげん》になって一年になる。

小石川御薬園の敷地に入っても、足を緩めず駆け通した。

この御薬園のほぼ真ん中に、養生所の建物があった。貧しい者や身寄りのない者を入所させ、病や怪我《けが》を施療《せりょう》する施設の筈《はず》が、いまは本来の目的が全く失われ、毎晩のように賭場《とば》が開かれる有り様で、所内はすさみきっていた。

岩太が養生所の玄関に駆け込んだ時、台所から、瀬戸物が割れて飛び散る派手な音がきこえた。次いで、破鐘《われがね》のような怒鳴り声が響きわたった。

「馬鹿《ばか》野郎！　誰がこんなもんを頼んだ！」

岩太が台所にとび込むと、広い板敷に、ゴメスが仁王立ちになっていた。

小山のような巨体から怒気を発して、土間を睨《にら》みつける。

土間で腰を抜かしているのは、賄親方と呼ばれる台所の頭分、富五郎《とみごろう》だった。周りに割れた瀬戸物や惣菜《そうざい》が散らばり、足の折れた塗りの膳《ぜん》が転がっているところを見ると、膳を叩きつけたようだ。三人の賄中間も、壁際《かべぎわ》で石のように固まっていた。

「今日の膳は、どういうつもりかと、きいてるんだ！」

その怪異な風貌《ふうぼう》は、平素に見ても十分怖い。富五郎の喉《のど》がごくりと鳴り、か細い声が絞り出された。

「せ、世話役殿が、飯が不味いとご不満のようでしたので……特にあつらえた膳を、いま評判の料理屋から取り寄せやした」

「おれは養生所の飯を、どうにかしろと言ったんだ！　そんなこともわからねえのか！」

一喝された富五郎が、へへえ、と土間に這《は》いつくばった。

「おい、小僧」

ゴメスの陰険そうな細目が、台所の入口に突っ立っていた岩太に向けられた。

「は、はいっ！」弾《はじ》かれるように、岩太が背筋を伸ばした。

「おれの部屋に、握り飯と酒をもって来い」

そう言い置くと、廊下を盛大に軋《きし》ませながら、ゴメスは台所を出て行った。

凍りついていた台所の空気が一気に弛《ゆる》み、土間にへばりついていた富五郎が身を起こした。板敷に向かって、ぺっ、と唾《つば》を吐きかける。

「なんでえ、『しず川』の膳の、どこが不足だってんだ！」

ここ数年、『八尾善』や『平清《ひらせい》』を真似《まね》た料理茶屋が次々と開業し、不忍池之端《しのばずいけのはた》の『しず川』も、そのひとつだった。料理茶屋の売りは、高価な食材を用いた手の込んだ料理ばかりでなく、座敷の造作や調度品、あるいは金に糸目をつけぬ接待にあった。

『しず川』は、千両をかけたと云《い》われる庭の造りが、とりわけ有名な店である。

岩太は竈《かまど》の上に飛び散った、卵焼きのかけらを口に入れてみた。砂糖の味がわずかにきつく、舌の上に残る後味もよくない。目玉のとび出るような高い店なのに、たいして旨《うま》くもないんだな、と岩太は思った。

四半刻《しはんとき》後、岩太は握り飯と一升徳利をもって、世話役の詰所に行った。岩太の拵《こしら》えた塩結びを頬張《ほおば》りながら、ゴメスが言った。

「おめえは明日っから、ここの賄いはしなくていい。そのかわり安くて旨い飯屋を探せ」

「飯屋と言っても、おれは一年前に田舎から出てきたばかりで……」

「江戸中歩いてでも探せ。いい飯屋が見つかったら、そこの惣菜をようく覚えろ。舌で覚えて、てめえで作ってみろ。明日っから、それがてめえの仕事だ」

訳をきくつもりで口を開いたが、ふと、さっきつまんだ卵焼きを思い出し、別のことをたずねた。

「『しず川』の料理は、口に合いませんでしたか」

ゴメスはちらりと岩太を見て、吐き棄《す》てるように言った。

「ありゃ、この世で最低の飯だ」

三つ目の握り飯に手を伸ばし、ゴメスが続けた。

「高くて旨いもんはまだいい、当たり前だからな。だが、値ばかり張ってたいして旨くもねえもんを食わせるのは、泥棒と同じだ」

「世話役は、安くて旨い飯が食いてえんですか」

「おれが食うんじゃねえ、ここの病人が食うもんだ。賄代は限られているからな、安い飯屋の惣菜から、新しい賄献立をおめえが作れ。病人に合うよう、味や材を工夫しろ。むろん、滋養もなきゃいけねえ」

「それを、おれがやるんで？」

与えられた役目の重さに、岩太は仰天した。

翌朝、銭で膨らんだ巾着《きんちゃく》を懐《ふところ》に、岩太は養生所の門を出た。昨晩、飯代として、巾着ごとゴメスが寄越した。

「探すったって、どっから当たりゃいいんだよ」つい独り言がもれる。

岩太は、江戸市中から八里ほど離れた村で生まれ育った。養生所の賄中間の口を紹介してくれたのは村の庄屋《しょうや》で、庄屋の従弟《いとこ》がここの看病中間をしていた。

村を出てすぐに養生所へ入り、御薬園の敷地から外に出ることも稀《まれ》だから、一年経ったいまでも、市中には不案内だ。どうしたものか、と岩太は途方に暮れていた。

「ああ、これこれ、そこのお若いの」

後ろから声をかけられてふり向くと、小さな老人が立っていた。岩太を見て、にこにこする。地味ながら絹物とわかる羽織袴《はかま》に、左腰には二本の刀を差している。一見したところ、身分の高い武家の隠居といった風情《ふぜい》だが、顔も目鼻もこぢんまりとして、武士にしては、どうも威厳に欠ける。

「世話役は、所内におるかの？」と、その老人がたずねた。

「いますけど、まだお休み中かと……」

出掛ける前に、挨拶《あいさつ》のつもりで世話役詰所に寄ったのだが、ゴメスの大鼾《おおいびき》が廊下まで響きわたっていた。

「そうか、寝起きは機嫌が悪いからな。出直すとするか」と老人が呟《つぶや》いた。

そのまま来た道を戻る老人に、岩太は御薬園の門までお供する羽目になった。

「おまえさんは、どこに行きなさる」

のんびりとした風情につられて、つい岩太は世話役からの頼まれ事を話した。どうせ金回りのいいお侍では、一膳飯屋など知らないだろうと高を括っていたのだが、きいた老人は、ポンと手を打った。

「それなら打ってつけの店がある。まず、そこへ行ってみなさい」

あまり当てにならないようにも思えたが、とりあえず話だけでもきいてみる。

「金春屋といってな、芝の露月町にある飯屋だ。新橋を渡って、四、五町先にある」

「新橋は遠いな……千代田の御城を挟んで、小石川とはまったく逆の方角でやしょ？」

市中に疎《うと》い岩太でも、そのくらいは知っている。一軒の店のためにそんなところまで出掛けていては、割に合わない。

「あそこの主人は、わしの古い馴染《なじ》みでな。わけを話せば、材から作る手順まで教えてくれよう。何軒も飯屋をまわり無駄飯を食うことを考えれば、悪い話ではない。一筆書いてやるから、だまされたと思って行ってみなさい」

「そうでも思わないと、行けないっすよ」岩太が口を尖らせる。

あっさりした風体の割には、なかなかしつこい老人に押し切られる形で、岩太は小石川から新橋まで歩くことになった。日本には、地底を走るからくり仕掛けのモグラや、地上を走るシャクトリ虫なんぞがあるそうだが、江戸では自分の脚しか頼るものがない。

老人はご丁寧にも、同行していた家来に、岩太を店まで案内するよう言いつけた。老人とは正反対の、厳《いか》めしい面構《つらがま》えの侍で、佐久間と名乗った。途中で逃げるわけにもいかず、半ばその家来に引きずられるような心地で、岩太は店まで辿《たど》り着いた。

老人が言ったとおり、金春屋は新橋からほど近い町屋の一画にあった。

間口二間半の小さな飯屋だが、びっしりと並んだ卓のどれもが客で埋まっている。岩太が腰をおろした卓でも、三人の先客が飯をかっこみ、暖簾《のれん》をくぐる客の流れは絶え間がない。注文をとりにきたのは、ひょろりと顔の長い若者だった。

「えっと、どうしようかな……何かお勧めは、ありやすかい？」

「今日は鯖《さば》のいいのが入りやしてね。味噌煮《みそに》や焼鯖もできやすが、お勧めは揚げ煮でさ」

「じゃあ、それを」

あいよ、と返して注文を板場に通す。板場で立ち働いているのは、父親と思《おぼ》しき年格好の板前だ。親子でまわしているのだろうか。

「お待たせしやした」

やがて岩太の前に、湯気のたった飯や汁を載せた角盆が運ばれた。

まず盆の上の、彩《いろど》りの良い菜に目を奪われた。たっぷりのおろし大根をかけた秋鯖の揚げ煮と焼椎茸《しいたけ》、黄菊を散らした菊菜の和《あ》え物が添えてある。

味噌汁を一口すすった岩太の目が、まあるく見開かれた。

「うめえ……」

呟くと、思わず涙ぐみそうになった。田舎を出て以来、まともなものを食べていなかったことに、改めて気づいたのだ。味噌汁の具は、油揚げと大根葉というありふれたものだった。それがどうしてこんなに美味《おい》しいのだろう。

惣菜も決して贅沢《ぜいたく》な材ではないが、味加減がずば抜けていい。舌にぴたりとはまる心地好《よ》さがあり、惣菜の組合わせも釣り合いがよく気が利《き》いている。

岩太はゆっくりと、噛み締めるように料理を味わった。膳をきれいに平らげた時には、ここしかない、と岩太は確信していた。

その頃ようやく、飯時が過ぎたせいか店内がすいてきた。相席していた先客も、飯を済ませて出ていった。岩太は注文をとった若者に、老武士が書いてくれた紹介状をさし出した。

「すいやせんが、喜平さんてお人に、これを渡してもらえやせんか」

「お客さん、じいちゃんにご用だったんですかい。あ、おれ、孫の拓一っていいやす」

長い顔に愛嬌《あいきょう》のある笑顔を浮かべてから、拓一は奥の板場へ引っ込んだ。まもなく孫と一緒に現れた店主の顔を見て、岩太は吹き出しそうになった。

金春屋の主《あるじ》、喜平は、面白いほど孫の拓一によく似ていた。いや、拓一が喜平に似たのだろうが、額が広く顎《あご》が長く、何とも間延びして見える縦長の顔がそっくりだった。

岩太が名乗り、用向きを告げると、喜平は卓の向かい側に腰をおろした。

「おまえさんは、粟田様のお知り合いかね」

「いや、知り合いというか……」

岩太は頭をかいて、経緯《いきさつ》を話した。ここまで案内してくれた無愛想な家来から、粟田という苗字《みょうじ》だけは教えられたが、話はまったく弾まず、他は何もきけずじまいだった。

「あのお侍は、どういうお方なんですかい？」

「粟田様は、勘定奉行《ぶぎょう》やら外国奉行やら、奉行職を歴任されたお方でね」

「そんな偉いお方だったんですか！　ちっともそんなふうには……」

「今年の二月に寺社奉行を退かれてからは、楽隠居を決め込んでいたんだが、そういや、また何やらお役目を任されそうだと、この前来たときにぼやいていたな」

拓一が運んできた番茶をすすり、喜平はたずねた。

「粟田様の文には、おまえさんと一緒に養生所の献立を作れ、と書いてあったんだが、どういうことかね？」

案外大ざっぱな性分なのか、どうやら紹介状には、それしか書かれていなかったらしい。岩太は、世話役から任された役目について説明した。

「養生所の飯は、そんなにひどいのかね？」

「ひどいなんてもんじゃねえ！　炊《た》き方の悪いカチカチの飯に、野菜くずの浮いた汁と、あとは沢庵《たくあん》だけ。毎日三度、このひでえ飯が続くんだ」

「そりゃ、昔の江戸時代の話じゃねえのかい？　いくら何でもいまの江戸なら、物乞《ものご》いですらもう少しましなもんを食ってらあ」

隣の卓に腰を下ろして、拓一が口を出す。

「でも、本当の話なんだ。養生所ができた最初の頃は、もっとちゃんとした飯が出されてたって話だが、それももう昔話だ」

「御上から養生所に下される、費えが減ったのかい？」喜平がたずねた。

「いや、そうじゃねえ」

喜平と拓一に向かって、いまの養生所の有様を洗いざらいぶちまけた。

「やれやれ、噂以上にひどいものだな」

岩太の話をきき終えた二人が、腹の底からため息をついた。

「けど、飯が変われば、養生所も変わるかもしれねえ。さっきここの飯を食って、そう思った。おれひとりじゃどうにもならねえって諦《あきら》めていたが、さっきの飯で目が覚めた。そんくらい旨い飯だった！」

岩太は身を乗り出すようにして、熱心に訴えた。

「そんなに褒められちゃ、手伝わねえわけにもいかねえな」

いつの間に出てきたのか、拓一の脇《わき》に男が立っていた。

「お父《と》っつあん、やる気になったのかい」

と拓一は、父親を見上げる。岩太はついつい、三人の顔を見比べた。喜平や拓一とはまるで似ていない、丸い赤ら顔の男だった。

「娘婿《むすめむこ》の権七だ。もっとも娘には、六年前に先立たれたがな」

なるほど、喜平とは似ていないわけだ、と岩太は胸の内で得心した。

「親父《おやじ》に似なかったのは、もっけの幸いだけど、じいちゃんにこうも似るとはなあ」

岩太の心を見透かしたように、拓一が大げさにぼやいてみせて、

「似られたこっちもいい迷惑だ」と喜平がやり返す。

「うちの親父はこう見えて、料理の腕にかけちゃ折り紙つきだ。その親父が手伝うってんだから、大船に乗った気でいりゃあいいぜ」

拓一が、我がことのように胸を張る。

「じゃあ、引き受けてもらえるんで？」

「ただ、おれにもどうにもならねえことが、ひとつある。おれはたしかに、料理についちゃ多少詳しいが、病人の飯となるとまた話は別だ」

目を輝かせた岩太に釘《くぎ》を刺すように、権七が渋い顔になった。

「病人と言われりゃ、おれなんざ粥《かゆ》くらいしか思いつかねえな」と、拓一もうなずく。

「病が重くなって食の進まねえ者は、たしかに重湯や粥しかすすれねえが、数はそんなに多くはねえ。怪我人なら並みの飯でいいし、病が快癒してきたり入所が長い者には、滋養のあるものが一番だ」

「そんなら、おれたちが食うのと同じ飯でいいのかい？」

拓一に問われて、岩太はしばし考え込んだ。

「いや、そういうわけにもいかねえな。病によっても違うが、大概の病人に良くねえのは、辛いものと油っこいもの、あとは塩だ」

「塩がいけねえってのかい！」拓一が目を剝く。

「多過ぎる塩は良くねえときいた。内臓《なか》をやられてむくみが出てる者や、心の臓の病には、塩は命取りだ」

「味噌だって醬油《しょうゆ》だって塩が入ってらあ。塩の入らねえ料理なんて、きいたこともねえぞ」

拓一は困り顔を向けたが、いや、と喜平が後を引きとる。

「まるっきり使わねえってのは難しいが、他のもんで味や香りを補えば、塩の量は減らせるかもしれん。出汁《だし》を利かせたり、甘味や酸味で味を補ったり。どうだ、権七？」

「そうだな、工夫すれば面白いもんができるかもしれねえ。香りの強い青菜や木の実なぞを加えて風味を増したり、材の旨味が残るよう蒸し料理なぞも悪くねえ」

権七がいくつか案を出し、岩太は筆を借りて紙に書きとった。

「それにしてもおまえさん、病のことに詳しいな。養生所の賄方となると、相応の知恵があるもんだな」

喜平に感心されて、岩太は赤くなって下を向いた。

「養生所で覚えたわけじゃねえんでさ。村にいたとき、お医者の手伝いをしていて」

岩太が種を明かした。その頃身につけた知恵が、こんなところで役に立とうとは、今日まで思いもしなかった。

翌日から岩太は、小石川から芝までの道程をものともせず、毎日のように金春屋に通った。店や板場を手伝いながら、権七に料理の仕方を教わり、拓一とともに献立をあれこれ工夫した。金春屋の飯の安さは、喜平の仕入と勘定が支えていると知り、安価で良い材料を賄うこつを取得して、算術にも励んだ。

そしてひと月、岩太と金春屋の努力が実る日がやってきた。


その日、養生所の奥座敷には、所内の主だった者が集められた。

上座には、養生所の長たる肝煎《きもいり》の小川《おがわ》水雲《すいうん》とゴメスが並び、ふたりを挟んでコの字の形に養生所詰めの役人と医者が数人、看病中間の親方四人と賄親方の富五郎の顔もある。

皆の前にひとつずつ、膳が置かれていた。夜明け前から昼までかかって、岩太がひとりで拵《こしら》えたものだった。

「一日三度、十日分の献立を作りやした。それをまわして行けば、飽きも来ないと思いやす。季節が変われば、また別の献立を考えやす」

緊張した面持ちで、岩太が述べた。次いで料理の説明に移る。

「汁はふたつ作りやした。具のある方が、鶏《とり》の白身と野菜を使った汁です。怪我人や治りかけの病人に良い筈です。具のない方は塩抜きの汁で、色んな野菜を裏ごしして、出汁と一緒に煮込みやした」

膳の上には他に、白身魚の酒蒸しに、焼きシメジとワカメの酢のもの、餡《あん》の代わりに煮林檎《にりんご》を入れた玄米饅頭《まんじゅう》が載っている。

「とりあえず食ってみて、話はそれからだ」

ゴメスが箸《はし》をとり、他の者もそれに倣《なら》った。岩太は膝《ひざ》の上で、両手を握り締めた。緊張のあまり、からだが急に冷たくなってくる。

「お、これは！」

汁をすすった肝煎の小川水雲が、最初に声をあげた。それを皮切りに、あちらこちらで声があがる。

「ほほう、塩抜きの汁がこれほど旨いとは」

「白身魚といい、焼きシメジといい、実に香りが良い」

「この饅頭は初めて食べる味だが、老舗《しにせ》の菓子屋に引けをとらぬわ」

次々とあがる賞賛の声に、岩太の全身から力が抜けた。旨そうに食べるようすを眺めながら、喜平の言葉が思い出された。

『安くて旨いものを作るには、知恵が要る。人に食わせるには、気持ちが要る』

それが金春屋の身上であり、喜平一家の気概であった。三人の顔を思い浮かべて、岩太の目がじんわりと潤《うる》んだ。

だが、膳の上の料理がきれいに片づいた頃、雲行きが怪しくなってきた。

茶をすすった医者のひとりが、賄親方の富五郎に向かって、おもむろに口を開いた。

「しかし、このような献立では、とても費えが足りぬのではないか」

「へい、その通りで」

富五郎が、上目遣いに医者を見やり、首をすくめるようにうなずいた。

それを裏打ちするように、勘定を任されている養生所詰同心が言葉を添えた。

「なにぶん限られた費えでは、飯が貧しくなるのも致し方ござらぬ。なにせ病人も怪我人も数が多くてな、薬だけで費えのほとんどが消えていく。賄にしわ寄せが行き、飯が貧しくなるのも仕方がない」

「お役人さまの、仰《おっしゃ》るとおりでございます。毎月いただく賄代で、やりくりに努めておりますが、ない袖《そで》は振れませぬ。手前どもも精一杯、心配りをしておりますが、やはり如何《いかん》ともしがたく……」

長々しい富五郎の言い訳には、胸がむかついて仕方がなかった。さようさようと周囲の者も調子を合わせ、まるで下手な小芝居だ。

一年余りのあいだ、岩太は養生所の内情を具《つぶさ》に見てきた。腹の立つことも理不尽も茶飯事で、それでも以前の岩太なら、仕方がないと諦めていた。下《した》っ端《ぱ》の自分には何の力もなく、こうして長いものに巻かれるのが、ある意味、大人の常だと割り切っていたろう。

だが、このひと月、岩太は懸命に頑張った。これほど心を傾けて夢中になり、たゆまず精進しやり通したのは初めてだった。その執念を、さらには金春屋一家が惜しげもなく与えてくれた技と知恵を、この連中は一顧だにせず、切り捨てるつもりなのか――。

「膳の侘《わび》しさは、手前どもも気にかけておりましたが、いただいた賄代を余すところなく費やしても、あれが精一杯で……」

富五郎の白々しい長台詞《ながぜりふ》は、まだ終わらない。むかつきはすでに吐き気に変わり、遂《つい》には堪《こら》えきれず、岩太の口からとび出した。

「冗談じゃねえや！　みんなてめえらのせいじゃねえか！」

座敷中の目が、下座に控えた岩太に集まる。いずれも怒りと非難に縁取られていたが、構わなかった。

「てめえらが賄代を懐に納めたから、病人にまわす飯が、どんどん貧しくなったんだ！」

「岩太！　滅多なことを言うと承知しねえぞ！」

富五郎が恐ろしい形相で睨みつけたが、一度噴き出した怒りは止まらなかった。

「それればかりか、病人相手にせっせと金儲《かねもう》けしやがって！　飯が悪けりゃ、患者だってそれだけじゃ足りねえ。そこにつけこんで、出入りの商人から安く買った茶菓子や惣菜なんかを売りつける。硬い飯を粥にしてやると言って、それも銭をとる」

「もういい加減にせぬか！」

見兼ねて医者のひとりが制したが、これが藪蛇となった。

「先生たちだってひでえもんだ。薬を出し渋り、効かねえ安薬を与えて、どれだけの薬代をちょろまかした！　お役人たちも同罪だ！　医者や中間を見張る立場でありながら、袖の下を摑《つか》まされ、悪事に加わる体たらくだ」

「こやつ、何を……」

「あんたたちは何より、養生所に深入りしたくねんだ。病のはびこる不潔で汚い場所だと侮《あなど》って、養生所にいたがらねえ。遅く来て、すぐに帰っちまう。病室の見廻りも、外からちょいとのぞいて行くだけじゃねえか！」

「狂言もたいがいにせい。何の証しもないことをべらべらと……」

同心がふたりがかりで、岩太を押さえつけにかかった。両腕を取られて、座敷から引きずり出されそうになったが、ふいに上座から声がかかった。

「証しなら、ここにあるぜ」

それまで黙って成り行きを眺めていたゴメスが、やおら立ち上がった。

岩太を押さえていた同心の額で、バシッと派手な音がした。ゴメスが何かを投げつけたのだ。同心の額を派手に叩き、床に落ちたものは、ぶ厚い帳面だった。

もうひとりの同心が拾い上げ、中を覗《のぞ》いてはっとする。

「こ、これは！」

帳面に気をとられ、岩太の腕が自由になる。同心の肩越しにちらりと見えたが、帳面にはびっしりと、朱で書き込みが入れられている。

「それはおめえらがつけていた、先月分の勘定帳だ。間違いが多かったんで、直しといたがな。まだあるぞ。これが先々月、こっちがその前だ」

言いながらゴメスは、逃げ回る役人や医者に向かって、次々と帳簿を投げつけた。ゴメスの怪力をもってすれば、帳簿すら立派な凶器となる。

「おれがここへ来て以降、都合六冊ある。ああ、たしかに収支は合ってたぜ。毎月かっきり半分の費用が、どこやらへ消えてるがな！」

六冊の帳簿を投げ終えて、ゴメスがもう一冊、帳面をかかげた。

「おれは根が几帳面《きちょうめん》なたちでな、誰がどれだけ着服したか、こっちにまとめてみた」

ゴメスが座敷の真ん中に放り投げた帳面に、全員がわらわらと群がった。

「ど、どうして……こんなものまで！」

帳面を繰るごとに、一同の顔がどんどん青ざめてゆく。

医者の薬代の誤魔化しはもちろん、中間が患者からちまちまと稼いだ細かな銭や、毎夜患者相手に開帳した賭場で巻き上げた寺銭、果ては役人の出所時間の短さまでが事細かに書かれ、しかも気味が悪いほど合っている。

「これを出すところに出せば、てめえらみんなお払い箱だ」

「……へ、おれたちをそっくり辞めさせるなんて、そんなことができるもんかい！」

開き直った富五郎が、啖呵《たんか》を切った。

「なにせ病人だらけの不浄の場だ。来たがる奴《やつ》などいねえから、人も集まらねえ。世話役のおれたちを追い出せば、病人どもは明日から日干しだ」

富五郎が口にしたことは、たしかに彼らの切り札だった。世間に悪い噂がたっても、養生所の改革が思うようにいかなかったのは、その理由も大きい。

「心配すんな、てめえらの後釜《あとがま》は、ちゃんと見つけてある。それよりも、てめえの心配が先じゃねえか？　この罪を暴《あば》けば、どんな罰が下されるか……まあ、所払いくらいじゃ済まねえだろうな。百叩きか人足寄場か、あるいは島流しか。場合によっちゃ、死罪、もあり得るかもな」

口の端を曲げて、ゴメスがにんまりする。富五郎すら口をつぐみ、座敷が静まり返った。

「何とか穏便に、この帳面が外へ出ぬよう、ご配慮いただけませぬか」

すがるように畳に手をついたのは、肝煎の小川水雲であった。水雲は正確には、金品を受けとったわけではない。ただ、所内の者を御しきれず、これまで見て見ぬふりを通した。肝煎の立場としては面目が立たず、罰されるのは必定だった。

水雲に続き、次々と一同が畳に這いつくばり懇願する。岩太にとっては、耳障《みみざわ》りでならない。

「この期《ご》におよんでも、てめえらの身の大事が何よりか。とことん腐ってやがるな！」

許す気なぞさらさらなかったが、思いもかけぬ提案がゴメスからなされた。

「穏便にしてほしけりゃ袖の下と、昔から相場が決まっているだろう」

吊《つ》り上がった両の目を細めて、あっさりと告げた。

「……あの、お金で丸く収まると……？」

おそるおそる、水雲がたずねる。ゴメスが頷《うなず》くと同時に、一同の顔に希望の光がさした。

「それで、その、いかほど……」

「その帳面の最後に、書いてあるだろ」

「は、はい、ええと……ええっ！　ご、五百両！　馬鹿な！」

いっぱしの大工の稼ぎが年に三十両という江戸で、五百両は法外な大金だった。

「馬鹿でも何でもねえ。おれは几帳面だと言ったろ？　薬代および費えの着服、病人相手の金儲け、働いてねえ怠け料も込みだ。各々《おのおの》せしめた金を差し出せば、どうにかなろう。おれにも仏心はあるからな、十日だけ待ってやる」

「十日で工面するなんざ、とても無理だ……」富五郎が、呆《ほう》けたように呟いた。

「まあ、金を出すか出さねえかは、てめえらの好きにしろ」

ゴメスはどっかりと腰を下ろし、煙草《たばこ》を吹かし始めた。豪快に吐いた煙が座敷をただよい、ぼんやりと座り込む一同に絡《から》みつく。

これぞ一件落着、してやったりだ。岩太は巨体の世話役を頼もしく眺めながら、心の中で拍手喝采《かっさい》を送った。

「お頼申します！　お頼申します！」

安堵《あんど》も束《つか》の間《ま》、玄関の方から切羽詰まった声がした。

岩太が玄関に出てみると、泥にまみれたふたりの男が立っていた。

「ふたりとも、怪我をなさったんで？　手当をしやすから、どうぞ奥へ」

泥だらけの上に、ともに傷だらけだ。片方の男は、額から血を流している。手当てを勧めても従わず、必死の形相で訴える。

「いや、おれらはたいした怪我じゃねえ。それより頼むから、墨染《すみぞめ》長屋にお医者を寄越してくだせえ。もっとひでえ怪我人が、十人ばかりもいるんだ」

「材木をいっぱいに積んだ荷車が、坂上からころがって、坂下にあるおれたちの長屋に突っ込んだんだ。長屋の半分が潰《つぶ》されちまった」

墨染長屋とは風流にもきこえるが、お先真っ暗な連中が集まり住んでいることからついた有難くない呼び名である。ここからほど近い、貧乏で有名な長屋であった。町医者に見せる金がなく、評判が悪いことを承知で、養生所に駆け込んできたのだろう。

座敷に戻った岩太から事情をきくと、ゴメスはすぐさま立ち上がった。

「医者と看病中間は、ありったけの薬と道具をもって、総出で長屋へ行け」

「私たちに、あの貧乏長屋に出向けと言われるのか」医者のひとりが唖然《あぜん》とする。

「おれは行かねえぞ！　お払い箱にされようってのに冗談じゃねえ」

看病親方の一人が、唾をとばして抗議する。

「行かねえもんは、直ちに奉行所に訴えて牢《ろう》送りだ」

ゴメスが平然と言い放つ。尋常ならざる威圧感と、冷徹な無表情は、どんな脅しよりも効果がある。背筋に刃物を突きつけられるに等しく、こいつならやりかねないと思わせる、不気味な迫力がある。

「四の五の言ってねえで、とっとと行きやがれ！」

癇癪《かんしゃく》を起こしたゴメスが一喝し、蜘蛛《くも》の子を散らすように皆が座敷を退散した。

「さて、おれも出向くか。岩太、おめえは薬箱を担《かつ》いでついて来い」

「え、おれもすか？」

「おめえ、医術の心得があるだろ」

「どうしてそれを……」

「患者たちが言っていた。おめえが時折、患者に教える養生の心得が、素人《しろうと》にしちゃ念が入り過ぎてるってな」ふり向きもせずにそう言った。

薬箱を背に担ぎ、巨体の世話役に従ったが、長屋に行き着いて、岩太は言葉を失った。

墨染長屋の惨状は、凄《すさ》まじいものだった。

通りに面した表店と長屋の木戸口は、無残なまでに荷車に潰され、人の背丈の三倍ほどの長さの太い丸太が二本、長屋を縦に串刺《くしざ》しにするように突き刺さり、建物の半分が崩れ落ちていた。長屋の差配が、泣きそうな顔で告げる。

「まだ、この下に何人かいる筈なんで……」

近所から駆けつけた男たちが、瓦礫《がれき》と化した長屋の屋根をとり除き、四本の材を梃子《てこ》にして、丸太を動かそうと試みたが、どうしてもどかすことができないという。

「もう一度、上げてみてくれ」

ゴメスに言われ、四人の男が再び梃子にのしかかった。木の軋む音とともに、浮いた丸太の一端を、ゴメスが下から両手で支え、腹に力をこめた。丸太が、ぎりぎりと音を立てて、ゆっくりと上がり始めた。

「何てえ、ばか力だ……」

梃子を握った男たちが呆然《ぼうぜん》と見守る中、丸太は彼らの頭の上の高さにまで起き上がった。ゴメスは丸太を肩に担ぎ上げ、弧を描く形でその場からどかす。一本終えるとまた一本、二本の丸太が、扇状に広がる形になった。

丸太に潰された瓦礫の下から、さらに五人の者が助け出された。しかし、怪我の具合をひととおり確かめた外科医は、首を横にふった。

「この五人は諦めましょう。女ふたりは傷が深く出血がひどい。男のひとりは腹を打って、内臓《なか》で出血しているようですし、もうひとりの男は、逆に背中を打って髄を痛めた恐れがあります。この子供は、呼んでも叩いても目を覚ましません」

「やるだけやってから諦めろ。おめえは性根は弱いが腕は悪くねえ。女ふたりの傷は、他の医者に手伝わせながら、おめえがどうにかしろ」

ゴメスが指図したが、外科医は悲鳴をあげる。

「私ひとりでふたりも手当をするなんて、とても無理です！」

「たまには頭を使いやがれ。女は多少の出血では参らねえ。まず二人の血を止めろ。破れたのは動脈か、静脈か？」

「色から見ると、どちらも動脈かと……」

「馬鹿野郎、手抜きしてんじゃねえ！　静脈血も、長く外にさらされると鮮紅色に変わることがある。ちゃんと傷口の心臓に近い部分を圧迫して確かめろ。外科医なら判別の仕方はわかるはずだ。先にしっかりと血を止めて、それから順に縫合しろ」

「は、はいっ！」

ゴメスに凄《すご》まれて、外科医が一目散に患者に向かう。

「いいか、野郎ども！　助からなかった者の数だけ、全員張り手を食らわすからな、心してかかれ！」

　これが単なる脅しでないことは、誰もが十分承知している。医者も中間も、必死の形相で怪我人の手当てにかかった。

　屈《かが》み込んで子供のからだを調べていたゴメスが、顔を上げた。

「岩太、おめえ、息の吹き込み方や、心の臓の押し方はわかるか」

「はい、村では何度もやりました。その子、息が止まってるんすか？」

「ああ、だが脈はまだ打っている。おれは男ふたりを診なきゃいけねえ。この子はおめえがやれ」と、ゴメスが命じた。

　岩太は死んだように横たわった子供に目をやった。四つくらいの男の子だ。

　村では毎年のように、川で溺《おぼ》れる騒ぎがあって、手当ては心得ている。できるはずだ、と岩太は自分に言い聞かせた。

　子供の頭を後ろに反らせてから、その鼻をつまみ、口移しに息を吹き込んだ。子供に行うときは、吹き込み過ぎに気をつけねばならない。加減しながら、目で子供の胸が動くかどうかを確かめた。息を入れると膨らむはずの胸が動かない。もう一度やってみたが、やはり駄目だった。

「気道に何か、詰まってるんだ……」

　子供の口を開けて覗き込んだが、何も見えない。岩太は子供をうつ伏せにして腹から抱え、左腕にぶら下げる形をとらせた。背中の上の方を、強く打ってみる。

「死ぬな！　死ぬんじゃねえぞ！」

何度も子供の背を叩きながら、岩太は知らずに声に出していた。

岩太にはひどく長く感じられたが、ふいに子供が、けっ、と声を発し、泥と一緒に小石を吐き出した。激しく咳《せ》き込む子供を胸に抱いて、背中をさすってやると、子供は目を開けた。安堵のあまり、大きく息をつく。泣き出した子供をなだめながら、喉と胃を洗うために水をたくさん飲ませた。

怪我人の手当てが終わったのは、西の空が赤く染まる頃だった。


「やれやれ、これで死人の数が、二十の大台に乗っちまった」

養生所への道を辿りながら、ゴメスがぼやいた。

長の治療が必要な者は、養生所に運び込まれたが、出血のひどかった女のうち一人と、背中を打った男は助からなかった。

「でも、世話役のおかげで、諦めていた五人のうち、三人は助かったじゃないすか」

ゴメスが世間の言うようなヤブ医者ではないことを、岩太はよく知っていた。ゴメスはただ、患者を選ばないだけなのだ。助かる見込みの薄い者、高価な薬を要する病人、養生所がそれまで門前払いにしていた患者たちを、ゴメスは全《すべ》て受け入れていた。

亡《な》くなった二十人の陰で、それ以上の数の命が救われていたのだった。

「百姓の倅《せがれ》のおれに、医術を教えてくれた村のお医者もそういう人だった。女医さんで、『村の女先生』って呼ばれてみんなに慕われていた」

懐かしそうに、岩太が目を細めた。

「去年の夏、村に悪い病が流行《はや》って、先生もそれにやられて死んじまった。教わったのは三年足らずだけど、おれは先生の手伝いをするのが楽しかったし、自慢だった」

「連中にも、そういう矜持《きょうじ》がありゃあな」

「……きょうじって、なんすか？」

誇りや自負のことだとゴメスが言ったが、岩太にはぴんと来ない。

「これがねえ殿様より、ある屑拾《くずひろ》いのほうが、よっぽどましな仕事をする。養生所の連中は、そいつがねえからこんなひでえ有様になっちまった」

西日に照らされた坂道を眺めながら、それは荷車の車止めのようなものかもしれない、と岩太は思った。いまの養生所が、坂をころげ落ちた荷車のように思えてならなかった。

ゴメスが五百両の期限を切った、十日目の前夜、新たな事件が起きた。

真夜中のことだった。物音がしたように思い、岩太は目を覚ました。

中間部屋に敷かれた布団《ふとん》は、半分以上が空になっている。胸に黒雲のように不安がわいて、部屋を出た岩太の足は、迷わず世話役の詰所へ向いた。足音を忍ばせて廊下を奥へ進むと、やがてゴメスの豪快ないびきが聞こえてきた。

「よかった、無事だった……」と胸を撫《な》でおろした時、後ろから口を塞《ふさ》がれた。

「死にたくなかったら、騒ぐんじゃねえ」

耳元で富五郎の声がした。その手に握られた短刀が、月明かりの中で鈍く光る。

岩太は手足を縛られ、猿ぐつわをかまされてその場にころがされた。岩太を見下ろす富五郎の後ろに、中間達が十数人、手に手に角材や短刀を握って立っていた。物音に気づいてゴメスが目覚めてくれることを祈り、岩太は縛られた両足を廊下に打ちつけた。

「そんなことをしても無駄なこった。奴には酒に混ぜて薬を飲ませてある。蹴《け》られたって起きやしねえよ」

いびつな顔で、富五郎が笑った。

「おれたちが奴を殺しても、お医者先生が病死にしてくれる。お役人がそのまま役所に届け出て、一件落着というわけよ。おめえにも後でたっぷり灸《きゅう》をすえてやるが、先にあの野郎を始末しねえとな」

男たちの不気味な影が、世話役詰所へ吸い込まれた。

もう駄目だ……岩太が諦めたその時、廊下に響いていた大いびきが、ぴたりとやんだ。

「うわあああ！」

絶叫とともに、詰所の障子を突き破り、二人の男の身体《からだ》が縁側を飛び越え庭にころがった。次いで巨大な影が、月明かりに照らされた縁側に、のっそりと現れた。その両腕にぶら下げられた男二人も、悲鳴とともに庭に投げ飛ばされた。

「てめえら、おれに歯向かおうとは、いい根性だ。度胸の良さだけは買ってやるぜ」

ゴメスが口の端を吊り上げて、ぞっとするほど冷たい調子で言った。

「な、なんで、薬が、効いてねえ……」

「あんなもん飲んでねえよ。おれは鼻と舌だけは並みよりいいんだ。薬の混じった酒なんざ、一口含んですぐにわかった」得意そうにゴメスが胸を反らせる。

「こ、こうなったら、力尽くで殺すしかねえ！」

度肝を抜かれて震えていた富五郎が、意を決して短刀を構え直した。

「やっちまえ！」

富五郎の号令に、男たちが一斉に飛びかかった。だがゴメスの前では、相撲取りに群がる子供、熊《くま》に飛びつく野うさぎである。ゴメスが腕をひと振り、足をひと上げするごとに、大の男の身体が宙を飛ぶ。

岩太は廊下に倒れたまま、この信じられないような光景を呆然と眺めていた。

「……怪獣……」猿ぐつわの奥で、岩太が呟いた。

読売屋の前で声高に話していたおでん屋のじいさんの言葉を、岩太は思い出していた。

四半刻後、中間たちが累々《るいるい》と倒れ伏した庭に、何事もなかったかのように、再びゴメスの大いびきが響きわたる。

それからひと月後、ゴメスがお役御免になるという噂が、養生所を駆け巡った。

「どうして世話役がお咎《とが》めを受けなきゃなんねんだ！」岩太がゴメスに詰め寄った。

「おれのことは世間で噂になっちまってるからな。御上もまずいと思ったんだろう。おれがいなくなりゃ、養生所に来る者も少しは増えるだろうよ」

「養生所が変わったのは、世話役のおかげなのに……」

岩太が唇を噛みしめる。このひと月のあいだに、医者や役人を含め半数近くの使用人が入れ替えられて、所内の空気は一変していた。

当のゴメスは、自分の処遇には少しも頓着せぬようすだ。

「そんなことより、おめえは来月から見習医になると決まったからな」

岩太はぽかんとして、ゴメスを見上げた。養生所見習医は、医者の子弟しかなれない筈だ。

「別に百姓の倅がなっちゃならねえって、決まりなんぞもねえからな」

ゴメスが肝煎の小川水雲を脅して、いや、掛け合って、承知させたことだった。

「世話役う……」岩太の両目に、こんもりと涙が盛り上がった。

「気味わりいから、そういう潤んだ目で見んじゃねえよ」ゴメスが嫌な顔をする。

岩太は鼻をすすりあげた。

「おれがみんなにちゃんと伝える、世話役がほんとは、どんな人かってことを」

「どうせ伝えるなら、おれの恐ろしさをたっぷりと吹聴しておけ」

「……なんでまた」

「また数年経てば、タガがゆるんで、同じようなことが必ず起きる。その時に、おれの噂が少しは歯止めになるかもしれねえ。間違いをやらかせば、またおれ様が出張って来ると、そう広めておけ」

「人ってのは、どうして過《あやま》ちをくり返すんすかね」岩太が、しょぼんと肩を落とす。

「患者の相手は、それだけ骨が折れるということだ。世話だけでも大変な上、寝ついちまうと気も弱るしわがままにもなる。介護する者は、時には放り出したくもなるだろうよ。医術や看護ってのは、そこが一番難しいんだ」

「世話役が言ったこと、忘れねえよ。おれ、きっと立派なお医者になってみせる」

自分に言い聞かせるように、きっぱりと告げたが、ゴメスがまた煙たそうな顔をする。

「だから、その目で見るなと言ったろう。見習医になっても献立作りはてめえが続けろよ」

「一度訊《き》いてみたかったんすけど、どうして献立作りを、おれに命じたんすか？」

「簡単なことだ。おめえの作った握り飯が、いちばん塩加減が良かった」

そういうことか、と岩太がにこりと笑う。

「味の加減なら、金春屋の飯が最高っすよ」

「おう、その金春屋だがな」ゴメスが身を乗り出した。「おめえ、誰かにその店を教えられたと言ったろう？　どんな野郎だい」

「粟田様ってえ、お武家さんで。そういや、世話役を訪ねて来てやしたよ」

「あのクソじじい、余計なことを……」ゴメスが呟き、小さく舌打ちした。


数日後、めっきり冷え込むようになった師走の朝、ゴメスは荷物をまとめて養生所をあとにした。御薬園の出口で出迎えたのは、粟田だった。

「ご苦労じゃったの」

「まったく、ご苦労な仕事だったぜ」

「ご老中も大喜びじゃよ。これまでどんな改革案を出しても、どうにもならんかった養生所が、半年余りですっきりしたからの」

「何がご老中だ。クソじじいの昔馴染みなだけじゃねえか」

「でな、おまえさんにぜひとも次のお役目を頼みたいと……」

「冗談じゃねえぞ。これが終われば、当分楽していいって話だったじゃねえか。また窮屈な役人務めをするなんざ、御免だからな！」

「まあ、話は最後まできくもんじゃ。もちろん、ただとは言わん。今度のお役目を引き受けてくれれば、毎日、金春屋の飯が食えるぞ」

「何だと」ゴメスの低い鼻が、ぴくりと動いた。粟田がにんまりと笑う。

「次に勤める役所というのが、金春屋とは目と鼻の先でな。毎日出前させるよう計らうぞ」

「あの岩太が、あそこまで惚《ほ》れ込んだんだからな、それを毎日食えるとなりゃ……」

ゴメスが腕を組み、真顔になった。ぶつぶつと呟きながら、真剣に考え込んでいる。

粟田の作戦は図に当たり、翌年、ゴメスは粟田とともに長崎奉行に就任する。

金春屋の飯を、ゴメスは大層気に入って、やがては飯屋の裏に自ら移り住んだ。

それから間もなく、『金春屋ゴメス』の名が、江戸中の人々に恐れをもって囁《ささや》かれるようになる。

見習医として五年間の修行を終え、村に戻った岩太が、やがて『村の名先生』と呼ばれ、近在のみならず江戸国でも有数の名医となるのは、さらに先の話であった。

本書は書き下しです。

西條奈加著

金春屋ゴメス

日本ファンタジーノベル大賞受賞

近未来の日本に「江戸国」が出現。入国した辰次郎は「金春屋ゴメス」こと長崎奉行馬込播磨守に命じられて、謎の流行病の正体に迫る。

西條奈加著

芥子の花

金春屋ゴメス

上質の阿片が海外に出回り、その産地として日本や諸外国からやり玉に挙げられた江戸国。ゴメスは異人が住む麻《マ》衣《イ》椰《ヤ》村に目をつける。

藤沢周平著

用心棒日月抄

故あって人を斬り脱藩、刺客に追われながらの用心棒稼業。が、巷間を騒がす赤穂浪人の動きが又八郎の請負う仕事にも深い影を……。

藤沢周平著

孤剣

用心棒日月抄

お家の大事と密命を帯び、再び藩を出奔——用心棒稼業で身を養い、江戸の町を駆ける青江又八郎を次々襲う怪事件。シリーズ第二作。

藤沢周平著

刺客

用心棒日月抄

藩士の非違をさぐる陰の組織を抹殺するために放たれた刺客たちと対決する好漢青江又八郎。著者の代表作《用心棒シリーズ》第三作。

藤沢周平著

凶刃

用心棒日月抄

若かりし用心棒稼業の日々は今は遠い。青江又八郎の平穏な日常を破ったのは、密命を帯びての江戸出府下命だった。シリーズ第四作。

藤沢周平著

橋ものがたり

様々な人間が日毎行き交う江戸の橋を舞台に演じられる、出会いと別れ。男女の喜怒哀楽の表情を瑞々しい筆致に描く傑作時代小説。

藤沢周平著

神隠し

失踪した内儀が、三日後不意に戻った、一層凄艶さを増して……。女の魔性を描いた表題作をはじめ江戸庶民の哀歓を映す珠玉短編集。

藤沢周平著

春秋山伏記

羽黒山からやって来た若き山伏と村人とのユーモラスでエロティックな交流——荘内地方に伝わる風習を小説化した異色の時代長編。

藤沢周平著

時雨みち

捨てた女を妓楼に訪ねる男の肩に、時雨が降りかかる……。表題作ほか、人生のやるせなさを端正な文体で綴った傑作時代小説集。

藤沢周平著

驟《はし》り雨

激しい雨の中、八幡さまの軒下に潜む盗っ人の前で繰り広げられる人間模様——。表題作ほか、江戸に生きる人々の哀歓を描く短編集。

藤沢周平著

密謀（上・下）

天下分け目の関ケ原決戦に、三成と密約がありながら上杉勢が参戦しなかったのはなぜか？　歴史の謎を解明する話題の戦国ドラマ。

藤沢周平著
闇の穴
ゆらめく女の心を円熟の筆に描いた表題作。ほかに「木綿触れ」「閉ざされた口」「夜が軋む」等、時代小説短編の絶品7編を収録。

藤沢周平著
霜の朝
覇を競った紀ノ国屋文左衛門の没落は、勝ち残った奈良茂の心に空洞をあけた……。表題作ほか、江戸町人の愛と孤独を綴る傑作集。

藤沢周平著
龍を見た男
天に駆けのぼる龍の火柱のおかげで、あやうく遭難を免れた漁師の因縁……。無名の男女の仕合せを描く傑作時代小説9編。

藤沢周平著
本所しぐれ町物語
川や掘割からふと水が匂う江戸庶民の町……。表通りの商人や裏通りの職人など市井の人々の微妙な心の揺れを味わい深く描く連作長編。

藤沢周平著
たそがれ清兵衛
その風体性格ゆえに、ふだんは侮られがちな侍たちの、意外な活躍！　表題作はじめ全8編を収める、痛快で情味あふれる異色連作集。

藤沢周平著
静かな木
ふむ、生きているかぎり、なかなかあの木のようには……。海坂藩を舞台に、人生の哀歓を練達の筆で捉えた三話。著者最晩年の境地。

藤沢周平著
天保悪党伝
天保年間の江戸の町に、悪だくみに長けるが、憎めない連中がいた。世話講談「天保六花撰」に材を得た、痛快無比の異色連作長編！

藤沢周平著
決闘の辻
一瞬の隙が死を招く――。宮本武蔵、柳生宗矩、神子上典膳、諸岡一羽斎、愛洲移香斎ら歴史に名を残す剣客の死闘を描く五篇を収録。

朝井まかて著
眩《くらら》
中山義秀文学賞受賞
北斎の娘にして光と影を操る天才絵師、応為。父の病や叶わぬ恋に翻弄されながら、絵一筋に捧げた生を力強く描く、傑作時代小説。

朝井まかて著
輪舞曲《ロンド》
愛人兼パトロン、腐れ縁の恋人、火遊びの相手、生き別れの息子。早逝した女優をめぐる四人の男たち――。万華鏡のごとき長編小説。

今村翔吾著
八本目の槍
吉川英治文学新人賞受賞
直木賞作家が描く新・石田三成！　賤ケ岳七本槍だけが知っていた真の姿とは。歴史時代小説の正統を継ぐ作家による渾身の傑作。

澤田瞳子著
名残の花
幕政下で妖怪と畏怖された鳥居耀蔵。明治に馴染めずにいたが金春座の若役者と会い、新たな人生を踏み出していく。感涙の時代小説。

朱川湊人著　かたみ歌

東京の下町、アカシア商店街ではちょっと不思議なことが起きる。昭和の時代が残したメロディが彩る、心暖まる七つの奇蹟の物語。

杉浦日向子著　江戸アルキ帖

日曜の昼下がり、のんびり江戸の町を歩いてみませんか――カラー・イラスト一二七点とエッセイで案内する決定版江戸ガイドブック。

杉浦日向子著　百物語

江戸の時代に生きた魑魅魍魎たちと人間の、滑稽でいとおしい姿。懐かしき恐怖を怪異譚集の形をかりて漫画で描いたあやかしの物語。

杉浦日向子著　一日江戸人

遊び友だちに持つなら江戸人がサイコー。試しに「一日江戸人」になってみようというヒナコ流江戸指南。著者自筆イラストも満載。

杉浦日向子著　ごくらくちんみ

とっておきのちんみと酒を入り口に、女と男の機微を描いた超短編集。江戸の達人が現代人に贈る、粋な物語。全編自筆イラスト付き。

杉浦日向子著　杉浦日向子の食・道・楽

テレビの歴史解説でもおなじみ、稀代の絵師にして時代考証家、現代に生きた風流人・杉浦日向子の心意気あふれる最後のエッセイ集。

おまけのこ
畠中 恵著
孤独な妖怪の哀しみ（「こわい」）、滑稽な厚化粧をやめられない娘心（「畳紙」）……。シリーズ第4弾は〝じっくりしみじみ〟全5編。

うそうそ
畠中 恵著
え、あの病弱な若だんなが旅に出た!? だが案の定、行く先々で不思議な災難に巻き込まれてしまい——。大人気シリーズ待望の長編。

ちんぷんかん
畠中 恵著
長崎屋の火事で煙を吸った若だんな。気づけばそこは三途の川!? 兄・松之助の縁談や若き日の母の恋など、脇役も大活躍の全五編。

いっちばん
畠中 恵著
病弱な若だんなが、大天狗に知恵比べを挑む！ 妖たちも競い合ってお江戸の町を奔走。火花散らす五つの勝負を描くシリーズ第七弾。

ころころろ
畠中 恵著
大変だ、若だんなが今度は失明だって!? 手がかりはどうやらある神様が握っているらしい。長崎屋を次々と災難が襲う急展開の第八弾。

ゆんでめて
畠中 恵著
屏風のぞきが失踪！ 佐助より強いおなごが登場!? 不思議な縁でもう一つの未来に迷い込んだ若だんなの運命は。シリーズ第9弾。

おおあたり 畠中恵著

跡取りとして仕事をしたいのに病で叶わぬ一太郎は、不思議な薬を飲む。仁吉佐助の小僧時代の物語など五話を収録、めでたき第15弾。

とるとだす 畠中恵著

藤兵衛が倒れてしまい長崎屋の皆は大慌て！父の命を救うべく奮闘する若だんなに不思議な出来事が次々襲いかかる。シリーズ第16弾。

むすびつき 畠中恵著

若だんなは、だれの生まれ変わりなの？　金次との不思議な宿命、鈴彦姫の推理など、輪廻転生をめぐる5話を収録したシリーズ17弾。

てんげんつう 畠中恵著

仁吉をめぐる祖母おぎんと天狗の姫の大勝負に、許嫁の於りんを襲う災難の数々。若だんなは皆のため立ち上がる。急展開の第18弾。

いちねんかん 畠中恵著

両親が湯治に行く一年間、長崎屋は若だんなに託されることになった。次々と降りかかる困難に、妖たちと立ち向かうシリーズ第19弾。

ちょちょら 畠中恵著

江戸留守居役、間野新之介の毎日は大忙し。接待や金策、情報戦……藩のために奮闘する若き侍を描く、花のお江戸の痛快お仕事小説。

デザイン　新潮社装幀室

金春屋ゴメス

因果《いんが》の刀《かたな》

新潮文庫　さ－64－33

令和五年八月一日発行

著者　西《さい》條《じょう》奈《な》加《か》

発行者　佐藤隆信

発行所　株式会社　新潮社

郵便番号　一六二―八七一一
東京都新宿区矢来町七一
電話　編集部(〇三)三二六六―五四四〇
　　　読者係(〇三)三二六六―五一一一
https://www.shinchosha.co.jp

価格はカバーに表示してあります。

乱丁・落丁本は、ご面倒ですが小社読者係宛ご送付ください。送料小社負担にてお取替えいたします。

印刷・錦明印刷株式会社　製本・錦明印刷株式会社

ISBN978-4-10-180254-1　C0193